BASTEI
LÜBBE
TASCHENBUCH

Weitere Titel der Autorin:

HOUSE-OF-TRENT-TRILOGIE

Band 1: Der Herzog
Band 2: Der Schurke
Band 3: Der Spion

Über die Autorin:

Jennifer Haymore hat als Kind mit ihrer Familie die Südsee in einem selbstgebauten Segelboot bereist. Diese Monate auf See haben den Grundstein für ihre Abenteuerlust und Erzählfreude gelegt. Als Autorin von aufregenden, sinnlichen Liebesromanen lebt sie beides aus. Mit ihrem Mann und ihren drei Kindern hat sie sich inzwischen in Kalifornien niedergelassen.
Mehr Informationen unter: www.jenniferhaymore.com

Jennifer Haymore

HOUSE OF TRENT
DER HERZOG

Roman

Aus dem amerikanischen Englisch
von Angela Koonen

BASTEI
LÜBBE
TASCHENBUCH

BASTEI LÜBBE TASCHENBUCH
Band 17498

Dieser Titel ist auch als E-Book erschienen

Vollständige Taschenbuchausgabe

Deutsche Erstausgabe

Titel der amerikanischen Originalausgabe: »The Duchess Hunt«
Originalverlag: Forever, an imprint of Grand Central Publishing,
a division of Hachette Book Group, Inc.
Published in agreement with the author,
c/o BAROR INTERNATIONAL, Inc., Armonk, New York, U.S.A.

Textredaktion: Anita Hirtreiter, München
Titelillustration: Guter Punkt, München | www.guter-punkt.de
unter Verwendung von Motiven von © hotdamnstock;
Thinkstock/Matt_Gibson; Thinkstock/kitipol; Thinkstock/kucele
Umschlaggestaltung: Guter Punkt, München
Satz: Urban SatzKonzept, Düsseldorf
Gesetzt aus der Garamond
Druck und Verarbeitung: GGP Media GmbH, Pößneck
Printed in Germany

ISBN 978-3-404-17498-0

5 4 3 2 1

Prolog

Sarah Osbourne wohnte erst seit einigen Tagen auf Ironwood Park, aber es gefiel ihr sehr. Die Vögel brachten ihr jeden Morgen ein Ständchen. Sie begrüßten sie mit ihrem Gezwitscher durch das kleine Fenster im Gärtnerhaus, das sie mit ihrem Vater bewohnte. Nachmittags schien die Sonne über dem Park und wärmte ihre Schultern durch den Musselin ihres Kleides, wenn sie über das Anwesen streifte. Und abends warfen Laternen ein goldenes Licht auf die Fassade des herrschaftlichen Hauses, das auf einem sanft ansteigenden Hügel stand und majestätisch über die Ländereien des Herzogs von Trent blickte.

Wenn Sarah aus dem Rautenglasfenster schaute, konnte sie das Haus in der Ferne sehen, eingerahmt von den anmutig gebogenen weißen Zweigen zweier Birken, die vor ihrem Cottage standen. Im Laufe des Tages sah sie häufig dort hinüber und stets noch einmal beim Schlafengehen, bevor Papa sie zudeckte. Wie ein dunkler, mächtiger Wachposten schaute es zu ihr zurück, und sie fühlte sich sicher und behütet. Eines Tages, das wünschte sie sich, würde sie vielleicht einmal in seine Nähe gelangen und um die Säulen vor dem Eingang herumlaufen. Eines Tages würde sie es vielleicht sogar betreten dürfen.

Doch im Augenblick galten ihre Gedanken nicht dem Haus. Sie flitzte einen Weg hinunter, auf der Jagd nach dem schönen schwarz-weiß gefleckten Schmetterling, der an der

Buchsbaumhecke, die den Garten umgab, von Blatt zu Blatt flog.

Endlich blieb er, anscheinend müde geworden, auf einem Zweig sitzen. Sarah lief langsamer und näherte sich dann behutsam. Mit angehaltenem Atem streckte sie die Hand danach aus, um mit dem Finger über einen der Flügel zu streichen. Der war so zart. Der Schmetterling starrte sie an. Er schien ihr zuzunicken. Mit weichem Flügelschlag erhob er sich und flatterte davon. Sarah blickte auf den verlassenen Strauch.

»Oooh«, hauchte sie erfreut. Das war nicht irgendein Gebüsch, das war ein Brombeerstrauch. Im vorigen Sommer, als Mama sehr krank gewesen war, hatte Sarah jeden Tag Brombeeren gepflückt, und Brombeerwurzeltee hatte Mamas Bauch, der vom vielen Husten schmerzte, gutgetan. Sarah mochte es, wie höckerig sich die Beeren im Mund anfühlten und wie beim Hineinbeißen der kräftige Saft über die Zunge spritzte.

Es war eigentlich noch zu früh für Brombeeren, aber unter den reifenden Früchten waren doch eine Hand voll dunklere zu sehen, die schon schmeckten. Während sie sich eine nach der anderen in den Mund steckte und das süßsaure Aroma auskostete, schaute sie neugierig in die Umgebung.

Hier gab es nicht nur einen Brombeerstrauch, sondern viele. Sie hatten sich entlang eines Baches wild ausgebreitet.

Sarah blickte in die Richtung, aus der sie gekommen war, um sich zu vergewissern, dass sie sich nicht verlaufen hatte. Die Kuppeln des Herrenhauses waren zwischen den Ulmen noch zu sehen, beruhigend wie ein Leuchtturm.

Nachdem die Hand voll Beeren vertilgt war, wandte sie sich der Suche weiterer reifer Beeren zu und pflückte sie zwischen den stachligen Zweigen heraus. Sie pflückte und aß so lange, bis sie satt war. Da erst bemerkte sie die leichten Kratzer an ihren Armen und den dunklen Saft an ihren Händen. Traurig blickte sie an sich hinab: Der Saft hatte auch ihr Kleid befleckt. Papa würde verärgert sein, wenn er es sähe, doch sie würde die Flecke herauswaschen, bevor er von der Arbeit heimkäme.

Ihr Zopf sah schon wieder unordentlich aus, einige Strähnen waren herausgerutscht und hingen ihr über die Wangen. Mit vorgeschobener Lippe blies sie aufwärts dagegen, aber vergebens. Darum schob sie sich die Haare mit ihren schmutzigen Händen hinter die Ohren.

Und dabei sah sie den Schmetterling wieder.

Jedenfalls schien es derselbe zu sein. Schön und groß, die Flügel gesprenkelt wie ein Spatzenei, hatte er sich auf einem Brombeerstrauch niedergelassen, auf einem hohen Zweig in der Mitte.

Sarah stieg auf einen abgebrochenen Ast, der zwischen die Sträucher gefallen war. Auf Zehenspitzen beugte sie sich vor und beäugte das Insekt. »Flieg nicht weg«, murmelte sie, »hab keine Angst.«

Sie streckte die Hand aus, doch diesmal wollte sie ihn einfangen. Sie wollte ihn halten, die zarten Beine auf der Handfläche spüren.

Nur noch ein kleines Stück weiter ... Knackend zerbrach der Ast unter ihr. Sie taumelte nach vorn, ruderte mit den Armen, um das Gleichgewicht zu halten, aber vergeblich. Mit dem Kopf voran fiel sie in den Brombeerstrauch. Sie japste vor Schmerzen, als die Dornen ihr die Haut aufrissen.

Auf allen vieren landete sie in dem Busch und mit einem Handballen auf einer stachligen Ranke.

Keuchend und mit zugekniffenen Augen hob sie die Hand langsam an. Dann zog sie sich die abgebrochenen Dornen heraus. Aus den kleinen Stichwunden quoll Blut, und schon lief ein warmes Rinnsal ihren Unterarm hinab. Bei jedem Atemstoß entfuhr ihr ein leichter Schmerzenslaut. Die Knie taten ihr schrecklich weh. Es war unmöglich, sich aufzurichten, ohne sich auf etwas zu stützen, und da gab es nichts außer dornigen Zweigen.

»Darf ich behilflich sein, Miss?«

Sie wollte über die Schulter blicken und sehen, wer sie ansprach, doch sofort stach sie ein Dorn in die Wange, und darum drehte sie den Kopf wieder nach vorn.

Die Stimme gehörte einem Mann. Er klang freundlich.

»Ja, bitte, Sir.«

»Gut. Halte still.«

Es schien ewig zu dauern, aber nach und nach schnitt er rings um sie herum mit einem Messer die Zweige weg. Schließlich fasste er sie bei der Taille und hob sie an, sah, dass noch ein Zweig sie kratzen könnte, schnitt auch diesen weg und hob sie endgültig aus dem Strauch.

Er stellte sie auf festen, dornenfreien Boden. Erleichtert drehte sie sich um und blickte zu ihm auf.

Vor ihr stand ein großer Junge, der viel älter war als sie. Er hatte Sommersprossen auf der Nase und dunkelblonde Haare, die bis zu den Schultern reichten. Er betrachtete sie mit klaren grünen Augen, zwischen den Brauen zwei tiefe Falten, die seine Besorgnis erkennen ließen.

»Geht es einigermaßen?«

Sarah war es nicht gewohnt, mit Jungen zu sprechen. Besonders nicht mit hübschen Jungen in Kniehosen und feinen dunklen Wolljacken. Jungen, die bereits eine tiefe Stimme bekommen hatten, weil sie sich zum Mann entwickelten.

Sprachlos und mit großen Augen nickte sie. Seine Miene wurde weicher.

»Hier.« Er ging in die Hocke und zog ein Taschentuch aus dem Ärmel. Ganz behutsam tupfte er ihr damit die Wange ab. Bei ihrem Versuch, sich nach ihm umzudrehen, hatte der Dorn sie gestochen, und es hatte sofort geblutet. Dann faltete der Junge das Taschentuch und wischte ihr die Hände ab. Anschließend besah er ihre Knie. Seinem Blick folgend schaute sie an sich hinunter.

»Oh nein«, hauchte sie.

Ihr Rock war von den Knien bis zum Saum zerrissen, und ihre Strümpfe, ebenfalls ruiniert, waren dadurch zu sehen. Zu allem Übel war der Stoff durch einen angetrockneten Blutfleck mit einem Strumpf verklebt.

Papa würde wütend sein.

Sie musste wohl einen Laut von sich gegeben haben, denn der Junge zog erneut die Brauen zusammen und fragte ernst: »Tut es sehr weh?«

Sarah schluckte schwer. »N-n-nein.«

Er lächelte. »Du bist sehr tapfer, nicht wahr?«

Bei diesen Worten verflüchtigte sich ihre Angst. Sie straffte die Schultern und sah ihm, nunmehr zu voller Größe aufgerichtet, direkt in die grünen Augen. »Ja, durchaus.«

»Wo wohnst du?«

Sie zeigte in Richtung des Herrenhauses. »Dahinten.«

»Nun, sieh mal einer an. Ich wohne auch dort. Kannst du laufen?«

»Natürlich.«

Nebeneinander gingen sie den Pfad entlang, der zum Haus führte. Sarahs Knie schmerzten, sodass sie nicht umhinkam, ein wenig zu humpeln. Wortlos bot der Junge ihr seinen Arm an und stützte sie.

So gingen sie am Gärtnerhaus vorbei auf die Rückseite des Herrenhauses zu. Sarah schwieg und der Junge ebenfalls. Auf der Unterlippe kauend schaute sie ihn verstohlen aus den Augenwinkeln an. Er war groß und kräftig, und ihr gefiel es, wie seine Haare in der Sonne schimmerten.

Als sie nicht mehr weit vom Haus entfernt waren und es ganz so schien, als wollte er sogar hineingehen, wurden Sarahs Schritte immer steifer. Sie wusste nicht, wo Papa sich gerade befand, er würde jedoch sehr zornig sein, wenn er entdeckte, dass sie sich bis zum Herrenhaus gewagt hatte. Er hatte ihr nämlich eingeschärft, dass sie die Familie nicht belästigen dürfe. Anderenfalls könne er seine Stellung verlieren.

Im Schatten des Hauses angelangt, ging der Junge langsamer. Dann, als sie auf die Treppe zuhielten, schaute er zu ihr herab. »Kannst du noch?«

Sie bejahte, brachte aber kaum mehr als ein Piepsen zustande.

Daraufhin blieb er stehen und musterte sie aufmerksam.

»Wie heißt du?«, wollte er wissen.

»Sarah.«

»Mein Name ist Simon.« Er schaute zum Haus, das jetzt vor ihnen aufragte, so gewaltig und erhaben, dass sie kaum zu atmen wagte. »Komm mit hinein. Man wird sich um dich kümmern, dafür werde ich sorgen.«

Unsicher leckte sie sich über die Lippen, dann flüsterte sie: »Mein Papa hat gesagt, ich darf die Familie nicht stören.«

»Du wirst niemanden stören.« Das klang wie ein Versprechen.

Sie sah ihn an. Sie hätte keinen Grund dafür nennen können, aber sie vertraute ihm ganz und gar. Hätte er ihr erzählt, er unternehme tägliche Ausflüge auf den Mond, sie hätte ihm geglaubt.

»Ich habe dich mehr schlecht als recht verarztet«, fuhr er

fort. »Darum soll sich Mrs. Hope deine Kratzer ansehen. Sie hat eine Salbe, mit der sie im Nu verheilen werden.«

Sarah hatte noch nie von einer Mrs. Hope gehört, doch die Kratzer brannten, stachen und juckten. Eine schnell heilende Salbe wirkte auf sie ebenso verlockend wie der Reiz des Verbotenen.

Sie nickte.

»Dann komm.« Behutsam nahm er sie bei der nicht ganz so malträtierten Hand.

Er führte sie die Treppe hinauf und in einen großen Raum, den größten, den sie je gesehen hatte. Ihre zögerlichen Schritte gerieten vollends ins Stocken. Offen und kalt und gewaltig war er, und es standen keine Möbel darin außer einigen Bänken und Tischen an den Wänden. Die eisernen, zu Weinranken geschmiedeten Beine trugen schwere Marmorplatten und die Tische wiederum schöne Vasen und Büsten wichtig aussehender Männer. Der Raum wirkte beinahe blendend hell, denn die großen Steinquader der Wände waren weiß, ebenso der Stuck an der Decke. Farbliche Abwechslung boten nur die schwarzen Bodenplatten, die im Schachbrettmuster angeordnet waren, und der enorme vergoldete Kronleuchter in der Mitte.

Sarah legte den Kopf in den Nacken und schaute zu den kunstvollen Stuckornamenten an der Decke. Himmelhoch kam sie ihr vor.

Simon stand neben ihr und tat es ihr gleich. Bei einem heimlichen Seitenblick beobachtete sie seine Miene – er wirkte, als sähe er den Raum auch zum ersten Mal.

Sie griff fester um seine Hand. »Bist du sicher, dass wir hereindürfen?« Selbst Geflüster hallte zwischen diesen Wänden.

Simon schüttelte ab, was immer er soeben gedacht hatte,

und lächelte sie an. »Natürlich. Das ist die Marmorhalle. Hier halten wir uns selten auf. Komm.«

Er führte sie weiter und hielt auf eine von zwei Türen zu, zwischen denen eine Marmorskulptur stand: ein bärtiger nackter Mann und zwei nackte Knaben rangen mit einer Riesenschlange, die sich bereits um ihre Leiber geschlungen hatte. Nach ihren schmerzverzerrten Gesichtern zu urteilen, wurden die drei von ihr zerquetscht.

Vor der Tür blieb der Junge stehen, da er zweifellos bemerkte, dass sie die Statue mit offenem Mund bestaunte. »Kennst du die Geschichte von Laokoon?«

Sie schüttelte stumm den Kopf. Von einem Laokoon hatte sie noch nie gehört. Sie hatte auch noch nie einen nackten Mann oder einen nackten Knaben gesehen. Oder etwas so Böses wie diese Schlange.

»Hast du schon einmal vom Trojanischen Krieg gehört?« Er zögerte, während sie den Kopf schüttelte. »Nun, es gab einen Krieg zwischen den Trojanern und den Griechen. Laokoon war der Sohn des trojanischen Königs. Die Griechen planten, die Trojaner zu überlisten, und schenkten ihnen ein riesiges Pferd aus Holz. Laokoon traute dem Ganzen nicht und warnte vor dem Geschenk. Die Götter standen aber auf der Seite der Griechen, und Laokoons Warnung machte sie wütend. Poseidon, der Gott des Meeres …«

»Von dem habe ich gehört!«, rief Sarah aus und hielt sich an das eine Element der Geschichte, das ihr bekannt war. Mama hatte ihr abends oft von den griechischen Göttern erzählt.

»Nun, Poseidon schickte die Riesenschlange aus dem Meer, damit sie Laokoon und seine beiden Söhne tötet. Und das wird hier dargestellt.«

Sarah starrte die Figuren an. Sie war dem Tod schon einmal begegnet. Vor Kurzem erst. Jemanden sterben zu sehen war schlimm. Warum um alles in der Welt wollte jemand tagtäglich an den Tod erinnert werden?

Simon sah ihren Blick. »Ich mag sie auch nicht«, bemerkte er leise.

Nachdem sie die grausige Szene noch eine weitere Minute stirnrunzelnd betrachtet hatten, öffnete Simon die Tür und führte Sarah in einen Raum, der kleiner, aber genauso prächtig war. Im Gegensatz zu der Halle war dieser warm, bunt und voller Lachen. Auf einem rot-gold-braun gemusterten Teppich lagen Kinderspielzeuge verstreut, und in dem großen Kamin loderte ein Feuer.

Abrupt und mit klopfendem Herzen blieb Sarah auf der Schwelle stehen, denn es wimmelte geradezu von Menschen, und sobald sie eingetreten waren, richteten sich alle Augen auf sie.

Oh nein, dachte sie entmutigt. In der Mitte stand eine Frau mit einem Kleinkind auf dem Arm, ringsherum lauter Kinder, die ihrem Alter nach zwischen Sarah und Simon lagen, und alle waren Jungen.

Das war also die herrschaftliche Familie. Das musste sie sein. Diener trugen keine seidenen Kleider und auch nicht so feine Wolle und Leinen wie diese Jungen. Diener spielten nicht zwischen seidenen Wandbehängen und persischen Teppichen. Ihre Spielzeuge waren nicht aus goldverziertem Elfenbein.

Papa würde ungeheuer wütend sein.

Sarah wurde es mulmig. Simon hatte sie genau dorthin gebracht, wo sie unter keinen Umständen sein durfte. Und nichts belastete sie schwerer als der Gedanke, ihren Vater zu enttäuschen. Seit Mama tot war, hatte sie nur noch ihn.

Sie wollte Simon die Hand entziehen, aber er hielt sie fest, sodass sie neben ihm stehen bleiben musste.

Die Frau, die von den Kindern umringt war, trug ihr rotbraunes, schon ein wenig grau meliertes Haar kunstvoll gelockt und hochgesteckt. Nur ein paar Locken hingen neben ihren Wangen herab. All die hübsche blaue Seide betonte ihren voluminösen Busen und die schmale Taille. Das Kleinkind hatte noch dunklere Haare als seine Mutter. Ob es ein Mädchen oder ein Junge war, rätselte Sarah noch. Jedenfalls hatte es ein rosiges Gesicht und im Nacken weiche Ringellöckchen.

Die Herrin des Hauses war eine Herzogin. Sarah hatte sich immer gewünscht, eines Tages mal eine zu sehen.

Es konnte kein Zweifel bestehen: Diese Frau war keine Amme, obwohl sie von Kindern umringt war und sogar eines auf der Hüfte trug. Nein, sie musste die Herzogin von Trent sein.

Nun also stand eine wirkliche Herzogin vor ihr. Doch Sarah blutete und war schmutzig, ihre Strümpfe und das Kleid waren zerrissen. Wie gern hätte sie die blaue Seide angefasst, die den Körper der schönen Dame umschmeichelte.

Wäre es möglich, an Schamgefühl zu sterben, wäre Sarah auf der Stelle tot umgefallen.

Als die Herzogin bemerkte, wie Sarah sich an Simons Hand festhielt – umso fester, seit sie den Stand der Dame erkannt hatte –, lächelte sie. »Was für ein Wesen hast du uns denn diesmal gebracht, Liebling? Eine Waldnymphe?«

Liebling? Sarah zog die Brauen fast bis zum Haaransatz hoch.

Simon zuckte die Achseln, und ein leichter Verdruss zeigte sich auf seinem Gesicht. »Bin mir nicht sicher. Ich hab sie im Kampf mit einem hinterhältigen Brombeerbusch am Bach gefunden.«

»Komm näher, Kind.« Die Herzogin rückte das Kleinkind

auf ihrer Hüfte zurecht – solch eine vornehme Dame tat etwas so Gewöhnliches? Sollten nicht niedere Leute ihr Kind tragen?

Simon trat vor und zog Sarah mit sich.

»Wie heißt du? Woher kommst du?«

Sarah öffnete den Mund, aber es wollte kein Wort herauskommen.

»Sie sagte, ihr Name sei Sarah und sie wohne hier«, antwortete Simon an ihrer Stelle.

Die Herzogin zog ihre dunklen Brauen hoch. »Tatsächlich?«

»Runter, Mama!«, quengelte das Kleinkind und wand sich in ihrem Arm. »Runter, runter, runter.«

Seufzend und ohne hinzusehen, ließ sie das Kind auf den Boden. Es schaute Sarah neugierig an, dann rannte es zu den Jungen. Sarah konnte den Blick nicht lange genug von der Dame losreißen, um zu erfassen, was im hinteren Teil des Raumes vor sich ging.

»Ich kann mich nicht entsinnen, auf Ironwood Park kleine Mädchen wohnen zu haben«, überlegte die Herzogin laut. »Du vielleicht, Simon?«

»Nein, Ma'am. Andererseits bin ich nicht daheim gewesen. Sind diesen Sommer keine neuen Angestellten gekommen?«

»Nein, nur …« Ihre Augen leuchteten auf. »Der neue Gärtner. Fredericks hat ihn eingestellt. Gesehen habe ich ihn noch nicht. Vielleicht gehört sie zu ihm.«

Simon schaute Sarah an. »Bist du die Tochter des Gärtners?«

Auf einer Lippe kauend blickte Sarah auf den schönen Teppich hinunter, den sie mit ihren schmutzigen Füßen betreten hatte, und wusste, sie hatte einen schrecklichen Fehler begangen. Sie hätte Simon aufhalten müssen, als sie am Gärtnerhaus angelangt waren. Sie hätte nicht in das Herrenhaus gehen dürfen. Was hatte sie sich nur dabei gedacht?

Sie hatte gar nicht gedacht.

»Ja«, antwortete sie leise.

Eine feste Hand griff ihr unters Kinn und zwang sie, den Kopf zu heben und in das ernste Gesicht der Herzogin zu sehen. Sarah traten Tränen in die Augen. Dieser Moment war ihre einzige Chance.

»Bitte«, flüsterte sie mit belegter Stimme. »Bitte, entlassen Sie meinen Papa nicht.«

Die Dame kniff die Augen ein wenig zusammen, und Sarah rutschte das Herz in die Hose.

»Was hat dein Papa getan?«

Sarah erschrak. »Gar nichts!«

»Warum sollte ich ihn dann entlassen?«

Sarah schoss Simon einen hilfesuchenden Blick zu.

»Mutter«, sagte er ruhig, »du machst ihr Angst.«

Die Herzogin ließ Sarahs Kinn los. Sarah stand mit heißen Wangen da. Mutter? Also gehörte Simon zur Familie. Ach, sie war wirklich ein Riesendummkopf.

»Ich habe sie hergebracht, weil ihre Wunden versorgt werden müssen.« Ein Anflug von Gereiztheit hatte sich in seinen Ton geschlichen. »Wo ist Mrs. Hope?«

»Ich habe nicht die leiseste Ahnung.« Die Herzogin drehte sich zu den Jungen um. »Mark, mein Schatz, bist du so gut und holst uns Mrs. Hope her? Sag ihr, sie soll die Salbe mitbringen, die sie bei euch Lumpenkindern verwendet, wenn ihr euch die Knie aufgeschlagen habt. Sam, du gehst bitte zu unserem neuen Gärtner, ja? Sag ihm, seine Tochter sei verletzt. Lass ihn aber auch wissen, dass es nichts Ernstes ist. Bring ihn zu uns, wenn er es wünscht.«

Sarah erschrak. Ihr Vater hatte sie noch nie geschlagen, nun jedoch hatte sie sich etwas Ernstes zuschulden kommen lassen und eine Tracht Prügel verdient. Hoffentlich würde er damit warten, bis sie allein wären. Nichts wäre so entwürdigend, wie im Beisein von Simon geschlagen zu werden.

»Darf ich mit Sam gehen, Mama?«

»Ja, Luke, aber bleibe bei ihm und komm sofort wieder hierher. Verstanden?«

»Ja, Ma'am.«

»Ich auch?«, fragte der kleinste Junge. »Ich will auch mit, Mama.«

»Also gut, Theo, aber lauf deinen Brüdern nicht weg.«

Als die Tür hinter den vier Jungen leise zufiel, lief das Kleinkind zurück zur Herzogin. Es ist ein Mädchen, dachte Sarah. Das schloss sie mehr aus den Gesichtszügen als aus dem Kleidchen. Die Herzogin nahm es an der Hand und wandte sich Sarah wieder zu. »Wirklich, Kind, du brauchst keine Angst zu haben. Du hast nichts Falsches getan.« Ein leichtes Lächeln spielte um ihre Lippen. »Der Herzog sagte, du habest mit einem Busch gekämpft. Du wirst ihn sicherlich nicht zu dem Angriff ermutigt haben.«

Langsam, als steckte sie bis zum Hals in einem Bottich mit Sirup, drehte Sarah den Kopf zu Simon. »Der Herzog?«, flüsterte sie.

Ohne sich ihrem fragenden Blick so ganz zu stellen, zuckte Simon die Achseln, und Sarahs Herz schlug ihr bis zum Hals.

»Ich sehe, er hat sich dir nicht gebührend vorgestellt«, sagte die Herzogin und sodann an ihren Sohn gewandt: »Ach, Liebling, musst du denn immer die Tatsache übergehen, dass du jetzt der Herzog bist? Es sind nun schon fast drei Jahre.«

»Wir hatten noch keine Gelegenheit, uns angemessen miteinander bekannt zu machen. Glaub mir, Mutter«, fügte er trocken hinzu, »wann immer es dazu kommt, werde ich nicht vergessen, den Titel zu erwähnen.«

Nach einem stillen Blick auf ihren Sohn lächelte die Herzogin. »Natürlich nicht.« Sie hielt Sarah die Hand hin. »Nun komm, Kind, und setz dich. Dein Knie blutet noch. Im Stehen tut es gewiss weh.«

Sah schaute zu dem makellosen Seidensofa, auf das die Herzogin zeigte, und schüttelte den Kopf. Es war so schön, von einem satten Purpur, wie sie es noch nie gesehen hatte, und es leuchtete in der Sonne, die zum Fenster hereinschien. »Oh nein, Ma'am. Ich kann nicht. Ich bin zu schmutzig.«

»Wenn ich mich vor ein wenig Schmutz und Blut fürchtete, wäre ich nicht imstande gewesen, auch nur ein Kind großzuziehen. Aber ich ziehe sechs groß und kann dir versichern, dass du nicht zu schmutzig bist, um auf meinem Sofa zu sitzen.«

Simon blickte sie ermutigend an. »Ich denke, du solltest dich setzen.«

Also nahm sie die ausgestreckte Hand und ließ sich von der vornehmen Dame zum Sofa führen. Simon half ihr, es sich auf der glänzenden Polsterfläche bequem zu machen, bevor er sich ebenfalls darauf niederließ. Die Herzogin nahm auf einem eleganten Sessel gegenüber Platz, ihr Töchterchen wanderte zu den bunten Spielsachen in der Ecke. Sarah betrachtete die Herzogin, die aussah wie eine Märchenkönigin auf ihrem Thron. Dann schenkte sie Sarah ein Lächeln, das dem ihres Sohnes an Freundlichkeit nicht nachstand. »Möchtest du eine Tasse Tee, Sarah? Ich werde läuten.«

»Äh ...?« Sie sah Simon fragend an.

Er nickte und zwinkerte ihr zu, was ihr das Gefühl gab, als hätte gerade eine Verständigung zwischen ihnen beiden stattgefunden, obwohl sie deren Inhalt nicht begriffen hatte. Dann wandte er sich an seine Mutter: »Etwas warme Milch?«

Lächelnd blickte Sarah in ihren Schoß. Das klang wirklich nett.

»Natürlich.« Die Herzogin läutete, und ein zierliches Dienstmädchen kam und nahm die Anweisung entgegen, das Gewünschte aus der Küche zu holen. Es streifte Sarah mit keinem geringschätzigen Blick, sondern beeilte sich, der Anordnung Folge zu leisten.

Nachdem sich die Tür wieder geschlossen hatte, sahen der Herzog und seine Mutter ihren Gast erwartungsvoll an, und Sarah wurde sich der abwegigen Situation vollends bewusst.

Sie saß im Salon eines Herzogs. Soeben hatte man ihr Tee angeboten, und nun blickten ein Herzog und eine Herzogin sie an, als erwarteten sie von ihr, eine wichtige Unterhaltung zu beginnen. Zerkratzt und blutend ließ sie die Beine von einem vornehmen Sofa baumeln und machte dabei Schmutzflecke hinein.

Ein bisschen verzweifelt und auf eine ganz andere Art von Rettung hoffend, schaute Sarah zur Tür.

»Sie ist charmant, nicht wahr, Simon? Und hübsch dazu, nehme ich an, unter all dem Schmutz. Das Beste, was uns heute passiert ist.« Die Herzogin machte ein Gesicht, als denke sie noch einmal darüber nach. »Nun, abgesehen von den leidigen Schürfwunden.«

In dem Moment ging die Tür auf, und eine ältere Frau mit flauschigen weißen Haaren eilte herein. Simon stand auf. »Mrs. Hope, danke für Ihr rasches Erscheinen.«

Die Angesprochene knickste. »Euer Gnaden.«

Sarah hätte auch knicksen und »Euer Gnaden«, sagen sollen, zu Mutter und Sohn. Sie hätte zumindest vom Sofa aufstehen müssen. Doch nun war es zu spät dafür, denn Mrs. Hope kam bereits mit einer Flasche in der Hand auf sie zu. Sarah wich gegen die Polsterlehne zurück.

»Nun, meine Kleine, sehen wir uns die Kratzer einmal an.« Mrs. Hope ging vor ihr in die Hocke, nahm zunächst Sarahs Arme in ihre sanften Hände und zog ihr dann behutsam die Strümpfe von den wunden Knien. »Die müssen wir zuerst einmal waschen. Binnie, gib mir ein Handtuch.«

Sarah bemerkte erst jetzt das junge dunkelhaarige Dienstmädchen, das mit Mrs. Hope hereingekommen war. Es stand neben dem Sofa bereit, mit einer Schüssel und mehreren weißen Handtüchern, von denen es nun eines Mrs. Hope reichte. Diese reinigte Sarahs Knie, wobei sie sich murmelnd darüber ausließ, wie schrecklich die Verletzungen aussähen, in Wirklichkeit aber gar nicht schlimm seien, und nachdem sie sie trocken getupft und Salbe aufgetragen hätte, werde sich die Patientin wieder springlebendig fühlen. Einmal, als Mrs. Hope ihr das Kleid anhob und auf die Oberschenkel raffte, drehte sie den Kopf zu Simon. »Wäre sie nur ein bisschen älter, Euer Gnaden, würde ich Sie hinausschicken.«

Simon verzog keine Miene. »Ich habe sie gefunden, also bin ich für sie verantwortlich. Ich werde bleiben, bis ich sicher sein kann, dass sie rundum versorgt ist.«

Sarah lächelte ihn schüchtern an. Dank ihm ging es ihr schon viel besser. Sie hätte sich einen Herzog nicht so freundlich vorgestellt. Auch eine Herzogin nicht.

Seit sie mit Papa nach Ironwood Park gezogen war und im Schatten des Herrenhauses wohnte, war durch seine strengen Ermahnungen, der Familie unter allen Umständen fernzubleiben, in ihr die Vorstellung entstanden, die Trents seien ein Haufen kalter, unfreundlicher Aristokraten, die sie beiseitefegen würden wie eine lästige Fliege – falls sie sich überhaupt herabließen, sie anzusehen. Doch sie waren ganz anders. Unter dem großen Giebeldach lebte trotz des vielen Pomps aus Marmor, Seide und Vergoldungen eine erstaunlich normale Familie.

Einer der Jungen – Mark, wie Sarah sich erinnerte – kam mit einem dampfenden Becher in den Händen zurück, den die Herzogin ihm abnahm und, nachdem sie ein paarmal hineingeblasen hatte, Sarah reichte. Die warme süße Milch war wohltuend. Sarah trank und blieb ansonsten so starr wie dieser Laokoon, während Mrs. Hope die nach Wald riechende Salbe auftrug. Wenn Laokoon stillhielt, obwohl er von einer Riesenschlange erdrückt wurde, dann würde sie wohl die brennenden Schmerzen am Knie klaglos ertragen können.

Und wenn Simon sie für tapfer hielt, dann wollte sie tapfer sein.

Kurz darauf ging erneut die Tür auf, und ein Diener trat ein, gefolgt von ihrem Vater. Er stürzte an dem Diener vorbei, blieb abrupt stehen, straffte die Schultern und zog seinen breitkrempigen Gärtnerhut vom Kopf, während die Jungen hinter ihm hereindrängelten.

»Euer Gnaden.« Er verbeugte sich tief vor Simon und dessen Mutter. »Bitte verzeihen Sie mir. Meine Tochter …«

»Ah, Sie müssen Mr. Osborne sein.« Die Herzogin erhob sich aus dem Sessel, um ihn zu begrüßen. »Willkommen auf Ironwood Park. Ich hoffe, Ihnen gefällt das Anwesen.«

Sein Blick huschte zu Sarah, die ihn furchtsam anschaute, aber noch von der fürsorglichen Mrs. Hope aufgehalten wurde, die ihr Bein festhielt. Daher konnte sie nicht an seine Seite eilen, obwohl er es ihr mit stummer Miene befahl.

»Ironwood Park ist idyllisch, Euer Gnaden. Es ist mir eine Ehre, hier angestellt zu sein. Das Gelände ist meisterhaft gestaltet, und ich werde mein Bestes tun, seine Pracht zu erhalten.«

Sarah schluckte schwer. Sie begriff, was Papa gerade tat. Er wollte die Herzogin überzeugen, dass er seine Pflichten zu ihrer Zufriedenheit erfüllen würde, trotz des ungezogenen Verhaltens seiner Tochter.

Er versuchte, seine Stellung zu sichern. Und es war Sarahs Schuld, dass er dazu gezwungen war.

»Es ist ganz hübsch, nicht wahr? Knaben, ihr dürft nun gehen«, sagte die Herzogin mit einem Wink zur Tür. »Bis zum Dinner spielt ihr draußen. Gebt aufeinander acht, und bitte ruiniert euch heute einmal nicht die Kleider.«

»Ja, Mama!« Die vier liefen aus dem Salon, aber Simon rührte sich nicht von seinem Platz. Er stand schweigend da, die Haltung aufrecht, die Hände hinter dem Rücken verschränkt. Mit einem Ausdruck ernster Höflichkeit betrachtete er Sarahs Vater.

Die Herzogin lächelte ihren Gärtner an. »Der Herzog hat Ihre Tochter vor einem angriffslustigen Brombeerstrauch gerettet.« Ihre dunklen Brauen hoben sich zu zwei makellos geformten Bögen. »Niemand hat mich informiert, als wir Sie einstellten, dass Sie auch eine Familie haben, Mr. Osborne. Fredericks hat das versäumt. Ich habe ihm immer wieder eingeschärft, mir über jeden, der auf Ironwood Park lebt, alles zu sagen.«

Papa neigte den Kopf. »Wir sind nur zu zweit, meine Sarah und ich, Euer Gnaden. Meine Frau ist … im vorigen Jahr gestorben.« Papa konnte noch immer nicht davon sprechen, ohne dass seine Stimme schwankte. »Ich habe Mr. Fredericks versprochen, meine Tochter nicht in Ihre Nähe zu lassen.«

Die Herzogin winkte ab. »Je mehr Kinder an diesem kalten, betrüblichen Ort herumtollen, desto einladender und freundlicher wird er. Und Ihre Tochter ist trotz ihrer wilden Erscheinung ein Inbild der Lieblichkeit. Ganz abgesehen davon, dass es in diesem Hause am weiblichen Geschlecht mangelt.«

»Wir haben Esme«, stellte Simon heraus.

Die Herzogin lachte. »Ich vergesse immer wieder, dass mein Jüngstes ein Mädchen ist. Das arme Ding – bei fünf älteren Brüdern wird sie sich wahrscheinlich in einen ebensolchen Rabauken verwandeln wie sie und nicht in eine schickliche junge Dame.«

Papa warf einen Blick auf das Kleinkind, dann schaute er die Herzogin an, sichtlich unsicher, was er darauf erwidern könnte.

»Aber nun zurück zu Ihrer Tochter«, sagte die Herzogin. »Wie gesagt war Sarah dem brutalen Angriff eines dornenbewehrten Bösewichts ausgesetzt. Unsere Haushälterin hat mir jedoch versichert, der Schaden sei gering. Ich kann Ihnen erleichtert mitteilen, dass die Kratzer nicht tief sind und sich dank Mrs. Hopes Wundersalbe keine Narben bilden werden, mit Ausnahme am Knie vielleicht.«

Papa nickte knapp und räusperte sich. »Meine Tochter neigt dazu herumzustreunen. Doch das wird nicht wieder vorkommen, das verspreche ich. Sie wird von jetzt an in unserem Cottage bleiben.« Sein Tonfall kündete schon von weiteren Strafen, und Sarah ließ bedrückt die Schultern hängen.

»Oh, aber, Mr. Osborne, für Kinder ist es ganz natürlich, herumzustreunen, die Umgebung zu erkunden und auf Entdeckungsjagd zu gehen. Erst recht, wenn sie an einen unbekannten Ort kommen. Ich habe meine Kinder immer ermuntert, dies zu tun, soweit ihre Neugier geweckt war.«

Papa sperrte verblüfft den Mund auf, doch er fasste sich

rasch und verneigte sich ergeben, den Hut an seine Brust gedrückt. »Dennoch, Ma'am, sollte meine Tochter nicht über das Gelände streifen, als gehörte es ihr. In Zukunft wird sie das nicht mehr tun.«

Die Züge der Herzogin wurden weich. »Können Sie von einem Kind ihres Alters und ihrer Lage wirklich verlangen, den ganzen Tag in dem Cottage zu sitzen, während Sie Ihren Pflichten nachgehen? Kein Kind sollte derart eingeschränkt werden, Mr. Osborne.«

Papa schaute zu Sarah und gab keine Antwort. Offenbar wollte er am liebsten hinaus und wieder seine geliebten Büsche beschneiden.

Die Herzogin sah zwischen Sarah und dem Gärtner hin und her, einen merkwürdigen Schimmer in den braunen Augen. »Sagen Sie, kann Sarah lesen?«

Papa stutzte bei dieser unerwarteten Frage, dann reckte er stolz den Kopf. »Aber ja, Ma'am. Ihre Mutter war recht gebildet – sie war Lehrerin an der Pfarrschule, bevor wir geheiratet haben. Sie hat unserem Mädchen Lesen und Schreiben beigebracht.«

Die Herzogin klatschte in die Hände. »Ah, ich dachte es mir doch! Sie hat so eine Art, sich auszudrücken ...« Nachdenklich wandte sie sich an Sarah, die Mrs. Hope einen Arm hinstreckte und sich die Kratzer mit Salbe betupfen ließ. »Möchtest du gern mehr lernen, Liebes?«

Unsicher, was sie darauf antworten sollte, schaute Sarah ihren Vater an. Natürlich wollte sie Ja sagen, denn sie war wissbegierig. Besonders über den Trojanischen Krieg, den Simon erwähnt hatte, wollte sie mehr erfahren. Wenn Mama noch lebte, würde Sarah nach Hause rennen und sie bitten, ihr die Geschichte sofort zu erzählen.

Würde Papa aber wollen, dass sie antwortete?

Die Herzogin folgte ihrem Blick. »Ich sehe, sie wendet sich an Sie, Mr. Osborne. Nun denn, hatte Ihre Tochter Freude am Lernen?«

»Das hatte sie«, gab Papa widerstrebend zu. »Große sogar.«

»Fein!«, rief die Herzogin aus und klatschte in die Hände. »Dann ist es beschlossene Sache.«

Alle blickten sie fragend an, auch Simon. »Was ist beschlossene Sache, Mutter?«

»Von morgen an wird Miss Sarah Osborne am Unterricht bei Miss Farnshaw teilnehmen.«

Niemand sprach ein Wort. Sarah sah ihren Vater sprachlos vor Verblüffung dastehen.

Und so kam es, dass eine Gärtnerstochter mit den Sprösslingen eines Herzogs zusammen erzogen wurde.

1

Sechzehn Jahre später

»Willkommen daheim, Euer Gnaden.«

Simon schaute den Stallburschen an, der ihm die Zügel abgenommen hatte. »Danke, Tanner. Sind meine Brüder schon eingetroffen?«

»Ja, Sir. Aller außer Lord Lukas.«

Simon biss verärgert die Zähne zusammen und stieg aus dem Sattel. Es hätte ihn nicht überraschen sollen, dass Luke seinen Wunsch ignorierte – Simon hatte den Brief an sein Haus in London geschickt, ohne zu wissen, ob sein Bruder sich dort überhaupt aufhielt. Er konnte sich ebenso gut seit Tagen in einem unzüchtigen Etablissement oder bei einer ausgedehnten Zechtour vergnügen. Möglicherweise war sein Schreiben gar nicht in Lukes Hände gelangt.

Tanner führte das schweißbedeckte Tier in den Stall, als Simon sich den Säulen am Vordereingang des Hauses näherte. Fast drei Jahre lang war er nicht mehr auf dem Familiensitz gewesen, aber Ironwood Park hatte sich nicht verändert. Allerdings hatte er das auch nicht erwartet. Ironwood Park veränderte sich nie.

Ebenso wenig Mrs. Hope. Sie stand oben auf der Treppe, um ihn voller Freude willkommen zu heißen. Mit ihrer blassen Haut, den rosigen Wangen und den hochgesteckten weißen Haaren sah sie aus wie immer.

Der Anblick löste etwas in ihm aus. So war es immer – nicht Ironwood Park selbst, sondern die Menschen, die hier wohnten, gaben ihm das Gefühl, nach Hause zu kommen.

»Euer Gnaden«, sagte Mrs. Hope herzlich, »willkommen daheim.« Dann furchte die Sorge ihre Stirn, und er verstand. Es tat ihm weh, unter diesen Umständen heimzukehren. Er bedauerte, dass er in letzter Zeit so beschäftigt gewesen war und nur ein Notfall von diesem Ausmaß ihn zu einem Besuch bewegen konnte.

Er nahm Mrs. Hopes verschränkte Hände in die seinen und drückte sie. »Ich danke Ihnen, Mrs. Hope.«

Dann erschien Esme hinter der Haushälterin, in einem Kleid so dunkel wie ihr Haar, und er wandte sich ihr zu, um sie zu begrüßen.

»Esme, du siehst gut aus.«

Und das tat sie. Erschrocken stellte er fest, dass sie sich seit fast einem Jahr nicht gesehen hatten. Seit damals war sie gewachsen und zu voller Weiblichkeit herangereift.

»Danke«, murmelte sie mit niedergeschlagenen Augen. »Du auch.«

»Kommen Sie herein, Euer Gnaden«, befahl Mrs. Hope. »Sie werden sich umziehen wollen, bevor Sie zu ihren Brüdern gehen. Sie möchten sich vor dem Dinner im Salon treffen, und das Dinner wird in«, sie blickte auf ihre Taschenuhr, »einer guten Stunde serviert.«

Die Dämmerung hatte sich wie eine weiche Decke über das Haus gesenkt – auf Ironwood Park aß man stets früher zu Abend als in London. »Ausgezeichnet«, sagte er. Und zu seiner Schwester: »Wir sehen uns in ein paar Minuten im Salon.«

Sie blickte zu ihm auf, und da erst sah er die Tränen in ihren Augen schimmern. Spontan legte er eine Hand auf ihre Schulter, spürte aber sofort, wie sie sich versteifte. Es hatte eine tröstliche Geste sein sollen, doch Esme war von ihm so etwas nicht gewöhnt und empfand sie offenbar als unangenehm. Er zog die Hand zurück und sagte leise: »Mach dir keine Sorgen. Wir werden sie finden.«

Esme nickte mit tränenverschleiertem Blick, dann sah sie hastig blinzelnd weg. In dem Moment erschien Fredericks im Durchgang zur großen Treppe. Nachdem Simon mit ihm ein paar Grußworte gewechselt hatte, scheuchte Mrs. Hope ihn nach oben in sein Ankleidezimmer, wo eine Schüssel mit heißem Wasser auf dem Waschtisch dampfte und Kleider zum Wechseln für ihn bereitgelegt waren.

Er wusch und rasierte sich. Die Stille in dem Zimmer kam ihm laut vor nach dem städtischen Getriebe in London und Burtons unaufhörlichem Redestrom. Wegen der Dringlichkeit seines Besuchs hatte er seinen Kammerdiener in London gelassen, wo er vermutlich zufrieden mit dem neuen Anzug beschäftigt war, den er für Simon während seiner Abwesenheit schneidern lassen wollte.

Simon zog sich eine lederfarbene Hose an, knöpfte sich die bordeauxgestreifte Weste und den dunklen Frack zu, kämmte sich sodann und schaute in den Spiegel in sein ernstes Gesicht. Die Krähenfüße an den Augenwinkeln sprachen von Erschöpfung – er war nach der Parlamentssitzung gestern in London losgeritten, hatte unterwegs das Pferd gewechselt, aber nicht übernachtet. Seine Augen wirkten trübe, das Grün nicht so hell wie gewöhnlich, sondern dunkel. Er holte tief Luft und atmete langsam aus.

Es war Zeit, seinen Geschwistern gegenüberzutreten und ihnen einen Plan zu unterbreiten. Den er leider noch nicht hatte.

Er verließ das Ankleidezimmer und ging nach unten. Mit gemessenen Schritten näherte er sich dem Salon. An der Tür angelangt zögerte er nicht, sondern trat ein und schloss sie hinter sich, bevor er sich umdrehte und schaute, wer anwesend war.

Außer Luke waren alle da.

Samson, sein älterer Halbbruder, lehnte an der Laibung des hohen rechteckig verglasten Fensters am anderen Ende des Raumes. In dem Jahr, bevor Mama den Herzog von Trent heiratete, hatte sie Sam unehelich zur Welt gebracht. Für die Eheschließung hatte sie es unter anderem zur Bedingung gemacht, Sam behalten und mit den künftigen leiblichen Kindern des Herzogs aufziehen zu dürfen. Aus Gründen, die Simon nicht kannte, hatte sein Vater eingewilligt und Sam sogar den Namen Hawkins verliehen. Dieses eine Versprechen hatte er stets gehalten, wenngleich er nie so weit gegangen war, Sam wie einen Sohn zu behandeln.

Sam hatte nach draußen geschaut, drehte sich bei Simons Eintreten aber herum. Er war seit fast fünf Jahren nicht mehr zu Hause gewesen. Seine Arbeit im Dienst der Krone nahm ihn völlig in Anspruch. Simon traf sich aber manchmal mit ihm in London. Sam war schon immer ein ernster Mensch gewesen, das Militär hatte ihn jedoch hart gemacht, ihm einen permanent kalten und gleichgültigen Gesichtsausdruck verliehen, der wohl nie wieder verschwinden würde, wie Simon annahm. Dafür hatte sein Bruder schon zu viel erlebt.

Seine nächstjüngeren Brüder Theodore und Markos saßen nebeneinander auf dem pflaumenblauen Sofa. Sie hatten die gleichen hellbraunen Haare und Augen und waren einander so ähnlich, dass sie oft für Zwillinge gehalten wurden, unterschieden sich jedoch sehr hinsichtlich ihres Charakters. Theo war still und gebildet wie Esme, Mark war dagegen derjenige in der Familie, der Leichtigkeit in eine Unterhaltung bringen konnte. Heute jedoch wirkte er düster und starr, seine gewohnte Überschwänglichkeit war durch den Ernst der Situation gedämpft.

Simon wandte sich dem Tisch in der Mitte zu, wo Esme gerade Tee einschenkte, und sein Blick fiel schließlich auf Sarah Osborne, die neben seiner Schwester stand und ihr zur Hand ging.

Bei ihrem Anblick erwachte sein Körper sofort, selbst nach all der Zeit. Verlangen, Sehnsucht, Begierde, das alles durchschoss ihn in einem Hitzeschwall. Verflucht. Sie war schöner denn je.

Als er zuletzt auf Ironwood Park gewesen war, hatte er die Hände nicht von ihr lassen können. Und er hatte es weiß Gott versucht.

Wie sie mit den Lippen seinen Mund liebkost, wie sich ihr Körper unter seinen Händen angefühlt hatte ... Drei Jahre waren seitdem vergangen. Er hätte das längst vergessen müssen.

Aber wie könnte er diese Lippen vergessen, die süßesten, die er je gekostet hatte? Wie könnte er die Rundung ihres Gesäßes, ihre weichen, vollen Brüste vergessen?

Wie könnte er vergessen, dass er die Situation einer unschuldigen jungen Frau ausgenutzt hatte, die in seinem Hause arbeitete, in seinen Diensten stand? Wie könnte er sich verzeihen, nachdem er eine Grenze überschritten hatte, die er niemals, unter keinen Umständen hätte überschreiten dürfen?

Nun hatte sie die ganze Macht ihres breiten Lächelns auf ihn gerichtet und neigte kurz den Kopf, während sie in einen Knicks sank. »Euer Gnaden.«

»Guten Abend, Sarah.« Er schaute sie an, nahm ihre dunklen Haare, den schwarzen Wimpernkranz, die großen blauen Augen, ihren Porzellanteint, ihre gertenschlanke Gestalt in sich auf, vielleicht eine Sekunde zu lang, bevor er seine Aufmerksamkeit gezwungenermaßen seinen Brüdern zuwandte. »Ich bin froh, dass ihr alle so schnell kommen konntet«, sagte er.

»Wo ist Luke?«, fragte Theo. »Du hast ihm doch auch geschrieben, nicht wahr?«

Nachdem er die Tasse Tee von Sarah entgegengenommen und sich dafür bedankt hatte, trat er auf ihn zu. »Das habe ich getan. Offenbar hat er sich entschieden, nicht zu reagieren.«

Darauf herrschte erst einmal Schweigen. Schließlich ließ Sam sich vom Fenster her vernehmen: »Oder er hat die Aufforderung nicht bekommen. Wir wissen schließlich, wie Luke zu Mutter steht.«

»Schon möglich«, räumte Simon ein. Sam hatte recht: Luke betete seine Mutter an, so unzulänglich er sonst auch sein mochte. »Mir war nicht bekannt, wo er sich derzeit aufhält. Ihr wisst ja, er kann überall sein.«

Theo stieß einen leisen Pfiff aus, als Sarah ihm und Mark eine Tasse Tee reichte. »Danke, Sarah. Richtig. Nun ja, wir sind unter uns. Aber Luke wird nicht glücklich darüber sein, wenn er hört, dass wir uns ohne ihn getroffen haben.«

Simon blickte seinen jüngsten Bruder mit hochgezogenen Brauen an. »Dann sollte er entweder seine Wohnung ab und zu aufsuchen oder uns mitteilen, wo er stattdessen steckt, wenn er bei wichtigen Familienneuigkeiten miteinbezogen werden will.«

Theo hob seine Tasse. »Das stimmt.« Er trank einen Schluck und stellte sie auf den langen Teakholztisch vor dem Sofa.

Simon setzte sich gegenüber von Theo und Mark auf den mit Seidendamast bezogenen, ägyptisch anmutenden Empire-Sessel. Er schaute seine Schwester an und deutete dabei auf den zweiten Sessel dieser Art, der neben ihm stand. »Bitte nimm Platz, Esme.«

Als Esme seiner Bitte nachkam, stellte Sarah die Teekanne ab und ging zur Tür.

»Sarah, Sie bleiben hier.« Sein Ton war knapp und duldete keine Widerrede. Er sah seine Brüder an. Keiner reagierte auf die deplatzierte Anweisung. Demnach verstanden sie genau, warum er ihr zu bleiben befahl.

Es ging um eine Familienangelegenheit, und während jede andere Hausangestellte gewöhnlich hinausgeschickt wurde, nachdem sie mit dem Einschenken fertig war, war diese sehr mit dem Leben auf Ironwood Park verwachsen und mochte von Begebenheiten oder Umständen wissen, die allen anderen entgangen waren. Seine Geschwister begriffen ebenso gut wie er, dass Sarahs Anwesenheit von Vorteil sein konnte.

Außerdem ... nun ja, er hatte sie gern in seiner Nähe. Aber das brauchten seine Geschwister nicht zu wissen.

»Ja, Euer Gnaden« Ihre Antwort erfolgte mechanisch, ebenso der Knicks. Sie blieb im Salon und stellte sich neben den Teetisch, aufmerksam, aber still.

Als alle Aufmerksamkeit auf Simon gerichtet war, wandte er sich an seine Schwester.

»Berichte uns, was passiert ist, Esme. Wir müssen jedes Detail hören. Von Anfang an.«

Sie nickte und holte tief Luft. Den Blick auf den Teakholztisch geheftet, die Hände um die Armlehnen ihres Sessels geschlungen, begann sie zu sprechen. »Ich sehe Mama nicht mehr jeden Tag – nicht seit sie ins Witwenhaus gezogen ist. Daher weiß ich nicht, wann es tatsächlich passiert ist, aber ... aber ... ich hätte besser achtgeben müssen. Sie ist meine Mutter. Ich hätte sie täglich besuchen sollen, mich erkundigen sollen, ob es ihr gut geht ...«

»Wann hast du sie zuletzt gesehen?« Sams Ton war wie immer kühl und unbeteiligt.

Esmes Augen füllten sich mit Tränen. »Vor einer Woche.«

Simon nickte. »Sprich weiter.«

»Nun, vorgestern fiel mir auf, dass ich ihr einige Tage nicht begegnet war. Darum ging ich zum Witwenhaus, um ihr einen Besuch abzustatten. Und …«

»Und?«, drängte Theo und beugte sich, die Ellbogen auf die Knie gestützt, vor, um seine Schwester gespannt anzusehen.

Sie erwiderte seinen Blick. »Es war niemand da. Weder Mama noch Binnie und James. Sie waren wie vom Erdboden verschluckt.«

Simon runzelte die Stirn. Binnie und James waren die beiden Hausangestellten, die seine Mutter bei ihrem Umzug ins Witwenhaus mitgenommen hatte. Er hörte nun zum ersten Mal, dass sie ebenfalls verschwunden waren.

»Ich habe immer wieder geklopft. Als ich das Haus betreten wollte, um nach dem Rechten zu sehen, fand ich die Tür verschlossen, und ihr wisst, dass Mama selten abschließt. Darauf lief ich zurück und bat Mrs. Hope um den Schlüssel. Sarah kam schließlich mit mir, und zusammen gingen wir ins Haus, aber es war tatsächlich niemand da.«

»Warum hast du dich nicht sofort an den Konstabler gewandt?«, fragte Mark und zog besorgt die Brauen zusammen, was er so gut wie nie tat.

»Ich … ich …« Esme stockte und sandte einen hilfesuchenden Blick in Sarahs Richtung.

»Wir hielten es für das Beste, eine Nachricht an Seine Gnaden zu schicken, bevor wir Außenstehende auf die Lage aufmerksam machen«, erklärte Sarah. »Wenn die Polizei erst einmal hinzugezogen ist, wird alle Welt Vermutungen anstellen. Wir dachten, es sei klüger, die Entscheidung darüber Seiner Gnaden zu überlassen.«

»Das war recht so«, beschied Simon. Und er hatte nicht vor, die Polizei einzuschalten, solange es sich vermeiden ließ. Sarah kannte ihn gut genug, um zu verstehen, dass er Familienangelegenheiten diskret behandeln würde. Denn wenn es um die Hawkins ging, wurden die Klatschmäuler erfinderisch und schmückten die Tatsachen mit den absonderlichsten Details aus. Außerdem hatte er bei der Suche nach seiner Mutter mehr Möglichkeiten als ein Konstabler.

Sam trat einen Schritt vom Fenster weg, den kühlen Blick auf seine Schwester gerichtet. »In welchem Zustand hast du das Witwenhaus vorgefunden? War es ordentlich? Oder durchwühlt? Fehlte etwas von Mutters Sachen?«

»Es war ordentlich«, antwortete Esme leise.

»Soweit wir feststellen konnten, waren ihre Sachen unberührt«, fügte Sarah hinzu. »Aber ihr Geldschrank stand offen und war leer. Das Geld war fort, ebenso ihre Juwelen.«

Das war verflucht misslich. Seine Mutter besaß genügend Juwelen, um davon ein Dorf ein Jahr lang zu ernähren.

»Sie wurde ausgeraubt?«, fragte Mark finster.

Wenn jemand Ironwood Park auszurauben wünschte, so war das Witwenhaus der beste Platz, um damit anzufangen, denn es lag nicht nur abgeschieden – versteckt in einem Gehölz am nördlichen Rand des Besitzes –, sondern es war auch schlecht bewacht, und jeder, der mit seiner Mutter bekannt war, wusste, dass sie von solch albernen Dingen wie Schlössern nichts hielt.

Aber wenn jemand in das Witwenhaus eingedrungen war, um die Juwelen zu stehlen, was hatte er dann mit der Herzogin und ihren Dienern getan? Bei dem Gedanken bekam Simon einen bitteren Geschmack im Mund.

»Es sieht ganz so aus«, sagte er, doch in seiner Stimme klangen noch seine Zweifel mit.

»Wer hat das Witwenhaus durchsucht?«, wollte Sam von Sarah wissen.

»Mrs. Hope, Lady Esme und ich, Sir. Wir waren heute Morgen noch einmal dort, während wir auf Sie alle gewartet haben.«

Sam begegnete Simons Blick. »Wir werden alles noch einmal gründlich durchforsten. Jeden Stein umdrehen.«

»Und nicht nur im Haus«, fügte Simon hinzu. »Auch im Wald und der Umgegend. Und«, er holte tief Luft, »wir werden den See mit einem Schleppnetz absuchen müssen.«

Esme schluchzte leise. Der Bach, der das Anwesen durchfloss, speiste den kleinen See in der Nähe des Witwenhauses. Ihn abzusuchen hieß, sich einzugestehen, dass ihre Mutter vielleicht ertränkt worden war. Als Simon sich seiner Schwester zuwandte, sah er ihre Schultern nach vorn sacken und eine Träne über ihre Wange rinnen. Verflucht. Er war mit Brüdern aufgewachsen. Esme war erst zur Welt gekommen, als er schon zehn war und in Eton erzogen wurde. Seine Mutter war immer der Inbegriff von Stärke gewesen, sie hatte in seiner Gegenwart nie eine Träne vergossen. Er hatte nie gelernt, eine weinende Frau zu trösten.

Er schaute auf und sah, dass auch seine Brüder Esmes Tränen ratlos gegenüberstanden. Sie blieben starr an ihrem Platz. Sie verzogen nicht mal eine Miene angesichts ihrer leise wimmernden Schwester.

Es war Sarah, die sich ihrer annahm. Sie eilte zu Esme, setzte sich neben sie und bot ihr ein Taschentuch an, dann legte sie einen Arm um ihre Schultern und ließ sie weinen. Während sie ihr übers Haar strich, sah sie zu Simon auf. Ihre blauen Augen, gewöhnlich munter und herzlich, waren dunkel vor Mitgefühl ... und vor Sorge. Sarah liebte die Herzogin wie eine Mutter.

»Schsch.« Sie schaute Esme ins Gesicht und rieb ihr dabei sanft den Rücken. »Wenn jemand sie finden kann, dann Seine Gnaden.«

Esmes Schultern bebten. Als Sarah wieder aufblickte, wurde ihm klar, was er jetzt sagen musste. »Wir werden sie finden, Esme. Das verspreche ich dir.«

Er schaute zu seinen Brüdern, die alle bekräftigend nickten.

Esme atmete tief durch. »Aber was, wenn sie ... wenn sie ... wenn sie ...«, stammelte sie an Sarahs Schulter, sodass sie kaum zu verstehen war.

»Nichts deutet darauf hin, dass Ihrer Mutter ein Leid geschehen ist«, hielt Sarah ihr beruhigend entgegen.

»Das ist richtig«, sagte Sam, und seine kühle, leidenschaftslose Stimme war noch leiser als sonst. »Und mit dieser Haltung sollten wir uns auf die Suche machen.«

»Mama würde nicht ...« Theo stockte stirnrunzelnd.

»Was würde sie nicht?«, fragte Simon.

Theo sah ihn mit düsterer Miene an. »Sie würde nicht durchbrennen, nicht wahr?«

Alle starrten ihn an. Sogar Sarah schaute verwundert. Schließlich hakte Mark nach. »Warum sollte sie durchbrennen?«

Theo schüttelte den Kopf. »Ich weiß nicht so recht. War bloß ein Gedanke.« Er zuckte die Achseln.

»Wenn Mama sich entschieden hätte, Ironwood Park zu verlassen, sollte man doch annehmen, dass sie jemanden wissen lässt, wohin sie reist«, sagte Mark.

Simon schaute zu Esme, deren Tränen allmählich nachließen. Sarah blieb jedoch bei ihr sitzen, einen tröstenden Arm um ihre Schultern gelegt, und er war froh, dass er sie angewiesen hatte zu bleiben. »Hat unsere Mutter in letzter Zeit irgendwelche ungewöhnlichen Launen gezeigt?«

Mark schnaubte. »Was für eine Frage ist das, Trent? Unsere Mutter zeigt ständig ungewöhnliche Launen.«

»Ich meine, noch ungewöhnlichere als sonst.«

Esme schüttelte ernst den Kopf. »Nein, das könnte ich nicht behaupten. Sie war in aufgeregter Vorfreude, weil sie für nächste Woche einige Damen zum Lunch eingeladen hatte. Sie hat für jede ein Taschentuch bestickt und wollte es ihnen schenken.«

»Demnach hatte sie nicht vor, durchzubrennen«, schloss Theo nachdenklich.

»Aber ihr kennt sie. Sie ändert ihre Pläne aus einer Laune heraus«, gab Mark zu bedenken.

»Das stimmt«, pflichtete Sam bei. »Wir sollten in ihrem Haus am Lake Windermere und auch bei ihrem Londoner Stadthaus vorsprechen.«

»Und bei ihren Schwestern. Vielleicht hat sie sich zu einem spontanen Besuch entschlossen«, meinte Simon.

Theo schüttelte den Kopf. »Wenn unsere Mutter spontan abgereist ist, kann sie jetzt sonst wo in England sein.«

»Aber dann wird jemand sie gesehen haben«, stellte Mark heraus. »Wir kennen ihre Lieblingsplätze und die Routen, die sie zu nehmen pflegt.«

»Dort werden wir überall nachfragen«, beschloss Simon.

Es klopfte an der Tür. Ein Diener verkündete, das Dinner werde nun aufgetragen. Simon entließ den Mann, dann wandte er sich noch einmal an seine Geschwister, obwohl sein Magen in Erwartung einer warmen Mahlzeit knurrte, denn er hatte seit dem gestrigen Tag nichts gegessen.

»Wir werden uns nach dem Essen einen vernünftigen Plan

ausdenken.« Und zu Sarah sagte er: »Danke fürs Bleiben. Wollen Sie sich um neun Uhr wieder hier einfinden?«

»Wenn Sie es wünschen, Euer Gnaden.«

»Das tue ich.«

Sie nickte und sah ihn mit ihren großen graublauen Augen an. »Dann werde ich hier sein.«

2

Mitternacht war über Ironwood Park hereingebrochen, als Sarah endlich das Herrenhaus verließ und zum Cottage hinüberging, das sie sich mit ihrem Vater teilte.

Gestern hatte es geregnet, aber jetzt stand der Mond am Himmel und schien hell über die Bäume, Sträucher und Blumen, für deren Pflege ihr Vater verantwortlich war. Er machte seine Sache ausgezeichnet, und die Herzogin lobte ihn immer wieder gern. Sie lachte oft und sagte, sie habe, als er eingestellt wurde, gewiss nicht geglaubt, dass er sogar den berühmten Landschaftsarchitekten Capability Brown übertreffen könnte.

Doch das hatte er getan. Die Gärten rund ums Haus waren das ganze Jahr über schön anzusehen und verströmten die frischen, süßen Düfte von Blumen und Kräutern. Der weitere Garten war ein Musterbeispiel geometrischer Formgebung und klar von der umliegenden Landschaft abgegrenzt, welche Papa fortwährend in Augenschein nahm und anpasste, um ein Idyll zu erschaffen, das sich harmonisch mit den Konturen des Landes verband.

Trotz der Schönheit und Perfektion des Geländes war Sarah ganz elend zumute.

Das seltsame Verschwinden der Herzogin hatte die kleine Welt von Ironwood Park aus der Bahn geworfen. Die Herzogin von Trent war darin eine Konstante gewesen. Gewiss, sie reiste häufig, besuchte London und ihre in ganz England verstreuten Verwandten. Ironwood Park jedoch war ihr Zuhause, ihr Rückzugsort, und wenn sie fort war, spürte jeder ihre Abwesenheit deutlich. Und die hatte diesmal – das ahnte jeder – nichts mit einer Vergnügungsreise zu tun. Die Dienerschaft war gereizt. Sogar Mrs. Hope – eine Frau von ausgeglichenem, optimistischem Wesen – hatte Angst.

Am schlimmsten von allen ging es der Familie. Sam, Mark und Theo waren eilig angereist, worin sich ihre Sorge deutlich zeigte. Luke war nicht gekommen, was aber niemanden beunruhigte – nur alle paar Monate erschien er mal entweder in London oder auf Ironwood Park. Aber Sarah wusste, wie sehr er sich aufregen würde, wenn ihm die Neuigkeit endlich zu Ohren käme. Von den Geschwistern stand Luke seiner Mutter am nächsten.

Die arme Esme hatte das Verschwinden entdeckt, und aus irgendeinem Grund gab sie sich die Schuld für diese absonderliche Situation. Sie fürchtete, dass etwas Schreckliches passiert sein könnte. Das befürchteten auch alle anderen, sie jedoch war nicht imstande, ihre Angst auszublenden, wie es die Übrigen taten.

Allen voran Simon.

Sarahs Schritte wurden langsamer. Sie schaute zum Nachthimmel auf, wo die samtene Dunkelheit von silbernen Pünktchen übersät war.

Simon.

Sie durfte seinen Namen nicht mehr laut aussprechen. Das wäre nicht angemessen. Aber in ihren Gedanken hatte sie nie damit aufgehört. Nicht seit dem Tag, da er sie in dem Brombeerstrauch gefunden und ihr gesagt hatte, wie er hieß.

Vor drei Jahren hatte sie ihn zuletzt gesehen. Er war noch stattlicher, als sie ihn in Erinnerung gehabt hatte. So war es jedes Mal – sie redete sich ein, er sei in Wirklichkeit gar nicht so reizvoll, nur um bei der nächsten Begegnung wieder von seiner Anziehungskraft überwältigt zu werden.

Als sie ihn am frühen Abend im Salon wiedergesehen hatte, war ihr Herz für ein paar Sekunden stehen geblieben, nur um dann weiterzuschlagen, als ob hundert Pferde in ihrer Brust galoppierten. Bilder von Lippen und Händen, von heißen Berührungen in atemloser Hast waren ihr durch den Kopf geschossen. Es war ihr so gerade eben gelungen, den Tee einzuschenken und ihm seine Tasse zu reichen, ohne heftig zu zittern und den Tee auf dem Teppich zu verschütten.

Seine glatten Haare waren ein bis zwei Zoll länger als früher, aber die Farbe – ein helles Braun mit goldenen Strähnen – hatte sich, seit er erwachsen geworden war, nicht verändert. Seine scharfsinnigen grünen Augen waren immer ernst gewesen, aber nun wirkten sie geradezu düster. Die Fältchen in seinen Augenwinkeln waren neu, doch Sarah mochte sie. Sie ließen seine Züge charaktervoller wirken.

Die Sommersprossen, die er als Jüngling auf der Nase gehabt hatte, waren verschwunden, sein Gesicht hatte nun einen gleichmäßig goldenen Hautton. Seine klassische Nase und die hohen Wangenknochen passten ideal zu seinem markanten Kiefer. Die Linien seiner Züge kamen in einer Weise zusammen, die wohl jeder als attraktiv bezeichnen musste, ebenso wie die kleine Kerbe in der Mitte seines Kinns, die erst zum Vorschein kam, wenn er lächelte. Seit er auf Ironwood Park eingetroffen war, hatte sie diese noch nicht gesehen. Hoffentlich würde er bis zu seiner Abreise wenigstens einmal lächeln.

Wie sich seine starken Oberschenkel unter dem Wollstoff seiner Hose abzeichneten, hatte ihren Blick immer wieder angezogen, sodass sie sich ermahnen musste, wegzuschauen, und wie seine muskulösen Schultern sich unter der Jacke bewegten, raubte ihr den Atem.

Sie wusste noch genau, wie sich die Muskeln anfühlten. Wie sehr wünschte sie sich, sie noch einmal berühren, seinen kräftigen Körper erkunden zu können.

Aber seine Art, den Salon zu betreten und so ruhig und beherrscht die Führung zu übernehmen, das war von allem das Anziehendste. Er benahm sich nicht unausstehlich, unbeherrscht oder überheblich. Er ließ jeden zu Wort kommen, zog jede Meinung und jeden Vorschlag in Betracht. Sogar ihre.

Nur mühsam hatte sie sich auf das vor ihnen liegende Problem konzentrieren können, da seine Gegenwart sie in einem fort ablenkte, ihre Gedanken immer wieder auf jene Nacht zurückbrachte. Sein Kuss, seine Leidenschaftlichkeit – du liebe Güte, sie träumte noch immer davon, wurde noch immer nachts wach vor Sehnsucht nach seinen Armen und seinen Lippen.

Sie hatte beschlossen, ihn sich aus dem Kopf zu schlagen. Aber jetzt, da sie zum Himmel aufschaute, musste sie über sich selbst lachen. Wie töricht sie doch war. Drei Jahre lang hatte sie den Herzog von Trent nicht gesehen, doch sie war noch genauso in ihn vernarrt wie zuvor. Vielleicht sogar noch mehr.

Sie schloss die Augen und atmete tief ein und langsam aus. Ihre gesellschaftliche Stellung, der Abstand zwischen ihnen beiden war ihr sehr wohl bewusst, und Simon ebenfalls. Alles, was er tat, war gut überlegt und von Vorsicht geprägt – er wusste um den Ruf seiner Familie und war ständig bemüht, ihn von den Makeln zu befreien, die seine Eltern hinterlassen hatten.

Wann immer er und Sarah sich in Gegenwart anderer befanden, war er sorgsam darauf bedacht, die gesellschaftliche Trennlinie zwischen ihnen nicht zu übertreten.

Es war nicht richtig, sich so verzweifelt nach jemandem zu sehnen, der unerreichbar war. Es war nie richtig gewesen, und erst recht nicht, nachdem die Herzogin verschwunden war. Die Suche nach ihr sollte jetzt für Simon Priorität haben, und ebenso für Sarah.

Sie nahm ihren Spaziergang wieder auf und zögerte an der Gabelung des Kieswegs. Die rechte Abzweigung führte zum Gärtnerhaus und heim zu Papa. Die linke brächte sie zum Bachufer. Aus einer Eingebung heraus schlug sie den Weg zum Bach ein. Sie könnte ohnehin nicht schlafen. Noch nicht. Zu vieles ging ihr durch den Kopf, zu verwirrt war sie von den Ereignissen der vergangenen Tage. Sie wollte ihre Gedanken ordnen, bevor sie zu Bett ging, und das würde draußen an der frischen Frühlingsluft umso leichter sein.

Der Mond goss sein Silber auf den Weg und spendete Licht. Unterwegs dachte sie darüber nach, ob Räuber auf Ironwood Park eingedrungen sein könnten – ob vielleicht üble Schurken für das Verschwinden der Herzogin verantwortlich waren.

Sarah hatte keine Angst, ihr könnte auch etwas Schreckliches passieren. Dies war Ironwood Park, ihr Zuhause, und wenn die Eindringlinge in der Nähe wären, würde sie es hören. Sie würde es spüren. Und ohnehin hätten sie es nicht auf die Tochter des Gärtners abgesehen.

Sie ging eine halbe Meile am Bach entlang. Das Plätschern und Murmeln des Wassers, das über Steine floss, wirkte beruhigend auf sie.

Als sie bei der Marmorbank anlangte, die in einer Biegung am Ufer zwischen zwei Brombeerbüschen stand, blieb sie erneut zögernd stehen. Ein Stückchen abseits des Weges schimmerte der Marmor im Mondschein und lockte sie, sich darauf niederzulassen.

Sie kam nicht mehr so oft hierher wie früher. Auf dieser Bank zu sitzen verleitete sie, von Dingen zu träumen, mit denen ein vernünftiges Mädchen wie sie nichts zu schaffen hatte. Aber manchmal kehrte sie eben doch hierher zurück, um sich der Erinnerung hinzugeben.

Heute Nacht wollte sie sich erinnern. Darum setzte sic sich, atmete ruhig die frische Luft ein und spielte mit den Zehen in ihren Schuhen, während sie über den Bach schaute. Das Mondlicht funkelte auf den Wellen und Strudeln, die sich in der Strömung bildeten.

Sie griff um die Vorderkante der Bank und streckte den Rücken, dehnte sich in diese und in jene Richtung, ließ den Kopf im Nacken kreisen und versuchte, die Steifheit loszuwerden, die sich eingestellt hatte, als sie vom Verschwinden der Herzogin erfuhr. Sie war gerade in der Marmorhalle gewesen, wo sie die gründliche Reinigung der Steinplatten überwachte, als Esme hereineilte, um es ihr zu sagen.

»Sarah?«

Sie richtete sich abrupt auf, dann schaute sie über die Schulter.

Simon stand auf dem Weg, halb verborgen hinter den dunklen Zweigen der Büsche, die dunkle Schattenflecke auf seine Jacke warfen, während der Mond auf seine maskulinen Nasenflügel ein goldenes Glanzlicht setzte.

Simon, wisperte ihr Körper, und ihr wurde eng in der Brust. All die aufgestaute Liebe zu ihm, die sie in sich eingeschlossen hatte, drängte hinaus, wollte sich Luft machen.

»Euer Gnaden.« Es gelang ihr, ruhig zu klingen.

»Ich konnte noch nicht schlafen«, bekannte er.

»Ich auch nicht.« Sie wandte sich wieder dem Bach zu und rutschte auf der Bank zur Seite, um ihm Platz zu machen.

Im Laufe der Jahre hatten sie sich mehrmals an dieser

Stelle getroffen. Beide hatten sie diesen Ort auserkoren, um Frieden und Abgeschiedenheit zu suchen, und das hatte sich nicht geändert, nachdem sie einander dort begegnet waren.

Aber beim letzten Mal hatte Simon sie geküsst. Es war ein langer, leidenschaftlicher Kuss gewesen, in den sie völlig versunken war. Sein Mund war weit von ihrem weggewandert – über ihr Kinn und den Hals hinunter zu ihren Brüsten, die er über ihrem Kleid und ihrem Mantel geküsst hatte. Und er hatte sie berührt, ihre Brüste gestreichelt, ihre Brustwarzen gestreift, die Hände um ihr Gesäß gelegt.

Am nächsten Tag war er nach London zurückgekehrt, und sie hatte ihn bis heute nicht wiedergesehen.

Jetzt warf seine hohe Gestalt einen Schatten über sie, als er an die Bank trat, um sich zu setzen.

Sie hatte ihn nicht erwartet. Schließlich war er erschöpft gewesen, und sie hatte angenommen, er werde sofort zu Bett gehen. Selbst wenn er nicht erschöpft auf sie gewirkt hätte, wusste sie, dass er seit drei Jahren mit dieser Stelle am Bachufer etwas anderes verbinden musste als zuvor. Sie selbst tat das ganz gewiss. Durch ihre letzte Begegnung war die Bank nicht länger ein Ort der Ruhe, sondern erinnerte an Leidenschaft und sehnsüchtiges, gieriges Verlangen, an fleischliche Lust.

Doch da saß er neben ihr. Er hatte durchaus Gelegenheit gehabt, sich zurückzuziehen, ohne dass sie seine Anwesenheit bemerkt hätte, doch er hatte sich entschieden, sie anzusprechen. Sich zu ihr zu setzen.

Sie schauten über die silbern glitzernde wirbelnde Strömung des Wassers. Langsam ließ Sarahs Anspannung nach. Sie spürte keine Notwendigkeit mehr, die Schultern zu kreisen und den Kopf hin und her zu drehen. Die Wärme, die

Simon ausstrahlte, und der Zederndurft, den sie bei jedem Atemzug roch, wenn sie neben ihm war, genügte.

Schließlich wagte sie einen Blick in seine Richtung. »Es tut mir leid, dass Sie aus diesem Anlass heimkehren mussten, Euer Gnaden.«

»Ich bedaure nicht, hier zu sein. Es tut mir gut. Ich bin viel zu lange weg gewesen. Die Umstände jedoch ...« Er seufzte. »Ich glaube nicht, dass ich meine Mutter je verstehen werde. Warum sie keinem von uns ein Sterbenswort gesagt hat, dass etwas im Argen lag, übersteigt meine Fassungskraft.«

»Sie können nicht wissen, ob sie etwas damit zu tun hatte«, erinnerte sie ihn sanft.

»Das stimmt. Dennoch: Ich kann mich des Eindrucks nicht erwehren, dass es so war.«

So war es zwischen ihnen immer, wenn sie draußen allein waren. Sie konnten freimütig reden – ohne die Beschränkungen, die ihre jeweilige gesellschaftliche Stellung ihnen auferlegte. Und das taten sie jedes Mal. Bei der Bank am Bachufer genossen sie eine Ungezwungenheit, die in Gegenwart anderer unmöglich war. Hier erschien die trennende Linie völlig unbedeutend. Hier waren sie Freunde, seit dem Tag, als er sie aus dem Brombeerstrauch befreit hatte.

Bis zu ihrer letzten Begegnung, bei der plötzlich mehr daraus geworden war.

»Nachdem du dich heute Abend mit Esme zurückgezogen hattest, ist mir eine Idee gekommen«, sagte Simon.

Sie wandte sich ihm zu und sah ihn an. Dabei versuchte sie, die Hitze zu ignorieren, die seine Nähe in ihr auslöste. Sie erinnerte sich an den Abend vor drei Jahren, als sie genauso voreinandersaßen und er plötzlich stöhnte. »Ich kann es nicht mehr verhindern, Sarah«, sagte er damals, dann legte er einen

Arm um sie und drückte seinen Mund auf ihre Lippen. Augenblicklich ließ sie sich in den Kuss hineinfallen, eine Sklavin der Empfindungen, die er in ihr hervorrief. Simon zu küssen kam ihr richtig vor, war so natürlich wie atmen und sehr, sehr erregend. Ohne nachzudenken, legte sie die Arme um ihn und erwiderte seinen Kuss, berührte ihn durch seine Jacke, erkundete seinen Oberkörper, während seine Lippen und Hände sie erkundeten. Er bedeckte sie mit Küssen, leckte über ihr Ohrläppchen, saugte durch die Stofflagen an ihrer Brust.

Jetzt schaute er sie mit ernstem Blick fest an und sagte: »Ich halte es für das Beste, wenn Esme mich nach London begleitet.«

Jäh aus ihrer Erinnerung gerissen, holte Sarah tief Luft. Wenn Esme Ironwood Park verließe, wären alle Geschwister fort, würden ihr gewohntes Leben wiederaufnehmen und die Suche nach der Herzogin von London aus fortsetzen.

Es kam selten vor, dass keiner von ihnen in der Nähe weilte, aber das war für Sarah immer die einsamste Zeit.

»Esme ist jetzt neunzehn«, fuhr Simon in nachdenklichem Ton fort. »Sie ist eine junge Frau und sollte während der Saison unter ihresgleichen sein. Sie sollte in London leben, nicht abgeschieden auf dem Land. Ich weiß, meine Mutter ist der Ansicht, es wäre das Beste für Esme, dieses Jahr zu Hause zu bleiben, doch ich kann ihr nicht beipflichten. Am Ende wird es ihr nicht helfen, wenn sie sich zurückzieht.«

Esme war damit zufrieden gewesen, während dieser Saison auf Ironwood Park zu bleiben, anstatt nach London zu fahren. Im vorigen Jahr war sie in die Gesellschaft eingeführt worden, und Sarah hatte zwar keine Details erfahren, doch es musste desaströs gewesen sein. Esme hatte ihr gegenüber bekannt, dass ihr alles, was mit dem Heiratsmarkt zu tun hatte, großen Widerwillen einflöße: »Ich empfinde es als barbarisch, dass wir uns anbieten und betrachten lassen müssen wie Fleisch auf dem Markt. Und wenn wir für unzureichend befunden werden, werden wir ausgemustert.«

»Aber wenn du nun nicht für unzureichend befunden wirst?«, hatte Sarah gefragt.

»Umso schlimmer!«, hatte Esme ausgerufen. »Dann beginnt ein Konkurrenzgerangel der hungrigsten Gentlemen, und wenn die bedauernswerte Dame Pech hat, geraten sie gar in einen Fressrausch.«

Bei Gesellschaften auf Ironwood Park war Esme stets still und ungeheuer schüchtern. Wenn sie sich Esme in London vorstellte, überkam sie großes Mitgefühl, denn es schien schlichtweg undenkbar, dass Esme sich in einer Schar schöner, eleganter Damen wohlfühlte, die sich nur darüber unterhielten, welches Halsband sie beim nächsten Ball tragen würden.

»Es besteht auch die Sorge, auf Ironwood Park könnte es derzeit nicht ganz sicher sein«, fügte Simon hinzu.

»Ich wäre doch bei ihr. Ich würde sie beschützen«, sagte Sarah. Und die übrige Dienerschaft würde das ebenfalls tun.

Darauf blickte er sie prüfend an, und seine Mundwinkel hoben sich. »Das glaube ich gern, Sarah. Das würdest du tun, wenn ich dir die Aufgabe übertrüge. Und deshalb möchte ich dich ebenfalls nach London mitnehmen.«

»Nach ... London?«

»Ja.«

»Ich ... ich ...« London. Sarah war noch nie dort gewesen. Schon als kleines Mädchen hatte sie sich gewünscht, die Stadt eines Tages zu besuchen.

»Ich möchte dich zu Esmes Gesellschafterin machen.«

»Zu ihrer Gesellschafterin? Aber das kann ich nicht!« Die

letzten Worte bekam sie durch den dicken Kloß in ihrem Hals nur mühsam heraus.

Er runzelte die Stirn. »Warum nicht?«

»Ich bin nicht von hoher Geburt.« Ihr stieg die Hitze in die Wangen.

Er zuckte die Achseln. »Aber du benimmst dich, als wärst du es. Niemand braucht zu erfahren, dass du die Tochter eines Gärtners bist. Sobald du sprichst, wird niemand deine gute Erziehung anzweifeln.«

»Aber ich weiß, dass ich keine vornehme Dame bin«, beharrte sie. »Und du auch. Und Esme auch.«

Er sah ihr in die Augen, vollkommen ernst. »Das ist mir wirklich gleichgültig.«

Verblüfft lehnte sie sich zurück. Simon war doch sonst immer auf Schicklichkeit bedacht.

»Als Gesellschafterin für Esme bist du die beste Wahl«, erklärte er. »Du bist sehr gut zu ihr. Ich habe beobachtet, wie du sie heute Abend beruhigt hast. Sie betet dich an, und sie wird auf dich hören.« Er legte die Hände locker auf seine Knie. »In London herrscht große Betriebsamkeit. Auch ich bin dort sehr beschäftigt und selten zu Hause. Ich könnte es nicht gutheißen, sie ohne passende Gesellschaft allein zu lassen.«

Sarah schluckte schwer und zwang sich, ihm zu widersprechen. Denn so gern sie nach London mitfahren und mit Simon und Esme zusammen sein wollte, war es doch richtig, das zu sagen. »Sie könnten leicht jemand anderen finden, Euer Gnaden.«

Eine geeignetere Person. Er würde nur ein paar Bekannten sagen müssen, dass er eine Gesellschafterin für Esme suchte, und die Anwärterinnen würden in Scharen angelaufen kommen, um bei der Schwester des Herzogs von Trent die Position auszufüllen.

»Darüber habe ich nachgedacht, mich aber dagegen entschieden.«

»Warum?«

Er blickte auf seine Hände. »Du bist vernünftig. Dir kann ich Esme anvertrauen. Mehr als jeder fremden Person, sei sie nun von Adel oder nicht.«

Wie er Letzteres sagte, machte sie sprachlos vor Staunen. Als sie die Sprache wiedergefunden hatte, fragte sie: »Und wenn jemand herausfindet, dass ich nur die Tochter Eures Gärtners bin?«

Nach einem Seufzer antwortete er: »Das kümmert mich nicht. Es wurden schon Geringere als die Tochter eines Gärtners in höhere Positionen erhoben als die einer Gesellschafterin.«

»Aber du ... du verabscheust Skandale«, wisperte sie.

»Das stimmt. Doch es gibt wichtigere Dinge, als einen kleinen Skandal zu vermeiden, Sarah. Das Glück und die Sicherheit meiner Schwester zum Beispiel.«

»Aber Lady Esme könnte das anders empfinden.« Letztlich war es Esmes Ruf, der auf dem Spiel stand, und der war wichtiger als Sarahs.

Simon schaute sie prüfend an. »Hältst du meine Schwester für so schwach?«

»Esme ist zartbesaitet, ja, aber das heißt wohl kaum, dass sie ein schwacher Charakter ist. Ich denke vielmehr daran, wie die vornehme Gesellschaft ihre giftigen Krallen in jemanden schlägt und nicht mehr von ihm ablässt.«

»Ah. Wie ich sehe, hast du bei unseren Geschichten aus der Hauptstadt zugehört.«

»Ja.«

Er schnaubte. »In diesem Fall bin ich bereit, das Risiko einzugehen, denn die Gefahr ist gering und wird aufgewogen durch den Nutzen, den Esme durch deine Gesellschaft hat. Ich kann die Entscheidung gern meiner Schwester überlassen, wenn dir das lieber ist, aber wenn sie auch nur einen Funken Verstand hat, wird sie zur selben Ansicht wie ich kommen.«

Sarah seufzte. Sie kannte Esme gut genug und glaubte, dass sie sich mit diesem Plan einverstanden erklären würde. Sarahs Gesellschaft war für Esme so behaglich wie eine weiche Decke und sie würde sie einer Fremden gewiss vorziehen – aber ob diese Entscheidung vernunftbedingt wäre, wagte Sarah zu bezweifeln.

Gleichwohl konnte sie Simons Argumenten folgen. Für das Wohl seiner Familie war er bereit, einen doch vergleichsweise unbedeutenden Skandal hinzunehmen.

Es freute sie sehr, dass er der Ansicht war, ihre Anwesenheit mehre das Wohl seiner Familie.

»Also gut, dann werde ich mitkommen.«

Er zog die Brauen hoch. »Aber es entspricht nicht deinem Wunsch?«

Sie zögerte, dann lächelte sie. »Seit ich vor sechzehn Jahren nach Ironwood Park gekommen bin, habe ich allenfalls einmal das Dorf gesehen. Während all der Zeit habe ich dich und deine Geschwister kommen und gehen sehen, und …« Ihre Stimme verebbte.

»Und?«

Sie fasste um die Vorderkante der Bank und spürte den kalten, harten Marmor an den Handflächen. »Nun ja«, räumte sie ein, »ich habe mir immer gewünscht, ich könnte mit euch gehen.«

Das brachte ihn zum Lächeln, und das Kinngrübchen zeigte sich. Vor drei Jahren hatte Sarah die Lippen darauf gedrückt. Jetzt wandte sie den Blick davon ab.

»Das hättest du doch mal eher sagen können«, meinte er.

Sie lachte leise. »Weiß der Himmel, was die Leute gedacht hätten, wenn ich Lord Luke auf den Kontinent oder Lord Theo nach Cambridge begleitet hätte.«

Ein Schatten glitt über sein Gesicht. Als er den Kopf wegdrehte, sah Sarah an seinem Kiefer einen Muskel zucken, und da wurde ihr klar, was die Leute tatsächlich geglaubt hätten.

»Oh«, flüsterte sie. »So habe ich das nicht gemeint.«

Einen Moment lang schwieg er, dann drehte er den Kopf zu ihr. »Das weiß ich doch.«

Aber wie er sie jetzt ansah, mit diesem Verlangen, diesem Besitzanspruch in den grünen Augen, das raubte ihr den Atem.

Drei Jahre lang hatten sie einander nicht mehr berührt. Aber jetzt fühlte sie warme feste Finger, als er eine Hand um ihre Wange legte. Sein Zederndnuft hüllte sie ein wie ein Kokon, und sie spürte, welche Hitze er ausstrahlte.

Sie versuchte, sich zu beherrschen, damit sie nicht die Augen schloss oder sich in seine Hand schmiegte. Doch es war eine Wonne, von ihm berührt zu werden, sie konnte gar nicht anders.

»Das letzte Mal, als wir hier ... auf dieser Bank ...« Seine Stimme klang auf einmal rau. »Es ist lange her, und ich habe mich seitdem nach deinem Mund gesehnt.«

Sie spürte seine Körperwärme. Sein Atem strich über ihre Wange.

»Habe dich berühren wollen, dich am ganzen Leib küssen wollen.«

Sie machte die Augen auf, um seinen Gesichtsausdruck zu sehen, und neigte sich langsam zu ihm hin ...

Urplötzlich zog er die Hand weg und wich zurück, als hätte er sich verbrannt.

»Oh Gott.« Mit einem tiefen Stöhnen warf er die Hände in die Luft und wandte sich ab. »Es tut mir leid. Ich hätte das nicht sagen dürfen.«

»Doch ... durftest du ...« Mehr brachte sie mit ihrer trockenen Kehle nicht heraus. Ihr kribbelte es noch im Bauch von seiner Berührung, und ihre Wangen glühten.

»Sarah – es war ein Fehler. Ich hätte dich niemals berühren dürfen. Das war respektlos und ... falsch.«

»Ach ... nicht doch. Euer Gnaden. Nein.« Sie hatte sich an jenem Abend überhaupt nicht respektlos behandelt gefühlt. Sie hatte sich geehrt gefühlt. Und dieses Gefühl hatte sie nun drei Jahre lang genossen.

»Es war spät am Abend, und ich habe die Situation ausgenutzt.«

»Nein«, wiederholte sie.

»Das hätte ich nicht tun dürfen.«

Er stand auf. Sie blieb stur sitzen.

Er ballte die Hände zu Fäusten. »Drei Jahre lang habe ich mir immer wieder ins Gewissen geredet, wie falsch es ist, dich anzurühren, und dennoch sitze ich hier und kann an nichts anderes denken, als dich überall anzufassen und noch einmal zu schmecken.«

Bei seinen Worten durchlief sie ein köstlicher Schauder. Sie wollte das genauso wie er. Sie blickte zu ihm auf und wartete, wünschte, er würde nachgeben und sich wieder neben sie setzen, sie in die Arme nehmen und sie mit seinen Küssen ersticken.

Stattdessen senkte er den Kopf und rieb sich die Stirn, dann stieß er den Atem aus und stellte sich ihrem Blick. »Ich sollte – darf dich nicht berühren. Ich möchte mich dir gegenüber anständig verhalten, Sarah. Es ist moralisch verwerflich, wenn ich einer Frau in meiner Obhut solche Gefühle entgegenbringe.«

Wäre sie eine Londoner Debütantin, wäre es anders. Aber sie war Sarah Osborne, sein oberstes Dienstmädchen, und sie verstand sehr gut, warum Simon es für moralisch verwerflich hielt, sie erneut anzufassen. Das lag nur an der großen gesellschaftlichen Kluft zwischen ihnen.

Zum Teufel damit, dachte sie aufgebracht. Warum musste das eine Rolle spielen? Er hatte Verlangen nach ihr – das sah sie ihm an, das hörte sie aus seinem Mund. Und wahrhaftig, sie hatte auch Verlangen nach ihm.

Ihr Blick fiel auf seine Fäuste, die er so verzweifelt an den Seiten machte. Offenbar hielt er es wirklich für falsch, sie zu berühren. Sie wusste, seine größte Angst war es, zu werden wie seine Eltern, deren Leben ausgefüllt gewesen war mit Skandalen, Treuebruch und unverhohlener Promiskuität.

Vor allem wollte sie nicht, dass er aus den Augen verlor, wer er war, wer er sein und was er unter keinen Umständen tun wollte.

Wenn er sie je wieder berührte, sollte er das nicht hinterher bereuen.

Darum holte sie tief Luft und stand auf, strich sich den Rock glatt, um ihre bebenden Hände zu beschäftigen, und lächelte ihn dann schwach an. »Geleiten Sie mich nach Hause?«

»Selbstverständlich.«

Nebeneinander gingen sie den Weg entlang, doch sie war sich seiner Nähe bewusst, stärker denn je. Aus den Augenwinkeln beobachtete sie ihn immer wieder.

Sein Widerstreben war klug, das war ihr klar. Luke hatte sich einmal mit einem der Dienstmädchen kühn in eine Affäre gestürzt, und daraus war eine unangenehme Situation entstanden. Was könnte Gutes herauskommen, wenn sich ein Dienstmädchen mit einem Herzog einließ? Für das Dienstmädchen kaum etwas anderes als Liebeskummer. Sarah begriff das. Sie war nicht dumm.

Ihr verräterischer Körper war jedoch nicht gewillt, auf ihren Verstand zu hören, denn er sehnte sich zutiefst nach Simons Berührung. Nach einem seiner leidenschaftlichen Küsse. Und nach mehr.

Simon starrte still und nachdenklich vor sich hin, sein Blick schweifte kein einziges Mal vom Weg ab. An Stellen, wo er zu schmal wurde für zwei, machte er einen großen Schritt zur Seite und ließ sie vorbei, ehe er sich hinter ihr wieder anschloss.

Die Entfernung zum Gärtnerhaus kam ihr ausnahmsweise endlos lang vor. Als sie endlich vor der Tür standen, sagte Simon: »Ich will nicht, dass du allein auf dem Anwesen unterwegs bist. Nicht bis wir aufgedeckt haben, was der Herzogin zugestoßen ist. Ich hätte dir einen Diener mitgeben sollen, der dich heimbringt.«

»Aber …«

Er hob die Hand. »Von jetzt an, bis wir nach London abreisen, lasse ich dich durch einen Diener begleiten, wo du auch hingehst.«

Sie seufzte. »Also gut.«

Er kniff die Augen zusammen und trat einen Schritt näher. »Ich kenne dich, Sarah. Du hast seit damals, als du noch acht Jahre alt warst, nicht aufgehört, herumzustreunen. Versprich mir, das nicht zu tun, bis wir hier wieder sicher sein können.«

Er stand so nah vor ihr, sie hätte nur die Arme auszustrecken brauchen, um ihn an sich zu ziehen. Ihr Blick schnellte zu seinen Lippen, die so nah, so verlockend, so köstlich waren. Ihr Herz klopfte erwartungsvoll. Und zum ersten Mal wurde ihr bewusst, dass sie es tun könnte, wenn sie wollte. Sie könnte ihm einen Kuss rauben. Er war nicht der Einzige, der den Anstoß geben konnte. Auch sie war imstande, den ersten Schritt zu tun.

Doch ehe sie diese neue Erkenntnis angemessen verarbeitet hatte oder gar Weiteres in Erwägung ziehen konnte, verlangte er leise drohend: »Versprich es mir, Sarah.«

»Ich verspreche es«, hauchte sie mit zarter Stimme. Aber sie hielt den Blick auf seinen Mund gerichtet.

Er straffte die Schultern und trat einen Schritt zurück. »Gut.« Er nickte knapp, doch seine Miene hatte sich aufgehellt und sein hungriger Blick brannte heiß auf ihrer Haut. »Dann also gute Nacht. Wir sehen uns morgen früh.«

Damit drehte er sich um und entfernte sich. Mit rasendem Herzen schaute sie ihm nach, bis er in der Dunkelheit verschwunden war.

3

Am nächsten Morgen waren Simon und Sam bei Tagesanbruch auf den Beinen, um das Witwenhaus zu durchsuchen. Wie Esme gesagt hatte, befand sich alles an seinem Platz, es gab keine Spuren eines Kampfes oder eines anderen unseligen Geschehens – bis auf den offenen Geldschrank, dessen Inhalt fehlte.

Nach dem Frühstück stießen Esme und Sarah zu ihnen, um die Suche fortzusetzen, während Theo und Mark ins Dorf ritten, um sich bei den Bewohnern zu erkundigen.

Von dem Moment an, da Sarah das Witwenhaus betrat, war sich Simon ihrer Gegenwart mehr als bewusst und nahm all die kleinen Dinge an ihr wahr, die ihn so faszinierten: ihren frischen Duft, der an eine blühende Wiese nach Frühlingsregen denken ließ, die Rundung ihrer Taille, das Heben und Senken ihres Busens, die schlanken Fesseln, wenn sich ihr Rocksaum hob, weil sie sich über etwas beugte, ihre rosigen Lippen, die sie unwillkürlich schürzte, wenn sie einen Stoß Papiere durchsah, die schwarzen Löckchen, die ihr immer wieder in die Stirn fielen, und ihre Art, sie zurückzustreichen und hinters Ohr zu klemmen.

Als er sie gestern Abend berührt, ihr zartes Kinn zwischen die Fingerspitzen genommen hatte, war er am ganzen Körper angespannt gewesen, und sein Glied hatte sich geregt und gegen den Stoff seiner Hose gedrückt. Er hatte in ihre großen graublauen Augen geblickt, den Kontrast zwischen ihren dunklen Wimpern und der porzellanweißen Haut studiert und war unerträglich hart geworden. Er hatte den Schwung ihrer Wangenbögen mit dem Finger nachzeichnen, ihre zarten rosigen Lippen küssen, sie auf die Bank legen wollen …

Zum Teufel.

Er wünschte, sein Verlangen nach Sarah Osborne würde wieder vergehen. Dies war weder der rechte Zeitpunkt noch der passende Ort, und sosehr ihm sein Körper etwas anderes weismachen wollte, war Sarah zweifellos nicht die Eine für ihn.

Und verflucht noch eins, seine Mutter war verschwunden.

Sie standen im Schlafgemach der Herzogin. Sarah und Esme durchsuchten das Nachtschränkchen, Simon und Sam die Schreibtischschubladen, als Sarah sagte: »Sieh einer an, dann wurde also doch nicht der gesamte Schmuck mitgenommen.«

Simon drehte sich nach ihr um und sah sie etwas zwischen Daumen und Zeigefinger halten. »Was ist das?«, fragte er.

»Ein Ring.«

Alle traten zu ihr, um ihn zu betrachten, und sie legte ihn auf die flache Hand, damit ihn jeder zur Gänze sehen konnte.

»Mutters Ring«, sagte Simon nach einem Blick auf den diamantbesetzten Goldreif. Den hatte sie tagtäglich getragen – seit sein Vater ihn ihr zur Hochzeit geschenkt hatte. Simons Großvater hatte ihn für seine Gattin auf einer Reise auf dem Kontinent gekauft.

Nach langem Schweigen, bei dem sich niemand rührte, fragte Esme zaghaft: »Warum hat sie ihn nicht am Finger?«

»Vielleicht hat sie ihn vor dem Schlafen abgenommen«, überlegte Sarah laut. »Er lag in der Nachttischschublade.«

»Allerdings ist ihr Bett unbenutzt«, sagte Sam. »Wir wissen also, dass sie nicht gewaltsam aus dem Schlaf gerissen wurde.«

»Möglicherweise wurde sie ... mitgenommen ... bevor sie sich schlafen legte.« Das Wort »mitgenommen« brachte Esme nur mühsam hervor. »Auf dem Frisiertisch liegt alles bereit, als wäre sie im Begriff gewesen, zu Bett zu gehen.«

Da hatte sie recht. Auch in der Waschschüssel stand Seifenwasser, das freilich längst abgekühlt war. Ein Salbentiegel stand offen auf dem Frisiertisch, und in der Bürste hingen Haare, als hätte sie sie gerade noch benutzt.

»Ja«, pflichtete Sam bei. »Wenn sie jedoch gegen ihren Willen das Haus verlassen hat, dann hat sie nicht viel Widerstand geleistet. Anderenfalls sähe es hier nicht so ordentlich aus.«

»Und wenn sie gewusst hätte, dass sie das Haus noch verlässt«, sagte Sarah, »hätte sie sich nicht fürs Bett bereitgemacht.«

»Vielleicht verließ sie das Haus mit jemandem, den sie kannte«, gab Simon zu bedenken.

»Ach, das hilft uns gar nicht weiter«, flüsterte Esme. »Sie kennt ja alle Welt.«

»Dieser Fund grenzt das Feld der Suche jedoch ein wenig ein«, stellte Simon fest und nahm Sarah den Ring aus der Hand, um ihn in seiner Westentasche verschwinden zu lassen. »Ich werde ihn verwahren, bis sie wieder bei uns ist.«

Simon begegnete Sarahs Blick und hielt ihn einen Moment zu lange fest. Ihm kroch die Hitze unter die Haut, bevor er wegsah und sich umdrehte.

»Kommen wir hier zum Ende«, sagte er schroff.

Nachdem er gestern Nacht zu Bett gegangen war, hatte er die Bilder nicht aus seinen Gedanken verbannen können.

Hellwach hatte er dagelegen, sein Verlangen im ganzen Körper gespürt und sich danach gesehnt, auf Sarah Osborne zu liegen. Nun, da er die Papiere seiner Mutter durchsah, von denen keines einen Hinweis gab, wohin sie verschwunden sein könnte, konnte er nicht aufhören, an Sarah zu denken, konnte die Fantasien von ihrem warmen nackten schlanken Leib, der sich gegen ihn drängte, nicht loswerden.

Jeder Nerv war erhitzt und sehnte die Berührung herbei, wollte sie. Jedes Mal, wenn er sie ansah, schoss ihm die Hitze durch den Körper. Ein brennendes, schmerzhaftes Verlangen stieg in ihm auf, das sich nicht in die Schranken weisen ließ.

Sein Körper zollte seinen Vorstellungen von Ehre und Anstand und seinen Versuchen, ihn zu disziplinieren, keine Beachtung.

Er wollte sie.

Gütiger Himmel, steh mir bei.

Nach einem schnellen Lunch begann Simon mit der Befragung des Personals. Immer wieder stellte er dieselben Fragen und bekam die gleichen Antworten.

»Wann haben Sie die Herzogin zuletzt gesehen?«

»Vor ungefähr einer Woche, Euer Gnaden.«

»Wo?«

»Draußen auf dem Anwesen.«

»Wirkte sie in irgendeiner Weise sonderbar? Benahm sie sich anders als sonst?«

»Nein, Sir.«

»Haben Sie in jüngster Zeit außer dem Personal und den Familienmitgliedern jemanden auf Ironwood Park gesehen?«

»Nein, Sir.«

Und so weiter und so fort. Bis durch die Flügeltür aus dunkler schwerer Eiche einer der Kutscher in den Salon kam.

Er war neu eingestellt worden, ein großer, dunkelhaariger junger Mann mit dunklen Augen, und ganz offensichtlich hatte er den Salon zuvor noch nicht betreten, denn er schaute staunend an die achteckige Decke, wo Apollo auf seinem Wagen in die Sonne fuhr.

Simon war der Mann noch nicht vorgestellt worden, und seinen Brüdern wohl auch nicht, denn keiner grüßte ihn. Sarah war es, die sich von einem der roten, goldverzierten Samtsessel erhob, von denen mehrere im Raum verteilt standen. Sie trat auf den Kutscher zu.

»Euer Gnaden, das ist Robert Johnston, der neue Kutscher. Er ist seit September auf Ironwood Park angestellt.«

»Mr. Johnston.« Simon neigte den Kopf zum Gruß.

Sarah machte Johnston auch mit den Brüdern bekannt, und als sie damit fertig waren, richtete Johnston seine Aufmerksamkeit auf Sarah. Während er ihren Anblick auf sich wirken ließ, verzog er den Mund zu einem Lächeln. Simon sah Interesse in diesem Blick.

Das gefiel ihm nicht.

Er ordnete die Papiere, die vor ihm auf dem Tisch lagen, raffte sie zusammen und begradigte die Kanten des Stapels, indem er ihn laut auf das glänzende Holz klopfte. Das verschaffte ihm Johnstons Aufmerksamkeit.

»Sie wurden herbestellt, damit Sie uns einige Fragen beantworten. Sie sind mit der Herzogin bekannt, ist das richtig?«

»Ja, Euer Gnaden. Ich fahre sie oft ins Dorf.«

»Wann haben Sie sie zuletzt gesehen?«

Johnston legte den Kopf schräg und überlegte. »Na, ich würde sagen, vor gut einer Woche. Da habe ich sie das letzte Mal gefahren.«

»War an ihr irgendetwas sonderbar? Benahm sie sich anders als sonst?«

»Nein, Sir. Sie war sanft und freundlich wie immer. Sie gab mir ein paar Pennys, damit ich im Pub ein Bier trinken kann, solange sie mit ihrer Damenrunde zugange war.«

Mark schnaubte. »Das sieht ihr ähnlich«, murmelte er.

»Und danach fuhren Sie sie nach Hause?«, fragte Simon.

»Ja, Sir.«

»Und es gab keine sonderbaren Vorkommnisse an dem Tag, an die Sie sich erinnern können?«

»Nein, Sir, keine.«

Den Blick auf den Stapel Papiere gerichtet, stieß Simon enttäuscht den Atem aus. Keine Menschenseele hatte etwas gesehen oder gehört. Es war, als hätte sich seine Mutter in Luft aufgelöst.

Johnston räusperte sich, und Simon hob den Kopf und sah, wie er Sarah anschaute und wie sie ihm ermutigend zunickte. Johnston wandte sich Simon wieder zu und sagte zögernd: »Eine Sache ist mir aber aufgefallen.«

Simon legte den Stapel hin. Kaum merklich neigte er sich vor. »Sprechen Sie.«

»Ich habe was gesehen – und gehört –, das ich für seltsam halten würde. Nicht an dem Tag, wo ich Ihre Gnaden zuletzt gefahren habe, aber ein paar Tage später, zwei vielleicht.« Er zog die Stirn kraus, als hätte er Mühe, sich zu erinnern.

Alle warteten in gespanntem Schweigen, dass er mit der Sprache herausrückte.

Wieder schaute er hilfesuchend zu Sarah, und sie nickte und drängte ihn stumm zu erzählen.

»Es war am frühen Abend. Es hatte den ganzen Tag geregnet, aber da hatte es schon aufgehört, und der Mond schien.

Darum bin ich noch mal raus, um eine von den Stuten zu bewegen. Da hab ich einen Karren in der Auffahrt des Witwenhauses stehen sehen, als ich daran vorbeiritt. Es war nicht das erste Mal, dass ein Karren davorstand, wohlgemerkt, denn manchmal wird was angeliefert. Aber der Karren gehörte keinem Lieferanten, den ich kannte, und es waren zwei Esel davorgespannt, keine Pferde. Und er war hoch beladen«, er hielt die Hand über seinen Kopf, um die Höhe anzudeuten, »aber womit, konnte ich nicht erkennen. Es war alles mit Planen abgedeckt. Die tropften noch vom Regen. Ich bin weitergeritten und hab mir keine Gedanken mehr darüber gemacht. Erst als ich hinter dem Witwenhaus war, hörte ich es.«

»Haben Sie was gehört?«, fragte Theo ungeduldig.

Johnston schluckte. »Na ja, Sir ... da schimpfte jemand. Es kam aus dem oberen Stockwerk – ich konnte nicht unterscheiden, aus welchem Fenster. Es klang, als ob die Herzogin mit jemandem stritt.«

»Was hat sie gesagt?«, fragte Sam.

Johnston war ein bisschen rot geworden. »Ich konnte nicht alles verstehen, Sir. Aber ich dachte, es war so was wie Dummkopf und verflixter Idiot und wie kann er es wagen.« Das war ihm sichtlich unangenehm. »Ich war, äh, ziemlich verdattert, Sir, und dachte, der Herzogin würde es nicht gefallen, wenn ich sie belausche. Es stand mir nicht zu, ein privates Gespräch mit anzuhören. Darum hab ich das Pferd gewendet und bin weggeritten.«

»Klang es, als hätte sie Angst?«, fragte Sam.

»Aber nein, gar nicht, Sir. Sie klang sehr verärgert. So wütend hab ich noch keine Dame erlebt. Hörte sich an, als wollte sie ihm an den Kragen. Ehrlich gesagt«, jetzt wurde er rot bis über beide Ohren, »ich dachte, sie schlägt einen von der Dienerschaft.«

Simon vermutete, dass Johnston mit den Gepflogenheiten auf Ironwood Park offenbar noch nicht vertraut war und er ihm deshalb nachsehen müsse, das überhaupt vermutet zu haben. Kein anderer Bediensteter wäre auf den Gedanken verfallen.

»Haben Sie noch jemanden reden hören?«, fragte Sam.

»Nein, nur die Herzogin«, antwortete der Kutscher, »oder diejenige, die ich für sie hielt.« Er runzelte erneut die Stirn. »Es klang nach ihr, doch die Stimme war vor lauter Ärger so schrill, da war ich mir nicht völlig sicher.«

»Oh, das war Mama«, murmelte Mark. »Darauf würde ich mein Abendessen wetten.«

Simon ebenfalls. Ihre Mutter verlor selten ihre Gleichmut, aber wenn sie mal wütend wurde, dann richtig.

»Können Sie uns sonst noch etwas sagen, Johnston?«, fragte Simon.

Der Kutscher überlegte. »Kann ich nicht behaupten, Euer Gnaden.«

»Gut. Sollte Ihnen noch etwas einfallen, müssen Sie sofort zu mir kommen.«

»Ja, Sir.«

Er entließ den Kutscher, und Sarah begleitete ihn hinaus. Sowie sich die Tür hinter ihnen geschlossen hatte, fragte Mark: »Was zum Teufel kann unsere Mutter so erzürnt haben?«

»Wer weiß?«, sagte Sam. »In ihrem Haus war nichts zu finden, das zu einer Vermutung Anlass gäbe.«

Seine Brüder unterhielten sich weiter darüber, aber Simon schaute zur Tür und wünschte sich, Sarah bliebe nicht so lange fort. Es gefiel ihm nicht, wie der Kutscher sie angesehen hatte, und erst recht nicht, dass sie jetzt so lange mit ihm allein war.

»Was hältst du von der Sache, Trent?«, fragte Mark.

Simon kam aus seinen Gedanken hoch. »Wie bitte?«

»Meinst du, wir sollten Ironwood Park morgen alle verlassen?«

Simon blieb bei seiner gelassenen Miene und blickte seinen Bruder an. »Ja. Da wir noch nichts Wesentliches in Erfahrung gebracht haben, werden wir morgen alle wie geplant abreisen. Mit Ausnahme von dir, Mark.«

Mark nickte. Beim Lunch hatten sie besprochen, dass jemand ein oder zwei Wochen länger auf Ironwood Park bleiben müsse, um die gründliche Suche fortzusetzen und die unerfreuliche Aufgabe zu versehen, den See mit Schleppnetzen abzusuchen.

»Nachdem wir nun von dem Eselkarren wissen«, fuhr Simon fort, »können wir ihn in unsere Nachforschungen einbeziehen. So seltsam es klingt, die Herzogin von Trent ist anscheinend auf einem Eselkarren von Ironwood Park verschwunden.«

»Leb wohl, Mädchen«, sagte Sarahs Vater in schroffem Ton. Er umarmte sie kurz und kräftig, dann hielt er sie auf Armes Länge von sich. »Sei brav.«

»Ich bin doch immer brav, Papa«, entgegnete sie grinsend.

Darauf lächelte er, wenngleich seine blauen Augen von Melancholie überschattet waren. »Das ist nur zu wahr.« Er ließ sie los und trat einen Schritt zurück. »Und du wirst auch schön auf Lady Esme achtgeben, dessen bin ich sicher.«

»Oh ja«, versprach sie und gab ihrem Vater einen Kuss auf die Wange. Obwohl er es nicht ausdrücklich gesagt hatte, war er stolz wegen ihrer Beförderung. Was ihn anging, hatte sie diese erstens verdient, weil sie ihre Klugheit in den Jahren des Unterrichts bei Miss Farnshaw bewiesen hatte, und zweitens, weil sie den Hawkins gegenüber stets loyal gewesen war und sich als vertrauenswürdig erwiesen hatte. Papa fand, sie verdiene das Ansehen, das der Titel einer Gesellschafterin mit sich brachte, ganz und gar.

Sarah selbst hatte so ihre Zweifel. Sie war sich nicht sicher, ob sie in dieser Stellung erfolgreich sein würde. Ja, sie konnte mit Lady Esme angenehme Gespräche führen. Sie hatte ein Auge für Mode und konnte einer jungen Dame raten, was sie zu einem Ball oder einer Dinnergesellschaft anziehen solle. Miss Farnshaw hatte sie die Etikette bis ins kleinste Detail gelehrt.

Ob sie jedoch vor den Augen anderer bestehen könnte, stand dahin. Die vornehmen Damen der Gesellschaft würden das Spiel gewiss durchschauen und sofort wissen, dass sie kein Recht hatte, die Stellung der Gesellschafterin bei der Schwester eines Herzogs einzunehmen.

Sie atmete tief durch und schob den Gedanken weit weg, in den dunklen Winkel, wo sie alle Unsicherheiten barg. Sie würde die Aufgabe erfüllen. Sie würde es tun, weil ihr Vater sie für würdig erachtete. Sie würde es tun, weil Simon es ihr zutraute und weil Esme es für die beste Idee hielt, die ihr Bruder je geäußert habe. Sie würde es für die Familie Hawkins tun und für sich selbst, weil sie sich ganz eigennützig wünschte, einmal in das schöne Leben der Privilegierten hineinzuschnuppern.

Vor allem aber würde sie es tun, um Simon nah zu sein.

Sie umarmte ihren Vater noch einmal so rasch und kräftig, wie er sie umarmt hatte, dann eilte sie zu der hinteren der beiden Kutschen, wo Johnston soeben den Kutschbock bestiegen hatte. Sie öffnete den Schlag, und gerade als sie den Fuß auf den Tritt setzte und einsteigen wollte, wurde sie in scharfem Ton gerufen. Sie hielt inne und schaute zur vorderen Kutsche.

Dort stand Simon, die Brauen zusammengezogen. Nach einem Blick zu den hin und her eilenden Dienern ließ er den Kutschenschlag offen und kam mit langen Schritten auf sie zu.

Er neigte sich heran und sprach leise, damit es kein anderer hörte: »Du wirst bei uns in der Kutsche mitfahren.«

Sie spürte, wie sie für ihn deutlich sichtbar errötete. »Oh, gewiss«, murmelte sie.

Es war ihr nur natürlich erschienen, zu Amy, Esmes Zofe, einzusteigen. Doch in ihrer neuen Position hatte sie nun die Aufgabe, der Dame auch während der Reise Gesellschaft zu leisten.

Sie blickte Simon entschuldigend an, aber er schmunzelte nur, zuckte die Achseln und deutete zur vorderen Kutsche. »Nach Ihnen, Miss Osborne.«

Miss Osborne. So hatte er sie noch nie genannt. Doch das war nun einmal die korrekte Anrede für die Gesellschafterin seiner Schwester.

Sie folgte ihm und ließ sich von ihm in die Kutsche helfen. Esme saß bereits auf der lavendelfarbenen Polsterbank, die in Fahrtrichtung zeigte, und Sarah setzte sich neben sie. Simon stieg hinter ihr ein und nahm gegenüber Platz.

Nach einer angemessenen Begrüßung schaute Sarah zum Fenster hinaus. Sam und Theo hatten schon am frühen Morgen Ironwood Park verlassen, während ihre eigene Abreise sich verzögert hatte, weil das Packen der vielen Koffer und Truhen, die Esme mitzunehmen wünschte, etliche Zeit in Anspruch genommen hatte. Nun versammelten sich Mark und die Dienerschaft auf dem Rasen vor dem Haus, um sie zu verabschieden. Ein wenig seitlich hinter der Kutsche sah Sarah ihren Vater, der seinen breitkrempigen Hut abgesetzt hatte. Er hob die Hand und winkte ihr.

»Auf Wiedersehen, Papa«, flüsterte sie.

Simon musste dem Kutscher das Zeichen gegeben haben, denn die Kutsche setzte sich schaukelnd in Bewegung, und dabei empfand Sarah ein Ziehen und dann einen Ruck, als wäre in ihr etwas gerissen. Sie war frei, hatte sich gelöst von dem sprichwörtlichen Schürzenband, als die Pferde von dem Haus wegtrabten, das so lange ihr Heim gewesen war.

Sarah liebte ihren Vater und ließ ihn wirklich nicht gern allein. Doch das musste sie tun, um eine neue Welt kennenzulernen, und sie konnte die freudige Erregung, die aus tiefstem Innern aufstieg, nicht unterdrücken.

Als sie eine Straßenbiegung hinabfuhren und Ironwood Park aus dem Blickfeld verschwand, gab sie einen leisen Seufzer von sich.

Simon schaute sie verständnisvoll an. »Wir sind noch nicht einmal bis zum Dorf gelangt.«

»Ich weiß. Es ist nur ... Wir werden geradewegs hindurchfahren, und«, bekannte sie atemlos, »ich kann mich nicht mehr erinnern, was auf der anderen Seite liegt.«

»Tatsächlich?« Esme schaute sie mit großen Augen an.

»Als wir hierherkamen, war ich erst acht Jahre alt«, erklärte sie. »Und ich war sehr traurig, weil wir das alte Haus in Manchester, wo meine Mutter gestorben war, verlassen mussten.«

Eine tiefe Falte bildete sich zwischen Esmes Brauen. Die junge Dame gehörte zu jenen, die das seltene Glück hatten, noch keinen geliebten Menschen verloren zu haben, daher war sie empfindlich, wenn über den Tod oder einen Verstorbenen gesprochen wurde. Und wie Sarah nun begriff, war es in Anbetracht des Umstands, dass Esmes Mutter verschwunden war, eine missliche Idee, den Tod ihrer eigenen Mutter zu erwähnen.

»Während der ganzen Reise von Manchester hierher habe ich geschmollt«, erzählte sie weiter. »Ich habe mich vor dem neuen Zuhause, wo ich niemanden kannte, gefürchtet und konnte mir nicht vorstellen, wie ich dort meine Tage verbringen sollte.«

»Du konntest vermutlich nicht voraussehen, dass du mit einem Brombeerstrauch zu kämpfen haben wirst«, sagte Simon.

Sein Lächeln hatte etwas an sich, bei dem ihr der Atem stockte, und sie musste wegsehen, bevor sie antworten konnte.

»Nicht im Geringsten. Während der ersten paar Tage war mein Vater sehr beschäftigt, sodass ich umherstreifen konnte.«

Esme runzelte die Stirn. »Bis dich ein Brombeerstrauch angriff?« Sie hatte noch nie davon reden hören, und damals war sie noch zu klein gewesen, um sich jetzt an den Vorfall zu erinnern.

»Ich bin in einen der Sträucher am Bach gefallen, mitten hinein. Ich war praktisch darin gefangen, und zum Glück ist Seine Gnaden dort entlanggekommen, bevor ich mir bei dem Versuch, hinauszuklettern, bleibende Schäden zuziehen konnte.« Allerdings erinnerte noch die kleine Narbe am Knie jeden Morgen daran, wenn sie sich die Strümpfe anzog.

»Dann habe ich sie ins Haus mitgenommen, damit Mrs. Hope sie mit ihrer Salbe verarzten konnte, und dabei hat unsere Mutter sie zum ersten Mal gesehen.«

»Und Mama mochte Sarah auf den ersten Blick«, schloss Esme die Erzählung. Diesen Teil kannte sie immerhin.

»Ganz recht«, sagte Simon.

Sarah lächelte erinnerungsselig und musste im nächsten Moment den schmerzhaften Gedanken ertragen, dass die Herzogin verschwunden war und keiner aus der Familie wusste, wo sie war.

Sie begegnete Simons Blick, und seine Miene wurde ernst. »Ich frage mich, ob dir London wohl gefallen wird.«

Sie spürte, wie Esme ein Schauder überlief. In Gegenwart ihres Bruders tat sie ihre Meinung über die lärmende, stinkende Stadt jedoch nicht kund.

Esme war nach wie vor schrecklich zurückhaltend, sobald Simon bei ihr war. Das Gleiche galt, wenn Luke und Sam zugegen waren. Nur bei Mark, dem zweitjüngsten Bruder, konnte eigentlich niemand schüchtern bleiben. Bei ihm kam selbst die scheueste Schildkröte aus ihrem Panzer. Jedoch stand Esme Theo am nächsten, da sie nur wenige Jahre trennten und sie einander im Temperament sehr ähnelten. Beide neigten dazu, für sich zu bleiben, und beschäftigten sich lieber mit geistigen Dingen, als die Gesellschaft anderer zu suchen.

Sarah gegenüber war Esme gar nicht schüchtern, und Sarah wusste sehr genau, was diese von London hielt. Aber wenn Esme ihre Ansichten vor ihrem Bruder zurückhalten wollte, so würde Sarah gewiss keinen Vertrauensbruch begehen und Esmes Abneigung zur Sprache bringen.

»Ich bin überzeugt, es wird mir dort gefallen«, sagte sie zu Simon. Warum, hätte sie nicht sagen können, aber sie glaubte fest daran. Da müsste schon etwas wirklich Furchtbares passieren, damit sie zugäbe, dass ihr Gefühl sie getäuscht hatte.

Und wenn Simon bei ihnen war, wie könnte es ihr da nicht gefallen?

Am späten Nachmittag trat Schweigen ein. Esme hatte versucht zu lesen, was beim Schaukeln der Kutsche jedoch unmöglich war, und war dann eingeschlafen, den Kopf an das Seidenkissen gelehnt, das seitlich neben dem Kutschenschlag angebracht war.

Sarah besaß die grenzenlose Neugier eines Kindes, das einen neuen Teil der Welt entdeckt, und Simon konnte kaum die Augen von ihr abwenden. Die ländliche Szenerie, die Häuser, an denen sie vorbeifuhren, und jede kleinste Veränderung der Landschaft begeisterten sie stets von Neuem.

Sie unterschied sich so sehr von den verbitterten, zynischen Männern in Simons Club, die von der Politik, ihren Ämtern und Pflichten beschwert wurden, die nur noch darüber sprachen, dass Amerika kurz davorstand, England den Krieg zu erklären, oder dass Wellington den Krieg auf der Iberischen Halbinsel tiefer nach Spanien hineintrug, die keine Freude mehr daran finden konnten, wenn eine frühe Narzisse im Rasen blühte. Männer wie er.

Sarahs Begeisterung für die Welt ringsum rief ihm wieder vor Augen, dass er ein Mensch war und dass es viele kleine Dinge gab, die es wert waren, beachtet zu werden.

Wäre er nicht so darauf versessen gewesen, sie zu betrachten, hätte die Landschaft draußen vielleicht auch seinen Blick angezogen. Doch ihm genügte es vollauf zu sehen, wie sie die Weiden, Wiesen und sanften Hügel von Cotswolds bestaunte.

»Endloses Grün«, murmelte sie, ohne ihn anzuschauen. »Und in allen Schattierungen, wie es scheint, von Gelblich bis Bläulich.« Sie sprach leise, damit Esme nicht aufwachte.

Simon schaute aus seinem Fenster. »Ja«, pflichtete er schlicht bei. Es war wahr – die Landschaft zwischen Ironwood Park und London war urenglisch und hübsch anzusehen.

Die Kutsche fuhr auf die gewölbte Steinbrücke, die auf die Hauptstraße von Burford führte. »Welcher Fluss ist das?«, fragte Sarah. Eine der vielen, vielen Fragen, die sie heute stellte.

Er wusste nicht immer die Antwort, aber diesmal konnte er Auskunft geben. »Der Windrush.«

Auf der Fahrt durch das Städtchen war sie still und betrachtete seine augenfälligen Schönheiten, die Kirche und die Sandsteinbauten. Für Simon war Burford nur eines von vielen Städtchen, die es auf dem Weg nach London zu passieren galt – sein einziger Vorzug die räumliche Nähe zu Oxford, wo sie übernachten würden, um die Reise am nächsten Morgen fortzusetzen. Sarah dagegen sah etwas Neues und Wunderbares darin und nahm mit ihren großen, ausdrucksstarken blauen Augen alles in sich auf. Mit leicht geöffneten Lippen wickelte sie sich geistesabwesend eine dunkle Locke um den Finger, und ihre freudige Erregung zeigte sich im Heben und Senken ihrer Brust.

Ihre Lippen waren rosig prall, und ab und zu benetzte sie sie mit der Zungenspitze. Wie gern würde er diese jetzt schmecken. Er wollte wissen, ob sie so süß war wie in seiner Erinnerung.

Sie schaute ihn an und sofort wieder durchs Fenster nach draußen, wobei eine leichte Röte ihre Wangen überzog.

Wie hübsch das aussah!

Bei dem Gedanken zog sich in ihm etwas zusammen. Seit Jahren schon fand er sie hübsch, bisher war das aber immer eine distanzierte Feststellung gewesen, etwa wie wenn er ein Landschaftsgemälde als hübsch bezeichnete oder wie wenn er seine Schwester jemandem gegenüber hübsch nannte.

Doch inzwischen nahm er Sarah in ganz anderer Weise wahr. Wenn er sie jetzt betrachtete, zeigte sein Körper Reaktionen, die in der Öffentlichkeit gar nicht stattfinden durften. Und Gott bewahre, schon gar nicht in Gegenwart seiner Schwester, ob sie nun schlief oder nicht.

Entschlossen drehte er den Kopf weg und starrte an die Decke, um seinem Körper Gleichmut abzuringen.

4

Irgendetwas lag im Argen. Simon war in sich gekehrt. Am Nachmittag hatte es angefangen und sich bis zum Abend fortgesetzt, als sie in Oxford im Angel Inn abgestiegen waren.

Vielleicht hatte Sarah unterwegs ihr Entzücken über die englische Landschaft zu überschwänglich gezeigt.

Oder ... er war in die Sorge um seine Mutter vertieft.

Da sie Esme nicht beunruhigen wollte, versuchte sie, die quälenden Gedanken wegzudrängen, während sie bei Tisch saßen und die reichhaltige Mahlzeit einnahmen, die eigens für sie zubereitet und ihnen in einem gesonderten Raum vorgesetzt worden war. Sarah stocherte im Steckrübenmus und schob ihr Bratenstück auf dem Teller hin und her, bis Esme sie argwöhnisch beäugte. Simon fragte schließlich leise: »Ist das Essen nicht nach Ihrem Geschmack, Miss Osborne?«

Sarah blickte ruckartig auf und schaute zum Schankburschen und der Gastwirtin, die sich beide im Hintergrund aufhielten, seit der Herzog von Trent und seine Gesellschaft sich zum Essen niedergelassen hatten. Bei seiner Frage wurden sie beide blass und sahen besorgt auf die Antwort wartend zu ihr herüber.

»Aber ja. Es ist köstlich!« Um dies zu unterstreichen, schob sie sich einen großen Bissen von dem längst erkalteten Schweinebraten in den Mund – die Soße war schon erstarrt – und hatte Mühe, ihren Widerwillen nicht deutlich werden zu lassen. Nachdem sie tapfer gekaut und geschluckt hatte, ohne eine Miene zu verziehen, fügte sie leise hinzu: »Es gibt nur so vieles, was mir Sorgen macht.«

»Ah, ich verstehe«, sagte Simon kurz. Er hatte erklärt, er gedenke das Verschwinden der Herzogin möglichst lange geheim zu halten. Darum verzichtete Sarah auf eine Erläuterung.

Simon vermutete jedoch, es werde sich nur allzu bald herumsprechen, denn schließlich werde er in London Erkundigungen einholen und seine Brüder wollten in ganz England nach ihr suchen. Das würde unweigerlich Gerüchte auslösen, meinte er, und was sie vorher an Auskünften erhielten, würde wohl eher zur Wahrheit führen.

Sie sah ihm direkt in die Augen. »Ich möchte gern helfen.«

Seine Mundwinkel hoben sich. Nach einem kurzen Blick zu Esme schaute er sie wieder an. »Das tun Sie doch bereits.«

»Ja, aber ...« Sie seufzte. »Sie verstehen sicherlich, was ich meine, Euer Gnaden.«

»Aber gewiss.«

Sie sah Esme an. Die Ärmste hatte den ganzen Tag noch kaum ein Wort gesprochen, und obwohl sie unterwegs in der Kutsche mehrmals ein Schläfchen gehalten hatte, wirkte sie übermüdet und hatte Augenringe. Sarah fand das alarmierend. »Fühlen Sie sich nicht wohl, Mylady?«

Esme winkte ab. »Oh doch. Ich bin nur ein wenig müde.«

Sarah senkte den Blick auf ihren Teller. Das Essen war kalt, und sie hegte nicht die Absicht, sich noch einen Bissen hineinzuzwingen. Doch dann sah sie kurz zur Gastwirtin und kaute unschlüssig auf der Unterlippe. Sie wollte sie nicht beleidigen, indem sie den nächsten Gang verweigerte.

In dem Augenblick gähnte Esme hinter vorgehaltener Hand,

und als Sarah fragend zu Simon schaute, nickte er, wie um zu sagen: Geh nur. Ich werde ihre Befürchtungen zerstreuen.

Also erhob sich Sarah von der Tafel, und Simon stand auf, wie es die Höflichkeit gebot. Einen Moment lang blickte sie ihn bestürzt an, ehe sie sich fasste, denn kein Herzog erhob sich wegen einer Bediensteten von seinem Stuhl.

Danach fragte sie sich, ob sie sich je an ihren neuen Status gewöhnen würde.

Sie bot Esme die Hand. »Ziehen wir uns nach oben zurück, Mylady. Wir haben morgen einen langen Tag vor uns.«

Dankbar nahm Esme die Hand und ließ sich aufhelfen. Oben im Zimmer angelangt, halfen Sarah und Amy ihr, sich auszukleiden und zu waschen. Nachdem sie es ihr bequem gemacht hatten und Esme in ihrem Nachtkleid gähnte, wurde Amy entlassen und Sarah ließ Esme zu Bett gehen und deckte sie warm zu.

»Danke, Sarah. Es tut mir leid, dass ich so müde bin.« Ihre Stimme wurde immer leiser.

Sarah befühlte ihre Stirn. Kein Fieber. »Ist Ihnen auch wirklich nicht unwohl?«

Esme seufzte. »Kein bisschen. Es ist nur ... Mama, Trent, London. Das ist beinahe zu viel auf einmal. Besonders das mit Mama.«

»Das verstehe ich gut«, sagte Sarah in beruhigendem Ton. »Aber ich weiß, Ihr Bruder wird sie finden.«

Esmes haselnussbraune Augen füllten sich mit Tränen. »Ja, Sie haben recht. Aber was wird das nützen, wenn sie ...«

»Schsch, so dürfen Sie nicht denken«, mahnte Sarah. »Wir müssen weiter darauf vertrauen, dass Ihre Mutter wohlauf ist, bis das Gegenteil bewiesen wird.«

»Glauben Sie das denn?«

»Aber gewiss«, beschied sie mit fester Stimme. »Und nun

schlafen Sie gut, Mylady. Und ich glaube, die kommenden Wochen werden Ihnen guttun.«

»Sie meinen, ohne Mama?«

»Nein, aber mit Ihrem Bruder. Vielleicht werden Sie nun doch noch lernen, sich in seiner Gegenwart unbefangen zu fühlen.«

Sarah hatte sich bei Simon noch nie befangen gefühlt. Es war kaum zu verstehen, dass seine Schwester ihn einschüchternd fand, aber sie tat es.

»Vielleicht«, meinte Esme zweifelnd.

Sarah klopfte ihr auf die Schulter und erhob sich von der Bettkante. »Gute Nacht, Mylady.«

»Werden Sie jetzt auch schlafen gehen?«

Sarah schaute zur Tür des angrenzenden Zimmers, einer engen Kammer mit winzigem Fenster, die gerade so viel Platz bot wie ein Kleiderschrank. Ihr war nicht danach, sich schon einpferchen zu lassen. »Nein, ich denke, ich schaue noch nach Amy, Robert und Ned, ob sie zurechtkommen.«

»In Ordnung«, murmelte Esme.

»Schlafen Sie gut«, sagte Sarah noch einmal, dann schloss sie die Tür hinter sich, die auf den Gang des ersten Stocks führte. Das Angel Inn war ein kleiner Gasthof, und Simon hatte alle Zimmer im Obergeschoss für seine Reisegesellschaft gemietet.

Sie ging zu dem Zimmer, das Johnston sich mit Ned teilte, dem neuen Kutscher, den er mitgenommen hatte, um ihm im Londoner Verkehr das Fahren beizubringen. Auf ihr Klopfen antwortete niemand. An Amys Tür erhielt sie ebenfalls keine Reaktion, worauf sie annahm, dass alle zum Abendessen nach unten in die Küche gegangen waren.

Gerade als sie den Fuß auf die Treppe setzen wollte, sah sie Simon heraufkommen.

Sie trat zurück und wartete auf ihn. Er war so tief in Gedanken, dass er sie erst bemerkte, als er den Treppenabsatz erreichte.

»Sarah, was tun Sie hier?« Er schaute an ihr vorbei, ob noch jemand auf dem Flur stand. Da er ihn leer fand, vertieften sich die Falten auf seiner Stirn. Augenblicklich verspürte sie den Wunsch, sie glatt zu streichen, ihm die Stirn zu streicheln, bis er zufrieden lächelte.

»Lady Esme ist soeben zu Bett gegangen, aber ich bin noch nicht müde. Ich bin auf dem Weg nach unten, um nach ... den anderen zu sehen.« Sie wusste, für Simon waren sie »Diener«, aber sie wollte sich nicht über sie erheben, indem sie sie so nannte, denn bisher war sie eine von ihnen gewesen.

Lange und eindringlich blickte er sie an, dann nickte er. »Ich verstehe.«

Da niemand in der Nähe war, durfte sie offen sprechen. »Was haben Sie, Euer Gnaden?«, fragte sie mit einem düsteren Blick.

»Ich ...« Er schüttelte den Kopf. »Ach nichts. Es ist mir nur nicht recht, wenn Sie allein umherlaufen.«

»Ich habe nicht vor, das Haus zu verlassen«, sagte sie. »Ich möchte nur nachsehen, ob Amy, Robert und Ned etwas brauchen.«

»Immer kümmern Sie sich um andere, nicht wahr?«

Sie hätte nicht sagen können, ob er das lobend oder tadelnd meinte, darum zuckte sie nur die Achseln und schwieg.

Plötzlich kniff er sich in die Nasenwurzel und seufzte schwer.

Einer inneren Regung folgend berührte sie ihn mitfühlend am Arm. Er senkte den Blick auf ihre Hand.

»Verzeihung«, flüsterte sie und zog die Hand zurück. »Es ist nur ... Sie sind seit heute Nachmittag verdrießlich gestimmt. Ich weiß, wie sehr Sie das Verschwinden der Herzogin trifft. Sagen Sie mir, was ich für Sie tun kann.«

»Es liegt nicht nur daran«, bekannte er seufzend. »Sie kann gut auf sich selbst aufpassen, so flatterhaft und eigen, wie sie ist. Meine Geschwister sorgen sich zwar, es könnte ihr etwas Unaussprechliches zugestoßen sein, aber ich hege diesbezüglich meine Zweifel. Ich bleibe bei der Annahme, dass sie zu irgendwelchen Verwandten gereist ist und schlichtweg vergessen hat, uns davon zu unterrichten. Sie wissen ja, wie sie ist«, fügte er mit dunklem Blick hinzu.

»Ja, durchaus.« Manchmal schien die Herzogin zu vergessen, dass sie Kinder hatte. Sie liebte sie mehr als alles auf der Welt, aber nun, da sie erwachsen waren und auf eigenen Beinen standen, ließ sie sich immer mehr von ihren übrigen Beschäftigungen in Anspruch nehmen. Sie teilte der Familie nicht immer mit, was sie unternahm und wohin sie fuhr.

»Sie verstehen also, warum ich nicht beunruhigt bin.«

»Und dennoch wollen Sie nach ihr suchen.«

»In der Tat. Damit sich meine Geschwister nicht mehr zu sorgen brauchen und weil sie begreifen muss, dass es inakzeptabel und unverantwortlich ist, uns derart im Unklaren zu lassen.« Er schürzte verärgert die Lippen. »Unglücklicherweise werden wir sie wohl nicht finden, bevor es sich herumgesprochen hat. Die Geschichte wird sicherlich allerhand Ausschmückungen erfahren.«

»Ach, darum wirken Sie so verstimmt.«

Er zog die Brauen hoch und sagte in zynischem Tonfall: »Was kann ein weiterer Schandfleck auf unserem Familiennamen schon bedeuten? Es sind schon so viele. Angesichts ihrer und Lukes Launen überrascht es mich, dass wir nicht das einzige Thema der Gesellschaftsspalten sind.«

»Die Flecke verblassen durch die Arbeit, die Sie jeden Tag leisten«, sagte sie mit fester Überzeugung.

Er lachte freudlos. »Vielen Dank. Da bleibt aber noch reichlich zu tun.« Er wurde wieder ernst und schaute sie schweigend an. Seine grünen Augen wurden dunkler, je länger er ihr Gesicht betrachtete. Schließlich sagte er: »Ich werde Sie zu Ihrem Zimmer begleiten.«

Doch er rührte sich nicht von der Stelle und sie ebenso wenig.

Sie schaute nur weiter in sein schönes Gesicht und beobachtete, wie sein Blick über ihre Züge wanderte. Sie bemerkte durchaus die Leidenschaft darin. In ihrem Innern entstand ein Kribbeln und breitete sich bis über ihre Haut aus. Seine Augen waren so voller ... Verheißung. Unwillkürlich leckte sie sich über die Lippen, und sein Blick schnellte zu ihrem Mund.

Dann neigte er sich heran und küsste sie.

Simon erinnerte sich, wie sie schmeckte – so frisch und lieblich wie eine sonnige Frühlingswiese. Ihr Mund war warm und weich, und der kleine Atemstoß bei ihrem überraschten »Oh!« strich zart über seine Lippen.

Stöhnend schlang Simon die Arme um ihren schlanken Leib und zog sie an sich.

In ihm brannte das Verlangen.

Das Verlangen nach Sarah, seiner Freundin aus Kindertagen, der Gesellschafterin seiner Schwester, der Tochter seines Gärtners.

Er schloss die Augen und unterdrückte ein neuerliches Stöhnen, als sie die Umarmung erwiderte. Es hatte dazu kommen müssen. Natürlich. Er war ein Narr zu glauben, er könne seine Hände von ihr lassen.

Er zog sie noch näher an sich, bis ihr nachgiebiger, weicher Leib von oben bis unten an ihn geschmiegt war. Er spreizte die Hand auf dem zarten Musselin an ihrem Rücken und brachte sie mit neckenden Lippen dazu, den Mund zu öffnen, um mehr von ihrem süßen Geschmack zu bekommen, um ihr auf jede mögliche Weise näher zu kommen.

Und dann hörte er Stimmen, ganz leise nur, doch sie waren wie eine Ohrfeige, die ihn in die wirkliche Welt zurückriss. Er ließ sie los und sehnte sich sofort nach ihrer Berührung.

Mit großen Augen sah sie ihn an. Ihre Wangen waren gerötet, ihre Lippen feucht von seinen Küssen.

Und sein Schuldbewusstsein wirkte wie ein kalter Wasserguss. Er wandte den Blick ab. Verflucht. »Das hätte ich nicht tun sollen«, sagte er zähneknirschend.

Sie schwieg. Die Stimmen wurden lauter – jemand kam die Treppe herauf.

Schließlich flüsterte sie: »Mir hat es gefallen.« Und dann lächelte sie.

Einerseits wollte er das Lächeln annehmen, sich hineinversenken, die Wärme darin genießen, sein Schuldbewusstsein darin vergehen lassen. Einerseits wollte er mehr von ihr, viel mehr.

Andererseits wollte er kein Mann sein, der die Lage seiner Dienerinnen ausnutzte und sich über unschuldige junge Frauen hermachte. Das wollte er seinen zügellosen Standesgenossen überlassen.

Die Leute auf der Treppe kamen ins Blickfeld. Unter ihnen erkannte er Johnston, den Kutscher. Nach kurzer Verwunderung, was Johnston im oberen Stock zu suchen hatte, fiel ihm ein, dass die Diener dort ebenfalls einquartiert waren – in den beiden Suiten schliefen er und seine Schwester sowie Sarah, in den kleineren Zimmern die Diener. Seine Familie stieg auf ihren Fahrten zwischen London und Ironwood Park oft in diesem Gasthof ab, und die Gastwirtin überschlug sich jedes Mal, um es jedem recht zu machen, wann immer einer der Hawkins unter ihrem Dach weilte. Der heutige Tag bot da keine Ausnahme.

Ihm blieb nicht viel Zeit.

»Hören Sie, Sarah, ich bedauere meinen Fehler.«

Sie schaute ihn ohne eine Spur von Reue an. So hübsch und süß und unschuldig sie auch war, sie war nicht scheu, war sie nie gewesen.

»Das darf nicht wieder vorkommen«, flüsterte er und trat einen Schritt zurück. Die Diener gelangten auf den Treppenabsatz, verbeugten sich und knicksten. Er grüßte sie höflich und wünschte ihnen eine gute Nacht.

Dann begab er sich in sein stilles Zimmer, zog sich bis aufs Hemd aus und kroch unter die Decke, um im Dunkeln vor sich hin zu starren.

Er war neunundzwanzig – also alt genug, um es besser zu wissen. Eine Affäre mit Sarah war unmöglich, aus vielerlei Gründen, die aufzuzählen er ermüdend fände. Er war ein Mitglied des englischen Adels, der sich bisweilen Lasterhaftigkeit und Ausschweifungen hingab, und er wusste, was passierte, wenn Männer wie er mit Frauen wie Sarah eine Liaison eingingen. Es konnte nichts Gutes dabei herauskommen, wenn er sie in sein Bett holte.

Doch je länger er in ihrer Nähe war, desto mehr wollte er sie genau dort haben. Der Kuss auf dem Treppenabsatz hatte seinen Hunger nach ihr nicht stillen können. Im Gegenteil: Er hatte sein Verlangen nach ihr nur vergrößert.

Man erwartete von ihm, dass er heiratete, einen Erben zeugte und möglichst noch einen zusätzlichen Sohn, am besten eine ganze Schar Kinder, die das Haus füllten. Es war immer seine Absicht gewesen, diesen Erwartungen zu entsprechen, aber er schob das schon seit Jahren auf – andere Angelegenheiten waren dringlicher gewesen als die Aufgabe, eine Frau zu finden, die zur Herzogin taugte. Und er hatte, nachdem er Sarah zum ersten Mal geküsst hatte, ein Jahr lang nicht das geringste Interesse für andere Frauen aufbringen können.

Doch nun war er neunundzwanzig, und als vernünftiger, verantwortungsbewusster Mensch dachte er immer wieder an die Pflicht, die ihm aus seinem Titel erwuchs.

Vor ein paar Monaten hatte er beschlossen, dieses Jahr müsse es so weit sein. In der kommenden Saison wollte er an den unzähligen Bällen, Soireen und Dinnergesellschaften teilnehmen, zu denen man ihn unweigerlich einladen würde. Und irgendwo auf dem Heiratsmarkt der Londoner Ballsaison würde er seine zukünftige Braut finden.

Der Teufel flüsterte ihm ins Ohr, er könne alles haben: seiner Liebeslust mit Sarah frönen und sich eine passende Braut nehmen.

Bei dem Gedanken drehte sich ihm der Magen um. So wollte er nicht sein.

Doch dieser Teufel setzte sein verführerisches Gesäusel ungerührt fort, und Simon entkam ihm nur während seines unruhigen Schlafs.

Sarahs Lippen kribbelten noch immer, und das war eine höchst angenehme Empfindung.

Flüchtig fragte sie sich, wie lange es wohl möglich war, das Kribbeln zu behalten. Würde es aufhören, wenn sie darüberleckte oder wenn sie sich das Gesicht wüsche? Würde es nicht ohnehin gleich nachlassen?

Halb benommen sah sie Simon in sein Zimmer gehen und die Tür hinter sich schließen. Als sie ihren Blick davon losriss, sah sie Amy und Ned in ihren Kammern verschwinden, nur Johnston stand noch bei ihr und betrachtete sie.

Sowie sie das bemerkte, versteckte sie sich hinter ihrem freundlichsten Benehmen. »Guten Abend, Robert. Ich hoffe, das Abendessen war akzeptabel.«

Er neigte den Kopf. »Mehr als das, danke. Darf ich Sie zu Ihrem Zimmer geleiten?«

Sie schaute zu ihrer Tür, die keine zehn Schritte entfernt war. »Natürlich.«

Er bot ihr seinen Arm, den sie nach kurzem Zögern nahm, und so gingen sie schweigend das kurze Stück. Vor der Tür angelangt, ließ sie seinen Arm los. »Danke.«

»Gute Nacht, Sarah.«

»Robert?«

»Ja?« Er drehte sich um und hob erwartungsvoll die Brauen.

»Ich habe nicht so oft nach Ihnen gesehen, wie ich es hätte tun sollen.« Mrs. Hope hatte ihr die Aufgabe übertragen, auf das Hauspersonal zu achten und für dessen Zufriedenheit zu sorgen. »Ich hoffe, Sie fühlen sich wohl auf Ironwood Park.«

»Sehr wohl«, sagte er.

»Sie waren schon einmal in London, soviel ich weiß.«

Er nickte. »Einige Zeit lang mit meinem vorigen Dienstherrn.«

»Gefällt Ihnen die Stadt?«

Sein Lächeln war herzlich. Wenn es zum Vorschein kam – es brachte seine braunen Augen zum Funkeln –, war er ein recht gut aussehender Mann. Er hatte dunkle Haare und von der Arbeit mit den Pferden breite Schultern. »Doch, doch.

Aber da herrscht ein ordentliches Gedränge. Ich würde das freie Gelände von Ironwood Park jederzeit vorziehen.«

»Das kann ich gut verstehen.«

Ihre Lippen kribbelten noch immer ... und erinnerten sie an den Kuss, den sie vor ein paar Minuten von Simon bekommen hatte. Bei dem Gedanken strömte Wärme in ihre Wangen, und sie fasste sich erschrocken an den Mund.

»Nun dann gute Nacht, Robert. Träumen Sie was Schönes.«

»Sie auch, Sarah.«

Sie schlüpfte in ihre Kammer, schloss leise die Tür und lehnte sich dagegen, um einen sehnsüchtigen Seufzer auszustoßen.

Simon hatte sie geküsst ... zum zweiten Mal.

Wie von manchem bezeugt, war London eine schmutzige, übelriechende Stadt, in der geschäftiges Treiben herrschte. Sarah ließ sich davon jedoch nicht beeinträchtigen. Sie hatte schon seit der Stadtgrenze die Nase ans Fenster gedrückt, und endlich waren sie vor Simons Haus in St. James angekommen.

Gestern waren sie in der Kirche gewesen, und hinterher war sie mit Esme zusammen, die Bibeln unter dem Arm, an diesem Frühlingstag im Hyde Park spazieren gegangen, wo diese unbeholfen einige Bekannte grüßte, die vorbeiflanierten. Heute war ihr zweiter Tag in der Hauptstadt, und am Morgen, als die Sonne durch die Vorhänge in das kleine Zimmer schien, das man ihr gegeben hatte, war sie von dem goldenen Licht wach geworden.

Nun stand sie auf, machte ihr Bett – das mit einer hübschen Tagesdecke aus gelber Seide ausgestattet war –, wusch sich und flocht ihr Haar, um es unter ihre Haube zu stecken. Sie schnürte sich das Mieder und wählte eines ihrer praktischen Musselinkleider, dann zog sie die schweren Vorhänge beiseite und schaute aus dem Fenster. Der Blick über die Stallungen weckte in ihr Freude und Unternehmungslust. In der Gasse unten sah sie allerhand Pferde und Diener, die ihre täglichen Pflichten versahen.

Gespannt, was der Tag bringen würde, eilte sie zum Frühstück nach unten.

Simon saß bereits im Speisezimmer, eine Zeitung aufgeschlagen vor sich. Bei ihrem Eintreten stand er so hastig auf, dass die Stuhlbeine über den Boden schabten.

Sie grüßte freundlich, konnte allerdings nicht das leichte Zittern ignorieren, das sie in dem Bewusstsein des gestrigen Geschehens durchlief. »Bitte, nehmen Sie wieder Platz, Euer Gnaden. Diese Förmlichkeit ist doch nicht nötig.«

»Das ist sie durchaus.« Er zog die Brauen zusammen und schaute beinahe finster.

Stur blieb er stehen, während sie an die Anrichte ging und sich Toast, Bücklinge und ein Spiegelei nahm.

Er setzte sich erst, nachdem sie sich ihm gegenüber am Tisch niedergelassen hatte. Sie aß einen Bissen von dem Ei. Simon hatte offenbar dafür gesorgt, dass die Speisen heiß und frisch waren. Da er nicht wusste, wann Esme und sie herunterkommen würden, hatte er vermutlich einen Diener gebeten, die Speisen alle zehn Minuten auszutauschen.

Lächelnd schaute er sie an. »Wie gefällt Ihnen unser Stadthaus, Miss Osborne?«

Bei dieser Anrede verzog sie den Mund. Sie würde sich sicher nie daran gewöhnen, von ihm so genannt zu werden.

»Es ist schön.« Soweit sie es bisher gesehen hatte, war es eine kleinere, aber nicht weniger opulente Version von Ironwood Park. »Es scheint mir die typische Hawkins-Note zu haben.«

»Das stimmt«, sagte Simon. »Beide Häuser wurden von meinem Großvater erbaut, wissen Sie.«

Das wusste sie nicht, wurde einer Antwort jedoch enthoben, da Esme hereinkam. Sie gähnte noch. »Oh«, murmelte sie, als es ihr bewusst wurde. »Ich bitte um Verzeihung.«

»Ich habe Sie so früh noch nicht erwartet, Mylady«, sagte Sarah. Denn es war nichts Ungewöhnliches, wenn Esme bis Mittag schlief.

»Ich weiß.« Esme schaute Simon an, der sich erneut von seinem Stuhl erhoben hatte. Sie nahm sich nichts zu essen, sondern setzte sich an den Tisch, griff zur Kaffeekanne und schenkte sich ein.

»Daran bin ich schuld.« Simon schob seine Zeitung beiseite. »Ich habe dich von Amy wecken lassen, weil wir einen geschäftigen Tag vor uns haben. Es hat sich herumgesprochen, dass wir in London sind. Wir haben bereits eine Einladung erhalten, zu einem Ball am Mittwoch.«

Sarah und Esme blickten ihn erschrocken an. Mittwoch war schon übermorgen.

»Ich habe zugesagt«, fuhr Simon fort. »Im Laufe des Jahres bin ich bisher jeder Einladung gefolgt, und ich möchte keinen Verdacht erregen, indem ich diese nun ausschlage. Denn ich möchte so lange wie möglich den Schein wahren. Das mag sich ändern, wenn alle Welt über Mutters Verschwinden Bescheid weiß, doch fürs Erste werden wir so tun, als wäre nichts geschehen.«

Esme erhob keine Einwände, und auch Sarah schwieg. So würde es also sein – um die vornehme Londoner Gesellschaft kennenzulernen, würden sie ins kalte Wasser springen müssen, ohne sich langsam zu akklimatisieren.

»Aus diesem Grund werden Sie heute zur Schneiderin gehen, Sarah, damit Sie in zwei Tagen über ein Ballkleid verfügen. Die wird zweifellos etwas zur Hand haben, das nur noch geändert zu werden braucht und am Mittwoch fertig sein kann.«

Sarah schaute an ihrem schlichten weißen Kleid hinunter, dessen einzige Verzierung die breite Rüsche an Ausschnitt und Saum war, ganz ähnlich wie die anderen zwei, die sie mitgebracht hatte. Mehr als diese drei besaß sie nicht.

Sie hätte bedenken müssen, dass sie etwas Angemessenes zum Anziehen brauchte, wenn sie Esme zu Gesellschaften begleiten sollte. Doch in jüngster Zeit war so vieles vorgefallen, da hatte sie das völlig vergessen.

»Auch du wirst neue Kleider brauchen, Esme«, sagte er. »Was du besitzt, ist vom letzten Jahr und inzwischen aus der Mode.«

»Ja, Trent.« Ohne seinem Blick zu begegnen, trank Esme einen großen Schluck Kaffee, als müsste sie sich stärken.

Simon sah sie weiterhin an. »Du wirst für euch beide keine Ausgaben scheuen. Außer dem dringend benötigten Ballkleid wirst du Sarah helfen, eine angemessene Garderobe zu erwerben, und auch für dich kaufen, was immer du benötigst. Die Schwester des Herzogs von Trent und ihre Gesellschafterin werden nicht in Lumpen durch London spazieren.«

Sarah zog erbost die Brauen zusammen – ihre Kleider waren alt und ein wenig abgenutzt, aber sauber und durchaus noch tragbar. Sie als Lumpen zu bezeichnen war eindeutig übertrieben. Das hätte sie ihm ohne zu zögern entgegengehalten, wenn nicht gerade ein Diener hereingekommen wäre, um die Speisen auf der Anrichte auszuwechseln.

Stattdessen begnügte sie sich damit, Simon einen bösen Blick zuzuwerfen. Hätten sie jetzt auf ihrer Bank in Ironwood Park gesessen, hätte sie ihm damit sicherlich eine Entschuldigung für seine Grobheit abgerungen. Doch er schaute sie lediglich gelassen an und sagte kein Wort.

Es zog ihr die Brust zusammen. Er fand sie also nicht im Geringsten vorzeigbar? Also gut, wenn er es nicht anders haben wollte.

Während sie ihre Bücklinge vertilgte, brütete sie mürrisch vor sich hin. Simon wusste genau, dass sie nicht die Mittel hatte, um sich modische Kleider zu kaufen, schon gar nicht von einer Londoner Schneiderin, bei der die vornehmen Leute sich ausstatteten. Folglich hatte er die Absicht, für die Kosten aufzukommen.

Eine Dame durfte von einem Gentleman keine Geschenke annehmen. Das hatte Miss Farnshaw ihr mit derselben Beharrlichkeit eingeschärft, mit der sie ihr die Schritte der Quadrille beigebracht hatte.

Andererseits war Sarah keine Dame. Und Simon hatte ihr keine Wahl gelassen. Zudem wollte sie ihn und Esme nicht in Verlegenheit bringen, indem sie in der Öffentlichkeit unangemessen gekleidet ging.

Sarah rief sich den besonderen Grund ins Gedächtnis, weshalb Damen von Gentlemen keine Geschenke annehmen durften, nämlich weil diese dann etwas von ihr erwarteten – etwas Sündhaftes.

Sie beäugte Simon, der sich wieder seiner Zeitung zugewandt hatte. Nein, er bezahlte ihr die neue Garderobe nicht, weil er mehr als diesen Kuss von ihr wollte. Falls er mehr wollte, so kämpfte er gewiss gegen sein Verlangen an. Wegen des Kusses im Angel Inn hatte er ihr gegenüber keine Bemerkung gemacht, doch seitdem spürte sie die Leidenschaft seines Blicks, wann immer sie sich im selben Raum aufhielten.

Sarah hatte sich über ihren Ruf noch nie viele Gedanken gemacht. So behütet, wie sie auf Ironwood Park lebte, war dies keine vordringliche Sorge gewesen, auch wenn Miss Farnshaw ihre gegenteilige Ansicht dazu stets geäußert hatte. Ohne guten Ruf durfte man nicht erwarten, einen würdigen Ehemann zu bekommen. Eine Frau ohne guten Ruf wurde verachtet und herabgesetzt.

Sarah erwartete ohnehin nicht, einen würdigen Ehemann zu finden. Ihrem Empfinden nach gab es auf der ganzen Welt keinen Mann, der sich mit dem Herzog von Trent messen konnte, und sie wollte nicht irgendeinen armen Tropf heiraten und ihn unglücklich machen, weil sie ihn ständig mit Simon verglich.

Zu alldem hatte Sarah auf Ironwood Park noch keine Verachtung oder Herabsetzung erfahren. Ihre Herrschaft hätte dergleichen nicht geduldet. In London würde Simon sie jedoch nicht ohne Weiteres davor schützen können, das wusste sie.

Darum würde sie tun, was Simon ihr gebot, ihre »Lumpen« ablegen und eine passende Garderobe für sich kaufen, damit sie als Esmes Gesellschafterin stolz an ihrer Seite sein konnte.

Und was das »Geschenk« anging, nun, sie würde es annehmen. Keinesfalls würde er für die Kleider Kompensation verlangen, schon gar nichts Unzüchtiges. Ehre, Rechtschaffenheit, Anstand, Schicklichkeit – das war es, was Simon ausmachte.

Und das stimmte sie durchaus melancholisch.

Wie unangemessen! Sie sollte erleichtert sein. Glücklich. Sich sicher fühlen. Unbefleckt. Wie sich eine wahre Dame eben fühlte.

Es gab eine gewisse Art der Lauterkeit, die sie nie besessen hatte, die laut Miss Farnshaw eine wahre Dame von Natur aus besaß. Dieses Gefühl, dieses kribbelnde, sehnsüchtige Verlangen, das sie für Simon empfand – schon seit drei Jahren hegte –, sie wusste ganz genau, was es war:

Wollust.

Das bewies erst recht, dass das alles eine Farce war. Sie mochte sprechen wie eine Dame. Sie mochte sich wie eine benehmen können. Doch tief in ihrem Innern war sie alles andere als das.

Außerdem war sie sich nicht einmal sicher, ob sie eine sein wollte.

5

Am Mittwochabend nach einem stillen frühen Dinner im Speisezimmer des Trent'schen Hauses war es Zeit, sich für Lady Bellinghams Ball anzukleiden. Als Esme und Sarah sich nach oben begeben hatten, fanden sich Amy und zwei Dienstmädchen in Esmes Ankleidezimmer ein.

Alles, was Sarah anziehen würde, war neu, von den Strümpfen und Schuhen bis zu den Haarnadeln und der Schminke.

In ihrem feinen Unterkleid stand sie da und betrachtete die bereitgelegten Sachen, derentwegen sie einen ganzen Tag bei der Modistin zugebracht hatten: den Haufen Haarnadeln und glänzende Bänder, das hübsche perlweiße Seidenhäubchen, das ins Haar gesteckt würde, die rosaseidenen Pantoffeln, die im Lampenschein glänzten, das steife kurze Mieder und den Unterrock.

Und das Kleid. Es war ein schlüsselblumengelbes, zu dem ein perlweißes seidenes Unterkleid gehörte und das vorn mit chinesischen Knöpfen geschlossen wurde. Es war so elegant, mit dem, was Sarah bisher getragen hatte, nicht zu vergleichen. Sie strich mit den Fingerspitzen über den kostspieligen glatten Stoff.

»Ich freue mich so sehr darüber«, erklärte Esme impulsiv. »Madame Buillard macht so hübsche Sachen. Wissen Sie, sie hat im vergangenen Jahr mein Hofkleid entworfen.«

»Das überrascht mich nicht.« Sarah schaute zu Esme hinüber, die ein weißes Seidenkleid mit einem hellrosa Überkleid hochhielt. Es hatte Ärmel aus schwarzem Samt und war mit ebensolchen Bändern abgesetzt. Dazu gehörten Seidenpantoffeln, weiße Glacéhandschuhe und ein rosa Seidenhut mit einem Schmuck aus frischen Rosen. »Das ist alles wunderschön, Mylady.«

»Ja.« Esme sah sie mit strahlenden Augen an. Dann machte sie einen überraschenden Schritt auf sie zu und legte die Arme um sie.

Fast wäre Sarah zurückgewichen, so verblüfft war sie. Doch sie fasste sich schnell und erwiderte die Umarmung. »Sarah, Sie sind wie eine ältere Schwester für mich. Schon immer. Ich bin so froh, das alles mit Ihnen gemeinsam zu erleben.«

Sarah lächelte mit tränenverschleiertem Blick. »Danke«, flüsterte sie. »Es wird mir unvergesslich bleiben.«

Esme ließ sie los und trat zurück. »Das ist nicht nur vorübergehend, wissen Sie. Sie werden meine Gesellschafterin sein, so lange Sie möchten.«

»Ach, nur zu gern«, gab Sarah zu, doch sie wusste es besser. »Sie werden aber gewiss bald heiraten, und dann kehre ich auf meinen alten Posten bei Mrs. Hope zurück.«

»Nein!«, rief Esme aus, und auf Sarahs überraschten Gesichtsausdruck sagte sie: »Erstens hege ich keine große Hoffnung, jemals zu heiraten.«

»Warum? Das sagen Sie seit eh und je, aber ich habe nie verstanden, wieso.«

Esme zuckte die Achseln. »Nach dem Ball heute Abend wird es Ihnen einleuchten. Und selbst wenn ich doch eines Tages heirate, müssen Sie meine Gesellschafterin bleiben, Sarah. Sie dürfen nicht wieder Hausmädchen werden. Dafür sind Sie viel zu gut.«

Sarah wurde ganz flau im Magen. Sie wusste, Esme meinte es nicht böse, doch damit führte sie ihr nur den grundlegenden Unterschied zwischen ihnen vor Augen. Sarah war eben nicht zu gut für ein Hausmädchen. Als sie mit zwanzig Jahren zum obersten Dienstmädchen aufgestiegen war, war sie überaus stolz gewesen. Eines Tages würde sie Haushälterin sein wie Mrs. Hope, hatte sie gedacht. Und wahrhaftig, für jemanden ihrer Herkunft war das eine große Ambition, in einem hochherrschaftlichen Hause wie Ironwood Park diese Stellung anzustreben.

Sie hätte nicht gedacht, dass sie je von diesem vorgezeichneten Weg abweichen würde. Sicherlich nicht, um Gesellschafterin einer Adligen zu werden, schöne Kleider zu tragen und auf einen Ball zu gehen, der von der angesehensten Patronin Londons gegeben wurde.

Obwohl ihnen drei Dienstmädchen zur Hand gingen, dauerte es eine ganze Weile, bis sie fertig zurechtgemacht waren. Als Amy die letzte Haarnadel an ihren Platz gesteckt hatte, stand Sarah von ihrem Stuhl auf, strich sich den Rock über den Hüften glatt und drehte sich zu Esmes großem ovalem Spiegel um. Mit großen Augen starrte sie hinein.

Eine Prinzessin schaute ihr entgegen, eine dunkelhaarige mit rosigen Wangen in einem schlüsselblumengelben Kleid.

»Sie sehen hübsch aus«, sagte Esme.

Breit lächelnd drehte Sarah sich zu ihr um und seufzte vor Freude. Esmes prächtiges schwarz verziertes rosa Kleid schmeichelte ihr und brachte ihre glänzenden dunklen Haare und ihre warmen hellbraunen Augen bestens zur Geltung. »Sie auch, Mylady.«

»Danke.« Esme atmete tief durch. »Sie werden mir helfen, heute Abend tapfer zu sein, nicht wahr?«

»Natürlich. Aber dafür müssen Sie auch mir helfen. Das wird mein erster Ausflug in die vornehme Londoner Gesellschaft, wie Sie wissen.«

»Oh ja«, sagte Esme schief lächelnd. »Wir geben ein bemerkenswertes Paar ab, nicht wahr?« Sie streckte einen Arm nach ihr aus. »Kommen Sie, gehen wir nach unten.«

Halb untergehakt stiegen sie die Treppe hinunter und betraten den Salon, wo Simon sie schon erwartete. Sarah stockte der Atem, als er sich zu ihnen umdrehte und sie begrüßte. In seiner schwarzen Kniebundhose, dem samtbesetzten schwarzen Frack und der gestreiften bestickten Weste war er das stattlichste und verlockendste Exemplar der männlichen Gattung, das sie je gesehen hatte.

Auch er stand wie gebannt da, den Blick allein auf sie gerichtet.

Sofort spürte sie, wie sie errötete. Sie war sicher, dass das Rouge, das eines der Mädchen auf ihre Wangen aufgetragen hatte, es nicht kaschieren konnte.

»Sie sehen schön aus.« Er räusperte sich und schien sich zwingen zu müssen, auch seine Schwester einmal anzusehen. »Äh ... alle beide. Sind wir nun so weit, das Haus zu verlassen?«

»Ja.« Esmes Stimme schwankte ein wenig, und Sarah drückte ihr verständnisvoll und ermutigend den Arm.

Sie brachen auf und stiegen vor dem Haus in die wartende Kutsche.

Sarah hatte schnell erkannt, dass London zwar groß, das Gebiet der gesellschaftlichen Kreise, in denen sich der Herzog von Trent bewegte, jedoch etwas kleiner war. Die Fahrt zu Lady Bellinghams Haus dauerte nur wenige Minuten.

Sarah verspürte eine flatternde Aufregung in der Brust, aber das war nichts verglichen mit dem, was Esme durchmachte. Sie erstarrte, sobald sie in der Kutsche saß, und hielt die Hände so verkrampft gefaltet, dass ihre Glacéhandschuhe womöglich darunter litten.

Sarah fiel nichts ein, womit sie ihr helfen könnte.

Simon offenbar auch nicht, oder vielleicht bemerkte er gar nicht, dass seine Schwester steif wie eine Mumie auf der Polsterbank saß.

Sarah konnte sich nicht denken, warum der bevorstehende Abend Esme derart in Angst und Schrecken versetzte, doch sie erinnerte sich an die ernsten Gesichter allenthalben, wenn im vorigen Jahr über Esmes Einführung in die Gesellschaft gesprochen wurde. Esme selbst hatte nie ein Wort darüber verloren, und Sarah hatte nicht gewagt, danach zu fragen.

Was es auch war, Esme litt noch immer darunter – so viel war offensichtlich, denn sie war leichenblass. Dennoch hatte sie sich den Ballvorbereitungen klaglos unterworfen.

»Denkt daran, heute Abend nicht über die Sache mit Mutter zu reden«, ermahnte Simon sie, als die Kutsche in einem Kreis golden leuchtender Gaslaternen anhielt. »Wir müssen unbedingt den Eindruck erwecken, dass alles in bester Ordnung ist. Aber haltet Augen und Ohren offen. Vielleicht schnappt ihr etwas auf.«

»Ganz recht«, sagte Sarah.

Esme schien ihn nicht gehört zu haben. Sie starrte auf den Kutschenschlag, den ein Diener soeben öffnete.

»Wir schaffen das schon«, flüsterte Sarah ihr ins Ohr. »Ich werde keinen Moment von Ihrer Seite weichen, das verspreche ich.«

»Gut«, flüsterte Esme, stützte sich auf die dargebotene Hand des Dieners und stieg aus der Kutsche.

Das Haus war ein schöner palladianischer Bau, einer der wenigen in London, mit einer kreisrunden Auffahrt und einem Rasen davor. Das Trent'sche Haus hatte weder das eine noch das andere, grenzte aber an den Green Park, sodass ein gewisser Eindruck von Weitläufigkeit entstand.

Das Licht der Laternen verlieh der weißen Fassade von Lady Bellinghams Haus einen goldenen Schimmer. Überall liefen oder standen Leute, stiegen aus ihren Kutschen und sammelten sich zu plaudernden Grüppchen in der kühlen Frühlingsluft.

Für Sarah mit ihren kurzen Ärmeln und ohne Schal um die Schultern war es zu kalt, und sie war froh, als Simon sie ohne Umweg zur offenen Haustür führte. Sie passierten die Reihen und schüttelten die Hände vieler elegant gekleideter Damen und Herren, die Esme und Simon allesamt zu kennen schienen und sich erfreut zeigten, Sarahs Bekanntschaft zu machen.

Unterdessen achtete Sarah auf Esme. Nachdem sie auf der Fahrt hierher noch steif und schweigsam gewesen war, schien sie nun einigermaßen zurechtzukommen. Sie lächelte, nickte und antwortete in ruhigem Ton, wenn sie angesprochen wurde.

Sie betraten den großen, bereits gut gefüllten Ballsaal, in dem es warm und laut war. Die Gäste schlenderten umher, unterhielten sich und tranken Champagner. Simon, der dicht hinter ihnen ging, wirkte beruhigend auf Sarah, und so war sie zuversichtlich. Sie blieb dicht bei Esme, während sie den Anblick ringsherum in sich aufnahm. Der Ballsaal war ein Fest fürs Auge.

In der Mitte der stuckverzierten Decke hing ein enormer Kronleuchter, flankiert von zwei kleineren Gegenstücken, an denen unzählige Kerzen brannten. Vergoldete Wandleuchter spendeten zusätzliches Licht. Es war hell wie im strahlenden Sonnenschein.

Sarah schaute zu der Galerie und dem verschnörkelten Bronzegeländer, das den oberen Stock des Saales säumte. Auch dort standen viele Gäste und plauderten, und in einer Ecke saßen Musiker und stimmten ihre Instrumente.

»Euer Gnaden!«

Sarah, Esme und Simon drehten sich zu einem jungen Mann um, der auf sie zuhielt. Er drückte Simon lebhaft die Hand.

»Whitworth. Freut mich, Sie zutreffen«, sagte Simon.

Whitworth richtete seinen Blick auf Esmc und lächelte sie an. Doch Sarah merkte ihm eine gewisse Zögerlichkeit an. »Lady Esme. Wie schön, dass Sie wieder in London sind«, murmelte er bei einer Verbeugung.

Sie knickste, ihre Worte waren jedoch unverblümt. »Ich habe selbst nicht damit gerechnet.«

Als sie nichts weiter hinzufügte, um die Aussage abzumildern, wechselten Sarah und Simon einen Blick. Sarah wusste, sie sollte nichts sagen, da sie dem Gentleman noch nicht vorgestellt worden war, und so ergriff Simon das Wort und rettete die Situation.

»Ich habe meine Schwester erst vor ein paar Tagen gebeten, mich von Ironwood Park zu begleiten. Aber es ist erfreulich, sie und ihre Gesellschafterin für eine Weile bei mir zu haben. Oh, Sie sind einander noch nicht begegnet – Miss Osborne, darf ich Ihnen Mr. Whitworth vorstellen, Lady Bellinghams zweiten Sohn.«

Sarah knickste. Sie sah die Ähnlichkeit zwischen dem Mann und der fürstlichen Dame, die sie am Eingang begrüßt hatte. »Ich freue mich, Ihre Bekanntschaft zu machen, Mr. Whitworth.«

»Das Vergnügen ist ganz meinerseits, Miss Osborne«, erwiderte er höflich. Dann wandte er sich an Esme. »Haben Sie schon einen Partner für den Country Dance?«

»Nein.«

Whitworth wartete einen Augenblick, und als sie nichts weiter äußerte, fragte er: »Darf ich dann auf Sie zählen?«

Sarah beobachtete Esmes Mienenspiel, während diese Whitworth in die Augen sah. »Sie werden sicherlich gehört haben, was für eine hoffnungslos schlechte Tanzpartnerin ich bin, Mr. Whitworth?«

»Aber nicht doch!«, rief Sarah aus. »Sie tanzen ausgezeichnet, Mylady.«

Esme bedachte sie mit einem düsteren Blick, und Simon räusperte sich. Whitworth griff sich ans Halstuch, wie um es zu lockern, und ließ die Hand wieder sinken. »Ich würde den Tanz gern mit Ihnen absolvieren, falls Sie mögen«, sagte er leise.

Was für ein freundlicher Mann, dachte Sarah und betrachtete ihn beifällig.

Esmes ängstliche Blässe wurde von rötlichen Flecken durchsetzt. »Also gut. Ja. Ich danke Ihnen.«

Er neigte vor Esme den Kopf, lächelte Sarah an und nickte Simon zu. »Nun dann. Ich fürchte, meine Mutter verlangt nach mir. Am besten, ich gehe gleich zu ihr.«

Als er sich entfernte, atmete Sarah auf. Allmählich verstand sie, welcher Art Esmes Schwierigkeiten waren. Wie seltsam, nach so viel Unterricht in Etikette bei Miss Farnshaw. Andererseits hatten deren Lektionen in der Abgeschiedenheit von Ironwood Park stattgefunden, nicht in einem gut gefüllten Ballsaal in London.

Sarah wünschte, sie könnte Esme mit ein paar wohlgewählten Worten Selbstvertrauen einflößen, doch sie fühlte bereits die abschätzigen Blicke der anderen Gäste auf sie beide gerichtet. Und was sie zu ihr sagte, könnte von anderen gehört werden. Sie wollte Esmes Verlegenheit nicht noch vergrößern. Also schenkte sie ihr lediglich ein ermutigendes Lächeln.

Esme erwiderte es nicht. Sie wirkte bedrückt. »Ich war wohl recht grässlich zu ihm, nicht wahr?«, flüsterte sie.

Sarah konnte nicht antworten, weil gerade wieder Leute auf sie zukamen. Jeder wollte den Herzog von Trent begrüßen und infolgedessen auch seine jüngere Schwester und Sarah. Bis der Tanz formell eröffnet wurde, war Sarah dreiundvierzig Mitgliedern der Londoner Gesellschaft vorgestellt worden, die sie noch nie zuvor gesehen hatte.

Als der ranghöchste Gentleman würde Simon den Ball mit Lady Bellingham als Tanzpartnerin eröffnen. Nachdem er endlich die Gastgeberin auf die Tanzfläche geführt hatte, fanden Sarah und Esme zwei freie Plätze in der Reihe der braunsamtenen Sessel, die entlang der Saalseite aufgestellt waren.

Zum ersten Mal seit gut einer Stunde blieben sie unbehelligt. Vermutlich, weil Simon nicht mehr bei ihnen war, dachte Sarah. Neben ihr flüsterte eine Debütantin mit ihrer Freundin, als der Tanz begann. »Das ist der Herzog von Trent. Ach, ich wünschte, jemand würde mich ihm vorstellen.«

»Was würdest du dann zu ihm sagen?«, fragte die Freundin.

»Ich würde auf die Knie fallen, ihm die Füße küssen und ihn anflehen, mich zur Herzogin zu machen.« Darauf kicherten die beiden hinter ihren Fächern, aber nicht ohne Simon mit schwelgerischen Blicken zu verfolgen.

Sarah beobachtete ihn, wie er, groß und gut aussehend, von einer Tänzerin zur nächsten wechselte und jede von Neuem anlächelte. Dabei bewegte er die Lippen. Eine mollige junge Dame, die ein paar Jahre älter zu sein schien als Sarah, sprudelte etwas hervor und wurde dann rot bis über die Ohren.

»Lady Esme!«

Sarah und Esme drehten den Kopf. Eine junge Schönheit und ihr älteres Ebenbild näherten sich den beiden Sesseln. Gewiss Mutter und Tochter, dachte Sarah.

Als Esme sich erhob, verfing sich eine Falte ihres Kleides zwischen den eng stehenden Sesseln, und Sarah musste sie befreien, bevor sie ebenfalls aufstand.

»Guten Abend.« Esme vollführte an ihrem Sessel einen ungeschickten Knicks. »Ähm ...« Sie schaute Sarah an. »Das ist meine Gesellschafterin, Miss Osborne.«

Sarah lächelte und wartete auf die Namen der beiden Damen. Doch Esme schwieg, sodass die ältere der beiden nach einem längeren Blick auf Esme sagte: »Miss Osborne, ich freue mich, Sie kennenzulernen. Ich bin Lady Stanley, und das ist meine Tochter, Miss Stanley.«

»Guten Abend.« Sarah knickste und überspielte ihre Verlegenheit, nachdem Esme einen Bruch der Etikette erforderlich gemacht hatte.

Viel zu lange standen sie unbehaglich schweigend voreinander. Sarah musterte die junge Dame, die wiederum Esme mit kühler Neugier betrachtete.

Sie war schön, ein blonder Engel in Weiß mit silbernen Bordüren, blauen Augen und einem gesunden rosigen Schimmer auf den Wangen. Sie wirkten wie das Urbild der Jungfrau und ihrer Mama auf der Jagd nach einem passenden Ehemann. Sarah hatte von Baron Stanley und seiner Gattin schon gehört – ihr Landsitz lag in unmittelbarer Nähe zu Ironwood Park. Doch sie waren noch nie zu Besuch gekommen, und die Herzogin hatte nie davon gesprochen, sie einzuladen. Sarah konnte sich nicht denken, warum, besonders da die Tochter in demselben Alter war wie Esme.

Lady Stanley schien das Schweigen nicht länger auszuhalten. »Wie ich höre, sind Sie erst kürzlich in London eingetroffen.«

»Ja, das ist richtig«, sagte Esme.

»Vor drei Tagen, um genau zu sein«, führte Sarah aus.

»Ich verstehe. Ich hätte nicht erwartet, Sie ohne Ihre Mutter hier zu sehen. Ist sie auf Ironwood Park geblieben?«

»Sie ist ...«

Esme schluckte mühsam, und wieder musste Sarah für sie antworten. »Die Herzogin konnte sich uns nicht anschließen.«

»Du meine Güte. Ich hoffe, sie ist wohlauf.«

Sarah forschte in der Miene der älteren Dame. Ihr Gesicht war eine Maske höflicher Besorgnis, doch in ihrem Ton schien eine leichte Unaufrichtigkeit zu liegen. War zwischen den beiden Frauen etwas Unerfreuliches vorgefallen? Waren sie deshalb nie Gast auf Ironwood Park?

»Wir werden Ihre guten Wünsche an sie übermitteln«, antwortete Sarah kurzerhand, da sie nicht lügen, aber auch nichts preisgeben wollte.

Miss Stanley schien an dem Thema gänzlich uninteressiert. Ihr Blick war abgeschweift zur Tanzfläche. Soeben spielte die Kapelle die letzten Töne des Menuetts, und kurz darauf gesellte sich Simon wieder zu ihnen. Nachdem er die Stanleys begrüßt hatte, bat er Miss Stanley höflich um die nächste Quadrille. Sie akzeptierte mit strahlendem Lächeln.

Simon musste sich erneut entfernen, um mit einer Dame zu tanzen, Miss Stanleys Tanzpartner kam sie abholen, und Lady Stanley entdeckte »eine liebe Freundin« und ließ Sarah und Esme allein.

Als sie sich wieder gesetzt hatten, öffnete Sarah ihren Fächer und fächelte sich Luft zu, während sie zusah, wie die Damen sich bei Simon einschmeichelten.

Die beiden nächsten Tänze wurden unterbrochen von unbeholfenen Gesprächen mit Ballgästen, die Esme von ihren vorherigen Aufenthalten in London kannte. Dann begann die Quadrille. Sarah beobachtete Miss Stanley beim Tanz mit

Simon. Sie errötete nicht und lächelte nicht affektiert wie die meisten anderen heiratswilligen Damen. Sie war offen und gesellig und lachte mit ihm, und ihre Miene hellte sich stets auf, wenn eine Tanzfigur sie zu ihm zurückführte. Sie flirtete mit ihm auf subtile, aber bezaubernde Art. Sarah konnte kaum wegsehen.

Sie fragte sich, was Simon wohl von ihr hielt. Er lächelte zu Miss Stanley hinab, das hatte er allerdings bei jeder getan. Bei ihr jedoch wirkte es ein wenig anders. Sarah konnte nicht ergründen, wieso, aber sie täuschte sich bestimmt nicht, und es machte sie unruhig.

Nicht zum ersten Mal überlegte sie, wie es wohl sein würde, wenn Simon heiratete. Wenn eine neue Herrin nach Ironwood Park käme und die Rolle der Herzogin von Trent ausfüllte. Was würde aus der lockeren Beziehung zwischen Sarah und Simon werden?

Sie hätte Esme gern mehr über die Stanleys gefragt, doch das durfte sie in dieser Umgebung nicht wagen. Außerdem sollte Esme nicht merken, wie … nun ja, wie eifersüchtig sie war.

Also saß sie da, liebte Simon mehr denn je, verfolgte neidisch, wie offen die Damen ihn berührten und bezirzten und dabei so taten, als ob nichts dergleichen passierte.

Miss Stanley sah zu Simon auf, ihre hellblauen Augen umrandet von einem dunklen Blau und Wimpern, die sie senkte, sobald sie sich von ihm wegdrehte.

Ihre Augen waren blau … wie Sarahs. Doch so anders. Sarahs hatten ein dunkles Graublau. Wenn er hineinblickte, sah er so viel mehr als die Farbe. Er sah Verständnis, Interesse und Tiefe. Ihre Augen drangen durch den Panzer des Herzogs von Trent und verstanden den Mann darunter. Sie kannte ihn.

Er biss die Zähne zusammen, als er Miss Stanley unter seinem Arm herumdrehte. Er sollte so nicht denken, sollte andere Frauen nicht mit Sarah vergleichen.

Miss Stanley kannte ihn eigentlich überhaupt nicht. Trotz des Umstands, dass sie etliche Male miteinander getanzt und sich dabei unterhalten hatten, wusste sie gar nichts über seine Familie oder sein Heim. Oder über ihn selbst.

Simon kannte ihren Vater von den Parlamentssitzungen her und durch seinen Club. Der Mann deutete schon seit Monaten an, eine Verbindung zwischen ihren beiden Familien sei von Vorteil. Simon hatte sich zu nichts hinreißen lassen – er hatte auch seine Absicht, während dieser Saison eine Braut zu finden, nicht öffentlich geäußert. Gott bewahre – anderenfalls würde er jetzt von heiratsfähigen Jungfrauen und deren Müttern belagert.

Er nahm die Hand der dunkelhaarigen Dame zu seiner Rechten, und sie gingen in die Mitte, wo sie mit anderen Paaren zusammentrafen, traten zurück, um sich zu drehen, und schon fand er sich Auge in Auge mit einer dritten Dame wieder, die ein schüchternes »Guten Abend, Euer Gnaden«, murmelte.

Er grüßte lächelnd und trennte sich von ihr.

Noch immer wusste jeder, wer er war. Man kannte sein Alter, und man wusste, dass er über kurz oder lang zu heiraten gedachte und einen Erben in die Welt setzen wollte. Die Stanleys waren nicht die einzige Familie, die sich hinsichtlich des zukünftigen Gatten ihrer Tochter auf Simon kapriziert hatte.

Wieder ergriff er die Hand von Miss Stanley und legte die Fingerspitzen an ihren Rücken.

Miss Stanley war bei fast jedem gesellschaftlichen Ereignis seit Anfang des Jahres zugegen gewesen, das er auch besucht hatte. Inzwischen wusste er, wie sich ihre Hände anfühlten und wie die Kurve ihres unteren Rückens verlief.

Dennoch kannte sie ihn nicht. Und er sie genauso wenig. Er war sich nicht einmal sicher, ob er daran etwas ändern wollte.

Sie war schön – ihre Schönheit sogar unübertroffen, wenn er ehrlich sein sollte. Sie war die Schönheit der Saison. Sie war außerdem die Tochter einer Adelsfamilie mit Geld und Einfluss. Baron Stanley war von altem Adel und sehr geachtet. Seine Tochter würde eines Tages eine ausgezeichnete Gattin abgeben.

Aber sie ist nicht Sarah ...

Lächelnd führte er sie in die nächste Drehung und schob diesen Gedanken energisch beiseite.

Die Wahrheit war, dass sich keine mit Sarah messen konnte. Er konnte nicht erwarten, unter den vielen heiratsfähigen Damen eine zweite Sarah zu finden. Sie war einzigartig.

Der Gedanke bedrückte ihn. Er wollte weiß Gott keine Ehe führen wie seine Eltern. Dazu würde es auf keinen Fall kommen. Er wollte nicht so werden wie sein Vater. Oder wie seine Mutter. Beide hatten zügellose Affären gehabt – sein Vater sogar mehrere. In London hatte er sich Mätressen gehalten, während Mutter allein auf Ironwood Park geblieben war.

Viele von seinesgleichen hielten sich irgendwo eine geheime Geliebte, die herhalten musste, wenn der Mann gelangweilt war oder wollüstige Zerstreuung brauchte, die eine Gattin nicht bieten konnte oder wollte.

Mehr als einmal hatte Simon das Elend seiner Mutter mit

angesehen. Daher hatte er schon vor Langem beschlossen, seiner Gattin dergleichen niemals anzutun.

Als er Miss Stanleys fein behandschuhte Hände in seinen hielt, schaute er in ihre strahlenden Augen und dachte an ein Leben mit solch einer Frau. Sie war schön, tugendhaft und gesellig … für eine respektable Herzogin lauter wichtige Eigenschaften.

Die Musik endete, und er verneigte sich vor Georgina Stanley und vor der Dame zu seiner Linken, dann bot er Georgina den Arm und führte sie zurück zu ihrer Mama, wobei er auf ihre Bemerkungen reagierte, ohne wirklich hinzuhören. Bei Lady Stanley angekommen, bat er Georgina, ihm beim Souper Gesellschaft zu leisten, was sie freudig zusagte.

Sie schien seine Gegenwart zu genießen, doch er war kein Dummkopf – meistens war es sein Titel, der den Reiz ausübte. Darum konnte er echte Freunde, die ihn um seiner selbst willen mochten, an einer Hand abzählen. Und dazu gehörte Sarah.

Nachdem er Miss Stanley bei ihrer Mutter gelassen hatte, begab er sich zu seiner Schwester und Sarah … und dachte peinlich berührt an Esmes Unbeholfenheit. Warum hatte sie solche Schwierigkeiten mit der Etikette? Er verstand das nicht. Sie war erzogen worden, um in solcher Umgebung zu glänzen, und dennoch … gelang es ihr einfach nicht.

Whitworth hatte sie zum Tanz geholt, darum traf er Sarah allein an, als die ersten Töne des Country Dance erklangen. Er ließ sich auf dem Sessel neben ihr nieder und schaute durch den Saal.

»Wo sind sie?«, fragte er leise.

»Bei der Topfpalme.«

Esme stand bei Whitworth, der sie mit einem kleinen,

ermunternden Lächeln anschaute. Alle Achtung, Whitworth, dachte er.

Simon war im vergangenen Sommer bei dem letzten Ball dabei gewesen, den Esme besucht hatte. Es war ein Desaster geworden. Sie war nicht nur gestolpert und der Länge nach hingefallen, es waren auch zwei weitere Gäste durch sie gestürzt, worauf man auf der Tanzfläche einen unschicklichen Haufen verschiedener Seiden und Wollstoffe und rudernder Gliedmaßen bestaunen konnte.

Im Folgenden war eine wenig schmeichelhafte Karikatur von ihr in den Gazetten erschienen, aber er hatte es verhindern können, dass Esme sie zu Gesicht bekam.

Wenn er darauf achtete, konnte er feststellen, dass manche Leute noch immer über sie flüsterten. Mehrere Damen im Ballsaal blickten bedeutungsvoll zu Esme und kicherten hinter ihrem Fächer.

Er rief sich die Namen ins Gedächtnis und merkte sie sich. Er würde keine Szene machen, weder hier noch anderswo, aber stille Konsequenzen ziehen.

»Sie ist so tapfer«, flüsterte Sarah.

Er schaute sie an und überlegte, ob sie wohl von dem Missgeschick wusste.

Sarah sah verträumt zu seiner Schwester hinüber, und Simon wünschte, er könnte mit ihr tanzen. Er wollte sie in den Armen halten. Sie sollte diejenige sein, die zu ihm hinauflächelte, ihn mit ihren blauen Augen anblickte.

Doch ein Herzog bat nicht die Gesellschafterin seiner Schwester um einen Tanz.

Er erinnerte sich, wie er Sarah zum ersten Mal hatte tanzen sehen, im Salon auf Ironwood Park. Sie war siebzehn gewesen. Miss Farnshaw hatte auf dem Pianoforte ein Menuett gespielt und Sarah und Esme in der Mitte die Schritte geübt.

Im Türrahmen hatte Simon gestanden und sie unbemerkt beobachtet.

An dem Tag war er von ihr fasziniert gewesen. Wie sie seiner zwölfjährigen Schwester half, wie sie mit ihr lachte und ausgelassen tanzte, da hatte sich zum ersten Mal in ihm sein Verlangen nach Sarah Osborne geregt.

Das war nicht vor drei Jahren gewesen. Nein, es hatte viel früher angefangen, und mit der Zeit war es zu dieser mächtigen, pochenden Begierde angewachsen, die er jetzt empfand.

Esme begann den Country Dance und schaute dabei auf ihre Füße, als drohte sie ihnen, nur ja ihrem Kommando zu folgen. Und das Ergebnis war, wenn nicht bewundernswert, so doch zufriedenstellend. Kein Sturz, nicht mal ein Stolpern. Bei alldem beobachtete Sarah sie genau, und während sie mit Gästen sprach, die sich auf ein Wort zu ihm gesellt hatten, beobachtete er verstohlen Sarah, nahm ihr Profil in sich auf, ihre lebhafte Mimik, ihren Duft, der so frisch war, verglichen mit den Schweißgerüchen, die ihn umgaben.

Sie mochte seine Schwester aufrichtig, das war ganz offensichtlich. Gewissenhaft verfolgte sie jede ihrer Bewegungen, wiegte sich ein wenig zur Musik und seufzte erleichtert, wenn Esme eine Tanzfigur erfolgreich absolviert hatte.

Am Ende ging Esme so weit, Whitworth anzulächeln, bevor ihre Schüchternheit wieder die Oberhand gewann. Whitworth geleitete sie zu Simon und Sarah zurück und bedankte sich für den Tanz, um sodann zwischen den Gästen zu verschwinden.

Sarah schenkte Esme ein strahlendes Lächeln, und die beiden wechselten schweigend einen Blick, den Simon nicht deuten konnte. Er war froh, dass Sarah sich als so gute Gesellschafterin erwies.

Bald war es Zeit für das Souper, sodass Simon Lady Stanley und ihre Tochter in das Speisezimmer zu geleiten hatte.

Als er sich entfernte, hallte Sarahs weiche Stimme in ihm nach, und es überlief ihn wie bei einer Liebkosung.

Verlangen stieg in ihm auf, und mit ihm der Wunsch, die beiden Stanley-Damen links liegen zu lassen und Sarah zum Souper zu führen, um dann den Rest des Abends mit ihr zu tanzen. Er wünschte sich, die schwere gesellschaftliche Bürde abwerfen zu können, die ihn schon so lange drückte. Plötzlich brannte in ihm die Sehnsucht, seine Verantwortung beiseitezuschieben und ausnahmsweise einmal zu tun, was er wirklich wollte.

Doch er setzte ein Lächeln auf und näherte sich zähneknirschend den Damen, mit denen er verabredet war.

6

In den frühen Morgenstunden kamen sie vom Ball nach Hause. Nachdem Sarah die erschöpfte Esme zu Bett gebracht hatte, konnte sie selbst nicht schlafen. Sie fühlte sich nicht müde. Sie war viel zu aufgekratzt und versuchte, die vielen neuen Eindrücke zu verarbeiten, nicht nur, was sie über London und die vornehme Gesellschaft erfahren hatte, sondern auch über Simon und Esme.

Nachdem sie sich ein einfaches Baumwollkleid angezogen hatte, verließ sie ihr Zimmer und ging die Treppe hinunter, aber auf Zehenspitzen, um niemanden aufzuwecken. Auf dem Gang vor der Bibliothek, wo sie sich ein langweiliges Buch aussuchen wollte, über dem es sich leicht einschlafen ließe, hielt sie inne. Unter der Tür schien Licht hervor. Jemand war dort drinnen.

Das musste Simon sein. Wer sonst könnte um diese Zeit noch wach sein?

Ehe sie sich anders besinnen konnte, klopfte sie an.

»Herein.«

Am anderen Ende des langen schmalen Raumes, der lediglich mit den Bücherregalen, zwei Sesseln und einem Tischchen ausgestattet war, saß Simon vor dem Kamin in einem Sessel. Ein wenig verwirrt schaute er zur Tür, entspannte sich aber, als er sah, wer auf der Schwelle stand. »Sarah, kommen Sie herein.« Dabei stellte er sein Glas auf den Tisch und erhob sich.

»Es ist nicht nötig, dass Sie aufstehen, Euer Gnaden.«

»Doch, durchaus, Miss Osborne.«

Sie kam nicht umhin zu lächeln, wenn er sie so nannte.

Simon trug noch die Kniebundhose vom Ball, hatte seine Jacke aber abgelegt und sein Hemd am Kragen aufgeknöpft, sodass ein Dreieck goldfarbener Haut zu sehen war. Sofort stieg Sarah eine kribbelnde Röte ins Gesicht.

Sie riss sich von seinem Anblick los, der so ... unbekleidet wirkte, und ging auf den Sessel zu, den er ihr anbot. Es hing ein angenehmer Geruch von Leder und Zigarrenrauch in der Luft. Simon hatte ihr erzählt, sein Vater habe die Gewohnheit gehabt, in der Bibliothek Stumpen zu rauchen, und der Geruch sei in die Wände gezogen und lasse niemals nach. Er nahm wieder Platz, als sie sich setzte.

»Ich konnte nicht schlafen«, gestand sie.

»Ich auch nicht.«

»Wir sollten beide zu Bett gehen«, sagte sie, denn am nächsten Tag würden sie vieles zu erledigen haben.

Er lachte leise. »Vermutlich.«

Sie schaute ins Feuer, aber da sie seinen Blick spürte, drehte sie den Kopf zu ihm. »Hat Ihnen der Abend gefallen?«

Er hatte mit sechs verschiedenen Damen getanzt, zweimal mit Miss Stanley. Sarah hatte gezählt.

Er holte tief Luft. »Er war ... ganz annehmbar.«

»Ach.« Sie zog die Brauen hoch und sah ihn fragend an, sagte aber nichts weiter.

So saßen sie eine Weile schweigend da. Simon nahm sein Glas vom Tisch und trank ein paar Schlucke von dem bräunlichen Getränk. Sarah ließ sich vom Feuer durchwärmen und schwelgte in dem Luxus, Simon ganz für sich allein zu haben.

»Lady Esme ...«, begann sie. Oh Himmel, wie sollte sie es ausdrücken? »Es ... fällt ihr schwer.«

Er nickte. »Ich weiß.«

»Oh.« Sie war sich nicht sicher gewesen, ob er das außerordentliche Unbehagen seiner Schwester bemerkt hatte, aber nun war sie froh über seine Antwort. Sie sah ihn verstohlen von der Seite an. »Und?«

Er befühlte den Rand seines Glases. »Ich denke, sie ist so verschlossen, weil sie behütet auf dem Land groß geworden ist. Je häufiger sie an solchen gesellschaftlichen Anlässen teilnimmt, desto besser wird sie damit zurechtkommen.«

»Glauben Sie das wirklich?«

»Allerdings.«

»Vielleicht wird sich Ihre Theorie als wahr erweisen«, räumte sie nach einem Augenblick ein. »Bis dahin aber ... Sie hat sich so große Mühe gegeben.«

»Ihr Auftritt war«, er zögerte, »zufriedenstellend. Viel besser als bei ihrem letzten Ball.«

Sarah wollte gar nicht wissen, was vorgefallen war, wenn ihr jetziger Auftritt als viel besser eingestuft werden konnte.

»Sie wünscht sich so verzweifelt, Sie zufriedenzustellen.«

»Zufriedenstellen? Mich?« Er runzelte die Stirn.

Sarah lachte. »Wie können Sie sich nur wundern, Euer Gnaden? Sie sind ihr großer Bruder, das Oberhaupt der Familie. Der Herzog von Trent. Jeder möchte Sie zufriedenstellen, aber wahrscheinlich niemand so sehr wie Esme.«

Außer Sarah selbst natürlich.

Nun war es Simon, der ins Feuer starrte. »Ich bin bloß ihr Bruder. Und ich will nur das Beste für sie. Wir werden es weiter versuchen. Sie wird sich noch verbessern.«

»Das hoffe ich.«

»Heute Abend habe ich mehr als einmal gedacht, dass sie besser zurechtkommt, weil Sie an ihrer Seite waren.«

»Ach nein. Ihre Mutter hat ihr voriges Jahr zur Seite gestanden, und die Herzogin ist als Verbündete viel Respekt einflößender als ich.«

»Das ist sie, aber sie ist auch recht gesellig und neigt dazu, meine Schwester zu ignorieren, sie den Wölfen zum Fraß vorzuwerfen, bildlich gesprochen.«

»Oh.« Das tat Sarah in der Seele weh. Doch sie verstand. Die Herzogin kannte jeden, sprach mit jedem, war der leutseligste Mensch, den Sarah kannte. Sie sah es geradezu vor sich, wie sie von einem Bekannten zum anderen schlenderte, ungeachtet der Schwierigkeiten ihrer Tochter.

»Aber Sie sind bei ihr geblieben«, sagte Simon.

»Das war meine Pflicht.«

»Trotzdem – ich wünschte, Sie hätten auch einmal getanzt.«

»Wie bitte?«

Sie begegnete seinem Blick, und er hielt sie fest. »Ich hätte Sie gern tanzen sehen. Ich hätte gern selbst mit Ihnen getanzt.«

»Ich stehe nicht als Ebenbürtige an Lady Esmes Seite, Euer Gnaden«, erinnerte sie ihn sanft. Als ihre Gesellschafterin durfte sie niemanden ermutigen, sie zum Tanz aufzufordern. Ihre Pflicht war es, zu beobachten und die Interessen seiner Schwester zu wahren.

Einen Moment lang war er still und schaute in sein Glas. »Ich weiß, Sie haben es bei Miss Farnshaw gelernt. Ich habe Ihnen damals zugesehen.«

»Tatsächlich?«, hauchte sie.

»Ja.« Er hob den Kopf und sah ihr in die Augen. »Sie haben im Salon Menuett getanzt.«

»Oh.« Ihr wurde heiß bei seinem Blick.

»Damals hätte ich schon gern mit Ihnen getanzt. Und heute Abend auch. Wünschen Sie sich nicht, Sie hätten heute getanzt?«

Sie überlegte. Doch, das hätte ihr gefallen. Sie hätte gern Miss Stanleys Platz an seinem Arm eingenommen. Aber wie dürfte sie ihm das sagen?

Plötzlich stellte er entschlossen sein Glas ab und stand auf. Er hielt ihr eine Hand hin.

Ohne zu überlegen, erhob sie sich und griff danach. Wie zuvor, als er ihr in die Kutsche geholfen hatte, war seine Hand warm und stark, aber nun erlebte sie es anders. Nun fühlte sie seine nackte Haut, die rauen Fingerspitzen auf ihrer Handfläche. Es war ein berauschendes Gefühl. Ihn so zu berühren, Haut auf Haut, war schwindelerregend, buchstäblich.

»Ein Menuett«, murmelte. »Tanz mit mir, Sarah.«

Er trat zurück und verneigte sich förmlich. Bezaubert knickste sie. Sie machten einen Schritt aufeinander zu, und dabei hob er ihre Rechte mit festem Griff. Sie drehten sich zur geschlossenen Tür am anderen Ende des Raumes, und als er die Melodie summte, tanzten sie vorwärts, dann begannen die Figuren und Drehungen des Menuetts. Während all dessen kniff Simon die Lippen zusammen, brummte die Melodie mit seiner Baritonstimme und sah sie fortwährend an.

Beim Menuett kam das Paar selten miteinander in Berührung, und wenn sie getrennt waren und in die Ecken des Raumes tanzten oder sich drehten, um ihre Figur zu vollenden, sehnte Sarah den Moment herbei, wo sie wieder zusammenkämen, sich nur an den Händen berührten und diese starken Finger sich um ihre Handfläche legten.

Das war eine ganz leichte Berührung, die nur wenige Male vorgesehen war. Aber da sein Blick allein auf sie gerichtet blieb, seine nackte Hand nur sie berührte, empfand Sarah eine ungekannte Erotik. Jedes Mal, wenn sie ihn spürte, durchlief sie ein tiefer Schauder.

Schließlich nahm er ihre beiden Hände, und als sie sich drehten, erkannte Sarah das Ende des Tanzes. Er summte nicht weiter, sondern ließ sie los, trat zurück und verbeugte sich.

Sie knickste, und gemeinsam richteten sie sich auf.

Da standen sie nun in der Mitte der Bibliothek und blickten einander an. Die Tiefe seiner dunklen grünen Augen hielt sie gefangen, die Last der Welt schien darin zu liegen, und Sarah wollte sie am liebsten wegwischen, ihm den Druck von Parlament und Regierung und seiner gesellschaftlichen Stellung nehmen, ihn von der Sorge um seine Schwester und seine Mutter befreien.

»Ich wünschte, ich wäre es gewesen«, sagte sie leise. »Anstelle von Miss Stanley und den anderen. Ich wünschte, du hättest mit mir getanzt.«

Für einen Moment war er sprachlos. Dann sagte er: »Ich auch.«

Er trat auf sie zu, schlang die Arme um sie und küsste sie.

Ihn an sich zu spüren löste in ihr ein Feuerwerk der Erregung aus. Als sie ihn fester an sich zog, hörte sie ihn mit heiserer Stimme ihren Namen flüstern.

Heiß und lustvoll glitten seine Lippen über ihre. In kleinen Kreisen rieb er ihren unteren Rücken und stetig tiefer, bis er ihr Gesäß umfasste und den harten Beweis seiner Erregung an ihren Bauch drückte. Dieser höchst primitive maskuline Körperteil sandte ihr einen Schauder durch den Leib.

Sein Mund bewegte sich über ihr Kinn und weiter zum Ohr, und sie legte den Kopf in den Nacken, als er ihren Zopf wegschob, um sie dort zu küssen. Die Lippen leicht geöffnet, liebkoste er die Ohrmuschel, bevor er sich küssend zu ihrem Mund zurückbewegte.

Gefühle schwemmten über sie hinweg, nicht nur dort, wo

sein Mund sie berührte, sondern überall. Tiefe Sehnsucht, Verlangen, Begierde erfassten sie.

Leise wimmernd packte sie ihn fester, küsste seine nackte, warme Haut, wo immer sie mit dem Mund hinreichte. Sie wollte mehr, so viel mehr.

Seine Erregung wuchs an ihren Unterleib gedrückt. So hart und so heiß fühlte er sich an, selbst durch mehrere Lagen Stoff fühlte sie seine Hitze.

Seine Hand bewegte sich von ihrem Nacken zum Ausschnitt ihres Morgenmantels, umschloss ihre Brust über dem Nachthemd, sein Daumen fuhr über die Brustwarze und machte sie zu einem harten, empfindlichen Knopf, der sich gegen den Stoff drückte.

Mit gesenkten Lidern schmiegte sie sich an ihn, suchte blind seine Lippen.

Dann rieb sie sich an ihm bei einem schamlosen Kuss, den sie sich selbst nicht zugetraut hätte. Er schmeckte nach Mann und Begierde, nach Zedernholz und Gewürz, so köstlich. Sie konnte gar nicht genug davon bekommen.

Plötzlich hielt er inne und fasste sie bei den Oberarmen. Mit einem tiefen Stöhnen hielt er sie auf Abstand.

»Halt.«

Leicht benommen von der Begierde, die sie überfallen hatte, schaute sie ihn an. »Nein, Simon.«

Verdutzt blinzelnd, weil sie ihn beim Vornamen nannte, starrte er sie an, und sie erstarrte.

Die Wirklichkeit brach über sie herein. Verlegen drehte sie den Kopf weg.

»Sarah, sieh mich an.« Er nahm ihre Hände. Augenblicklich wurde sie von Wärme durchströmt.

»Ich ... Sarah, ich begehre dich, aber ich möchte dir nicht wehtun. Ich bin kein Mann, der ... Frauen benutzt.«

»Das weiß ich.« Auch darum war sie von ihm hingerissen.

»Du verstehst also, warum wir nicht … warum ich nicht…?«

»Ich bin keine Närrin«, sagte sie leise. Ganz gleich, was zwischen ihnen passierte und welche Macht er über sie hatte, er würde sie nie ausnutzen, davon war sie überzeugt. »Ich weiß, was ich tue. Was ich will.«

Simon zog die Brauen zusammen. »Ich will dich nicht entehren.«

»Ich weiß«, flüsterte sie. »Aber manchmal wünschte ich, Sie würden es tun.«

Damit nahm sie ihren ganzen Willen zusammen, drehte sich um und verließ den Raum.

Am Dienstagnachmittag, eine Woche nach Lady Bellinghams Ball, saßen Esme und Sarah behaglich im Salon des Trent'schen Hauses, als Lady Stanley und ihre Tochter sie mit einem Besuch überraschten.

Esme blickte den Diener sprachlos an, der sie von der Ankunft der beiden Damen unterrichtet hatte. Dann klappte sie ihr Notizbuch zu – sie hatte an einer ihrer fantasievollen Geschichten gearbeitet, die sie so gerne schrieb – und legte die Feder auf den Mahagonischreibtisch. »Bitte, führen Sie sie herein.«

Sarah stopfte ihre Stickarbeit in den Korb und wechselte einen Blick mit Esme, um zu sehen, ob diese in der Verfassung war, Besuch zu empfangen. Seit sie in London weilten, waren diese beiden die Ersten, die ihnen ihre Aufwartung machten – seltsam für die Schwester eines Herzogs, so wenig gefragt zu sein, dachte Sarah, aber bei Esme wiederum verständlich, da sie in London noch weniger Freunde hatte, als Sarah vermutet hatte.

»Ich komme zurecht«, versicherte Esme, die ihre Gedanken gelesen hatte. Tatsächlich wirkte sie ruhiger als während des Balles. Dennoch war ein verspannter Zug um ihren Mund und eine Steifheit in den Schultern zu erkennen, die sie Lügen straften.

Kurz darauf betraten die Baronin und ihre Tochter den Salon. Miss Stanley trug ein modisches hellblaues Kleid mit einem passenden pelzverbrämten Mantel. Ihre Schönheit hatte seit dem Ball nicht abgenommen. Tatsächlich war sie bei Tageslicht genauso schön, wenn nicht noch schöner.

Sie überflog den Raum mit einem Blick, die hellblaue Tapete, den Marmorkamin, den Kartentisch, die abgebrochene Schachpartie und die königsblau bezogenen Polstermöbel, bevor sie Esme anschaute. »Oh, Lady Esme, es ist so nett, Sie einmal fern von dem Gedränge eines Balles zu sehen«, sagte sie herzlich.

»Ja, das ist nett.« Esme bedachte sie mit einem verkniffenen Lächeln. Sarah wies den Diener an, Erfrischungen zu bringen, worauf er sich mit einer Verbeugung entfernte.

Lady Stanley hatte eine besorgte Miene aufgesetzt und drängte Esme eine Umarmung auf, vor der diese befremdet zurückwich. »Ach, meine Liebe, wir haben es soeben erfahren und sind gekommen, um unseren Beistand anzubieten, in welcher Form Sie ihn auch immer benötigen.«

»Erfahren?« Esmes Gesichtsausdruck war nichtssagend.

»Die schreckliche Neuigkeit, dass Ihre liebe Mama verschwunden ist, natürlich«, erklärte Miss Stanley.

Esme riss die Augen auf.

»Und dass niemand die leiseste Ahnung hat, wo sie sein könnte«, ergänzte die Baronin.

»Oh. Das.« Esme schluckte mühsam. »Wo haben Sie das gehört?«

Die Baronin winkte ab. »Ach, Sie kennen das doch. In unseren Kreisen spricht sich alles so schnell herum.«

Esme schaute über die Schulter der Dame hinweg zu Sarah, die ihr ernst zunickte. Sie hatten gewusst, dass es irgendwann dazu kommen würde, und hatten mit Simon besprochen, wie sie solch eine Situation handhaben sollten.

Sarah blickte bedeutungsvoll zu den Sesseln hinüber, worauf Esme die Besucherinnen mit einer Geste aufforderte, Platz zu nehmen. »Bitte, setzen Sie sich.«

»Vielen Dank.« Lady Stanley und ihre Tochter platzierten sich nebeneinander auf dem Sofa und gaben sich weiterhin angemessen besorgt. Sarah fragte sich, ob sie tatsächlich aufrichtig waren. Wenn nicht, besaßen sie bemerkenswerte schauspielerische Fähigkeiten.

Nachdem Esme und Sarah sich gegenüber in die Sessel gesetzt hatten, beugte sich die Baronin nach vorn. »Bitte, erzählen Sie mir, was passiert ist. Seit mir die schreckliche Neuigkeit zu Ohren gekommen ist, habe ich an nichts anderes mehr denken können.«

Esme holte tief Luft, während sie sich zu sprechen durchrang. Als sie es dann tat, waren ihre Worte sorgfältig gewählt und sehr nah an dem, was Simon ihr befohlen hatte zu sagen. »Nun, sehen Sie, meine Mutter neigt zu gewissen Launen, wie wohl jeder weiß.«

»Oh ja«, bekräftigte Lady Stanley. »Wenn wir auch Nachbarn sind, waren wir doch nie miteinander befreundet, was wahrlich eine Schande ist. Jedes Mal, wenn ich Ihrer lieben Frau Mama begegnet bin, sah ich wohl, welch angenehme Erscheinung sie ist, habe aber auch oft von ihrer Überspanntheit gehört.«

»Sie unterstützt viele wohltätige Einrichtungen in ganz England und sogar in Schottland«, fuhr Esme fort, »und wir sind zu dem Schluss gekommen, dass sie eine davon besucht, um nach den Fortschritten zu sehen.« Sie zuckte die Achseln. »Wir nehmen an, sie hat lediglich versäumt, uns dies mitzuteilen.«

»Oh, wie ärgerlich!«, rief Miss Stanley aus.

»Ja, in der Tat«, sagte Esme ernst. »Wir tun, was wir können, um sie ausfindig zu machen, nur für den Fall, dass wir uns irren, aber wir sind eigentlich nicht in Sorge.« Sie hob resignierend die Hände. »Das sieht unserer Mutter nur allzu ähnlich.«

Gut gemacht, Esme, dachte Sarah. Auch wenn Esme in Gegenwart der Stanleys nicht so unbefangen war wie in der vertrauten Zweisamkeit mit ihr, war es ihr immerhin gelungen, bei einem höflichen Ton zu bleiben. Und in ganzen Sätzen zu sprechen. Sie hatte das Gespräch über dieses missliche Thema so ruhig geführt, Simon wäre sicherlich auf sie stolz gewesen.

»Nun, mir kommt es außerordentlich seltsam vor, dass sie so mir nichts, dir nichts verschwunden ist«, entgegnete Lady Stanley. »Hat sie Diener mitgenommen?«

»Das hat sie. Zwei.«

»Das immerhin ist beruhigend. Darf ich fragen, welche Mittel Sie ergreifen, um sie zu finden?«

»Natürlich. Es ist im Grunde ganz einfach. Der Herzog sucht sie in London, meine übrigen Brüder an verschiedenen Orten in England.«

»Oh, ich bin überzeugt, Seine Gnaden wird sie finden!«, rief die Baroness aus.

Sarah musterte sie. Sie kam ihr aufrichtig vor, wie sie mit leuchtenden Augen die Hände im Schoß faltete.

Zwei Dienstmädchen brachten die Erfrischungen herein, und Sarah befasste sich damit, allen Tee einzuschenken. Esme und Lady Stanley nahmen dankend ihre Tasse entgegen, Miss Stanley dagegen würdigte sie dabei keines Blickes. Sarah war es gewohnt, als Bedienstete der Familie für Außenstehende unsichtbar zu sein, doch seit sie zur Gesellschafterin aufgestiegen war, hatte sie jeder mit Höflichkeit behandelt, und jetzt so offensichtlich ignoriert zu werden, flößte ihr Unbehagen ein.

»Nun, falls wir irgendetwas tun können, was immer es auch sei, werden Sie doch gewiss nicht zögern, es uns zu sagen, nicht wahr?«, bemerkte die Baronin.

»Selbstverständlich«, sagte Esme. »Aber meine Brüder werden sie finden. Es gibt keinen Grund zur Sorge.«

»Das freut mich. Allerdings habe ich anderes gehört.«

Sarah erschrak. Esme lächelte zähneknirschend. »So? Und das wäre?«

Lady Stanley machte eine wegwerfende Handbewegung. »Wahrscheinlich ist es bedeutungslos.« Da Esme sie weiterhin fragend anblickte, fügte sie hinzu: »Sie wissen schon, nur Klatsch.« Dabei schnaubte sie leise, um ihre Empörung auszudrücken.

»Welchen Inhalts denn?«, fragte Sarah schließlich. »Bitte sagen Sie es uns.«

Miss Stanley blickte ihre Mutter nervös an.

»Nun …« Die Baronin zögerte ihre Antwort dramatisch hinaus. »Ihre Brüder fürchten ganz offensichtlich, dass sie ermordet wurde.«

Zunächst war es totenstill. Dann sprachen Sarah und Esme gleichzeitig.

»Es gibt nichts, was darauf hindeutet, Mylady.« Und: »Wo haben Sie das gehört?«

Lady Stanley trank einen Schluck Tee. Ihre Tochter folgte ihrem Beispiel und hob ihre Tasse an die Lippen. Dann erst ließ sich die Baronin zu einer Antwort herab. »Mein Sohn weilt in Cambridge. Er pflegt Bekanntschaft mit Ihrem Bruder, Lord Theodore. Heute Morgen habe ich von ihm einen Brief erhalten, in dem steht, Lord Theodore habe ihn ins Vertrauen gezogen und ihm gegenüber bekannt, dass er und seine Brüder Angst um Ihre Mutter haben. Mein Sohn ist natürlich außerordentlich besorgt, wie wir alle.«

»Er hat übertrieben!«, rief Esme aus. »Theo nimmt nichts dergleichen an. Das hätte er mir gesagt.«

Miss Stanley kniff die Augen zusammen und erwiderte: »Mein Bruder übertreibt nie.«

Esme schüttelte unbeirrt den Kopf. »Und meine Brüder hätten es mir gesagt, wenn sie solche Befürchtungen hegten.«

Wirklich? Sarah zweifelte daran. Die Brüder vermieden es stets, Esme zu beunruhigen – da sie ohnehin schon Angst hatte, der Herzogin könnte etwas Schreckliches zugestoßen sein. Aber sie kannte Theo. Er war fast so zurückhaltend wie seine Schwester, und dass er und Mr. Stanley befreundet sein sollten, hatte Sarah noch nie gehört. Es sähe ihm gar nicht ähnlich, Mr. Stanley derart ins Vertrauen zu ziehen.

Die Baronin lächelte angespannt. »Aber, aber, meine Damen. Georgina, du sollst nicht streiten – wir sind hier Gast.« Sie blickte Esme an. »Es handelt sich sicherlich um ein Missverständnis.«

»Gewiss«, pflichtete Esme bei, doch ihre Wangen waren gerötet, und sie hatte die Hände um die glatten hölzernen Armlehnen ihres Sessels geschlungen.

Sarah überlegte fieberhaft, welches Thema sie anschneiden könnte, um die Wogen zu glätten. »Möchte vielleicht jemand ein Stück Zitronentorte?«, fragte sie in munterem Ton und griff nach der Platte, die eines der Dienstmädchen hereingebracht hatte. Die Besucherinnen drehten den Kopf und blickten sie ausdruckslos an.

Sie wurden einer Antwort enthoben, da es an der Tür klopfte. Esme drehte sich um. »Herein.«

Ein Diener trat ein. »Mylady, da ist eine Mrs. French von der Ogilvy School für Blinde, die Sie sprechen möchte.«

»Ach!«, rief die Baronin aus. »Das muss eine der Einrichtungen sein, die die Herzogin unterstützt.«

»Eine Schule für Blinde?«, bemerkte ihre Tochter ungläubig, als hätte sie noch nie dergleichen gehört. »Warum um alles in der Welt sollte man sich die Mühe machen, Blinde zu unterrichten?«

Die Baronin zuckte die Achseln. »Nun, meine Liebe, wie gesagt, die Herzogin von Trent war eben exzentrisch.« Sie stellte ihre Tasse ab und stand auf. »Komm, Georgina. Es ist Zeit, sich zu verabschieden. Wir wollen auch Lady Morgan gleich noch einen Besuch abstatten.«

Miss Stanley erhob sich gehorsam, während Sarah ihrem Beispiel nur langsam folgte, denn es hatte ihr einen Schlag versetzt, von der Herzogin in der Vergangenheit sprechen zu hören.

Sie war erleichtert über die Unterbrechung durch den Diener. Ein neuer Besucher wurde von den bereits anwesenden meist zum Anlass genommen, sich zu verabschieden, und Sarah war froh, die Stanleys loszuwerden. Es kam selten vor, dass ihr jemand Unbehagen einflößte, aber diesen beiden Damen war es zweifellos gelungen.

»Auf Wiedersehen, Lady Esme.« Miss Stanley ergriff Esmes Hand. »Ich bin sicher, wir werden uns in den nächsten Monaten häufiger sehen ... und erst recht danach. Wir werden die besten Freundinnen werden.«

»Ah … ja«, sagte Esme, und Sarah schmunzelte verstohlen. Wie es schien, hatte Esme für die Stanleys genauso wenig übrig wie sie.

Sarah knickste und wünschte ihnen einen schönen Nachmittag, dann verließen die Damen das Haus.

Kaum dass sie einen erleichterten Blick gewechselt hatten, betrat Mrs. French den Salon. Sie war groß und dünn, hatte schwarze, von grauen Strähnen durchzogene Haare und trug eine dicke Brille. In der Hand hielt sie eine flache Ledermappe. Beim Eintreten verneigte sie sich tief und drückte die Mappe an ihre Brust.

»Lady Esme, Sie werden sich vielleicht nicht an mich erinnern, wir sind einander aber im vergangenen Jahr vorgestellt worden.«

»Natürlich erinnere ich mich, Mrs. French. Ich habe Ihre Schule mit meiner Mutter zusammen besucht und konnte dort feststellen, welch hervorragende Arbeit Sie bei Ihren Schülern leisten.«

Die Frau errötete vor Freude. »Vielen Dank, Mylady.«

Esme deutete auf Sarah. »Das ist Miss Osborne. Miss Osborne, das ist Mrs. French, die Leiterin der Ogilvy-Blindenschule.«

»Es freut mich, Sie kennenzulernen, Ma'am.« Sarah hatte von Mrs. French und ihrer Schule schon von der Herzogin gehört, die sich sehr zufrieden darüber geäußert hatte, mit welchem Erfolg die Leiterin ihre Schützlinge ausbildete und schließlich Beschäftigung für sie fand, mittels derer sie sich ernähren konnten.

»Möchten Sie eine Tasse Tee?« Esme führte die Frau zum Sofa. »Ein Stück Zitronentorte vielleicht?«

Sarah bemerkte, dass Esme bei ihr nicht an die Regeln der Höflichkeit erinnert zu werden brauchte, ganz anders als bei den Stanleys. Vielleicht fand sie aber auch nur, die dünne Frau habe eine ordentliche Stärkung nötig.

»Oh, nein danke, Mylady. Ich kann nicht so lange bleiben.« Mrs. French setzte sich auf die Sofakante und legte die Ledermappe neben sich.

Sarah und Esme nahmen gegenüber Platz. »Wie ich mich erinnere, haben Sie ein Lehrprogramm begonnen, um die begabteren Mädchen zu Näherinnen auszubilden. Wie entwickelt sich das?«

»Sehr gut, Mylady. Tatsächlich konnten wir das erste unserer jungen Mädchen als Näherin in London unterbringen.«

Esme fasste sich ans Herz. »Ausgezeichnet, Mrs. French. Ich wusste doch, dass Ihr Unterfangen von Erfolg gekrönt sein würde. Meine Mutter wäre so froh, das zu hören.«

»Vielen Dank.« Es folgte ein kurzes Schweigen, dann holte Mrs. French tief Luft und sagte: »Eigentlich bin ich gekommen, weil ich hörte, dass unsere Wohltäterin, äh ... indisponiert ist.«

»Tatsächlich? Und inwiefern soll sie indisponiert sein?«, fragte Esme in scharfem Ton.

Mrs. French faltete auf ihrem Schoß nervös die Hände. »Die *Times* berichtet heute Morgen, dass sie vermisst wird. Eine bestürzende Nachricht, wirklich, und ich bedaure dies sehr.«

»Die *Times*, sagen Sie?« Esme schaute Sarah an, die verblüfft den Kopf schüttelte.

»Seine Gnaden ist heute sehr früh aus dem Haus gegangen«, sagte Sarah, die zwei Stunden vor Esme aufgestanden war und ihn nicht mehr angetroffen hatte. »Hätte er sie vorher gelesen, hätte er uns sicherlich etwas Entsprechendes ausrichten lassen.«

Esme konzentrierte sich wieder auf Mrs. French. »Aber warum hat die Nachricht Sie veranlasst, mich heute aufzusuchen?«

Die Angesprochene rang die Hände. »Ich bedaure wirklich sehr.« Sie stand abrupt auf. »Ich hätte nicht kommen sollen. Das ist kein guter Zeitpunkt ...«

»Bitte, Mrs. French, setzen Sie sich wieder und verraten Sie mir, warum Sie hier sind.«

Hier sah Sarah eine Seite an Esme, die selten zum Vorschein kam und die sehr an Simon erinnerte. Sie konnte durchaus befehlen und führen.

Mrs. French gehorchte sofort. Sie öffnete die Ledermappe und zog ein Blatt Pergament heraus.

»Es steht alles da, Mylady«, sagte sie mit halb erstickter Stimme. »Die Miete wird fällig, und wir haben nicht die Mittel, um sie zu begleichen. Die Herzogin schrieb uns einen Schuldschein über die entsprechende Summe. Sie versicherte mir, uns das Geld Mitte April zukommen zu lassen, damit wir am dreißigsten zahlen können, aber ...« Sie schüttelte den Kopf und konnte Esme kaum in die Augen sehen. »Es tut mir leid, das sagen zu müssen, doch wir haben es nicht erhalten. Unsere eigenen Reserven sind zu gering. Wir haben zehn neue Schüler bekommen, nachdem in East End das rheumatische Fieber ausgebrochen ist, und nun müssen wir eine neue Lehrerin entlohnen und haben keine Mittel für die Miete, außer die Herzogin kann uns helfen.«

Sie verstummte. Sprachlos schauten Esme und Sarah sie an. Der dreißigste April wäre übermorgen.

Schließlich fragte Esme: »Wie hoch ist die Summe?«

»Vierundsiebzig Pfund und sechs Schillinge, Mylady.«

Das war doppelt so viel, wie Sarah in einem Jahr als Hausmädchen verdiente.

Esme blies den Atem durch die Lippen. »Darf ich das Dokument einmal sehen?«

»Natürlich.« Mrs. French stand auf und reichte es ihr.

Esme las es schweigend, dann gab sie es Sarah.

Es war nicht zu bezweifeln – die Herzogin von Trent hatte der Ogilvy-Blindenschule hundert Pfund zugesagt, zum fünfzehnten April für die Begleichung der Miete und anderer Kosten, wie zum Beispiel den Lohn der neuen Lehrerin. Sarah erkannte die Unterschrift der Herzogin am unteren Blattrand neben einer weiteren Unterschrift, die sie nicht kannte.

Sarah warf Esme einen Blick zu. Esme war erst neunzehn, und Sarah wusste, dass sie über solche Mittel nicht verfügte. Ihr Vermögen wurde seit ihrer Geburt treuhänderisch verwaltet, und Simon kümmerte sich um ihre Finanzen.

Esme überraschte sie erneut. »Ich werde die versprochene Summe morgen früh überbringen lassen. Der Herzog und ich werden dafür sorgen, dass Ihre Schule ihr gutes Werk fortführen kann, Mrs. French. Bitte beunruhigen Sie sich nicht weiter. Ich bin Ihnen sehr dankbar, dass Sie zu mir gekommen sind.«

Als Simon am Nachmittag heimkehrte, erklärten Sarah und Esme ihm die Situation an der Blindenschule, und er arrangierte die Zahlung noch für denselben Abend. Für ihn war das der Beweis, dass seine Mutter ihr Verschwinden nicht geplant hatte. Anderenfalls hätte sie sich vorher um solche Angelegenheiten gekümmert. Seine Mutter mochte flatterhaft sein, aber was solche Dinge anbetraf, verhielt sie sich niemals unverantwortlich.

Später, als sie sich zum Abendessen niederließen, bestätigte er, dass die Neuigkeit vom Verschwinden der Herzogin nunmehr in ganz London bekannt war.

»Ich bedaure, dass die Stanleys euch derart überrascht haben. Ich hätte euch schon eher darüber informiert, aber meine Pflichten ließen mir keine Zeit, und ich habe nicht angenommen, ihr könntet plötzlich Besuch bekommen.« Im Stillen schalt er sich. Natürlich hätte er damit rechnen müssen, schließlich kannte er die Londoner Gesellschaft.

»Esme hat die Situation bewundernswert gehandhabt«, sagte Sarah.

Er spießte einen Bissen Braten auf seine Gabel. »Es gibt noch etwas zu berichten oder vielmehr nicht zu berichten, sollte ich wohl eher sagen.«

Die Suche nach seiner Mutter hatte, seit er in London war, nichts ergeben. Es war, als hätte sie sich in Luft aufgelöst, und jeder Tag, den er ohne Nachricht über sie blieb, verdross ihn mehr.

»Nämlich?«, fragte Sarah, und Esme legte lediglich ihre Gabel hin und wartete.

»Ich habe Briefe von Mark und Theo erhalten.«

Die beiden Frauen blickten ihn erwartungsvoll an.

»Keiner hat etwas über unsere Mutter in Erfahrung bringen können.«

Esme machte ihrer Enttäuschung mit einem schweren Seufzer Luft, und Sarah gab ein tiefes Stöhnen von sich.

»Für Theo haben in Cambridge die Vorlesungen wieder begonnen«, fuhr Simon fort. »Mark hat seine Ermittlung auf Ironwood Park abgeschlossen« – er war persönlich dabei gewesen, als der See durchkämmt wurde, und Gott sei Dank war außer Wasserpflanzen nichts an die Oberfläche gekommen – »und reist jetzt in den Norden zum Lake Windermere.«

»Was ist mit Sam?«, fragte Esme.

»Ich habe nichts von ihm gehört, aber er wird im Dienst für die Krone sicher vollauf beschäftigt sein. Ich bezweifle, dass wir etwas von ihm hören werden, außer er stößt auf etwas Wichtiges.«

Er warf einen Blick zu Sarah. Sie trug eines ihrer alten weißen Musselinkleider und als Schmuck lediglich ein Halsband aus künstlichen Perlen. Die Farbe ihrer Wangen zeugte von ihrer Lebhaftigkeit. Ihre dunklen Haare, die bis auf einige Locken, die ihr Gesicht umrahmten, scheinbar in wahlloser Weise hochgesteckt waren, glänzten im Lampenschein. Ihre graublauen Augen mit dem dunklen Wimpernkranz schauten mitfühlend und besorgt, aber als sie seinen Blick auffing, stockte ihm der Atem. Sie strahlte Heiterkeit und Frieden aus.

Er wollte sie küssen. Nein, er wollte mehr. Er wollte sie ganz. Wollte die liebliche Heiterkeit in sich aufnehmen und behalten.

Wenn es um Sarah ging, brach etwas Lüsternes, Wildes in ihm auf, ein Raubtier, das in einem fort einschätzte und plante, wie es sie am besten erobern könnte, das ihm einflüsterte, sie sei willig genug, sodass es nur einer simplen Verführung bedürfe, um sie zu besitzen.

Seit sie in London waren, kämpfte er jedes Mal, wenn er sie sah, gegen diese niederen Bedürfnisse seiner dunkleren Seite an, doch sie schien diese Seite nicht zu fürchten. Sie begrüßte sie.

Und das steigerte sein Verlangen nach ihr nur noch mehr.

7

Gegen Ende Mai gingen Sarah und Esme zur Schneiderin zur letzten Anprobe. Als sie die Schneiderei verließen, luden sie mehrere neue Kleider in die Kutsche und dazu allerhand Accessoires, von passenden Hüten, Strümpfen und Pantoffeln bis zu Haarnadeln. Es war später Nachmittag, und Esme war bester Laune.

»Madame Buillard meint, zu meinem neuen Kleid für die Oper wäre ein goldener Armreif hübsch dazu«, sagte Esme. »Also lass uns zum Juwelier gehen.«

Sie spazierten nebeneinander die Straßen entlang, die in diesem Teil Londons sehr belebt waren, sodass sie häufig zur Seite treten mussten, um anderen Passanten Platz zu machen. Der Diener, der sie an diesem Morgen begleitete, ging ein paar Schritte hinter ihnen.

»In diesem Geschäft bin ich schon mit Mama einmal gewesen«, erklärte Esme, und Sarah freute sich, weil sie ihre Mutter erwähnen konnte, ohne dass ihr die Tränen kamen. »Mr. Lamb ist hier der Meister, soviel ich weiß.«

Und der Juwelier, kahl bis auf ein Büschel weißer Haare, die am Hinterkopf abstanden wie der Schwanz eines Vogels, erkannte Esme sofort wieder und kam hinter dem Ladentisch hervorgeeilt. »Guten Tag, Lady Esme«, sagte er bei einer Verbeugung. »Wie kann ich Ihnen dienlich sein?«

»Ich suche nach einem Armreifen, einem goldenen, aber schlicht und zierlich soll er sein, nicht zu auffällig.«

»Natürlich. Ich habe mehrere Stücke, die Ihnen gefallen könnten. Bitte folgen Sie mir.« Mr. Lamb wandte sich einem Tisch mit Goldschmuck zu, und Esme nahm die Armreifen in Augenschein. Unterdessen zog der angrenzende Tisch Sarahs Blick auf sich, auf dem Halsbänder mit Rubinen, Smaragden und anderen seltenen Edelsteinen ausgelegt waren.

Sie seufzte wehmütig. Die waren alle so hübsch.

Und dann erregte eines ganz besonders ihre Aufmerksamkeit. Die Stimmen von Esme und Mr. Lamb verblassten, während sie die lavendelfarbenen Steine anstarrte, und sie hörte ihr eigenes Herz klopfen.

»Mylady?«, hauchte sie aufgeregt.

Esme eilte zu ihr. Sarah spürte es mehr, als dass sie es sah.

Langsam hob sie die Hand und zeigte auf das einzigartige Schmuckstück, das so unschuldig in seinem Bett aus rosa Seide lag. »Das Amethystcollier der Herzogin«, flüsterte sie.

Esme schnappte hörbar nach Luft. Schließlich schaute Sarah sie an. Esmes Augen waren schreckgeweitet und schwammen in Tränen, ihre Hand lag an der Brust, wie um ihr klopfendes Herz zu halten.

So blickte sie schließlich Sarah an. »Was …? Wie …?«

»Ich weiß es nicht.«

»Was haben Sie denn, Mylady?« Mr. Lamb war ganz besorgter Geschäftsmann, wie die tiefen Falten seines Gesichts zeigten.

Sarah schluckte schwer und antwortete anstelle von Esme, die zum Sprechen gerade nicht fähig war. »Das Collier … woher haben Sie es?«

»Ich habe es erworben.«

»Wann?«

»Nun, gerade erst gestern Abend.«

Sarah wurde übel. »Wer hat es Ihnen verkauft?«

Mr. Lambs Miene verfinsterte sich. »Worum geht es hier?«

Sarah warf Esme einen hilfesuchenden Blick zu, da sie unsicher war, wie viel sie offenbaren sollte, doch die starrte noch immer auf das Schmuckstück, als hätte sie kein Wort von alldem gehört.

Sarah straffte die Schultern. »Wir kennen dieses Collier, Sir. Es gehört der Herzogin von Trent.«

Der alte Mann riss die Augen auf. »Wie bitte? Aber das ist unmöglich.«

»So sollte man meinen«, entgegnete Sarah trocken, »und dennoch liegt es auf Ihrem Ladentisch. Wenn Sie uns also sagen wollten, wer es Ihnen verkauft hat ...«

Ein leichter Schweißfilm bedeckte die Stirn des Juweliers, und bei ihren letzten Worten vollzog sich ein Wandel in seinem Gesicht. Plötzlich wirkte er entschlossen, nichts mehr zu sagen.

»Bitte, Sir. Woher stammt das Collier?«

»Das kann ich nicht sagen, Miss.«

»Wir möchten doch nur wissen ...«

»Ich bedaure, das ist Geschäftsgeheimnis.«

»Aber das ist außerordentlich wichtig für uns.«

Er kniff die Lippen zusammen und schüttelte unnachgiebig den Kopf.

Sarah war erbost. »Wenn Sie uns das nicht sagen wollen, dann vielleicht dem Herzog von Trent.« Sie nahm Esmes Arm. »Kommen Sie, Mylady, wenden wir uns an Ihren Bruder.«

Eine Stunde später kehrten Esme und Sarah in das Juweliergeschäft zurück, diesmal jedoch in Begleitung von Simon.

»Wo ist es?«, fragte er sogleich beim Eintreten.

Sarah führte ihn zu dem Ladentisch, wo das Collier seiner Mutter ausgelegt war. Simon betrachtete es für einen Moment, dann richtete er seinen harten Blick auf Mr. Lamb, der bereits neben ihnen stand und die Hände rang.

»Sie werden mir auf der Stelle mitteilen, wo Sie das Halsband erworben haben, Sir«, sagte Simon anstelle eines Grußes.

Lamb ließ die Hände sinken. Verstohlen schaute er zwischen dem Schmuckstück und dem Herzog hin und her, ohne einen direkten Blick zu wagen.

»Von einem meiner Lieferanten.«

Simon zog die Brauen hoch. Sarah kam nicht umhin zu bemerken, wie viel stattlicher Simon im Vergleich mit dem Juwelier wirkte, und das nicht nur körperlich, sondern auch hinsichtlich seiner Ausstrahlung. Lamb schrumpfte geradezu in Gegenwart des Herzogs.

»Er befindet sich in London«, platzte Lamb heraus.

»Nennen Sie mir seinen Namen und seine Adresse.«

»Natürlich, Sir. Er heißt John Woodrow.« Dann rasselte er eine Adresse herunter.

Sarah staunte, wie leicht es für Simon war, von dem Mann die gewünschte Auskunft zu bekommen. Ihr und Esme hatte er trotz drängenden Fragens nichts verraten, und bei Simon war er auf einmal so redselig.

Aber schließlich ist er ein Herzog, dachte sie. Manchmal vergaß sie das. Dabei pflegte ganz England sich vor ihm zu verbeugen und ihm die Stiefel zu küssen, weil er der Herzog von Trent war. Sarah tat das auch, das gab sie gern zu, aber nicht wegen seines Titels, sondern weil er Simon war. Zwischen beidem bestand ein gehöriger Unterschied.

»Sie werden das Collier aus der Auslage entfernen«, sagte Simon. »Nachdem ich mit Mr. Woodrow gesprochen habe, werde ich Ihnen mitteilen, wie wir weiter verfahren.«

Lamb verbeugte sich. »Selbstverständlich, Euer Gnaden. Ich nehme es sofort heraus. Es gehört in meinen Safe, bis die Angelegenheit geklärt ist.«

»Sehr gut«, sagte Simon.

Als sie sich zum Gehen wandten, hatte Lamb das Halsband bereits an sich genommen und eilte damit in das Hinterzimmer des Ladens.

Draußen angelangt, fragte Esme ihren Bruder: »Könnte Mama denn in London sein?«

Simon schüttelte den Kopf. »Ich weiß es nicht. Die Adresse, die Lamb angegeben hat, liegt in East End. In diesem Stadtteil kann ich mir unsere Mutter überhaupt nicht vorstellen.«

Keiner von ihnen sprach ihre größte Sorge aus – dass die Herzogin auf Ironwood Park einem gewalttätigen Verbrecher begegnet war. Aber wenn es so gewesen war, wieso hatte es dann keine Spuren eines Kampfes gegeben? Konnte es jemand gewesen sein, den sie kannte und dem sie vertraute, der sich dann aber gegen sie gewandt hatte?

»Es gibt so vieles, was ich an der Sache nicht verstehe«, sagte Sarah leise, »vor allem aber: Wenn die Herzogin entführt worden ist, wieso haben wir dann keinerlei Nachricht erhalten?«

Simon schaute sie von der Seite an. »Ganz recht. Deshalb denke ich, dass sie gar nicht entführt wurde.« Er öffnete den Kutschenschlag und half zuerst Esme hinein.

»Es sei denn, sie wurde entführt und ...« Sarah blickte in die Kutsche, ob Esme ihr Gespräch verfolgte, doch diese war damit beschäftigt, es sich bequem zu machen. »Und sie hat sich schließlich doch gewehrt, und etwas Schreckliches ist passiert ...«

In Simons Wange zuckte ein Muskel. »Meine Mutter

würde sich nicht widerstandslos entführen lassen. Es ist also durchaus möglich.«

Einen Moment lang schauten sie einander an, dann bot er ihr eine Hand zum Einsteigen. Sie nahm sie. Durch ihre Handschuhe spürte sie die Kraft seiner Finger, und ein leichter Schauder durchlief sie. Sie spürte auch die Leidenschaft in seinem Blick, der auf ihr ruhte, während sie selbst geradeaus blickte. Ihre Lippen jedoch kribbelten in der Erwartung eines Kusses.

Darüber dachte sie nach, als sich die Kutsche in Bewegung setzte.

Männer waren angriffslustig. Das hatte Miss Farnshaw ihr und Esme eingeschärft und ihnen dazu eine Vielzahl von Kniffen beigebracht, mit denen sie sich ablenken ließen und die Dame ihren Ruf und ihre Unschuld wahren konnte.

Sarah betrachtete Simon aus den Augenwinkeln. Natürlich gehörte die Angriffslust auch zu seinem Wesen, doch er würde sie nicht hervorkehren. Nein, bei seinem Ehrgefühl und seinem Beschützerinstinkt war ihre Tugend sicher.

Esme, die aus dem Fenster geschaut hatte, drehte sich unvermittelt zu ihrem Bruder um. »Wir fahren nach Hause?«

»Ja«, antwortete er. Eine weitere Erklärung bot er nicht.

Sarah wechselte einen raschen Blick mit ihr, bevor sie sagte: »Ich dachte, wir fahren ins East End, um Erkundigungen einzuholen.«

»Nein, ich bringe euch beide heim, wo ihr in Sicherheit seid, und diesen Woodrow werde ich allein zur Rede stellen.«

»Euer Gnaden, es leuchtet mir nicht ein, in welcher Weise es gefährlich sein könnte, jemanden mitten in der Stadt aufzusuchen und ...«

»Waren Sie schon einmal im East End?«

»Nein«, gab sie zu.

»Nun also.« Simon richtete seinen Blick auf einen Punkt an der Kutschenwand zwischen Sarah und Esme. »Ich will niemanden in Gefahr bringen. Keine Widerrede, Sarah. Sie werden mich heute Nachmittag nicht ins East End begleiten.«

Den ganzen Nachmittag warteten Sarah und Esme auf Simons Rückkehr. Eine neblige Dämmerung hüllte London ein, als er endlich das Haus betrat.

Ohne Neuigkeiten.

Zu dritt saßen sie im Salon und tranken Tee, während er ihnen von seinem Vorstoß ins East End berichtete.

»Du hast also gar nichts herausgefunden?« Esme schnaubte enttäuscht.

»Nicht das Geringste«, bestätigte er. »John Woodrow war nicht aufzufinden. Sein Vermieter gab an, Woodrow sei gestern zu Hause gewesen, aber nur kurz, und dann wieder fortgegangen. Offenbar hält sich der Mann selten in seiner Wohnung auf, und sein Verhalten scheint unvorhersehbar.«

»Wo kann er denn sein?«, fragte Esme.

»Gute Frage. Niemand scheint zu wissen, wohin er zu gehen pflegt.«

»Wie wollen Sie ihn dann je finden?«, fragte Sarah.

»Ich habe einen Jungen bezahlt, damit er die Straße beobachtet, insbesondere Woodrows Wohnung. Wenn der Mann nach Hause kommt, werde ich umgehend eine Nachricht erhalten.«

Am selben Abend saß Simon an der langen Dinnertafel in Lord Stanleys Haus. Das Geschirr war bereits abgetragen, und man wartete auf das Dessert. Ein Diener hatte den monströsen Tafelaufsatz aus Bronze abgeräumt, und nun erst konnte Simon seinen alten Bekannten, den Herzog von Dunsberg, sehen, der ihm gegenübersaß. Seine guten Manieren geboten es jedoch, dass er seine Aufmerksamkeit der Dame neben sich schenkte, Georgina Stanley, was ihn hinderte, ein Gespräch mit Dunsberg anzufangen.

Soeben wurden die Champagnergläser wieder aufgefüllt, und er trank einen Schluck. Champagner war im Allgemeinen nicht das Getränk seiner Wahl, aber er war durstig, denn es war eng in dem Speisezimmer, und außer dem Kaminfeuer hinter ihm strahlten achtundzwanzig Personen, dazu etliche emsige Diener ihre Wärme aus.

»Ist der Champagner nicht wunderbar?«, bemerkte Miss Stanley, die ihm beim Trinken zusah. »Diesen schätzt mein Papa am meisten.«

Er lächelte sie an. »Tatsächlich?« Er nahm noch einen Schluck und schmeckte erst jetzt das außergewöhnliche Aroma, das jener Champagner besaß. »Sie haben recht, er ist ausgezeichnet.«

»Ich weiß nicht, wie er den bekommt.« Sie neigte sich zu ihm und senkte die Stimme. »Das ist alles geheim, irgendwie lässt er ihn wohl von Frankreich kommen.«

Simon setzte behutsam sein Glas ab. Jeder, der in der Politik tätig war, kannte ihn als langjährigen Gegner des Schmuggels. Es widerte ihn an, wenn sogar die Gesetzgeber des Landes wegsahen, sobald sie dadurch selbst französische Spirituosen erwerben konnten, ohne die sie scheinbar nicht auskamen. Interessant, dass Stanley gerade an diesem Abend seinen Gästen Schmuggelware kredenzte.

Miss Stanley nahm einen Löffel Eiscreme und seufzte genießerisch. »Es ist, als wäre ich gestorben und im Himmel. Zuerst der Champagner und dann Ananaseis, das ganz entschieden meine Lieblingssorte ist.«

Wie sie ihn unter den gesenkten Wimpern hervor anblickte und sich nach jedem Löffel Eis mit ihrer rosa Zunge über die Lippen leckte ... ganz offensichtlich wollte sie ihn bezirzen. Georgina Stanley tat das bei ihm ständig, und er war dem stets mit unnachgiebiger Höflichkeit begegnet.

Er schaute zum Kopf der Tafel, wo sein Gastgeber präsidierte und jeden genau beobachtete. Stanley wirkte auf ihn wie ein Habicht, klug und berechnend, immer über alles in Kenntnis, was in seiner Nähe und der weiteren Umgebung vorging.

Als er seine Aufmerksamkeit wieder auf Georgina richtete, steckte diese gerade den nächsten Löffel Eis in den Mund und schloss begeistert die Augen. Sie war zweifellos hübsch.

Und auch gut erzogen und unschuldig.

Sie ist nicht Sarah.

Sein Blick wanderte die lange Tafel entlang, an Miss Stanley und an Esme und ihrem Tischpartner vorbei bis zu Sarah, die man neben einen Kaplan gesetzt hatte. Da sie zur untersten der vertretenen Gesellschaftsschichten gehörten, hatten sie den Raum als Letzte betreten und waren am hinteren Ende des Tisches platziert worden.

Sarah beachtete den Kaplan nicht, der sein Eis ebenso genoss wie Miss Stanley.

Nein, sie beobachtete Simon.

Er riss seinen Blick los und entschied sich, ihren Gesichtsausdruck nicht deuten zu wollen.

»Schmeckt es Ihnen?«, fragte die Baroness.

Er schaute auf sein noch unberührtes Dessert. »Vielleicht sollte ich es erst einmal kosten.«

Sie lachte reizend. »Ja, vielleicht.«

Er nahm einen Löffel voll, und eine süße Kälte mit dem unverwechselbaren Ananasaroma lief über seine Zunge. Verdammt gut. Eine ausgezeichnete Wahl, um der stickigen Luft, die ihn bei jedem Atemzug störte, etwas entgegenzusetzen.

Wenn auch nicht so wohlschmeckend wie Sarah. Er warf einen neuerlichen Blick zum Tischende. Sarah hatte sich abgewandt und unterhielt sich mit dem Kaplan. Einen Moment lang betrachtete er die dunkle Locke, die an ihrem Ohr herabhing, und wünschte, die Situation wäre anders und sie säße neben ihm, nicht Georgina Stanley.

Gezwungenermaßen wandte er sich seiner Tischdame wieder zu und lächelte sie an, während er den Löffel in sein Eis drückte. »Sie haben recht. Es ist himmlisch.«

Das war gelogen. Himmlisch wäre es, Sarah Osborne in die Arme zu nehmen und an sich zu drücken. An diesen Himmel war freilich nicht zu denken. Während er jedoch unter diesen Leuten saß, die er nicht zu seinen echten Freunden zählen konnte, und der eine Mensch auf der Welt, dem er wahrhaft vertraute, dreizehn Plätze weit weg saß, begann er das in Frage zu stellen.

Ein paar Augenblicke lang gab er vor, das Dessert schweigend genießen zu wollen. Dann sagte Miss Stanley leise: »Ich bin so froh, dass Sie Ananas genauso sehr mögen wie ich, Euer Gnaden.«

»Ach, wirklich?«

»Ja.« Sie zog die Unterlippe zwischen die Zähne. »Das ist wichtig … dass Bekannte sich an den gleichen Dingen erfreuen, meine ich.« Dabei schaute sie ihn mit ihren blauen Augen unschuldig an.

»So ist es wohl.«

Sie beendeten das Dessert, und während die Damen sich in den Salon zurückzogen, um Kaffee und Tee zu trinken, blieben die Herren im Speisezimmer, wo der Portwein die Runde machte.

Die Herren entspannten sich, ein paar zogen ihre Schnupftabaksdose hervor, andere zogen sich hinter einen Wandschirm zurück, um den Nachttopf zu benutzen. Man unterhielt sich über das jüngste Erdbeben in Caracas, die großen Verluste und die Folgen für die Briten. Man sprach über die Vereinigten Staaten von Amerika und über den Krieg, der – wieder einmal – unausweichlich kommen würde, dann über Bonaparte und die Franzosen, und Dunsberg, der in der vorigen Woche einen Brief von Wellington erhalten hatte, brachte alle auf den neusten Stand, was den Vorstoß in Spanien betraf.

Simon war froh, dass die politischen Gesprächsthemen überwogen und dem Verschwinden seiner Mutter wenig Beachtung geschenkt wurde. Er war es leid, ständig zu wiederholen, was passiert war, und jedem seine Vermutung darzulegen, die mit jedem verstreichenden Tag unbegründeter erschien – nämlich, dass seine Mutter sich kurzerhand auf eine Reise begeben habe, ohne jemanden davon in Kenntnis zu setzen. So hatte er sich im Parlament, bei zwei weiteren Abendgesellschaften, im Kartenzimmer bei einem Ball vor ein paar Abenden und in seinem Club bei mehr als einer Gelegenheit geäußert. Die hier anwesenden Herren wussten sicherlich inzwischen davon. Und wenn sie weitere Einzelheiten aus ihm herausquetschen wollten – was auch häufig vorkam –, so konnte er in aller Aufrichtigkeit sagen, dass er nichts weiter wisse.

Irgendwann sprach Stanley ihn an. »Sie lassen sich in dieser

Saison häufiger blicken als sonst, Trent, meiden gar nicht mehr die Ballsäle und Dinnergesellschaften.«

Simon versteifte sich. »Ich würde nicht sagen, ich hätte sie gemieden.«

Lord Granger, ein junger Mann, der seinen Titel kürzlich geerbt hatte, lachte leise. »Und wenn, könnte ich es Ihnen nicht verübeln, Trent. Die meisten sind verflucht ermüdend.«

»Die Damen finden sie offenbar sehr amüsant«, stellte Dunsberg heraus.

»Aber wir vergessen ja ganz den Zweck der vielen Bälle.« Stanley deutete auf sein Haus. »Und auch unsere Familie profitiert davon.«

»Der da wäre?«

Simon warf einen Seitenblick auf Granger. Der Mann konnte manchmal ziemlich begriffsstutzig sein. »Nun, dass die Unverheirateten eine geeignete Partie machen.«

Er fühlte mehr als ein Augenpaar auf sich gerichtet, doch er trank einen Schluck Portwein und ignorierte sie.

»Der Heiratsmarkt«, sagte Dunsberg nachdenklich.

»Ganz recht«, bestätigte Stanley. »Aber Sie, Trent, werden das zur Genüge kennen, möchte ich wetten. Seit damals – Wie lange ist das her? Sechs, sieben Jahre? –, als eine ganze Horde eifriger Mütter bereit war, bis aufs Blut dafür zu kämpfen, dass ihre Tochter Ihre nächste Tanzpartnerin wird, seitdem haben Sie sich der Londoner Saison entzogen.«

Simon machte darauf eine unverbindliche Bemerkung. Jenes Jahr war die Hölle gewesen. Unerfahren, wie er damals noch war, verstand er das Konkurrenzbewusstsein der jungen Damen und deren Mütter nicht. Diese trieben ihn überaus höflich in die Enge, besuchten ihn, unternahmen raffinierte Versuche, ihn zu verführen. Sie bedrängten ihn derart, dass er nicht einmal mehr eine Straße entlanggehen konnte, ohne angesprochen zu werden. Der Klatsch drehte sich hauptsächlich um die Frage, wer die Glückliche sein würde, die er zur Braut nähme. Er erhielt haufenweise Briefe von Damen, die ihn heimlich anbeteten. Junge Damen brachen in Tränen aus, wenn sie ihn auf der anderen Straßenseite oder in einem Geschäft entdeckten. Eine überreizte Schöne fiel sogar in Ohnmacht, als er sie grüßte.

Daraufhin entzog er sich der Öffentlichkeit. Zeitweilig wohnte er bei seinem Halbbruder Sam, blieb soweit möglich im Haus und fuhr in Kutschen ohne Wappen zu seinen Verpflichtungen, bis die Aufregung sich gelegt hatte. Das dauerte viele Monate, und in den Jahren danach nahm er vorsichtig und mit wachem Blick am gesellschaftlichen Leben teil, achtete strikt darauf, mit wem er sprach und auf welche Weise, um keine überzogenen Erwartungen zu wecken.

Wenn sein Plan für diese Saison sich erfüllen sollte, würden die Versuche, sich ihn zu angeln, bald eingestellt. Ein Vorteil der Ehe, den er herzlich begrüßte.

»Oh, daran erinnere ich mich!«, rief Sir Thomas Seton aus, der auch noch Junggeselle war. »Dachte, die Damen sehen keinen anderen mehr an.«

»Tatsächlich?« Simon zog die Brauen hoch. »Wenn ich mich recht entsinne, waren Sie damals noch in Eton. Ich kann mir nicht denken, wie Sie von all dem Unsinn gehört haben könnten.«

»Oh, jeder hörte davon, Trent. Wirklich jeder.«

»Ich weiß es auch noch«, sagte der Kaplan, der neben Sarah gesessen hatte. »Ich hörte davon im Priesterseminar. Ganz London sah sich auf die Folter gespannt, Euer Gnaden.«

»Jedes Wort, das Sie in der Öffentlichkeit äußerten, wurde weiterverbreitet, genauestens analysiert von den Müttern, die nach dem einen Element suchten, das sich zum Vorteil ihrer

Tochter nutzen ließe«, erzählte Dunsberg. Ihm selbst war es Jahre vorher ähnlich ergangen, und er hatte Simon bei mehr als einer Gelegenheit sein Mitgefühl ausgesprochen. Dunsberg hatte nie geheiratet. Er schien das Junggesellendasein mehr zu schätzen als die meisten.

»Nach all den Jahren ist es doch sonderbar«, Stanleys Argusaugen richteten sich auf Simon, »dass Sie sich wieder mit vollem Elan unter Leute begeben. Sie sind in dieser Saison jeder Einladung gefolgt, nicht wahr, Trent?«

»Dachte, Sie würden nie wieder aufkreuzen nach allem, was gewesen ist.« Granger schüttelte den Kopf und schenkte sich Portwein nach. »Ich hätte es nicht getan.«

»Sie wären bei dem gleichen Ansturm schon dreimal verheiratet«, hielt Sir Thomas ihm spöttisch grinsend entgegen.

»Worauf wollen Sie hinaus, Stanley?«, fragte Simon seinen Gastgeber höflich.

»Ich denke, Sie sind auf der Jagd.«

Simon strich mit dem Daumen über den Rand seines Glases. »Bevor man auf die Jagd geht, muss man sich entscheiden, was man jagen will, und seine Erfolgschancen abschätzen.«

»Wir wissen alle, in den Wochen nach Ostern ist die beste Zeit dafür, also hatten Sie über einen Monat Zeit, um sich auf ein Wild festzulegen«, erwiderte Stanley.

»In der Tat«, räumte Simon ein.

Stanley lächelte und entblößte seine tabakfleckigen Zähne. »Ich denke, Sie sind zu einem Entschluss gekommen. Es gibt Wild im Überfluss, aber man soll den rechten Augenblick abwarten, um sein Ziel anzuvisieren.«

»Der gute Herzog wird sich sicherlich den fettesten, gesündesten und appetitlichsten Vogel aussuchen, um seine Tafel zu schmücken«, meinte Sir Thomas mit demselben spöttischen Lächeln.

»Ach, Sie meinen die Londoner Jagdsaison!«, rief Granger aus, der die Doppeldeutigkeit plötzlich begriff. Mit großen Augen wandte er sich Simon zu. »Kann das wahr sein, alter Knabe? Sie wollen sich die Fesseln der Ehe anlegen lassen?«

»Das wird langsam Zeit, möchte ich meinen«, sagte Sir Thomas. »Wie alt sind Sie jetzt, Trent? Dreißig? Heiraten Sie, Euer Gnaden, damit die Damen in London uns Übrigen wieder Beachtung schenken.«

»Neunundzwanzig«, korrigierte Simon. »Und vielleicht lasse ich mir bis zum Ende der Saison wirklich von einer heiratswilligen Dame Fesseln anlegen. Aber nur um meiner Geschlechtsgenossen und ihrer Eitelkeit willen.«

Alle lachten, und die Unterhaltung wandte sich anderen Fragen zu. Aber Lord Stanley blieb still. Die Hände unter dem Kinn aneinandergelegt, blickte er Simon an.

Und traf eine Entscheidung.

8

»Euer Gnaden! Euer Gnaden!«

Augenblicklich wach, setzte Simon sich auf und rief, während er die Beine über die Bettkante schwang: »Was gibt es?«

»Es ist Ihr Bruder, Sir. Kommen Sie schnell!«

»Welcher?«

Aber Simon ahnte es schon. Wie jedes Mal. Luke.

Und es wurde ihm sogleich bestätigt. »Es ist Lord Lukas«, antwortete der Mann vor seiner Tür. Simon warf sich in seinen Morgenrock, eilte mit großen Schritten zur Tür und riss sie auf.

»Wie spät ist es, Tremaine?«

»Kurz nach vier, Euer Gnaden.«

Simon seufzte. Erst gegen zwei Uhr waren sie von den Stanleys heimgekehrt. »Wo ist er?«

Tremaine eilte voraus, den Korridor entlang und zur Treppe. »Johnston fand ihn bewusstlos zwischen dem Dienstboteneingang und dem Stall und hat mich sofort verständigt. Ich bin darauf gleich zu Ihnen gelaufen.«

Johnston, der Kutscher. Simon runzelte die Stirn. Es gefiel ihm nicht, wie der Mann Sarah ansah.

Augenblicke später gelangten sie ins Freie, und Simon sah seinen Bruder zusammengekrümmt am schmiedeeisernen Geländer liegen. Johnston trat einen Schritt vom Geländer weg, als er Simon kommen sah. »Er hat sich keinen Fingerbreit bewegt, seit ich ihn fand, Euer Gnaden.«

Simon seufzte. »Helfen Sie mir, ihn ins Haus zu tragen, seien Sie so gut.«

Zu dritt trugen sie Luke hinein. Keine ganz leichte Aufgabe, da Luke bewusstlos war und zudem so groß wie Simon. Ungeschickt manövrierten sie ihn durch die Tür und in den nächstbesten Raum mit einem Möbelstück, auf dem er einigermaßen bequem liegen konnte – den Salon. Sie legten ihn auf das königsblaue Sofa. Schwitzend traten sie zurück und schauten auf ihn hinab.

Er hatte sich nicht gerührt, atmete aber ruhig und gleichmäßig.

Simon rieb sich müde die Augen. Er vermochte nicht zu sagen, ob sein Bruder volltrunken seinen Rausch ausschlief oder ob ein schlimmeres Problem vorlag, doch das musste er herausfinden.

»Lassen Sie Miss Osborne wecken«, befahl er Tremaine. Von allen Mitgliedern seines Londoner Haushalts hatte Sarah am meisten mit Mrs. Hope zusammengearbeitet und besaß darum medizinische Kenntnisse.

»Ja, Sir.« Der Diener entfernte sich, und Simon schickte Johnston zu Bett, damit er Sarah nicht womöglich in leicht bekleidetem Zustand sah.

Nachdem beide Diener fort waren, blickte Simon auf seinen Bruder hinab. »Verflucht, Luke«, murmelte er und setzte sich ans Fußende des Sofas. Den Kopf in die Hände gestützt, wartete er darauf, dass Sarah eintrat oder Luke zu sich kam.

Wie nicht anders zu erwarten war, geschah Ersteres. Hastig kam sie herein. Sie sah bezaubernd zerzaust aus und band errötend die letzte Schleife ihres Morgenrocks zu. Sowie sie Luke auf dem Sofa liegen sah, ließ sie die Schultern hängen.

»Oh«, entfuhr es ihr mit matter Stimme. Sie näherte sich

dem Sofa und blickte zwischen Lukes entspannter Miene und Simons sichtlich übernächtigtem Gesicht hin und her. »Geht es Ihnen gut?«, fragte sie ihn leise.

»Nein. Ja. Ich ...« Tatsächlich fühlte er sich schon tausendmal besser, seit sie hereingekommen war. Er deutete hilflos auf seinen Bruder.

»Wie ist er hierhergelangt?«

»Johnston hat ihn an der Hintertür gefunden.«

Sie kniete sich vor das Sofa, prüfte Lukes Puls und seine Pupillen, dann fühlte sie mit dem Handrücken seine Stirn.

»Können Sie mir sagen, was ihm fehlt? Ist er nur betrunken?«

»Ja, das meine ich.«

»Dieser Dummkopf«, brummte Simon.

»Er fühlt sich kalt an. Wer weiß, wie lange er schon draußen gelegen hat. Wir müssen ihn wärmen.«

Mit dieser Aufgabe betrauten sie Tremaine und die beiden Dienstmädchen, die Sarah geweckt hatten. Als das mit Erfolg bewerkstelligt war, wandte sich Sarah mit besorgtem Blick Simon zu. »Sie müssen todmüde sein, Euer Gnaden. Sie sollten zu Bett gehen.«

»Genau wie Sie«, hielt er ihr entgegen.

Schmunzelnd stand sie auf. »Also gut, aber nur, wenn Sie versprechen, auch schlafen zu gehen.«

Er nickte und trug einem der Mädchen auf, ihn zu verständigen, sowie sein Bruder aufwachte. Dann stieg er mit Sarah die Treppe hinauf.

Sarah musterte Simon aufmerksam. Er wirkte ... niedergeschlagen. Als ob durch das Erscheinen seines betrunkenen Bruders die ganze Welt auf seinen Schultern lastete.

Sie gelangten zuerst zu Simons Schlafzimmer, denn das ihre lag am Ende des Korridors. Sie war noch nie mit ihm gemeinsam hinaufgegangen, und als er nach der Türklinke griff, hielten sie beide inne.

Sie blickte zu ihm auf, in seine bedrückten grünen Augen, und plötzlich wurde ihr etwas bewusst ... ein kompliziertes Bedürfnis, bei dem sich in ihr alles zusammenzog.

»Darf ich mit hereinkommen?«, flüsterte sie. »Ich möchte Ihnen etwas sagen.«

Mit zusammengekniffenen Lippen schaute er nach beiden Seiten den Gang hinunter. Es war kurz nach fünf und die Dienerschaft schlief noch. Da niemand zu sehen oder zu hören war, nickte er knapp und öffnete die Tür.

Sarah schlüpfte ins Zimmer. Er folgte ihr, schloss die Tür und legte den Riegel vor, ehe er sich zu ihr umdrehte.

Noch nie war sie in seinem Schlafzimmer gewesen. Es war viel größer als ihres und hatte gegenüber dem Bett einen Kamin aus Marmor. Rechts und links davon gingen zwei Türen ab, eine vermutlich ins Ankleidezimmer und die andere zum angrenzenden Schlafzimmer, das für die Frau des Herzogs bestimmt war. Wenn die Gerüchte stimmten, würde es bald bewohnt sein. Simon hatte sich angeblich entschlossen zu heiraten. Das Bett, in dem er vor Kurzem noch geschlafen hatte, war schlicht, ebenso wie die dunkle Seidendecke und die passend bezogenen Kopfkissen.

Sie riss sich von dem Anblick los und wandte sich Simon zu.

Sehnsucht, Neid, Eifersucht, das waren die Gefühle, die während des Abendessens bei den Stanleys in ihr getobt hatten. Von ihrem Platz am Ende des Tisches, wo die unbedeutendsten Gäste saßen, hatte sie zugesehen, wie sich Simon und Georgina Stanley unterhielten und lachten, und ihr wurde das Herz ganz schwer. Jedes Mal, wenn Simon die junge Dame auch nur anlächelte, fühlte sich Sarah an die tiefe gesellschaftliche Kluft erinnert, die sie voneinander trennte.

Das schmerzte. Sie wünschte sich so sehr, sie wäre diejenige, die er in der Öffentlichkeit anlächelte. Sie wollte bei solchen Abendessen neben ihm sitzen. Sie wollte die Eine sein, die er vor hundert Ballgästen stolz auf die Tanzfläche führte.

In der Gesellschaft herrschte die Ansicht, ihr stünde all das nicht zu, aber sie war anderer Meinung. Ihr stand das sehr wohl zu – ebenso sehr wie denjenigen, die in den Adelsstand hineingeboren waren.

Diese gefährliche, unverfrorene Stimme in ihr hatte ein Eigenleben entwickelt ... wurde immer lauter, und sie wusste nicht, wie sie die zügeln sollte.

Sie kniff die Augen zu und schlang die Arme um sich.

Am Abend, als die Männer im Speisezimmer geblieben waren, um ihren Portwein zu trinken, hatten sich die Frauen in den Salon begeben, und bei der anschließenden Unterhaltung war es fast nur noch um das Gerücht gegangen, Simon wolle nun doch noch sein Junggesellendasein aufgeben. Diese Saison sei er endlich auf der Jagd nach der Glücklichen, die seine Herzogin werden würde.

Hinterher in den frühen Morgenstunden, als sie im Bett lag, war ihr etwas eingefallen: Sie selbst würde nichts mehr von ihm bekommen, wenn Simon sich erst einmal eine Braut gewählt hatte. Niemals würde er die Frau, die er zu heiraten gedachte, betrügen. Und Sarah würde das auch gar nicht wollen.

Natürlich würde sich die gesellschaftliche Kluft nicht für immer überwinden lassen, aber durch die jahrelangen Treffen an der Bank am Bach auf Ironwood Park und durch die drei

Küsse wusste sie, dass sie vorübergehend zu überbrücken war.

Aber ihre Zeit war begrenzt. Wenn sie jetzt nicht das Heft in die Hand nahm, würde er heiraten, und er wäre für sie verloren.

Nun sah sie in sein Gesicht auf und sagte leise: »Ich möchte Sie trösten, Euer Gnaden.«

Er stand sehr still. Dann schüttelte er langsam den Kopf. Aber seine Augen leuchteten auf, das Leben kehrte in sie zurück, nachdem sie so matt und hoffnungslos gewirkt hatten. »Sie wissen nicht, was Sie da sagen.«

»Das weiß ich sogar genau.« Sie schlug die Augen nieder, dann hob sie den Kopf und begegnete seinem Blick mit neuer Entschlossenheit. Sie band ihren Morgenrock auf und ließ ihn von den Schultern gleiten. »Ich biete Ihnen Zuwendung, Trost und Liebe an, nehmen Sie, was Ihnen beliebt.«

»Nein, Sarah«, sagte er mit belegter Stimme, doch sein Blick strich über ihren vom Nachthemd verhüllten Körper, und sie spürte seine Leidenschaft. »Das ist ein zu großes Geschenk.«

»Aber ich möchte, dass Sie es annehmen.«

»Sie verdienen etwas Besseres als das, was ich Ihnen bieten kann.«

Sie seufzte. »Und wenn Sie nun aufhörten, sich mit Bedenken herumzuschlagen, und einmal auf Ihr Herz hörten? Wenn Sie einmal nur daran denken, was Sie in diesem Moment wollen? Und wenn ich Ihnen verspräche, dass ich, ganz gleich was passiert, nichts bereuen werde?«

»Ich will Ihnen nicht wehtun«, raunte er.

»Wie man hört, tut es beim ersten Mal immer weh«, entgegnete sie.

»Da will ich Ihnen nicht wehtun.« Er trat an sie heran und

legte eine Hand an ihr Herz, drückte sacht gegen ihre Rippen und sah ihr dabei aufmerksam ins Gesicht. »Und hier auch nicht.«

Sie legte ihre Hand auf seine. »Ich weiß.«

Hilflos schüttelte er den Kopf. »Wie könnte ich es verhindern?«

»Was immer Sie geben wollen, ich werde es glücklich annehmen und für mich behalten. Ich habe keine Erwartungen, Euer Gnaden. Das verspreche ich. Ich will nur für den Augenblick leben. Den heutigen Tag genießen. Lassen Sie uns über das Morgen ausnahmsweise einmal erst nachdenken, wenn es gekommen ist.«

»Ich möchte nicht, dass Sie etwas bereuen«, sagte er. »Wir sind schon so lange Freunde. Das würde alles ändern.«

Sie dachte zurück an all die Male, wo sie zusammen auf der Bank am Bach gesessen hatten, an ihre Gespräche über Napoleon und Frankreich, die Vereinigten Staaten und Spanien, über die Herausforderungen, die er im Parlament zu bestehen hatte, über ihrer beider Angst um Sam, der im Auftrag der Krone so viel Zeit auf dem Kontinent verbrachte, zum Wohle Englands und der Welt.

Er hatte recht. Das würde alles ändern.

»Hören Sie auf Ihr Herz, Euer Gnaden«, bat sie erneut. Sie fasste mit der freien Hand um seine Wange. »Ich bin bereit, es darauf ankommen zu lassen. Und Sie?«

Er zögerte. Dann sagte er schroff und leise, aber völlig klar: »Ich auch.«

Sie löste die Schleifen ihres Nachthemds. Sein Blick heftete sich auf ihre Brust, wo der Stoff aufklaffte und die Rundung einer Brust enthüllte.

»Keine Reue, Euer Gnaden. Ich weiß durchaus, was ich tue. Ich weiß«, sie holte tief Luft, »unsere Zeit zusammen ist begrenzt. Aber das wenige haben wir. In dieser Stunde können wir einander Trost geben.«

Er schwieg.

»Bitte«, wisperte sie. Und dann ging sie ihr größtes Wagnis ein. Sie schlang die Arme um den Herzog von Trent und küsste ihn auf den Mund.

Obwohl er Ja gesagt hatte, sprach seine Miene von Unsicherheit. Noch immer focht er einen inneren Kampf aus.

Halb rechnete sie damit, dass er sie von sich wegschob. Aber das tat er nicht.

Von ihrem Kuss angefeuert, siegte seine Leidenschaft über die Zurückhaltung.

Leise stöhnend zog er sie in die Arme und drückte sie an sich, bewegte sie mit neckenden Lippen, den Mund zu öffnen, dann stieß er seine Zunge hinein und leckte über die Innenseite ihrer Lippen. Er riss ihr einen Ärmel von der Schulter den Arm hinunter, und kühle Luft strich ihr über die nackte Brust, bevor er sie mit seiner Hand umfing.

Keuchend schloss sie ihn fester in die Arme, spürte seine Rückenmuskeln unter ihren Handflächen und seine Lippen an ihrem Ohr. »Sarah, sag mir, du willst das. Sag es mir.«

Sie drückte sich an ihn, fühlte ihn an ihrer Brust und erbebte unter der Erregung, die sie dabei durchlief. »Ja. Ja, Simon, ich will es.« Jedes Wort unterstrich sie mit einem zarten Kuss auf seine stoppelige Wange und sein Ohrläppchen. »Alles.«

Sein Morgenrock landete auf dem Boden, und sein Mund wanderte an ihrem Hals hinab, über ihr Schlüsselbein, dann leckte er mit heißen Zungenschlägen über ihre Brust.

Oh Himmel. Ihre Brüste fühlten sich schwer an und sehnten sich, gierten nach seiner Berührung. Er streifte mit dem Mund ihre Brustwarze, dass es ihr durch und durch ging. Unwillkürlich bog sie den Rücken durch und musste sich an seinen Schultern festhalten. Er fasste um ihre Hüften, raffte das Nachthemd in die Fäuste.

»Willst du das wirklich, Sarah?«

Im nächsten Moment schloss er die Lippen um ihre Brustwarze, und sie konnte nicht antworten. Heftige, süße Erregung brach in ihr hervor. Mit verschleiertem Blick nahm sie seine Haare wahr und schob an seinem Hinterkopf die Finger hinein. Ihre Brüste schienen zu pochen – wie war es möglich, dass so starke Empfindungen von einem kleinen Fleck in den ganzen Körper ausstrahlen konnten? Ihre Brustwarzen wurden fast schmerzhaft hart. Er saugte, knabberte, leckte daran. Ihr wurden die Knie weich, wenn die Erregung in ihre Muskeln drang. Sie taumelte, aber er hielt sie fest.

Die Arme um sie geschlungen, hob er den Kopf und sah sie an, die Lippen feucht von seinen Liebkosungen, der Blick voll dunkler Leidenschaft.

»Fass mich an«, verlangte er mit rauer Stimme. »Fühle, was du mit mir gemacht hast.«

Und ohne sie loszulassen, führte er ihre Hand zu der Stelle zwischen seinen Beinen, wo der feste Schaft seines Geschlechts lag. Die Hitze strahlte durch den dünnen Stoff seiner Unterhose.

»Es tut weh, wenn er so ist«, flüsterte er. »Es gibt nur eine Art der Linderung. Willst du das tun, Sarah?«

Ihr Herz schlug so schnell, sie konnte nur flach atmen und bestimmt nicht sprechen. Aber sie sah ihm in die Augen, und während sie die Finger fester um ihn schloss, nickte sie.

»Ganz sicher?«

»Ja.« Das eine Wort bekam sie heraus, es klang sogar entschlossen und endgültig. Denn sie war sich sicher. Sie wollte ihn schon so lange, und die Gelegenheit, ihn zu bekommen, würde sie nicht ungenutzt verstreichen lassen. Auf diesen gemeinsamen Morgen würde sie ohne Bedauern zurückblicken, selbst wenn er morgen schon seine Herzogin fände.

Er stieß den Atem aus und zog ihre Hand von seiner Hose weg. »Lass uns noch ein bisschen warten. Es darf nicht zu schnell gehen, sonst ist es vorbei, bevor wir richtig angefangen haben.«

Ihr war nicht klar, was er damit meinte, und sie hätte nachgefragt, aber er nahm sie bei der Hand und führte sie zum Bett. Als sie dort standen, sagte er: »Zieh das aus«, und schob auch den zweiten Ärmel über ihre Schulter hinab. Sie streifte das Nachthemd von den Armen und ließ es um ihre Füße fallen.

»Wie schön du bist«, murmelte er mit zittriger Stimme.

Während er sie mit den Augen verschlang, hielt sie still, obwohl ihre Erziehung ihr gebot, sich zu bedecken. Aber sie wollte, dass er sie so sah – freimütig, sinnlich, völlig entblößt und bereit für ihn allein.

Sanft legte er die Arme um sie, dann hob er sie an und setzte sie auf den Bettrand. Er trat einen Schritt zurück, um sie zu betrachten. Leidenschaft, Verlangen und Sehnsucht schienen ihm aus jeder Pore zu strömen.

»Hast du dich je einem anderen Mann so gezeigt, Sarah?«

Sie schüttelte den Kopf.

»Also ist auch das ein Geschenk«, sagte er leise. »Eines, für das ich dir ewig dankbar sein werde.«

So aufgeregt sie auch war, ihre Mundwinkel hoben sich. »Vielleicht wollen Sie mir das gleiche Geschenk machen, Euer Gnaden?«

»Ganz bestimmt«, erwiderte er und fügte dann mit einem wollüstigen Lächeln hinzu: »Aber jetzt noch nicht.«

»Sie wollen mich auf die Folter spannen«, flüsterte sie.

Dunkle Verheißung trat in seine Augen. »Du ahnst nicht, wie sehr.«

Und darauf setzte er sich neben sie und berührte sie. Überall. Mit Lippen und Händen an jeder Stelle, und sie erinnerte sich, was er ihr auf der Bank am Bach gesagt hatte: ... *ich kann an nichts anderes denken, als dich überall anzufassen und noch einmal zu schmecken.*

Genau das tat er. Nichts ließ er aus, keine Stelle entging dem weichen Druck seiner Lippen oder seinen sanft liebkosenden Händen. Und dann schob er die Finger zwischen ihre Beine. Dort war sie so empfindlich; sie fuhr zusammen und stieß einen kleinen spitzen Schrei aus. Er sah ihr in die Augen. »Jetzt werde auch ich dir ein Geschenk machen«, sagte er. »Ein Geschenk der Lust. Vertraust du mir?«

»Ja«, hauchte sie. Sie vertraute ihm voll und ganz. Er würde ihr niemals absichtlich wehtun. Gerade die Angst davor hatte ihn so lange von ihr ferngehalten.

»Dann öffne dich für mich.« Er fasste an ihr Knie und stupste es leicht zur Seite. Sie begriff. Langsam spreizte sie die Beine und gab ihre intimste Stelle seinem Blick preis.

»So schön«, murmelte er, und schließlich umfing er sie mit einem Arm und begann sie zu streicheln.

Keuchend lehnte sie sich gegen ihn und hielt ihn fest, als gälte es ihr Leben. Noch nie hatte sie etwas Derartiges gefühlt – eine so intensive Lust, als müsste sie sich aus ihrer Haut winden.

Und dann schob er einen Finger in sie hinein.

Das war ihr noch nie in den Sinn gekommen, sie hätte sich nicht einmal vorstellen können, jemand könnte das tun wollen.

Aber ... es war himmlisch. Seine Finger waren heiß, sie spürte sie an sich und in sich, sie streichelten und drückten an einer Stelle, die so empfindlich war. Es war, als hätte er in ihr ein köstliches Feuer entfacht, dessen Flammen unter ihrer Haut in alle Glieder züngelten.

Ein Finger stieß in sie hinein, dann zwei, während sein Daumen von oben mit leichtem Druck jene Stelle umkreiste und sie dazu brachte, sich ihm entgegenzustemmen und bei dieser köstlichen Qual aufzuschreien. Die andere Hand blieb unnachgiebig um ihre Hüfte gelegt und verhinderte, dass sie sich unter seinen Fingern wand und wegdrehte. Er hielt sie fest.

Ungestüm griff sie in seine Haare, die ihr seidig durch die Finger glitten. Wimmernd bog sie den Rücken durch, als er einen noch empfindlicheren Punkt in ihr berührte, eine heiße, nach Lust gierende Stelle, die er mit der Fingerspitze umkreiste.

Sein Atem strich heiß an ihrem Ohr vorbei, seine Zähne bissen sanft in ihr Ohrläppchen, und er flüsterte lauter sündhafte Dinge. Der Herzog von Trent sagte ihr, wie schön sie war, wie schlüpfrig und heiß, und er wolle sie besitzen, in ihr sein, sie zum Schreien bringen.

Sie fing an zu zittern, als Hitzestöße in ihre Glieder fuhren. Unwillkürlich spannte sie alle Muskeln an, während er sie festhielt, sie irgendwie mit der Erde verbunden hielt. Sie schloss die Augen, weil es zu viel Kraft kostete, sie offen zu halten. Es gab nur noch diese besondere Empfindung, die allumfassende Lust, die in ihr anschwoll.

Und dann … die Erlösung. Der alles verschmelzende Hitzeball in ihr dehnte sich plötzlich aus, siedende Erregung schoss in jede ihrer Poren. Sie schnappte nach Luft und stöhnte, ihr Körper wogte ungehemmt in seinen Armen.

Simon drückte die Lippen auf ihre, bewegte die Finger weiter, aber umso sanfter, je mehr die mächtigen Zuckungen nachließen. Und als sie schließlich erschlaffte, kraftlos und zufrieden gegen ihn sank, nahm er sie in beide Arme. Behutsam legte er sie aufs Bett, brachte sie in eine bequeme Position und legte sich neben sie, um sie eng an sich zu ziehen.

Sie streichelte seinen Arm, fühlte sich heiter und sorglos, so frei wie ein Vogel in den Lüften. Lächelnd sagte sie, und es kam von ganzem Herzen: »Danke. So etwas hatte ich nicht erwartet.«

In seiner Brust vibrierte ein leises Lachen, und sein hartes Glied zuckte an ihrem Bauch. »Nein? Hast du gedacht, ich lege dich hin, schiebe dir den Rock hoch und nehme dich einfach?«

»Ich dachte, so wird es gemacht«, gab sie zu. »Mir war nicht bekannt, dass eine Frau ... in dem Maße ... Lust erleben kann.«

»Dann bin ich froh, dass ich dich aufklären konnte.«

»Ich auch.« Sie seufzte selig. Sie fühlte sich körperlich gesättigt, am ganzen Leib befriedigt.

»Wir sind noch nicht fertig.« Zur Bekräftigung drückte er sich sanft gegen sie, damit sie seine Erektion zwischen ihren Beinen fühlte.

»Ich weiß«, wisperte sie. »Jetzt bin ich an der Reihe, dir Lust zu bereiten. Willst du mir zeigen, wie ich das tun muss?«

»Das will ich.«

Lächelnd beugte er sich über sie zu einem Kuss. Als er sich löste, fragte sie: »Soll ich dich ... da unten ... küssen?«

»Nicht heute, Liebste.«

Freude durchströmte sie. Er hatte sie »Liebste« genannt.

»Aber fass mich an. Schling die Finger darum.«

Sie griff hinab und nahm ihn in die Hand. »So?«

»Nicht ganz. Da ist noch etwas im Weg.« Kurz wandte er

sich ab und zog sich die Unterhose aus. »Jetzt. Versuch es noch mal.«

Diesmal spürte sie, wie heiß er war und wie zart die Haut, die die feste Länge seiner Erektion umhüllte.

Er fasste um ihre Hand. »Ja. Und jetzt beweg sie hin und her, so.«

Er schob ihre Hand daran auf und ab, und Sarah faszinierte es, wie er sich anfühlte, weich wie Samt und doch so hart.

Seine Lider wurden schwer. »Ja, so ist es gut, ein bisschen fester noch, Liebste. Drück mit dem Daumen zu, wenn du damit oben ankommst.«

Sie fuhr fort, und auch in ihr wuchs die Erregung, ein unbeschreibliches Verlangen, eine heiße Sehnsucht. Sie versuchte, sich vorzustellen, wie es wohl für ihn wäre, in ihr zu sein, aber vergeblich. Dennoch wurde sie heiß und nass vor Erwartung, als er sich in ihre Faust hineinstieß. Sie hielt die Augen geschlossen und küsste ihn, während sie ihn kennenlernte, jede Unebenheit und Kontur. Wie sollte etwas so Großes in sie hineinpassen? Und doch wusste sie schon, dass es gehen würde. Denn sie war für ihn bestimmt.

In dem Moment klopfte es laut und energisch an der Tür. Simon erstarrte und sie ebenfalls, ohne ihn loszulassen. Dann legte er den Zeigefinger an ihre Lippen, löste sich behutsam von ihr und drehte den Kopf zur Tür.

»Ja?«, rief er.

»Euer Gnaden«, kam es gedämpft vom Korridor. »Lord Lukas regt sich.«

Laut seufzend richtete er sich auf und setzte sich auf die Bettkante. »Gehen Sie wieder nach unten und haben Sie ein Auge auf ihn, Tremaine. Ich komme sofort.«

»Ja, Sir.«

Sie saßen still und lauschten, wie sich die Schritte entfernten.

Dann drehte sich Simon bedauernd zu ihr herum. »Wir kümmern uns besser um ihn. Ich will nicht, dass er sich davonmacht, bevor ich Gelegenheit hatte, ihm vom Verschwinden unserer Mutter zu berichten.«

»Ach, Euer Gnaden«, flüsterte sie, rückte näher an ihn heran und fasste um seine Wange. »Wollen Sie wirklich gehen?«

Er küsste sie noch einmal, diesmal lange und langsam und voller Leidenschaft. Besitzergreifend und selbstsicher beanspruchte er ihre Lippen für sich. Als er sich von ihr löste, raunte er: »Bald, Sarah, bald wirst du die Meine.«

Noch erhitzt von seinen Liebkosungen, befriedigt von ihrem Höhepunkt, das Herz voller Liebe und Frieden, wusste sie ohne jeden Zweifel, dass sie ihm längst gehörte.

9

Luke regte sich auf dem Sofa, als Simon dicht gefolgt von Sarah den Salon betrat. Er blieb ein paar Schritte davor stehen, während sie an ihm vorbeieilte und seinem Bruder den Puls und die Temperatur fühlte. Mit flatternden Lidern kam er zu sich und blinzelte Sarah an.

»So eine Hübsche«, krächzte er.

»Guten Morgen, Lord Lukas«, sagte sie ernst. »Wie geht es Ihnen?«

Er stöhnte. »Verflucht mies.«

»Das glaube ich gern.« Nach einem kurzen Blick zu Simon schaute sie ihn wieder an.

»Sarah, sind Sie das? Wo bin ich?« Mühsam stemmte er sich auf einen Ellbogen und sah sich um. »Ach, verflucht.« Er spie die Worte geradezu aus. »Wie zum Teufel bin ich in diesem Mausoleum gelandet?«

»Pass auf, was du sagst«, brummte Simon und trat zum Sofa.

Luke grinste ihn spöttisch an. »Na, wenn das nicht mein anbetungswürdiger Bruder, der Herzog, ist.«

»Still, Mylord«, bat Sarah in warmem Ton, aber ernst. »Hinsichtlich der Frage, wie Sie hierhergekommen sind, würde ich sagen, Sie kamen aus eigenem Entschluss. Wir haben Sie an der Hintertür gefunden, wo Sie tief und fest schliefen.«

»Also bin ich selbst schuld. Dann kann ich ja wieder gehen.« Er setzte sich auf.

»Nein«, sagte Simon. »Du wirst bleiben.«

Luke kam auf die Beine, wenn auch schwankend. »Du hast nicht das Recht, mir Befehle zu erteilen, Trent. Geh aus dem Weg.«

Sarah hielt Simon am Arm zurück. »Bleiben Sie noch einen Moment, Mylord«, sagte sie zu Luke. »Sie sind nicht in bester Verfassung.«

Das stimmte. Lukes Augen waren blutunterlaufen, und seine Haut hatte einen ungesunden Gelbstich.

»Ganz im Gegenteil«, schnauzte er. »Bin gesund wie ein Ochse.«

Simon ballte die Hände zu Fäusten. Von jeher konnte ihn niemand so in Rage bringen wie Luke.

»Du siehst übel aus«, widersprach er mit unterdrückter Wut. »Und es gibt ein paar Dinge, über die wir sprechen müssen. Du bleibst hier, und wenn ich dich ans Sofa binden muss.«

Luke zog die Brauen hoch. »Hm, das klingt ja ominös, Bruderherz.«

Simon warf Sarah einen deprimierten Blick zu.

Sie holte tief Luft. »Gehen wir doch etwas frühstücken.« Das war eine Anweisung – an sie beide – kein Vorschlag.

»Hab keinen Hunger«, brummte Luke. Er hielt sich den Kopf, als könnte er ihn nicht anders oben behalten.

Sie klopfte ihm ermutigend auf den Arm. »Ein Frühstück wird Ihnen guttun, glauben Sie mir.«

Er grinste sie schief an. »Jeden anderen würde ich wegen dieser Empfehlung auslachen, Sarah, aber nicht Sie. Also meinetwegen, ich vertraue auf Sie.«

Sie bedachte ihn mit ihrem typischen Lächeln, bei dem sich Simons Unterleib zusammenzog. Es war strahlend und heiter wie ein Stück vom Himmel. Er konnte es kaum erwarten, sie wieder in sein Bett zu holen. Sobald er das mit Luke hinter sich gebracht hätte ...

Luke blickte sie stirnrunzelnd an. »Sie hier in London? Was tun Sie ausgerechnet in diesem stinkenden Loch? London ist Ihrer nicht wert, Sarah. Sie gehören nach Ironwood Park.«

Sie kicherte. »Nun, das ist eine lange Geschichte, Mylord. Wenn Sie es wünschen, erzähle ich sie Ihnen beim Frühstück.«

»Also dann.« Mit galanter Verbeugung bedeutete er ihr, zum Speisezimmer vorauszugehen, und folgte ihr deutlich schwankend. Simon lief hinter ihm, für den Fall, dass er welche von den antiken griechischen Vasen auf dem Korridor vor ihm retten musste, weil Luke sich genötigt sähe, in ihre Richtung zu taumeln.

Sarah hielt ihnen energisch die Tür auf und hieß sie Platz zu nehmen, dann schickte sie die Diener nach warmen Speisen, goss den Herren Kaffee ein und bestrich ihnen den Toast mit Butter. Bei alldem saßen Simon und Luke schweigend da und blickten einander an.

Sie setzte Luke einen Teller mit Toast vor. »Essen Sie.« Ihr Ton duldete keinen Widerspruch, und nach einem lässigen Achselzucken begann Luke zu essen.

Schließlich setzte sie sich ebenfalls an den Tisch und erzählte Luke, wieso sie jetzt als Esmes Gesellschafterin arbeitete.

»Eine wohlverdiente Beförderung«, bemerkte Luke zwischen zwei Bissen Toast. »Ich gratuliere.«

Simon sah ihn forschend an, ob er dies ironisch meinte oder unaufrichtig war, fand aber weder in seiner Miene noch in seinem Tonfall einen Hinweis darauf.

Kurz darauf aber runzelte Luke die Stirn. »Dann kann ich also davon ausgehen, dass Esme auch in London ist?«

»Ganz recht, Mylord.«

Luke schaute Simon an. »Warum das? Warum hast du sie mitgenommen? Warum tust du ihr das an?«

Das sah Luke ähnlich. Jede seiner Entscheidungen musste er kritisieren.

»In Anbetracht der Umstände war es das Beste.«

»Welcher Umstände?«

Simon wappnete sich für das Kommende. »Luke, warst du in letzter Zeit mal in deinem Haus in der Stadt?«

»Hin und wieder. Warum?«

»Am vierzehnten April habe ich dir eine Nachricht zukommen lassen und dich nach Hause bestellt.«

Luke kniff die Augen zusammen. »Tatsächlich?«

»Ja, tatsächlich.«

Luke schnaubte und machte eine wegwerfende Geste. »Um Himmels willen, Trent. Du kannst nicht erwarten, dass ich angelaufen komme, wenn du mit den Fingern schnippst.«

Simon knirschte mit den Zähnen. Er stand kurz davor, seinen Bruder einen Dummkopf zu nennen ... als er eine Hand auf seinem Oberschenkel fühlte. Sarahs Hand. Doch das sollte keine Einladung sein – wenngleich sein Glied sofort reagierte – das war eine flehentliche Bitte, sich zu mäßigen.

Daher holte er tief Luft und nahm sich einen Augenblick Zeit, um sich zu beruhigen. »Ich habe dich ebenso wie Sam, Mark und Theo nach Ironwood Park gebeten. Dafür gab es einen triftigen Grund. Hast du den Brief überhaupt gelesen?«

Luke schob die Krümel auf seinem Teller hin und her und gab sich betont gelangweilt. »Kann mich nicht entsinnen.«

Nachdem Simon sich erneut zähneknirschend beherrschte, sagte er: »Unsere Mutter ist verschwunden. Seit fast sechs Wochen schon.«

Stille. Niemand rührte sich. Dann blickte Luke auf. »Wie bitte?«

»Unsere Mutter. Die Herzogin von Trent. Sie ist verschwunden. Seit über einem Monat«, wiederholte Simon. »Keiner weiß, wo sie ist. Wir haben nach ihr gesucht und kaum Hinweise, die uns weiterhelfen könnten. Sie ist spurlos verschwunden, mitsamt ihren beiden Dienern. Keiner weiß etwas.«

»Wahrscheinlich besucht sie ihre Schwestern«, vermutete Luke hastig.

»Nein. Das haben wir schon geprüft.«

»Und in ihren Häusern in London und am See oben?«

»Seit einem Jahr ist sie dort nicht mehr gewesen.«

»Was willst du mir jetzt beibringen? Dass sie entführt wurde?«

»Möglicherweise.«

Luke riss seine blauen Augen auf. »Ermordet etwa?«

Simon zögerte, dann nickte er. »Auch das ist denkbar.«

Luke wurde rot vor Zorn. »Wer weiß davon?«

Simon verlor die Beherrschung, die er sich mühsam abgerungen hatte. »Zum Teufel, Luke, die ganze Welt weiß davon.«

Sein Bruder schlug mit der Hand auf den Tisch. »Und du hast es mir nicht gesagt.«

»Aber er hat Ihnen doch den Brief geschickt, Mylord«, warf Sarah ein.

»Ich hab den dummen Brief nicht gelesen!«, donnerte Luke.

Simon sprang auf. »So redest du nicht mit Sarah.«

Luke sprang ebenfalls auf und blickte ihn finster an. »Unsere Mutter ist verschwunden.«

»So ist es.«

»Sie könnte tot sein.«

Luke war der Erste, der das laut aussprach. Es traf Simon wie ein Stich ins Herz. »Ja«, sagte er kalt. »Schon möglich. Aber wir …«

»Und du hast es mir nicht gesagt. Du hast mir einen blöden Brief geschickt, obwohl du wusstest, ich würde ihn nicht lesen. Du hättest es mir persönlich sagen sollen.«

»Wir haben angenommen, dass du nicht zu Hause bist, da wir keine Antwort erhielten. Niemand wusste, wo du dich herumtreibst.«

»Habt ihr überhaupt nachgesehen?«

»Du meinst, ob wir eine gründliche Suche in den Hurenhäusern und Spielhöllen unternommen haben?« Simon kräuselte spöttisch die Lippen. »Nein, ich bedaure. Wir waren zu sehr damit beschäftigt, unsere Mutter zu suchen.«

»Es ist immer dasselbe. Ich zähle als Bruder nicht, so wenig wie als Sohn. Ich spiele überhaupt keine Rolle, nicht wahr?«

Was sollte das eigentlich? Luke warf ihnen das immer wieder vor, aber Simon hatte keinen blassen Schimmer, warum er so dachte. Er war der Zweitgeborene, der »Ersatzsohn« und Simons Erbe, seit ihr Vater tot war. Als solcher war er von allen behandelt worden, in der Familie und in der Gesellschaft. Ihm war immer der Respekt entgegengebracht worden, der seiner Stellung gebührte, und doch tat er alles, um sein Leben zu vergeuden. Wenn jemand das Recht gehabt hätte, verbittert zu sein und Groll zu hegen, dann ihr Halbbruder Sam. Doch dieser hatte noch nie so gedacht.

»Ich habe allen den gleichen Brief geschickt!«, hielt Simon

lautstark dagegen. »Dir, Sam, Mark und Theo, allen denselben Wortlaut. Aber die anderen haben ihn gelesen, stell dir vor. Sie haben ihn gelesen und sind gekommen.«

»Bitte, hören Sie auf, alle beide!«, rief Sarah aus.

Simon sah jetzt, dass sie ebenfalls aufgestanden war, und ihre Wangen glühten. So standen sie nun um den Tisch und blickten einander aufgebracht an.

»Mylord, bitte. Tatsache ist, wir haben es Ihnen nicht persönlich gesagt, und vielleicht«, sie warf Simon einen Blick zu, »hätten wir uns mehr bemühen sollen, Sie zu erreichen. Aber nun wissen Sie es und können bei der Suche helfen.«

Luke verschränkte die Arme und schaute nach wie vor finster. Er sah noch gelber aus als zuvor und fast als würde er gleich umkippen. Der laute Streit hatte ihm nicht gutgetan.

Sarah sah es auch. »Bitte, nehmen Sie wieder Platz.« Sie ging um den Tisch herum und drängte ihn, sich hinzusetzen. Er widersprach nicht, ließ sich lediglich schwer auf seinen Stuhl fallen und stützte den Kopf in die Hände.

Simon legte die Hände flach auf den Tisch. »Wieder jede Nacht betrunken, Luke? Ist es nicht so?«

»Was geht dich das an?«, brummte sein Bruder.

Simon sank auf seinen Stuhl, weil ihn plötzlich die Kraft verließ. Sarah blieb stehen und beobachtete beide aufmerksam. Ein paar Augenblicke lange sprach keiner ein Wort, und keiner nahm einen Bissen zu sich. Dann klopfte es an der Tür.

Es war Tremaine. »Euer Gnaden, ein gewisser George Turner steht draußen und verlangt Sie zu sprechen.«

Simon straffte die Schultern. »Bringen Sie ihn herein. Sofort.«

»Ja, Sir.«

Als Tremaine hinausgegangen war, fragte Sarah: »George

Turner – ist das der Junge, der nach Mr. Woodrow suchen sollte?«

»Ja.«

Luke sah ihn ausdruckslos an.

»Wir haben entdeckt, dass dieser Woodrow das Amethystcollier unserer Mutter an einen Juwelier am Cavendish Square verkauft hat. Wir haben vor seiner Wohnung im East End gewartet, um ihn zu befragen.«

Luke nickte mit zusammengekniffenen Lippen.

In dem Moment eilte George herein, ein molliger Junge mit rundem Gesicht und roten Wangen. Der große, dünne Tremaine ragte hinter ihm auf.

»Euer Gnaden! Er ist zu Hause! Mr. Woodrow ist heimgekehrt!«

Simon fuhr mit seinem Bruder gemeinsam nach East End. Sarah hatte recht gehabt – seit dem Frühstück war Luke in besserer Verfassung. Das Frühstück und ein eiserner Wille halten ihn aufrecht, dachte Simon.

Vor Woodrows Haus angelangt, zahlte er Turner seinen Lohn und schickte ihn weg. Der Junge sollte sich nicht seinetwegen in der eigenen Nachbarschaft Feinde machen. Simon spürte das beruhigende Gewicht der Pistole in der Manteltasche und wusste, sein Bruder war genauso bewaffnet. So klopfte er an Woodrows Tür.

Der Mann, der ihnen öffnete, war ein Hüne. Groß und stämmig stand er vor ihnen. Seine fleckigen Hemdsärmel spannten über den muskulösen Oberarmen. Als er die zwei Gentlemen sah, zog er seine buschigen Brauen hoch. »Was gibt's denn?«

»Ich bin der Herzog von Trent. Das ist mein Bruder, Lord Lukas Hawkins. Dürfen wir hereinkommen?«

Der Mann schaute ihn verständnislos an, dann trat er beiseite. »Oh, aber sicher, Euer Ehren.«

So hatte ihn schon lange keiner mehr angesprochen. Dieser Mann hatte offenbar selten mit Herzögen zu tun und kannte die korrekte Anrede nicht.

Die Wohnung bestand aus einem Zimmer und stank nach dem Stockfisch, der halb verzehrt auf einem Teller lag. Sie hatten Woodrow beim Essen gestört.

»Wir sind gekommen, um Sie zu fragen …«

Weiter kam Simon nicht, da hatte Luke den Mann an der Kehle gepackt und drückte ihn gegen die schmutzige Wand. »Wo ist meine Mutter, verdammt?«

Der Hüne stieß ihn mit einer fleischigen Hand beiseite. Luke taumelte rücklings, stolperte über den einen dürren Korbsessel, den das Zimmer zu bieten hatte. Als Simon ihm half, sich aufzurichten, sagte Woodrow: »Bin für Grobheiten sonst nicht zu haben, Euer Ehren, aber ich ziehe die Grenze, wenn ich in meinem eigenen Heim belästigt werde.«

»Bitte, sehen Sie es meinem Bruder nach.« Simon schoss Luke einen warnenden Blick zu. »Er ist außer sich. Sie müssen wissen, unsere Mutter, die Herzogin von Trent, ist verschwunden, und wir sind um ihr Wohlergehen besorgt. Man hat uns zu der Annahme gebracht, Sie hätten für kurze Zeit etwas besessen, was ihr gehörte.«

»Ach ja?« Woodrow rieb sich das Kinn und schaute mit einem Mal nachdenklich. »Tatsächlich?«

»Ja.«

»Ein Amethystcollier«, stieß Luke wütend hervor und hätte sich wieder auf den Mann gestürzt, wenn Simon ihn nicht am Arm festgehalten hätte. »Wissen Sie überhaupt, was ein Amethyst ist?«

»Oh ja, das will ich meinen.« Nun trat ein verschlagener Ausdruck in seinen Blick. »Hab in meinem Leben schon ein oder zwei gesehen.«

Es folgte ein unheilschwangeres Schweigen, während Woodrow sie beäugte.

Simon ahnte, was er wollte. Er zog eine pralle Börse aus der Tasche und ließ die Münzen darin klimpern. Woodrow streckte eine fleischige Hand danach aus, aber Simon riss die Börse zurück und blickte ihn gleichmütig an. »Kennen Sie Ironwood Park, Woodrow?«

»Das große Haus? Oh ja.«

»Sind Sie schon mal dort gewesen?«

Woodrow riss die Augen auf. »Sie laden mich dahin ein wie einen anständigen Gast, Euer Ehren?«

»Wohl kaum«, erwiderte Luke.

Woodrow verschränkte die dicken Arme vor der Brust. »Nee, war nie so weit draußen. Einen Tagesritt von London, weiter gehe ich nicht. Wegen meiner Arbeit, wissen Sie.«

»Welche Arbeit?«, fragte Luke.

Woodrows Blick senkte sich auf die Börse.

»Ich zahle nicht für Ihre Auskunft, wenn Sie ihr etwas angetan haben«, erklärte Simon ruhig.

Woodrow sah ihn scheinbar genauso ruhig an, aber in seinen Augen leuchtete die Gier. »Ich sag doch, ich halte nichts von Grobheiten, stimmt's nicht?«

»Was meinst du, Luke?« Simon blickte den großen Mann weiter unverwandt an.

»Ich meine, er ist ein dreckiger Lügner«, brummte Luke.

Woodrow schüttelte den Kopf. »Ich tu Frauen nichts … keiner, der schon was angetan wurde.«

»Was zum Teufel soll das heißen?«, schnauzte Luke.

»Ach so«, sagte Simon. »Sie sind also ein Dieb, der seine Opfer unversehrt lässt.«

»Kein Dieb, nein.« Er zuckte die Achseln. »Na ja, kein gewöhnlicher jedenfalls.«

Was meinte er damit?

Woodrow musterte vielsagend die Börse, dann hob er den Blick und fragte Simon: »Sie stehen nicht mit dem Konstabler im Bunde?«

»Nein.«

»Sie werden nicht auf der Wache singen?«

»Nein. Wir wollen nur eine Auskunft von Ihnen.«

»Welche?«

»Ich überlasse Ihnen den Inhalt dieser Börse – an die zwanzig Pfund –, wenn Sie alles sagen, was Sie über das Amethystcollier wissen, das Sie dem Juwelier am Cavendish Square verkauft haben. Und alles, was Sie über den Verbleib der Herzogin von Trent wissen.«

Woodrow blies den Atem zwischen seinen wulstigen Lippen hervor. »Vielleicht gefällt Ihnen ja nicht, was ich zu erzählen habe.«

Simon zog es den Magen zusammen. »Spielt keine Rolle. Wir müssen es erfahren«, erwiderte er angespannt.

Luke blickte sein Gegenüber eindringlich an. »Nun reden Sie schon!«

»Na gut. Ich hab Lamb das Collier verkauft. Hab der Trägerin aber nichts getan. Ich ... hab sie zusammen damit gefunden.«

Simon kniff die Augen zusammen. »Sie gefunden? Wo?«

»Hab sie aus 'nem frischen Grab ausgebuddelt, auf dem Kirchhof in Hillingdon.« Als er Simons Miene sah, wurde er sichtlich mitfühlend. »Sie war Ihre Mama?«

»Wie sah sie aus?«, brachte Simon mühsam hervor. Vielleicht war sie es ja gar nicht … vielleicht war es eine ganze andere Frau.

Woodrow zuckte die Achseln. »Wie ’ne Frau eben. Dunkle Haare. An mehr kann ich mich nicht erinnern.«

Luke schritt zu dem einzigen Fenster, riss es auf und lehnte sich hinaus, um tief durchzuatmen. Simon wusste aus Erfahrung, dass im East End die Luft draußen nicht viel besser war als in diesem Zimmer. Er bewegte sich nicht vom Fleck.

Woodrows Beschreibung half kein bisschen weiter. Sie traf auf die halbe Bevölkerung zu.

»Sie sind einer, der Leichen ausgräbt?«, fragte Simon angewidert.

»So kann man es auch nennen.«

»Ein Leichenfledderer also«, kam es vom Fenster.

»Ich nenne mich lieber einen Händler.«

Luke drehte sich herum, seine blauen Augen funkelten. »Sie handeln mit Leichen, meinen Sie.«

Woodrow zuckte bloß die Achseln.

»Wie ist sie gestorben?« Simon bekam die Frage kaum heraus.

Woodrow zog die Mundwinkel nach unten. »Sicher, dass Sie das wissen wollen, Euer Ehren?«

»Heraus damit!«, befahl Luke.

»Einer hat ihr die Kehle durchgeschnitten.«

Simon bekam kaum Luft. Es war ungeheuer stickig im Zimmer. Plötzlich schlang sich ein fleischiger Arm um ihn. »Besser, Sie setzen sich mal, Euer Ehren. Da drüben.« Woodrow führte ihn zu dem Stuhl am Tisch und drückte ihn sanft darauf nieder. Simon starrte auf den zerfledderten Stockfisch auf dem Teller.

»Sie ruht jetzt in Frieden«, sagte Woodrow. »Bedenken Sie das.«

»Nicht, wenn Sie sie exhumiert haben«, widersprach Luke kalt.

»Also, also. Sie dient der Wissenschaft. Verbessert die Gesellschaft.«

»Wo ist sie?« Luke klang gefährlich leise. »Wem haben Sie sie verkauft, Sie Bastard?«

»Ich glaub, in der Nacht hat Thomas Caldwell sie gekriegt, der Anatom.«

»Und wie hoch hat Thomas Caldwell den Leib meiner Mutter bewertet?«, fauchte Luke, der sich keine Mühe mehr gab, seinen Zorn zu verbergen.

»Neun Guineas«, antwortete Woodrow schlicht. »Wäre sie ein bisschen frischer gewesen, hätte er mir zehn ...«

Plötzlich hatte Luke die Pistole in der Hand und richtete sie auf Woodrow.

»Luke!«, brüllte Simon und sprang auf. »Halt!« Er warf die Arme um seinen Bruder.

Luke senkte die Waffe und blickte ihn mit Tränen in den Augen an. »Um Himmels willen, Simon!« Seit Jahren hatte er ihn nicht beim Vornamen genannt. »Dieser Mann hat ihr Grab geschändet. Hat sie an einen gottverdammten Anatomen verkauft!« Fast würgte er bei der Berufsbezeichnung, und er zitterte in Simons Arm.

»Ich weiß, ich weiß. Aber nicht er hat sie ins Grab gebracht, und wir müssen herausfinden, wer es getan hat.«

Denn den würde er dafür büßen lassen.

Ohne Luke loszulassen, blickte er Woodrow an, der sich so gut er konnte in eine Ecke drückte, möglichst weit von Lukes Pistole entfernt. »Wo finden wir diesen Thomas Caldwell?«, fragte Simon.

»In der Medizinischen Akademie in Whitechapel.«

Verflucht, ihre Mutter war im Namen der Wissenschaft

vielleicht schon in Stücke geschnitten. Simon ließ seinen Bruder vorsichtig los. »Luke, wir müssen gehen. Sofort. Wir müssen dort sein, ehe ...«

Seine Stimme verebbte. Vielleicht war es längst zu spät.

Der Herzog von Trent wurde nicht aufgehalten, als er in die Akademie stürmte – eine kurze Nennung seines Titels öffnete ihm jede Tür der Anstalt. Es war auch nicht schwierig, Thomas Caldwells Aufmerksamkeit zu erlangen, trotz des Umstands, dass er in einem kleinen Saal eine Vorlesung abhielt, wo sein Bariton über eine Schar fasziniert lauschender Studenten hinweghallte.

Simon stieß die Tür auf und hörte Caldwell sagen: »Nun wollen wir uns die Beschaffenheit und die Lage des Magens näher anschauen. Ich erwarte hier ein gesundes Organ vorzufinden, da die Person noch jung war und die Todesursache damit nicht in Zusammenhang steht.«

Die Studenten versammelten sich in ihren dunklen Roben um die Leiche, die mit einem weißen Tuch abgedeckt war und in der Saalmitte auf einem Seziertisch lag. Ein Skalpell in der Hand, griff er nach dem Tuch, um es zurückzuschlagen.

»Halt!«, brüllte Simon.

Caldwell richtete sich auf, drehte sich um und hob überrascht die buschigen graubraunen Augenbrauen. Die Roben raschelten, als die jungen Männer sich ebenfalls umdrehten und die Besucher anstarrten.

Simon rannte auf Caldwell zu und drängte sich durch die Studenten. Luke war dicht hinter ihm, Woodrow folgte ihnen weit weniger enthusiastisch. Am Seziertisch angelangt, zog Simon das Tuch vom Kopf der Leiche.

Bestürzt wich er einen Schritt zurück.

Er starrte in das graue Gesicht und die toten braunen Augen der Zofe seiner Mutter.

Neben ihm schnappte Luke entsetzt nach Luft. »Herr im Himmel. Ist das Binnie?«

10

In der Abenddämmerung erreichten Simon und Luke den Kirchhof der Pfarrei von Hillingdon. Es hatte einige Zeit in Anspruch genommen, Caldwell zu befragen. Laut Auskunft des Anatoms war Binnie ermordet worden, und sie war die einzige Tote, die Woodrow in jener Nacht »beschafft« hatte. Noch länger hatte es gedauert, den Transport der Toten in die Wege zu leiten, damit sie daheim ein ordentliches Begräbnis erhielt.

Als sie nun in Hillingdon ankamen, nicht nur staubig und müde von dem Ritt, sondern auch seelisch mitgenommen, wies ihnen ein Passant den Weg zum nahe gelegenen Pfarrhaus. Dort öffnete ihnen die Haushälterin die Tür.

»Ist der Pfarrer zu Hause?«, fragte Simon kurz angebunden, denn er brachte keine Geduld mehr auf, nachdem sie schon den ganzen Tag unzureichende Antworten bekommen hatten.

Die Haushälterin schaute ihn groß an. »Mr. Allen ist anderweitig beschäftigt, Sir.«

Simon musste sich erst einmal mühsam beherrschen, daher sagte Luke: »Wir sind von London hergekommen, Ma'am, und müssen ihn sofort sprechen. Sagen Sie ihm, der Herzog von Trent sei hier.«

Simon blickte ihn kurz von der Seite an. So höflich war sein Bruder heute noch zu niemandem gewesen, Simon eingeschlossen. Bei dem stundenlangen Ritt hierher hatte er kaum ein Wort mit ihm gesprochen.

Die Haushälterin schaute Simon an, dann nickte sie. »Ja, Sir. Ich werde nachsehen, ob er da ist.«

Sie schloss die Tür und ließ die Besucher draußen stehen. Luke quittierte das mit einem mürrischen Gesichtsausdruck. Offenbar war sein Moment der Höflichkeit vorbei.

»Geduld«, brummte Simon.

»Es ist fast dunkel.«

»Ja.« Simon schaute zum Himmel auf. »Ich möchte nicht die Nacht hier verbringen.« Notfalls würden sie beim Schein einer Laterne nach London zurückreiten.

Luke zuckte die Achseln. »Warum sollte das wichtig sein?«

»Esme und Sarah warten voller Unruhe auf unsere Rückkehr. Sie sollen sich nicht die ganze Nacht Sorgen machen müssen.«

Luke verzog den Mund. »Ich verstehe, dass du unsere Schwester informieren möchtest. Aber Sarah Osborne? Warum?«

Gelassen begegnete Simon dem Blick seines Bruders. »Sarah ist ein Mitglied der Familie Hawkins, genau wie wir.«

Während Luke sich Sarah wahrscheinlich nicht so verbunden fühlte wie die anderen – wie Simon war er in den Schulferien zu Hause gewesen, als sie nach Ironwood Park gekommen war, und war seitdem nur selten dort gewesen –, hatte er selbst Sarah immer gemocht und war sich der tiefen Verbundenheit, die sie für seine Familie empfand, immer bewusst gewesen.

»Du meine Güte, Trent, sie ist ein Hausmädchen.«

»Das ist sie nicht mehr«, rief Simon ihm ins Gedächtnis und wahrte nur mühsam die Geduld. »Und warum sollte das von Bedeutung sein?«

»Ich selbst pfeife darauf«, erwiderte Luke. »Aber du? Der

König der Hochnäsigen? Ich kann mich nicht erinnern, dass du jemals einen Diener in eine Familienangelegenheit einbezogen hättest.«

»Sie ist ja praktisch keine Dienerin mehr.« Das war ein dummes Argument, zumal Simon sie schon vor ihrer Beförderung einbezogen hatte.

»Gestern noch ein Hausmädchen, heute die Gesellschafterin einer Dame. Gestern noch auf Ironwood Park, dann auf einmal in London. Plötzlich ist es so wichtig, sie über die Familienangelegenheiten auf dem Laufenden zu halten. Da frage ich mich, ob zwischen dir und der hübschen Sarah etwas läuft ...«

»Für Esmes Gesellschafterin war sie die beste Wahl«, erwiderte Simon verärgert. »Die Fähigkeiten unserer Schwester, sich in der Gesellschaft zu bewegen, verbessern sich dank Sarah jeden Tag.«

Wenn er weiter so oft mit den Zähnen knirschte wie im Verlauf dieses Tages, würden bald nur noch Stummel davon übrig sein.

»Du meinst, Esme blamiert dich dieses Jahr nicht mehr so sehr? Dein hochgeschätzter Familienname wird nicht unentwegt durch die gesellschaftlichen Fauxpas unserer Schwester beschmutzt?« Luke klatschte in die Hände. »Bravo, Sarah.«

Simon wollte entgegnen, dass Luke ihm schon mehr Peinlichkeiten bereitet habe als die übrigen Familienmitglieder zusammengenommen, doch er hielt seine Zunge im Zaum, weil er wusste, wohin solch ein Gespräch führte – Luke würde gehen und sich monatelang nicht bei ihm blicken lassen. Simon würde lediglich von seinen Lastern und Ausschweifungen hören. Also sagte er stattdessen: »Du weißt so gut wie ich, dass Esme sich schwertut. Und niemand versteht sie besser als Sarah. Sarah ist schon mit ihr zusammen, seit sie laufen gelernt hat.«

Luke schnaubte. »Zugegeben, durch all die gemeinsamen Jahre stehen sie einander sicherlich nahe.«

Simon dachte an seine Kindheit auf Ironwood Park zurück. Auch Luke und er hatten viele gemeinsame Jahre hinter sich und standen einander trotzdem nicht nahe. Warum das so war, wusste er nicht. Als er noch klein war, war Sam zu Hause gewesen, und später waren Mark und Theo hinzugekommen. Aber Luke war sein Spielgefährte gewesen, mit ihm hatte er viel Unsinn angestellt. Er war der Einzige gewesen, der den traurigen, ernsten Simon zu Streichen verführen konnte.

In dem Moment ging die Tür auf. Der Mann, der vor ihnen stand, war klein, drahtig und trug eine Brille. »Euer Gnaden, ich bin William Allen«, sagte er mit einer Verbeugung. »Wie kann ich Ihnen dienlich sein?«

»Danke, dass Sie uns empfangen, Mr. Allen. Ich bedaure, mich derart aufzudrängen, aber wir kommen in einer Angelegenheit von größter Dringlichkeit.«

Der Pfarrer bat sie ins Haus, und sie sprachen nicht viel, bis sie in seinem ein wenig ärmlichen, aber behaglichen Salon Platz genommen hatten. Der starke heiße Tee, den er ihnen vorsetzte, wärmte Simon nach dem langen Ritt während des nasskalten Nachmittags.

»Nun, wie kann ich Ihnen helfen?«, fragte Allen.

Trotz der späten Stunde und obwohl ihnen noch ein unangenehmer Ritt bevorstand, nahm Simon sich die Zeit und erzählte die ganze Geschichte vom Verschwinden seiner Mutter und von der zufälligen Entdeckung des Amethystcolliers, das sie zu John Woodrow und Thomas Caldwell und schließlich zu der toten Binnie geführt hatte.

Allen hörte aufmerksam zu, die Hände vor der Brust gefaltet, als ob er betete, nickte hin und wieder oder schüttelte den Kopf. Als Simon fertig war, trank Allen einen ausgiebigen Schluck Tee und setzte sorgfältig seine Tasse ab.

»In der Tat, Sir, eine aufwühlende Situation. Und ich fürchte, was ich Ihnen zu sagen habe, wird nicht besonders hilfreich sein.«

»Alles, was Sie uns sagen können, wird uns helfen«, widersprach Luke.

»Dann werde ich alles erzählen, was ich weiß. Ihre Angestellte wurde vor vier Tagen von einem unserer Gemeindemitglieder gefunden. Die arme Frau lag im Wald beim Fluss, und es war ganz offensichtlich, dass sie Mördern in die Hände gefallen war. Die Gemeinde tat ihr Möglichstes, um jemanden zu finden, der sie gekannt hat, aber vergeblich. Es blieb ein Rätsel, woher sie gekommen war und was sie vorgehabt hat.«

Simon nickte. Eine kleine Gemeinde wie diese hatte nicht die Mittel, um eine ausgedehnte Suche nach den Verwandten einer armen Frau zu unternehmen, die man tot im Wald gefunden hatte. »Außer ihr wurden keine weiteren Toten gefunden?«

»Nein. Auch kein Hinweis darauf, dass sie noch jemanden bei sich gehabt hätte. Am folgenden Tag entschied ich, sie zu beerdigen. Ich habe das Begräbnis geleitet.«

Luke hob eine Hand. »Einen Augenblick bitte. Trug sie Schmuck?«

Allen errötete. »Das mag wohl sein. Wenn das besagte Collier lang war, Euer Gnaden, wenn es in ihrem Mieder steckte ... nun ... ich habe ihre Kleidung unberührt gelassen. Ich bin kein Leichenbeschauer, Sir, sondern ein Diener Gottes, und eine Durchsuchung wäre unziemlich gewesen.

Und …« Er wurde ein wenig blass. »Nun ja, sie war voller Blut, ich …«

»Natürlich«, sagte Simon.

Allen runzelte die Stirn. »Aber vielleicht hätte ich mehr unternommen, um herauszufinden, wer sie war, wenn ich den Schmuck an ihr gefunden hätte.« Er strich sich müde übers Gesicht. »Vielleicht hätte ich sie durchsuchen oder jemand anderen darum bitten sollen … Meine Hauptsorge war es freilich, sie in die Obhut Gottes zu übergeben.«

»Quälen Sie sich nicht weiter damit«, sagte Simon. »Sie haben Ihre Pflicht erfüllt und ihr ein christliches Begräbnis gewährt.«

Die Rückkehr zum Trent'schen Haus in London dauerte viel länger als der Ritt nach Hillingdon. Sie trugen beide eine Laterne bei sich. Ein fast voller Mond stand am Himmel, aber immer wieder zogen Wolken davor und dämpften sein Licht. Simon war erschöpft, und Luke ging es noch schlechter. Er sah kränklich aus und ließ die Schultern hängen. Es klang, als atmete er flach und mühsam. Vielleicht, weil er länger nichts getrunken hatte? Brauchte sein Körper den Alkohol? Simon wollte nicht fragen, und Luke beklagte sich nicht.

Während die Pferde die Straße entlangtrotteten, grübelten sie darüber nach, was sie bisher erfahren hatten.

»Es ist denkbar, dass Mama nicht bei Binnie war, als sie umgebracht wurde«, bemerkte Luke hoffnungsvoll.

»Das stimmt. Ich kann mir auch nicht vorstellen, dass unsere Mutter sie einfach liegen gelassen hätte.« Außer sie wäre selbst in ernster Gefahr gewesen.

»Aber wieso hatte Binnie ihr Collier bei sich?« Luke sah

ihn von der Seite an. »Glaubst du, sie hat es gestohlen und ist damit getürmt?«

Binnie war nach Ironwood Park gekommen, als Simon noch ein Kind gewesen war. Allem Anschein nach war sie eine loyale Dienerin gewesen, der es nicht in den Sinn käme, ihren Arbeitgeber zu bestehlen. Andererseits konnte der Schein trügen.

»Ich weiß es nicht«, gab er zu.

Luke schwieg für einige Augenblicke, und sie hörten nur das Hufgetrappel ihrer Pferde. »Vielleicht hatte sie auch den übrigen Schmuck bei sich. Vielleicht wurde sie deswegen umgebracht.«

»Weil sie ihn offen zur Schau stellte?«

»Ja. Und die Wegelagerer – oder wer immer – raubten sie aus und brachten sie um. Und weil sie es eilig hatten, wieder zu verschwinden, haben sie das Collier übersehen.«

Simon schüttelte den Kopf. »Das scheint mir weit hergeholt.«

»Und doch ist das nach allem, was wir wissen, die plausibelste Erklärung.«

»Das passt überhaupt nicht zu Binnies Charakter.«

»Das Ganze könnte ein ausgeklügelter Plan gewesen sein, den sich ein Außenstehender ausgedacht hat. Der könnte sie hineingezogen haben.« Nach ein paar Augenblicken sprach Luke mit fester Stimme weiter. »Wir sollten in Hillingdon bleiben und die Bewohner in der Umgebung befragen. Nach Hinweisen suchen, die uns zu ihrem Mörder führen. Wir sollten nachforschen, woher Binnie eigentlich stammte. Ihre Familie und Freunde befragen. Auch die Familie von Mutters Diener – wie heißt er noch gleich?«

»James.«

»Richtig, James.«

»Der hat keine Familie, soweit wir wissen.« Simon hatte Kopfschmerzen. Je mehr sie sich mit dem Verschwinden ihrer Mutter beschäftigten, desto undurchsichtiger wurde die Sache. Er seufzte schwer. Er wollte nur noch nach Hause.

Plötzlich überkam ihn die Fantasie, Sarah könnte in seinem Bett auf ihn warten. Nackt. Könnte mit ihrer seidigen Haut sein Laken anwärmen. Er würde zu ihr ins Bett steigen und ihren weichen Leib in seine Arme ziehen. Dann würde er sie besitzen, wie er versprochen hatte.

Bei ihr fände er Frieden. Es wäre himmlisch.

Sie ritten schweigend vor sich hin, den Blick angestrengt auf die Straße gerichtet. Dann fragte Luke leise: »Also, was hat es auf sich mit Sarah Osborne, Trent?«

Erschrocken blickte Simon zu seinem Bruder. Es war, als hätte der seine Gedanken gelesen. »Darüber haben wir bereits gesprochen. Sie war für Esme die beste Wahl.«

Luke schnaubte. »Jeden anderen würde ich jetzt warnen, welche Folgen es haben kann, wenn man mit Dienstmädchen herumschäkert.«

Simon versteifte sich und schaute stur geradeaus. »Nun, ich bin nicht jeder andere, darum sind Warnungen wohl unnötig.« Und Luke wäre gerade der Richtige dafür. Vor fünf Jahren hatte er sich auf Ironwood Park mit einem der Mädchen eingelassen. Simon hatte den Skandal klein halten können, aber Luke hatte der jungen Frau gründlich geschadet, die mit Schimpf entlassen und zu ihren Eltern in Worcester zurückgeschickt wurde.

»Richtig. Natürlich, ich hätte solche Skrupel nicht. Für mich ist eine schöne Frau eine schöne Frau, ob Königin oder Hausmädchen. Aber du, Trent? Wir kennen beide dein unerschütterliches Standesbewusstsein. Du würdest dich nie mit einem Mädchen wie Sarah abgeben.«

Simon wurde heiß vor Zorn. Er musste an sich halten. Das tut er mit Absicht, dachte er. Er will mich in Rage bringen.

»Aber sie ist ein hübsches Ding«, fuhr Luke nachdenklich fort. »Sie bewundert dich – ja, mir ist aufgefallen, wie sie dich ansieht – sie wäre also leicht zu erobern. Und wie ich Sarah kenne, würde sie hinterher keinen Piep von sich geben. Nicht wie das sonst bei Dienstmädchen läuft. Vielleicht wäre es doch gar keine schlechte Idee.«

Simon war still. Er ballte die Fäuste fest um die Zügel, damit er Luke nicht an die Gurgel ging.

Dieser lachte und zerrte damit noch mehr an Simons Nerven. »Ach komm, Trent. Ich weiß doch, dass du schon daran gedacht hast. Und ich mache dir keinen Vorwurf. Die Frau hat Kurven, die ein Mann nur bewundern kann. Weiche, üppige Kurven, die so hübsch in eine Männerhand passen. Und einen Mund, der sich bestimmt gut um seinen …«

Simon sprang aus dem Sattel und stellte die Laterne auf den Boden.

Luke zog die Zügel an und blickte zurück. »Was ist denn?«

Simon war sich nicht sicher, ob er sprechen konnte. Er war noch nie so wütend gewesen. Er zitterte. Ihm standen Schweißperlen auf der Stirn.

»Steig von dem verfluchten Gaul«, knurrte er.

Luke starrte ihn an, dann zog er langsam die Brauen hoch. Seine Mundwinkel zuckten.

»Runter da!«, wiederholte Simon.

Luke wendete kopfschüttelnd sein Pferd. »Was für ein Anblick. Mein Bruder und sein ach so gerechter Zorn. Den habe ich wirklich dicke.«

Aber Simon dachte nur daran, was Luke zuvor gesagt hatte: *ein hübsches Ding, leicht zu erobern, wie das sonst bei Dienstmädchen läuft.*

Und das Schlimmste: *Du würdest dich nie mit einem Mädchen wie Sarah abgeben.*

Er starrte zu Luke hoch und stand kurz davor, die Beherrschung zu verlieren.

Einem Mädchen wie Sarah ...

Jetzt war Schluss. Er duldete es nicht, dass jemand so über Sarah sprach – seine Sarah. Niemand. Nicht einmal sein Bruder, dem er seit Jahren seine Besäufnisse, die Spielexzesse, die Huren verzieh.

»Steig ab!«, zischte Simon.

Luke schüttelte den Kopf. »Weißt du, Bruderherz, das ist der Moment, wo wir uns trennen müssen. Du reitest nach Hause, um wieder den anständigen Herzog zu spielen und insgeheim dein Hausmädchen zu begehren. Ich hege nicht den Wunsch, Zeuge dieser Heuchelei zu werden. Ich werde hierbleiben. Als Erstes werde ich den nächsten Pub aufsuchen, und danach werde ich nach Hillingdon zurückreiten und dem Verschwinden meiner Mutter auf den Grund gehen.«

»Dann geh mir aus den Augen.« Simon klang bitter. Er konnte nicht darauf zählen, dass Luke sich auf die Suche machte. Bei ihm war nur auf eines Verlass: Er würde sich volllaufen lassen, jeden kränken, der ihm nahestand, und dem Ruf ihrer Familie schaden.

»Mit Vergnügen.« Luke gab seinem Pferd die Sporen und ritt im Galopp davon – so leichtsinnig das bei Dunkelheit war. Aber war es nicht typisch Luke, aus einer Laune heraus seinen Gaul zu riskieren?

Nachdem der Hufschlag verklungen war, stand Simon noch eine Weile da.

Es war ohnehin am besten, wenn Luke nicht dabei war.

Das versuchte er sich jedenfalls einzureden.

11

Simon schritt den oberen Flur hinunter. Von Hillingdon zurückgekehrt, hatte er das Haus still und dunkel vorgefunden. Alle waren zu Bett gegangen und schliefen, auch Sarah. Ganz sicher. Er wollte sie nicht wecken. Das wäre selbstsüchtig, und ohnehin hatte er keine guten Neuigkeiten zu überbringen. Er ging in sein Schlafzimmer und starrte auf sein Bett. Es wirkte so kalt, so wenig verlockend. Ungehalten schleuderte er sein aufgeknotetes Halstuch zu Boden, wo es ein schneeweißes Häuflein bildete. Burton würde am Morgen wegen der Knitter einen Anfall bekommen.

Simon machte auf dem Absatz kehrt und flüchtete aus seinem Zimmer, das ihm wie ein Gefängnis vorkam. Und dann lief er in dem langen, schmalen Korridor auf und ab. Er hätte nicht sagen können, warum er nicht nach unten ging, außer dass der Flur im Erdgeschoss anders geschnitten und daher für sein Bedürfnis – mit raumgreifenden Schritten auf und ab zu laufen – nicht geeignet war.

Und außer dass er hier oben näher bei Sarah war. Hier konnte er an ihrer Tür vorbeigehen und sich vorstellen, wie sie in ihrem Bett lag und friedlich schlief. Das brachte auch ihm ein wenig Frieden.

Dabei mied er die beiden Stellen, die knarrten, sobald man darauf trat. Er lief leise und geschmeidig wie ein Tiger auf Beutezug. Er blieb unruhig. Er konnte nicht aufhören, an den Streit mit Luke zu denken.

War er scheinheilig, wie Luke ihm vorwarf? Als dieser damals das junge Hausmädchen kompromittiert hatte, war Simon wütend geworden. Er hatte seinen Bruder beschimpft, ihn einen dummen, selbstsüchtigen Idioten genannt, der seinen Schwanz nicht in der Hose lassen konnte.

Und jetzt ließ er sich selbst auf die Art Liaison ein, die er immer so entschieden abgelehnt hatte.

Unvermittelt ging hinter ihm eine Tür auf. Sarahs Tür. Er drehte sich um und wusste, genau das hatte er insgeheim gewollt.

Sie trat halb auf den Flur und band ihren dünnen weißen Morgenmantel um ihren schlanken Leib. Als sie ihn sah, wirkte sie erleichtert. »Oh«, sagte sie leise. »Ich bin ja so froh, dass Sie wieder da sind.«

»Darf ich hereinkommen?«

Sie begriff seine Absicht, denn sie wurde auf der Stelle rot. »Ja«, sagte sie gleichwohl, und ihre Stimme klang jetzt tief und rau.

Sie wich zur Seite und ließ ihn eintreten. Sowie die Tür hinter ihm ins Schloss fiel, drehte er sich zu ihr um.

»Wie war der Besuch bei Mr. Woodrow?«, fragte sie flüsternd.

Einen Moment lang blickten sie einander an. Er bekam kein Wort heraus. Daher wandte er sich ab und ging zum Fenster, teilte die Vorhänge, stützte die Hände aufs Fensterbrett und lehnte die Stirn gegen das kalte Glas.

Schließlich trat sie hinter ihn. Sie schob die Arme um ihn und legte den Kopf an seinen Rücken. »Sagen Sie mir nicht, es ist die Herzogin. Sagen Sie nicht, dass ihr etwas Schreckliches zugestoßen ist.«

»Nein, nicht meiner Mutter.« Er atmete einmal tief durch. »Aber Binnie. Sie ist tot, Sarah.«

Sarah keuchte entsetzt auf. Er drehte sich um und nahm sie in die Arme. Die Hände auf seine Schultern gelegt, blickte sie ihn mit schreckgeweiteten Augen an. »Was ist passiert?«, fragte sie unter Tränen.

»Sie wurde außerhalb von London ermordet aufgefunden. Sie hatte das Amethystcollier in ihrem Besitz, und das wurde ihr gestohlen. Keiner, auf den wir bei unseren Nachforschungen stießen, konnte uns etwas über den Verbleib meiner Mutter sagen. Auch von James fehlt jede Spur.«

Das genügte. Es war nicht erforderlich, ihr zu erzählen, dass man Binnie die Kehle durchgeschnitten hatte oder welches grausige Geschäft der Grabräuber betrieb.

»Oh Gott«, stöhnte Sarah. Sie barg das Gesicht an seinem Hemd, und er spürte an ihrem bebenden Rücken, dass sie lautlos weinte. Er wusste, sie war mit Binnie nicht befreundet gewesen, aber Sarah hatte jeden gern, der auf Ironwood Park wohnte. Genau wie er.

Er hatte nicht gewusst, wie er seine Schwester trösten sollte, als sie im Salon auf Ironwood Park vor Angst um ihre Mutter geweint hatte, aber wie er Sarah trösten konnte, wusste er genau. Er hielt sie fest und rieb ihr über den Rücken, mit so viel Zärtlichkeit und Mitgefühl, wie er aufbringen konnte.

Nach ein paar Augenblicken hob sie den Kopf und schaute ihn mit verweintem Gesicht an. »Warum? Was kann Binnie schon getan haben, um solch ein Schicksal zu verdienen?«

Er seufzte hilflos. »Ich weiß es nicht, Liebste.«

Sie ließ den Kopf wieder an seine Brust sinken. Er hielt sie fest und wünschte, er könnte etwas tun, um ihr den Schmerz zu nehmen, bis sie zu weinen aufhörte.

Schließlich blickte sie auf. Mit einem Finger strich sie über die Falten an seinen Augen. »Es tut mir leid«, flüsterte sie verweint.

Er schüttelte verwirrt den Kopf. »Was tut dir leid?«

»Dass Sie eine so schreckliche Entdeckung machen mussten.«

»Ja, mir auch.« Die Erinnerung an Binnies kalten nackten Leib schoss ihm durch den Kopf, und er machte die Augen zu, um sie zu verscheuchen. »Niemand möchte mit dem Tod konfrontiert werden, aber wenn es auch noch der Tod eines Menschen ist, den man so lange gekannt hat …«

»Ja, ganz recht«, sagte sie leise. Und nach ein paar Atemzügen: »Ist Lord Lukas wohlauf?«

Wie sollte er darauf antworten? Am besten wohl aufrichtig. »Nein, eigentlich nicht.«

»Wo ist er?«

»Er ist in das Dorf zurückgekehrt, wo Binnie aufgefunden wurde. Er will sehen, ob er noch etwas in Erfahrung bringen kann.«

»Oh«, murmelte sie. »Und Sie, Euer Gnaden?«

»Ich wollte nur heim«, antwortete er schlicht. »Zu dir.«

Sie zog ihn an sich und blickte mit ihren großen blauen Augen zu ihm auf, die Lippen leicht geöffnet. Es drängte ihn, sie zu küssen. Und genau das tat er. Er nahm ihren Kopf in beide Hände, neigte ihn ein wenig nach hinten und drückte seine Lippen auf ihre.

In seinen Armen war sie so nachgiebig, so willig. Den ganzen Tag war er angespannt und gereizt, einfach generell mürrisch gewesen, doch jetzt strömte neues Leben in ihn hinein. Er wollte sie besitzen, in jeder Hinsicht.

Aber nein. Noch nicht. Nicht heute Nacht, nachdem er gerade erst von Binnies Tod erfahren hatte. Wenn er Sarah endlich nahm, wollte er etwas Besonderes, Erinnerungswürdiges daraus machen, es sollte nicht von einer Tragödie überschattet sein.

Er bückte sich, griff um ihre Knie und hob sie hoch. Sie schlang die Arme um seinen Hals. Als er in ihr Gesicht hinabschaute, auf ihre Lippen, die prall und rosig von seinem Kuss waren, in ihre noch tränennassen Augen, flüsterte er: »Sarah, ich will dich lieben.«

Vertrauensvoll sah sie zu ihm auf und nickte.

Sie hatte ihre Entscheidung gefällt – sie würde nehmen, was immer er ihr zu geben wünschte. Und sie würde ihre Meinung nicht mehr ändern, er kannte sie gut genug, um das zu wissen.

Er ging zu ihrem Bett – die Decke war noch zurückgeschlagen, seit sie aufgestanden war, um nachzusehen, wer auf dem Flur war – und legte sie behutsam ab, um sich neben sie auf den Rand zu setzen.

»Willst du mich von jetzt an, wenn wir allein sind, Simon nennen?« Niemand nannte ihn mehr so, aber er selbst dachte von sich nicht als Trent. Der Name gehörte zu seiner öffentlichen Person, und Sarah sollte vertraulich an ihn denken.

Obwohl sie noch Tränen in den Augen hatte, lächelte sie ihn an. Das war das breite, schöne Lächeln, das sein Herz ins Stolpern brachte. »In Gedanken habe ich dich immer so genannt.«

»Dann will ich es jetzt aus deinem Mund hören«, sagte er.

»Simon«, flüsterte sie, und es sandte ihm einen Schauder durch den Leib und machte ihn hart.

Er beugte sich über sie und küsste sie, die Hand um die weiche Rundung ihrer Brust gelegt. Dann griff er in ihren Ausschnitt, umschloss den kleinen Hügel und strich mit dem Daumen über die Brustwarze. Sein Glied wuchs und drückte gegen die Knopfleiste seiner Hose, als sich die Brustwarze unter seiner Berührung aufrichtete.

Sie wand sich ein bisschen und entließ ein süßes Keuchen in

seinen Mund. Er wusste bereits, wie empfindlich ihre Brüste waren, wie empfänglich sie wurde, wenn er sie da streichelte. Er nahm ihren Atemstoß auf und küsste sie härter, während er mit ihrer Brustwarze spielte, damit sie sich wand und keuchte, bevor er sich der anderen zuwandte und ihr die gleiche Behandlung angedeihen ließ.

Er richtete sich auf, um den Gürtel ihres Morgenmantels aufzuknoten, dann schob er die Hälften auseinander. Darunter trug sie das gleiche weiße Nachthemd wie in der vorigen Nacht. Ihr Körper zeichnete sich auf eine Weise darin ab, dass er beinahe stöhnte. Der Stoff schmiegte sich um ihre schlanken Beine, den Venushügel, die Taille und die aufgerichteten Brustwarzen.

Er trat sich die Schuhe von den Füßen und legte sich neben sie, zog sie in seine Arme und drückte sich an sie, damit bei ihr kein Zweifel über das Ausmaß seiner Erregung aufkam.

Kecker als letzte Nacht erkundete sie mit den Händen seinen Rücken, dann seine Brust. Scharf sog er den Atem ein, als sie über seine Brustwarzen strich, und sie blickte ihn überrascht an.

»Das ist schön«, erklärte er. »Gewiss so ähnlich, wie wenn ich dich dort berühre.«

Ihre Lippen krümmten sich zu einem verführerischen, ja schalkhaften Lächeln. Schon nach einer Nacht mit ihm wurde sie kühn. Wenn sie erst einmal wusste, was sie tat, würde sie eine feurige Geliebte abgeben, mit der es nie langweilig wurde.

Schnuppernd strich er mit den Lippen an ihrem Kiefer entlang. »Ich will dich so sehr.«

»Und ich dich«, sagte sie, mit den Fingerspitzen an seinen Brustwarzen spielend.

Wenn sie das weiter so machte, würde er den Verstand verlieren. Darum raffte er ihr Nachthemd in eine Faust und zog es ihre Beine herauf, bis er die seidige Haut ihrer Oberschenkel spüren konnte.

Er strich an einem Bein entlang, schwelgte in den weichen und glatten, aber muskulösen Konturen und kam ihrer intimsten Stelle immer näher, wagte sich ein wenig vor und zog sich wieder zurück.

Ganz sacht legte er die Hand um ihren Hügel. Sie hielt still. Nur ihre Brust hob und senkte sich unter kurzen, raschen Atemzügen. Als er die Finger zwischen ihre Lippen schob, gab sie ein zittriges Stöhnen von sich.

Sie war nass vor Verlangen, genau wie vorige Nacht. Die Finger in sein Hemd gekrallt, wölbte sie sich seiner Hand entgegen, während er sie streichelte. Dann schob er einen Finger in sie hinein.

Ein wenig zog er den Kopf zurück, um ihr Gesicht zu sehen. Ihre Augen waren geschlossen, ihr Mund verzückt geöffnet.

Sein Glied war steinhart und lechzte danach, den Platz seines Fingers einzunehmen. Doch er ließ sich nicht dazu hinreißen. Im Moment zählte nur Sarahs Genuss. Er wollte, dass sie alles andere um sich herum vergaß.

Den Handballen von außen auf ihre empfindsamste Stelle gedrückt, streichelte er die Innenwand mit seinen Fingerstößen, zuerst nur mit einem Finger, dann mit zweien, bis sie sich keuchend wand, den Rücken durchbog und »bitte, bitte, bitte« hauchte.

Verdammt, er wollte sie schmecken. Er zog eine Spur von Küssen über ihr Nachthemd und rutschte bei jedem ein Stückchen nach unten, ließ sich Zeit bei ihren Brüsten, saugte durch den dünnen Stoff die Brustwarzen in seinen Mund, ohne dass er aufhörte, die Finger in sie hineinzustoßen. Schließlich schob er mit dem Mund das Nachthemd bis zum Bauch hinauf, küsste die kleine Narbe am Knie, die sie von ihrem Brombeerstrauchabenteuer davongetragen hatte, und drückte die Lippen auf das Dreieck dunkler Härchen, das ihr Geschlecht verbarg.

Wieder hielt sie still. »Was willst du …?« Der Rest der Frage verebbte.

»Heute Nacht«, murmelte er zwischen Küssen, »werde ich dir zeigen, wie man eine Frau noch befriedigen kann.« Er zog die Finger heraus und schob ihre Beine auseinander, um sich dazwischen niederzulassen.

Ihre Oberschenkel zitterten, und sie war so nass. Sie stand schon kurz vor der Ekstase. Er wollte sie kommen lassen, sie sollte vor Lust vergehen.

Er küsste sie auf den Hügel, dann schob er die Zunge zwischen ihre Lippen, nahm ihren frischen, süßen Geschmack in sich auf, das leichte Aroma gemähten Grases, der typisch für sie war.

Rechts und links von ihm bebten ihre Beine, und er spürte mehr, als dass er sah, wie ihre Hände nach Halt suchten. Er griff nach oben, fand ihre Hände und hielt sie still. Ihre Finger schlossen sich fest um seine, und er leckte über ihren empfindlichsten Punkt, sodass ein Ruck durch ihren Körper ging.

Die Hände an den Außenseiten ihrer Oberschenkel, drückte er die Lippen auf sie und stieß die Zunge in sie hinein. Dann konzentrierte er sich auf den kleinen Knoten, der ihr die meiste Lust verschaffte, und spürte die Welle der Erregung durch ihren Körper gehen, wann immer er es mit Lippen oder Zunge berührte.

Stöhnend packte sie seine Hand fester und legte die Beine über seine Schultern. Während er küsste und leckte, ihre Süße schmeckte, spannte sie sich immer mehr an, bis ihre Erlösung kam und ihr ganzer Körper bebte.

Und fast kam er selbst an ihrem Bettlaken. Doch er beherrschte sich und blieb auf sie konzentriert, bis es vorbei war.

Als sie sich entspannte, zog er ihr das Nachthemd über die Knie und rückte unter Küssen wieder zu ihr hinauf. Schließlich gab er ihr einen sanften Kuss auf den Mund und schaute sie an.

Er lächelte. Ihre Augen waren halb geschlossen, ihre Lippen weich und nachgiebig, ihre Wangen glänzend von einem dünnen Schweißfilm.

»Du siehst aus wie eine vollbefriedigte Frau.«

»So?«

Er nickte.

Sie schlang die Arme um ihn. »Jetzt muss ich dich befriedigen.«

»Nein, Sarah, heute Nacht nicht.«

Sie zog die Brauen zusammen. »Warum nicht?«

»Diese Nacht sollte allein dir gehören.«

»Aber du sagst andauernd, ich soll dich nicht befriedigen. Ist das denn nicht die Aufgabe der Frau?«

Er lachte leise. »Was weißt du schon davon, was Männer wollen und was Frauen tun?«

»Eine Geliebte ist doch zum Vergnügen des Mannes da. Dafür wird sie ausgehalten.«

»Möchtest du ausgehalten werden?«, fragte er verwirrt.

Sie riss die Augen auf. »Nein!«

»Ich würde es liebend gern tun.« Er gab ihr einen Kuss auf die Nase. »Was immer dein Herz begehrt, du sollst es haben«, versprach er, obwohl er wusste, dass sie nicht auf Materielles aus war.

»Nein«, wiederholte sie ein wenig bestimmter. »So ist es zwischen uns nicht, oder?«

»Das weißt du genau.«

Es gefiel ihm nicht, dass sie sich mit einer Mätresse gleichsetzte. Aber mit einem mulmigen Gefühl im Bauch erkannte er, dass sie nun im Grunde eine war.

»Simon«, murmelte sie, »lass es mich versuchen. Wahrscheinlich werde ich mich ganz ungeschickt anstellen, aber ich möchte es lernen ...«

»Nicht heute«, beschied er sanft. »Für heute ist es genug. Ich sehe es gern, wenn eine Frau sich befriedigen lässt. Wenn du dich befriedigen lässt.«

»Aber ich möchte so gern ...«

»Was? Was möchtest du?«

Mit einem Blick deutete sie nach unten auf sein Glied.

Die Unterlippe zwischen die Zähne gezogen, schaute sie ihn an. »Ich möchte dich auch zufrieden machen«, flüsterte sie.

»Das hast du schon getan, Liebste.«

Hure.

Mit diesem Wort im Kopf lag Sarah am nächsten Morgen in ihrem Bett. Sie dachte, wenn alle Leute in London wüssten, wie sie sich gestern und vorgestern Nacht benommen hatte, würden sie ihr dieses schreckliche Wort nachrufen.

Und dennoch dachte sie selbst nicht so von sich. Es war kein Blitz aus dem Himmel gefahren und hatte sie im Schlaf getroffen. Sie hatte kein schlechtes Gewissen. Sie war dieselbe Sarah Osborne wie zuvor. Ihre Ansichten über die Welt hatten sich nicht geändert. Nur ihre Gefühle für Simon waren stärker geworden.

Sie bereute nichts. Sie hatte ihm gesagt, sie werde es nicht bereuen, und so war es auch.

In den frühen Morgenstunden hatte sie in seinen Armen gelegen. Er hatte sie in ihrer Trauer um Binnie gehalten, sie getröstet, sie beschützt, sie ganz und gar umhüllt.

Noch nie hatte sie sich derart sicher gefühlt.

Mit dem Gewicht seines Armes auf ihr war sie in tiefen Schlaf gefallen. Kurz vor Morgengrauen war er von ihr weggerückt und hatte den Mund in ihre Haare geschoben. »Ich muss gehen«, hatte er gemurmelt. »Schlaf weiter, Liebste.«

Und das hatte sie getan. Tief und behaglich und warm, die Trägheit von ihrer Liebesnacht noch Stunden später in den Gliedern. Jetzt sah sie an der Helligkeit im Schlafzimmer, dass sie viel länger geschlafen hatte als sonst. Aber das war nicht weiter schlimm. Warm und zufrieden schlüpfte sie aus dem Bett.

Simon war sicherlich längst aus dem Haus, sie würde also nicht das Vergnügen haben, mit ihm zu frühstücken. Sie setzte sich an den Frisiertisch und betrachtete sich im Spiegel. Ihre Augen strahlten, aber man sah ihr noch an, dass sie geweint hatte.

Die arme Binnie.

Mit zittrigen Händen kämmte sie sich die Haare und dachte dabei an Simons feste Arme, die sie beim Weinen um sich gespürt hatte. Dies würde ein schwieriger Tag werden. Sie würde Esme und der Dienerschaft mitteilen müssen, was Binnie zugestoßen war, und sie würden an Mrs. Hope und Binnies Familie schreiben müssen.

Aber das würde sie durchstehen. Die Erinnerung an Simons tröstende Umarmung gab ihr die Kraft dazu.

12

Simon saß allein im Salon und wartete auf die Ankunft Lord Stanleys. Die Damen waren zum Einkaufen ausgegangen. Von seiner Anwesenheit ahnten sie nichts, denn in den frühen Nachmittagsstunden war er selten zu Hause. In der vergangenen Woche bei Almack's – er hatte gerade zum zweiten Mal mit Miss Stanley getanzt – trat ihr Vater an ihn heran und bat ihn um ein Treffen unter vier Augen. Simon ging darauf ein, obwohl ihm völlig klar war, was Stanley von ihm wollte.

Er wollte seine Tochter verheiraten.

Aus reiner Höflichkeit hatte Simon sich zu dem Treffen bereit erklärt und weil er Stanley bei dieser Gelegenheit klarmachen konnte, dass er seine Tochter zwar hübsch fand und ihre Gesellschaft beim Tanzen und bei Tisch schätzte, darüber hinaus jedoch keine weiteren Absichten hatte.

Früher einmal hätte er Miss Stanley als Partie ernsthaft in Erwägung gezogen. Sie würde eine überaus passende Herzogin abgeben. Es schien geradezu, als wäre sie für diese Rolle erzogen worden. Und wenn er näher darüber nachdachte, traf das sicherlich zu. Aber nachdem er ein paarmal Sarahs Bett aufgesucht hatte, hatten sich seine Pläne geändert. Er beabsichtigte nicht, sich an jemanden zu binden – zumindest nicht während dieser Saison. Zu sehr genoss er die Zeit, die er mit Sarah hatte, um dem ein Ende zu setzen.

Es klopfte an der Tür, und Tremaine teilte mit, Baron Stanley sei eingetroffen.

Simon stand auf, um den Baron zu begrüßen, und bot ihm etwas zu trinken an. Als sie beide mit einem Glas Brandy in der Hand in den königsblauen Sesseln saßen, kam er sogleich zur Sache. »Weshalb wünschten Sie mich zu sprechen?«

Stanley ließ sich Zeit mit seiner Antwort. Gemächlich trank er einen Schluck Brandy, den er im Mund behielt, um das feine Aroma zu genießen, und als er schluckte, starrte er in sein Glas. »Dachte, Sie hätten etwas gegen französische Spirituosen.«

»Nur gegen die ungesetzlich erworbenen. Dieser Brandy stammt aus den Beständen, die meinem Vater schon vor dem Krieg gehörten.«

»Ah, mir war nicht bekannt, dass der alte Herzog so vorausschauend war.«

Simon würdigte die Bemerkung keiner Antwort. Eine volle Minute verging mit Schweigen. Dann setzte Stanley behutsam sein Glas auf den runden Mahagonitisch neben seinem Sessel.

»Ich bin wegen meiner Tochter Georgina gekommen.«

Simon neigte fragend den Kopf und setzte eine leicht betroffene Miene auf. »So?«

Stanleys Blick wurde aufmerksam, mit Argusaugen verfolgte er Simons Mienenspiel. »Obwohl Sie sich in der Ballsaison vergangener Jahre stets rargemacht haben, haben Sie, wenn Sie doch einmal anwesend waren, meiner Tochter einen bemerkenswerten Anteil Ihrer Aufmerksamkeit zuteilwerden lassen.«

Simon nippte an seinem Glas. »Miss Stanley war wohl überall eingeladen, wo ich zu erscheinen gedachte. Es ist erfreulich, ein bekanntes Gesicht in der Menge zu sehen.«

»Erfreulich, wie?« Stanley lachte freudlos, und seine schmalen Augen funkelten stahlblau. »Zweifellos. Ein bekanntes und noch dazu schönes Gesicht. Mögen Sie meine Tochter?«

Simon wählte seine Worte mit Bedacht. »Sie ist eine schöne Erscheinung und angenehme Gesprächspartnerin. Sie haben sie bestens erzogen, Stanley. Eines Tages wird sie eine exzellente Gattin abgeben.«

Stanley lehnte sich zurück. »Sie machen Ihre Absichten also deutlich.«

Simon zog die Brauen hoch. »Ich versichere Ihnen, ich habe bezüglich Miss Stanley keine Absichten. Überhaupt keine, außer natürlich einer freundschaftlichen Beziehung, da wir Nachbarn sind.«

»Ich verstehe.« Stanley musterte ihn, dann sagte er freundlich: »Georgina würde von einer Verbindung mit Ihnen profitieren, Trent. Sogar unsere gesamte Familie.«

Simon schwieg, da sie beide wussten, wie sehr dies zutraf. Stanley war ein begüterter Baron, aber Simon gehörte zur Spitze der Gesellschaft, und Stanleys Baronie erlaubte ihm nur teilweise Zugang zu dem erlauchten Kreis, der die Macht besaß, Könige zu stürzen. Diesen hatte Stanley immer angestrebt, das wusste Simon genau. Verdammt, das wusste jeder, der den Mann einmal ansah. Der Ehrgeiz stand ihm ins Gesicht geschrieben. Und wenn er seine Tochter mit Simon vermählte, würde das ihm und seinem Erben mehr Einfluss und Privilegien verschaffen.

»Aber ich denke, die Verbindung wäre auch für Sie von Vorteil.«

Simon fragte nicht nach. Wozu auch? Welchen »Vorteil« Stanley darin auch sehen mochte, für Simon war das bedeutungslos, da er Georgina trotzdem nicht heiraten würde. »Das mag schon sein«, sagte er stattdessen. »Ich fühle mich geehrt, weil Sie erwägen, mir die Hand Ihrer Tochter zu geben, glauben Sie mir, denn ich weiß, wie sehr sie Ihnen am Herzen liegt.« Das wusste er freilich nicht, aber Stanley empfand sicherlich wie die meisten Väter auch. »Wie ich schon sagte, sie wird eine exzellente Gattin abgeben. Ich bin sicher, sie wird eine ausgezeichnete Partie machen, die alle Beteiligten zufriedenstellt.«

Stanley stieß einen schweren Seufzer aus. »Das ist bedauerlich.«

Simon bedachte den Mann mit einem verkniffenen Lächeln. »Ganz sicher nicht. Wenn Sie das Glück Ihrer Tochter im Sinn haben, wäre eine Verbindung mit mir nicht ideal.«

Stanley zog die Brauen hoch. »So? Soll das heißen, Sie würden meine Tochter unglücklich machen?«

»Nicht absichtlich«, erklärte Simon. »Aber sie liebt mich nicht, Stanley. Das wird Ihnen doch klar sein.«

»Ganz und gar nicht. Wenn Sie beide zusammen sind, sehe ich es deutlich: Sie ist von Ihnen begeistert.«

Simon runzelte die Stirn. Nein. Sie war aufmerksam und kokett, manchmal zu kokett. Simon hatte das allerdings immer für gespielt gehalten. Das hatte sie sich bei zahlreichen jungen Damen ihres Kalibers abgeschaut. Stanley würde doch sicher nicht glauben, dieses Verhalten entspränge wahrer Zuneigung?

Simon wusste, wie es sich anfühlte, wirklich geliebt zu werden – Sarah hatte es ihm gezeigt.

Es bereitete ihm Bauchschmerzen, als er mitten in diesem Gespräch über eine Heirat mit Georgina Stanley von Gedanken an Sarah und den entsprechenden Bildern überschwemmt wurde.

Stanley beugte sich leicht vor, die Hände über seinem flachen Bauch gefaltet. »Sagen Sie es mir ganz ehrlich, Trent: Darf ich ein wenig darauf hoffen, dass sich Ihre Gefühle noch ändern? Muss ich zu meiner Tochter zurückkehren und ihre Träume zunichtemachen?«

Ihre Träume zunichtemachen? Gütiger Himmel, wie war es so weit gekommen?

Er schüttelte den Kopf. »Ich bedaure, Stanley.« Und das meinte er aufrichtig.

»Ich ebenfalls.« Die Lider halb gesenkt, griff Stanley nach seinem Glas und trank einen großen Schluck Brandy. Als er es absetzte und den Blick hob, sah Simon einen Gesichtsausdruck, der ihm überhaupt nicht gefiel.

»Ich bedaure, was ich jetzt tun muss«, sagte der Baron.

»Was meinen Sie?«

»Ich weigere mich schlechterdings, die Träume meiner Tochter zu zerstören. Darum muss ich zu extremen Mitteln greifen, fürchte ich.«

Simon schloss die Hände um die Armlehnen seines Sessels. Sein Halstuch saß ihm plötzlich viel zu eng. »Wollen Sie mir drohen, Stanley? In meinem Hause?«, fragte er gefährlich leise.

»So würde ich es nicht nennen«, antwortete Stanley. »Aber ich schicke mich nun an, Ihnen etwas mitzuteilen, das Sie nicht gern hören werden.«

Simons Gedanken überschlugen sich. Konnte Stanley wissen, was der Herzogin zugestoßen war? Wollte er ihm die Nachricht von ihrem Tod überbringen? War das die unangenehme Mitteilung, die Simon nicht gern hören würde? Aber was konnte das mit Georgina Stanley und der Frage ihrer Heirat zu tun haben?

Simon wartete angespannt.

»Es hat mit Ihrer Familie zu tun. Genauer gesagt mit Ihren Brüdern.« Stanley zögerte, die Hände um sein nunmehr leeres Glas gelegt, dann neigte er den Kopf zur Seite und kniff die Augen zusammen. »Wissen Sie, ich kenne die Wahrheit.«

Simon wartete auf eine nähere Erklärung, aber da einige

Sekunden verstrichen und der Baron schwieg, fragte er: »Welche Wahrheit?«

»Über Ihre Brüder.«

Simons Anspannung wuchs, soweit das noch möglich war. »Was ist mit ihnen?«

Stanley neigte den Kopf noch ein wenig mehr und stieß den Atem zwischen leicht geöffneten Lippen hervor. Dann sagte er sehr leise: »Sie wissen es nicht.«

»Was zum Teufel reden Sie da?«

Stanley lehnte sich zurück. Seine kalten Augen wurden langsam größer. »Sie wissen es nicht«, sagte er ehrlich verblüfft. »Mein Gott, sie hat es all die Jahre vor Ihnen geheim gehalten. Erstaunlich.«

»Was denn?« Simon stand auf.

Stanley starrte ihn bloß an, während er auf ihn zutrat.

»Wovon reden Sie, Stanley? Heraus damit.«

»Ich hätte es mir denken können. Die beiden waren immer sehr gerissen. Natürlich haben sie es Ihnen nicht verraten.«

»Mir was verraten?«

Stanley blickte ihn noch immer an, als sähe er ihn zum ersten Mal. »Der verlorene Sohn«, murmelte er. »So anders als seine Eltern.«

Simon ballte die Hände zu Fäusten. Wenn der Mann nicht bald zum Punkt kam, würde er ihn erwürgen.

Stanley hob sein Glas. »Trinken wir noch einen?«

Zähneknirschend nahm Simon ihm das Glas aus der Hand und ging zur Anrichte, um Brandy nachzuschenken. Er ließ sich Zeit. Mit dem Rücken zu seinem Besucher atmete er einige Male tief durch, um sich zu beruhigen. Als er zu Stanley zurückkehrte und ihm das Glas reichte, blieb er stehen. »Ich wüsste gern, ob Sie die Absicht haben, mir zu sagen, worum es hier geht.«

Stanley nahm einen großen Schluck, und als er das Glas senkte, war es zur Hälfte geleert. »Da Sie eindeutig ahnungslos sind, sollte ich wohl von Anfang an erzählen. Setzen Sie sich, Trent. Sie werden es nötig haben.«

Wortlos nahm Simon seinen Platz wieder ein.

»Samson, Ihr älterer Bruder, ist ein Bastard«, verkündete Stanley. »Er ist der illegitime Sohn Ihrer Mutter und eines Unbekannten, das weiß jeder.«

Simon verschränkte die Arme. Gewöhnlich duldete er es nicht, wenn Leute Sam einen Bastard nannten – aber gewöhnlich wagte das in seiner Gegenwart keiner. Sam war zwei Jahre älter als er, und er bewunderte und respektierte ihn. Ihre Mutter hatte es ebenfalls nicht geduldet, wenn jemand schlecht über Sam sprach.

»Ganz England fand es damals überraschend, aber Ihr Vater wollte Ihre Mutter trotzdem, selbst nach ihrem allgemein bekannten Fehltritt. Bevor Sie zur Welt kamen, wurden sie von den Klatschmäulern nur der Wüstling und seine Hure genannt.«

Simon blickte kalt auf den Baron. All das wusste er bereits. Er hatte die meiste Zeit seines Lebens darauf verwendet, den Namen seiner Familie nach den vielen Skandalen, die seine Eltern ausgelöst hatten, wieder reinzuwaschen.

»Kurz nach Ihrer Geburt wurde der Herzog Ihrer Mutter überdrüssig«, fuhr Stanley fort. »Er nahm sich in der Stadt eine Mätresse.« Er hielt inne, um von seinem Brandy zu trinken.

Simon kniff die Lippen zusammen. Die Beziehung seiner Eltern war extrem kompliziert und für seinen noch jugendlichen Verstand schwer zu begreifen gewesen. Bis Theo zur Welt kam, hatten sie jedoch zu einem Arrangement gefunden, das ihnen erlaubte, in Frieden zu leben – nicht per se als Mann und Frau, aber zumindest konnten sie in derselben Gegend und zuweilen sogar im selben Haus leben, ohne ständig die heftigen Streite vom Zaun zu brechen, an die er sich noch gut erinnerte.

»Das weiß ich alles«, sagte er ungehalten. »Kommen Sie zum Punkt.«

»Geduld, Junge.« Stanley senkte das Glas. »Ihre Mutter war über die mangelnde Aufmerksamkeit Ihres Vaters außer sich. Sie holte sich anderswo Trost.«

Simon gefiel es nicht, wie Stanley das Wort Trost betonte.

»Nämlich bei mir.« Stanley gab Simon ein paar Augenblicke Zeit, um das Gesagte zu begreifen, dann fuhr er fort: »Ich war damals noch jung und unverheiratet. Ein Nachbar. Ein Freund. Wir hatten eine kurze, heiße Affäre, viele heimliche Treffen in den Wiesen zwischen Ironwood Park und meinem Anwesen.« Er zögerte einen Moment lang. »Leider, Trent, ist Ihr Bruder, Lord Lukas, kein Hawkins, sondern ein Stanley.«

Jedes Wort, das Stanley sprach, schnürte Simon die Luft ab. »Sie lügen«, brachte er mühsam hervor.

»Oh, keineswegs, das versichere ich Ihnen.«

»Ich glaube Ihnen nicht.«

»Das sollten Sie aber.« Nun klang Stanley gefährlich leise. Das Machtgefälle hatte sich zu seinen Gunsten verändert, und er wusste das. »Ich kann es beweisen.«

»Wie?«

»Anhand eines schriftlichen Dokuments«, sagte Stanley. »Ein Dokument, beglaubigt vom Anwalt Ihrer Eltern, worin ich mich bereit erkläre, keine Ansprüche auf den Jungen geltend zu machen, solange der alte Herzog von Trent am Leben ist.«

Simon verzog spöttisch den Mund. »Das kommt mir doch

unsinnig vor. Wenn es wahr ist, was Sie behaupten, warum sollte meine Mutter einen Beweis ihrer Untreue, der noch dazu ihr Kind als illegitim ausweist, existieren lassen?«

Stanley lächelte verschlagen. »Ich plane voraus, Trent. Ich war darauf vorbereitet, meine Verbindung zu dem Kind damals aufzudecken, aber ihre Position beim Herzog war in Gefahr. Er fand unsere Liaison heraus und drohte ihr mit der Scheidung. Sie konnte ihn umstimmen, wusste jedoch, wenn ich ihre Tändelei mit mir der Öffentlichkeit preisgäbe, würde er die Drohung wahrmachen. Daher verlangte ich, dieses Dokument aufzusetzen, in dem Wissen, dass es für mich irgendwann vorteilhaft wäre, meine Vaterschaft auszuspielen.«

Simon schwirrte der Kopf. Luke konnte unmöglich davon wissen – anderenfalls hätte er das bei einem seiner betrunkenen Wutanfälle, mit denen er Simon seit Jahren plagte, schon ausgeplaudert.

Das würde Luke vernichten. Er stand bereits auf der Kippe. Diese Neuigkeit würde sein Leben endgültig zum Scheitern bringen.

»Sehen Sie nicht die Ähnlichkeit zwischen ihm und mir?«, fragte Stanley mit leiser Belustigung. »Ich sehe sie. Er kommt nach mir, eindeutig.« Er deutete auf sein Gesicht. »Wir haben die gleichen Augen.«

Simon starrte Stanley an. Jetzt, da er darauf hingewiesen wurde, war es unverkennbar. Luke hatte tatsächlich Stanleys Augen, sie stimmten in Form und Farbe überein. Aber da war noch mehr. Der Schnitt des Gesichts war nahezu gleich. Ebenso das dunkle Blond der Haare.

»Sie sehen entsetzt aus, Trent.« Stanley war wieder ganz entspannt. Der Bastard hatte Spaß an der Sache, weidete sich an Simons Bestürzung. »Aber das ist erst der Anfang meiner Geschichte. Es gibt noch viel mehr zu erzählen.«

Simon zog es den Magen zusammen. »Was meinen Sie? Was kann da noch sein?« Eigentlich hatte er genug umwälzende Neuigkeiten für einen Tag gehört.

Stanley lächelte grimmig. »Was meine Abmachung mit Ihren Eltern angeht, sollten Sie wissen, dass ich nicht den Wunsch hege, Lukas als meinen Sohn zu beanspruchen. Ich kann keinen Bastard gebrauchen, erst recht keinen, der so verkommen ist.«

»Warum sagen Sie mir das dann?«

Stanley gab darauf keine Antwort. Er erzählte ungerührt weiter. »Einige Jahre vergingen, und Ihre Mutter reiste auf den Kontinent und blieb dort recht lange. Vielleicht erinnern Sie sich – meiner Ansicht nach ließ sie Sie und Ihre beiden Halbbrüder in der Obhut der Gouvernante auf Ironwood Park zurück. Unsere Affäre war da längst vorbei. Als sie heimkehrte, hatte sie einen weiteren, angeblich ehelichen Sohn.«

»Mark.«

»Ja, Markus. Und zwei Jahre später bekam sie Theodore.«

Simon blickte ihn abwartend an.

»Auch die beiden sind unehelich gezeugt.«

»Nein«, widersprach Simon zuversichtlich. »Das ist unmöglich.«

»Allerdings sind sie nicht mit Ihrer Mutter blutsverwandt. Sie stammen aus der Verbindung zwischen Ihrem Vater und seiner Geliebten Fiona Atwood. Ihre Mutter schickte Fiona nach Frankreich, dann zahlte sie ihr einen schönen Batzen Geld, damit sie den Säugling sofort nach der Geburt an sie abgab. Nach Theodore hatte Ihre Mutter genug. Sie gab Fiona noch einmal viel Geld, damit sie verschwände und sich in London – oder beim Herzog – nie wieder blicken ließe.«

»Das können Sie gar nicht wissen.«

»Oh doch.« Stanley lächelte dünn. »Sehen Sie, die schöne

Fiona war nicht nur die Geliebte des Herzogs von Trent. Wenn er nicht mit ihr zugange war, tat sie es mit mir.«

»Oh Gott«, murmelte Simon. Hatte die Generation ihrer Eltern bei ihren lasziven Spielen denn gar keine Grenzen gekannt?

Stanley behielt das Lächeln bei, das eher einer Grimasse glich. »Ich tröstete die Frau, während ihr Bauch vom Samen eines anderen Mannes wuchs, und ich gab ihr Halt, nachdem man ihr die Söhne weggenommen hatte. Ich weiß, wo sie ist. Wenn Sie wirklich einen Beweis wollen, kann ich Ihnen sagen, wo Sie sie finden.«

Theos und Marks Mutter. Nein, das wollte Simon nicht in den Kopf. Ihre Mutter war seine Mutter – die Frau, die nun über einen Monat verschwunden war. Die Frau, die sie alle zusammen aufgezogen hatte.

Simon blickte Stanley höhnisch an. »Erzählen Sie mir nicht, Esme sei auch ein uneheliches Kind.«

»Oh, das nehme ich an. Sie hat nichts vom Aussehen Ihres Vaters und sieht auch Ihnen nicht ähnlich. Ganz zu schweigen davon, dass Ihr Vater bereits todkrank war, als sie gezeugt wurde. Es hätte vonseiten Ihrer Mutter einiger heroischer Anstrengungen bedurft, um den Herzog zu ermutigen, sich der Situation gewachsen zu zeigen, sozusagen.« Stanley lachte trocken. »Das sind jedoch nur Mutmaßungen. Zur Unehelichkeit Ihrer Schwester habe ich keine Beweise. Wohl aber zu der Ihrer Brüder.« Er schwieg einen Moment lang und schmunzelte. »Wie gefallen Ihnen diese Neuigkeiten, Trent?«

»Nicht gut.« Simon war schwindlig – als wäre die Welt aus den Angeln gehoben und er verzweifelt bemüht, sie geradezurücken.

»Das dachte ich mir.«

Erneut schloss Simon die Hände um die Armlehnen seines Sessels. »So. Was treibt Sie, mir all diese« – *Lügen, lauter Lügen müssen das sein* – »Dinge zu erzählen, Stanley?«

»Es wäre doch tragisch für die Hawkins, wenn die Wahrheit herauskäme, nicht wahr?«, sagte Stanley sanft. »Für Ihre drei Brüder wäre es vernichtend, da sie von Geburt an ihre gesellschaftliche Stellung genießen. Besonders mein Sprössling, Lord Lukas. Ganz plötzlich«, er schnippte mit den Fingern, »wäre er nicht mehr Ihr Erbe. Und der Skandal erst ...« Stanley schüttelte den Kopf und stieß einen leisen Pfiff aus.

Simon starrte ihn an.

»Darum, Trent, müssten Sie großes Interesse daran haben, meiner Tochter einen Heiratsantrag zu machen. Nur so können Sie den Namen Ihrer Familie schützen. Und Lukas als Erben behalten. Und Theodores und Markus' gesellschaftliche Stellung bewahren und ihnen ihre Zukunft als angesehene Mitglieder des Adels sichern – übrigens eine sehr glänzende, wie mir versichert wurde.«

»Denn wenn ich Miss Stanley nicht heirate«, schloss Simon kaum hörbar, »werden Sie die Welt darüber in Kenntnis setzen, dass meine Brüder Bastarde sind.«

Stanleys Lächeln offenbarte eine Reihe braunfleckiger Zähne. »Ganz recht. Und meine Mutmaßungen über Ihre Schwester werde ich mit einstreuen. Jeder wird mir glauben, denn jeder erinnert sich noch an – wie soll ich es nennen? – den intensiven Lebensstil Ihrer Eltern. Und wenn nicht, habe ich das Dokument. Ihre Brüder werden dann ruiniert sein, und Ihre Schwester wird für den Rest ihres Lebens argwöhnischen Blicken begegnen.«

»Den Beweis würde ich gern sehen, den Sie zu haben behaupten.«

»Und das sollen Sie auch«, sagte Stanley gnädig. Er stand

auf. »Ich sehe wohl, wie Ihnen von alldem der Kopf schwirrt, Trent. Darum werde ich Ihnen etwas Zeit geben, die Wahrheit auf sich wirken zu lassen. Denken Sie sorgfältig darüber nach. Nächste Woche um die gleiche Zeit werde ich zu Ihnen kommen, und dann erwarte ich eine Antwort. Ich ermutige Sie herzlich, sich für die Heirat mit meiner schönen, unschuldigen und ehrbaren Tochter zu entscheiden und Ihren Geschwistern die Schande zu ersparen.« Er schritt zur Tür. »Guten Tag.«

Und ohne ein weiteres Wort verließ Stanley den Raum, und Simon blickte ihm wie betäubt hinterher.

Es ging auf Mitternacht zu, als er an dem Abend zu ihr kam. Der Regen schlug gegen die Scheiben, und die Kühle drang durch die Fensterritzen herein. Sarah saß in ihrem warmen Flanellnachthemd im Sessel und las einen Roman, konnte sich aber kaum auf eine Zeile konzentrieren.

Die ganze Zeit fragte sie sich unruhig, ob er kommen würde – sie hatte ihn den ganzen Nachmittag nicht gesehen –, und so seufzte sie erleichtert, als sie die Türklinke quietschen hörte, während ihr Körper sich in der Erwartung seiner Berührung anspannte.

»Ich habe dich heute vermisst.« Sie legte das Buch beiseite, als er eintrat und die Tür hinter sich schloss, und ging ihm entgegen, um ihn zur Begrüßung in die Arme zu schließen.

Doch angesichts seiner düsteren Miene blieb sie abrupt stehen.

»Was hast du? Gibt es wieder schlechte Neuigkeiten?« Zwei Tage nachdem sie von Binnies Tod erfahren hatten, hatte Simon einen Ermittler in seinen Dienst genommen.

Inzwischen war fast eine Woche vergangen, und bislang hatte der Mann nichts herausgefunden.

Simon stand, die Arme schlaff an den Seiten, in der Mitte des Zimmers. Bei ihrer Frage senkte er den Kopf und schloss die Augen. »Nein. Kein Wort.«

»Was ist denn?«

Darauf blickte er sie an, das Gesicht starr, die grünen Augen glänzend. »Komm her«, sagte er verdrießlich.

Sie tat es, und er zog sie an sich.

»Ich möchte nicht darüber sprechen«, murmelte er in ihre Haare. »Ich möchte nur bei dir sein.«

Sie strich ihm mit den Fingern durch die seidigen Haare am Hinterkopf. »Gut.« Sie wusste, er würde ihr irgendwann erzählen, was ihn quälte.

Ein Schauder durchlief ihn, und sie hielt ihn fester. »Ist schon gut. Du brauchst es mir nicht zu sagen.«

»Sarah«, wisperte er. Dann küsste er sie besitzergreifend, und wäre sie nicht schon für jeden anderen Mann verloren gewesen, so wäre sie es spätestens jetzt. Sie wollte ihn voll und ganz, ließ sich willig küssen, bis jeder Nerv in ihr vibrierte.

Mit nestelnden Fingern begann er ihr Nachthemd aufzuknöpfen, doch sie schlüpfte aus seinem Arm, zog es sich über den Kopf und warf es zu Boden.

Sie hatte nichts darunter angehabt. Mit angehaltenem Atem hob sie den Kopf, um ihn anzusehen. Er verschlang sie mit Blicken. »Verdammt. Du bist so schön.«

Bei seinem Fluch – er fluchte selten – und der sonderbaren Verbindung mit einem Kompliment riss sie die Augen auf, aber davon abgesehen wehrte sie sich nicht und sprach kein Wort.

Während er ihren Blick festhielt, zog er sich ebenfalls aus.

Beginnend beim Hemd entblößte er seinen blassen muskulösen Oberkörper, dann öffnete er die Knöpfe seiner Hose, setzte sich auf die Bettkante und streifte sie von den Beinen.

Sarahs Atem ging schneller. Er war nun splitterfasernackt.

Langsam wanderte ihr Blick abwärts über sein Gesicht, weidete sich an den starken Schultern, strich über die festen kleinen Brustwarzen, an denen auch er so empfindlich war, und über seinen flachen Bauch zu den schmalen Hüften.

Männliche Schönheit in Person.

Und da war sein Geschlecht, das zwischen seinen Beinen aufragte, die Haut dunkler als am übrigen Körper. Lang und dick. Es zuckte unter ihrem neugierigen Blick, und da schaute sie ihm ins Gesicht. Ein Mundwinkel hob sich zu einem schiefen Lächeln, das ihr die Hitze in die Wangen trieb.

»Ich habe noch nie ... also, außer bei Laokoon«, stammelte sie. »Und deiner ... ist größer. Länger. Und dunkler.«

»Laokoon kämpft um sein Leben«, sagte Simon leise. »Ich wette, der Bildhauer fand Erregung in seiner Lage unpassend.«

»Richtig. Ja. Natürlich.«

Sein Lächeln wurde breiter und brachte das Kinngrübchen hervor. »Komm zu mir.«

Sie setzte sich neben ihn auf den Bettrand. Er legte eine Hand um ihren Nacken und zog sie zu einem Kuss heran, zu einem sanften, verführerischen, bei dem er sie mit Lippen und Zunge liebkoste, bis sie vor Lust in seinen Mund seufzte. Seine Hand wanderte vom Nacken über ihre Schulter und den Arm hinab. Er nahm ihre Hand und bewegte sie über sein Glied.

Sie keuchte auf, als sie die Wärme darin spürte. Er schloss seine Hand um ihre Finger und bewegte sie auf und ab.

Sein Glied war stahlhart und heiß und fühlte sich ganz samtig an.

»Simon«, wisperte sie.

Er unterbrach den Kuss und hielt ihre Hand still. »Was ist, Liebste?«

Ihr stockte der Atem, wie immer, wenn er sie so nannte. Sie schaute ihn an. »Ich möchte dein werden«, sagte sie. »Ganz und gar. Heute Nacht. Bitte.«

Sie hatte ihn schon einmal darum gebeten. Er war so oft wie möglich zu ihr gekommen – drei Mal in der vergangenen Woche. Sie hatten sich geküsst und gestreichelt. Er hatte virtuos mit ihr gespielt, ihre Saiten gezupft, bis ihr Körper summte und vibrierte und sie Höhepunkte erreichte, die sie nicht für möglich gehalten hätte. Das waren die glücklichsten Nächte ihres Lebens gewesen, und ihr Glücksgefühl hatte sie noch den ganzen folgenden Tag ausgefüllt, sodass Esme bemerkte, sie sähe plötzlich so strahlend aus.

Aber den letzten Schritt war er nicht gegangen, und das verstand sie nicht. Er hatte ihr nicht erlaubt, ihm den gleichen Liebesdienst zu erweisen. Das wollte sie gern tun. Schon in der ersten Nacht, und seitdem war ihr Verlangen danach gewachsen.

Er lehnte seine Stirn an ihre und fasste mit beiden Händen um ihre Wangen. »Sarah …« Seine Stimme brach, und sein Atem strich über ihre Lippen. »Wenn ich dir nun sagen würde, dass ich heute Nacht zum letzten Mal bei dir bin? Dass dies die letzte Nacht ist, in der wir so zusammen sein können? Würdest du es mir trotzdem schenken?«

Sie dachte ernst darüber nach.

Dass dieser Tag käme, war ihr klar gewesen. Der Tag, an dem dieses Glück, diese vollkommene Unbeschwertheit enden würde. Der Tag, nach dem er nicht mehr ihr Geliebter sein durfte. Nicht einmal mehr ihr Freund. Der Tag, an dem sie für ihn wieder zur bloßen Dienerin werden würde.

Sie durfte sich keine Illusionen machen. Sie saugte die Zeit mit ihm über die Haut auf und würde später, wenn sie einsam war, davon zehren. Eine andere Wahl blieb ihr nicht.

»Ja, das würde ich tun«, antwortete sie ruhig.

»Warum?«

»Weil ...« Sie strich ihm über die Wange, die rau war von den nachgewachsenen Bartstoppeln. »Ich möchte, dass du es bekommst.« Denn wenn er ihr die Jungfräulichkeit nahm, besaß er sie für immer. »Und es ist nicht nur das. Ich habe auch einen ganz selbstsüchtigen Grund dafür. Einfach ausgedrückt: Ich will dich.«

Sie wollte wissen, wie es war, restlos geliebt zu werden. Von Simon. Einen anderen würde es nicht geben.

Er gab ein leises Stöhnen von sich, aber dann fragte er: »Du würdest es nicht bereuen?«

»Niemals«, flüsterte sie. Ganz gleich, was danach passierte, und das war die Wahrheit.

Er legte sie aufs Bett, und seine grünen Augen funkelten in dem spärlichen Licht der einen Lampe, die am anderen Ende des Zimmers flackerte.

»Dann lass uns nicht weiter an morgen denken. Das Heute gehört uns.«

13

Simons Berührung war ungeheuer erregend, brachte Sarahs ganzen Körper zum Kribbeln und zum Beben.

»Ich will dich befriedigen«, protestierte sie.

»Das befriedigt mich.« Er schob die Finger in sie. Federleicht glitt er über die Stelle, bei der sie vor Lust keuchte. Sein Mund schien überall zugleich zu sein, auf ihren Lippen, auf ihren Brüsten, liebkoste ihren Nacken, ihren Bauch, ihre Hüften und Oberschenkel, streichelte sie zusammen mit den Fingern zwischen den Beinen.

»Dich zu beobachten, deine Erregung zu sehen«, sagte er küssend und streichelnd. »Das befriedigt mich.«

Und schneller als erwartet überkam sie die Ekstase. So hatte er sie genannt, die Erregung, die durch ihren Körper wogte, sich von einem Punkt ausgehend in alle Glieder ausbreitete. Ihr Körper erbebte, und seine Finger glitten durch die zunehmende Nässe zwischen ihren Beinen.

»Ich spüre es, wenn du kommst, Sarah. Ich fühle die Erlösung, deine Lust. Und das befriedigt mich.«

Er streichelte sie, bis sie sich hin und her wand, bis ihre berührungssatte Haut zu empfindlich wurde, und dann zog er sich schließlich zurück, legte sich neben sie und drückte sie an sich. Von den Zehen bis zu den Lippen lagen sie aneinandergeschmiegt, und bei jedem Atemzug roch sie den würzigen Zederndeuft seiner Haut.

Sie mochte befriedigt sein, er war es nicht. Er war angespannt und heiß, seine Männlichkeit hart und schwer an ihrem Oberschenkel.

»Wie sagst du dazu?«

»Wie sage ich wozu?«, brummte er in ihr Haar.

»Dazu.« Sie schob die Hand zwischen sie und berührte ihn flüchtig. »Sagst du Männlichkeit? Oder Glied? Ich glaube, andere Ausdrücke kenne ich nicht.«

Er lachte leise. »Es gibt viele. Welchen würdest du vorziehen? Den lateinischen Penis, den gebildeten Phallus?«

»Ach ja, diese beiden Wörter habe ich doch schon ein- oder zweimal gehört«, überlegte sie.

»Dann gibt es die verhüllenden Ausdrücke: Ständer, Lanze, Latte, Türklopfer.«

Sie schnaubte, und dann krümmte sie sich vor Lachen. »Türklopfer?«

»Meine Schulkameraden in Cambridge sagten das oft.«

»Das kann ich durchaus verstehen. Schließlich ... klopft er an gewisse Eingänge.«

»Das tut er.« Er lachte glucksend in ihre weichen Haare. »Und ganz zu schweigen von dem Nudelholz.«

»Nein!« Sie bebte vor Lachen.

»Doch.«

»Gibt es noch mehr?« Sie strich über seine seidige Haut, und er erzitterte.

»Ach, so viele. Es gibt noch viel vulgärere Ausdrücke. Pimmel. Oder Fleischpeitsche.«

Sie quiekte und drückte das Gesicht an seine Schulter.

»Aber ich verrate dir viel lieber, welches Wort ich meistens benutze. Das Körperteil, das du gerade mit den Fingerspitzen verrückt machst, nenne ich Schwanz.«

Sie blickte auf und zog verwirrt die Brauen zusammen. »Schwanz wie beim Hund?«

Er lachte lauter. »Ich versichere dir, meiner ist vorne und unbehaart.«

»Was für ein sonderbarer Ausdruck.« Dann schmunzelte sie. »Ich werde wohl keinen Hund mehr mit denselben Augen sehen wie bisher. Aber ich muss zugeben, es besteht eine gewisse Ähnlichkeit in der Form …«

Mit einem Kuss schnitt er ihr das Wort ab. Er hielt sie in seinen Armen wie in einem warmen, starken Kokon, ein Bein über ihre gelegt, sein Glied an ihren Hügel gedrückt.

Sie rieb sich an ihm und sah, wie sich in seinem Gesicht die Falten der Anspannung vertieften. Seine Selbstbeherrschung war groß, doch sie konnte erkennen, dass er in den vergangenen paar Tagen auf eine harte Probe gestellt worden war.

Aber jetzt sollte damit Schluss sein, wenn es nur nach ihr ginge.

»Nimm mich«, flüsterte sie und biss ihm sacht ins Ohrläppchen.

Er drehte sie auf den Rücken und stemmte sich über ihr auf die Arme, um sich über sie gleiten zu lassen, und seine Hitze streichelte die Kuhle zwischen ihren geschlossenen Beinen.

»Das wird wehtun.« Seine Stimme klang anders, schroff und rau. Mit glänzenden Augen schaute er an ihr hinunter. »Du weißt, ich will dir nicht wehtun.«

Und genau deshalb würde sie damit zurechtkommen. »Ja«, flüsterte sie. »Ich weiß.«

Er senkte die Lippen auf ihre Haare, strich damit über den Haaransatz hinter dem Ohr. »Mein Körper sagt, ich soll dich hart nehmen, dich rücksichtslos in Besitz nehmen, dich zur Meinen machen, dir ein für alle Mal die Unschuld rauben.«

Sie stöhnte laut bei der Vorstellung. Sie wollte das auch. Sie wollte sich ihm hingeben. Sie wollte ihm gehören, von ihm genommen werden, und sie wollte ihre Unschuld an ihn verlieren.

»Aber ich darf nicht. Das würde noch mehr wehtun. Ich muss es langsam tun. Und du musst mir sagen, wenn es dir zu viel wird und ich aufhören soll.«

»Bestimmt nicht«, versprach sie. Als offenkundige Einladung spreizte sie die Beine, winkelte sie an und legte ihre Waden über seine Oberschenkel.

»Sarah«, krächzte er. Dann, auf einen Arm gestützt, griff er nach unten, um ihn in sie einzuführen. Zuerst berührte er sie, denn ihre Haut war noch so empfindlich von ihrem vorigen Höhepunkt. Sie erzitterte, und er hielt inne. Er öffnete die halb gesenkten Lider und sah ihr in die Augen.

Er sagte kein Wort und sie auch nicht. Stattdessen wölbte sie sich ihm entgegen, bat ihn damit, weiterzumachen. Und dann fühlte sie, wie er seine dicke Eichel in sie hineindrückte.

Zu Anfang tat es nicht weh. Aber dann, während er Zoll um Zoll in sie eindrang, schien er noch größer und länger zu werden, zu groß für sie, und einen Moment lang bekam sie Angst, er könnte sie innen aufreißen.

Er spürte es. Heftig atmend zog er sich zurück, und ihr Schreck ließ nach. Wieder begegnete sie seinem Blick. Nein, die Angst war unnötig. Ihr Körper war schließlich dafür geschaffen. Das wusste sie genau. Erneut wölbte sie sich ihm entgegen.

Langsam schob er sich in sie hinein. Diesmal tat es nicht mehr ganz so weh. Er hielt sich eisern zurück, aber er zitterte. Ihm stand der Schweiß auf der Stirn. Und sie wusste, es brachte ihn fast um, es so langsam zu tun.

Er war noch nicht ganz in ihr und zog sich schon wieder zurück. Sie fühlte sich wund, doch sie würde es überleben. Angst hatte sie nicht mehr. Die war wirklich grundlos – noch keine Frau war gestorben, während der Mann, den sie liebte, sie entjungferte.

»Nicht«, flüsterte sie. Dabei schob sie die Hände seinen muskulösen Rücken hinunter und fasste um seinen Hintern. Sie hob das Becken an und drückte ihn gleichzeitig in sich hinein. Sie wollte ihn ganz in sich haben.

Und er trieb sich in sie hinein. Die Woge des Schmerzes erreichte die Spitze, und sie stieß einen kleinen Schrei aus. Aber dann ließ der Schmerz nach und war nur noch dumpf zu spüren.

Sie keuchte. Sie fühlte sich ganz ausgefüllt, als berührte er ihr gesamtes Inneres und zugleich ihr Äußeres.

Sie steckten ineinander, waren eins. Ein mächtiger Schauder der Erregung durchlief sie. »Oh Simon«, wisperte sie. Und plötzlich war sie den Tränen nahe und hatte nicht die geringste Erklärung dafür.

Als er sich zu bewegen begann, vergaß sie die Tränen. Während er sie bei jedem Stoß und Rückzug von innen streichelte, zog sie sich um ihn zusammen und umschloss ihn wie eine lüsterne Faust.

Er schob die Finger in ihre Haare, aber sie bezweifelte, dass ihm das überhaupt bewusst war – sie selbst nahm es ja kaum wahr. Ihr übriger Körper war so voller Empfindungen. Es gab nichts anderes. Nichts außer dem süßen, erfüllenden Gefühl, dass er in ihr war, sie endlich besaß.

Ihr Körper zog sich um ihn zusammen. Unwillkürlich schlang sie die Beine fester um seine Schenkel, kippte das Becken stärker an, damit er tiefer eindringen konnte.

»Mehr«, hauchte sie, denn sie spürte, dass er sich weiterhin zurückhielt. »Mehr, Simon. Gib mir alles. Alles von dir.«

Als hätte sie ihm die Fesseln gelöst, ließ er sich tiefer auf sie sinken, sodass seine Brust bei jedem Stoß über ihre Brustwarzen strich. Warme, harte Atemstöße strichen über ihre Wange. Er schloss die Faust in ihren Haaren. Und seine Bewegungen waren voller Kraft.

Das war es, was Sarah gewollte hatte. Was sie brauchte. Sie schlang die Arme und Beine um ihn und hielt sich fest, den Kopf an seine erhitzte Schulter geschmiegt.

Endlich gehörte sie ihm voll und ganz. Freude durchströmte sie.

Ihr Körper zog sich immer enger um ihn zusammen, und dann durchschoss sie ein süßes Gefühl, bei dem sie sich zuckend in seinen Armen wand. Er reagierte auf ihren Orgasmus mit heftigen, schnellen Stößen, und schließlich stieß er einen tiefen, kehligen Schrei aus und hielt inne, solange er kam.

Die Anspannung seiner Muskeln verging. Schwer sank er auf sie und drehte sich sogleich zur Seite, um sie nicht zu erdrücken, rollte sie aber mit sich herum. So lagen sie zusammen da und blickten sich an. Sie war froh, dass er noch in ihr blieb.

»Du bist gekommen«, sagte er staunend.

Sie nickte.

Er blinzelte sie an. »Das habe ich noch nie gehört, eine Jungfrau, die einen Orgasmus hat.«

»Nicht? Aber du hast gesagt, dass Frauen beim Akt manchmal kommen.«

»Doch nicht beim ersten Mal. Jedenfalls nicht dass ich wüsste.« Er strich ihr mit einem Finger über die Wange und grinste. »Dann hat es gar nicht allzu wehgetan?«

»Zuerst schon. Aber das ging vorbei.« Allerdings spürte sie nun eine beginnende Wundheit, die nicht zu unangenehm war. »Und dann wurde es so schön, Simon. Es schien mir so richtig, dich in mir zu haben.«

Sein Lächeln wurde sanft. »Mir auch.«

Plötzlich verlegen schaute sie weg. Obwohl das sicherlich albern war, da sie nackt nebeneinanderlagen und er noch immer in ihr war.

Er bewegte sich langsam und brachte sie zum Keuchen, weil es heftig prickelte. Oh, sie glaubte sich zuvor schon empfindlich, aber jetzt, da er sie erneut von innen streichelte, war die Erregung so stark, dass sie kaum auszuhalten war.

»Zu viel?«, fragte er.

»Ja. Nein.« Sie blickte ihn wieder an. »Ich ... weiß nicht. Es ist ... so intensiv.«

Er schob ihr eine Locke hinters Ohr, dann strich er mit dem Finger über ihre Schulter und ihren Rücken und umfasste schließlich ihren Hintern. »Ich könnte dich die ganze Nacht lieben.«

Ein Schauder überlief sie. Ihr ganzer Körper kribbelte.

»Aber das ist zu neu für dich«, sagte er, und sie hörte eine Spur Bedauern heraus. »So weit bist du noch nicht.« Er wollte sich aus ihr zurückziehen, doch sie hielt ihn auf, indem sie ihm das Becken entgegenreckte und ihn am Rücken an sich drückte.

»Liebe mich noch einmal, Simon.«

Und ganz sanft, langsam und zärtlich tat er es.

Simon stand vor dem Stadthaus seines Bruders und klopfte an die Tür. Der Diener öffnete. Er erkannte Simon sofort und ließ ihn herein, nahm ihm Hut und Stock ab und bat ihn zu warten, während er nachsehen wolle, ob sein Herr zu Hause sei.

Keine Minute später kehrte er zurück und geleitete Simon

ins Arbeitszimmer. Sam, der an seinem von Papieren übersäten Schreibtisch saß, stand auf, als Simon eintrat. »Trent, schön, dich zu sehen.«

Nach einem herzlichen Händedruck nahm Simon gegenüber dem recht abgenutzten Schreibtisch Platz. Bei Sam fühlte er sich immer zu Hause. Dort hatte er sich während jener Ballsaison versteckt, nachdem er durch unbedachtes Verhalten falsche Hoffnungen geweckt hatte, sodass ihm die Frauen scharenweise nachgelaufen waren. Sam war damals so liebenswürdig, ihn aufzunehmen und seine Anwesenheit geheim zu halten, bis sich die Aufregung gelegt hatte.

Simon betrachtete seinen Bruder, der so gesund und munter wirkte wie immer, die Haut dunkler gebräunt, als es gerade in Mode war, die Schultern breit und muskulös von den Strapazen seiner Geheimaufträge für die Krone.

»Verzeih, dass ich dich derart überfalle. Ich weiß, du bist gerade erst heimgekehrt und hattest noch keine Zeit, zur Ruhe zu kommen«, begann Simon. »Aber es gibt etwas, worüber ich mit dir reden muss.« Sam hatte ihm gestern in einem Brief mitgeteilt, er sei für ein paar Tage in der Stadt, bevor er wieder nach Norden müsse. Darin hatte auch gestanden, er habe bei der Suche nach ihrer Mutter nur ausdruckslose Blicke und nichtssagende Antworten erhalten, sei also keinen Schritt weitergekommen.

Still und aufmerksam saß er hinter seinem Schreibtisch. »Über Mutter?«

»Nein.« Simon schnaubte frustriert. »Seit der Sache mit Binnie haben wir nichts weiter herausgefunden.«

Ein paar Augenblicke lang schwiegen sie.

»Luke hat sich aufgemacht und stellt auf eigene Faust Nachforschungen an«, erzählte Simon dann. »Er könnte vielleicht etwas entdeckt haben, aber er ist gerade wütend auf mich. Darum erwarte ich nicht unbedingt, dass er seine Erkenntnisse mit mir teilt.«

Sam schüttelte den Kopf. »Auf Luke würde ich nicht zählen. Wahrscheinlich lässt er sich vom erstbesten Rockzipfel, der seinen Weg kreuzt, ablenken.«

»Vielleicht. Aber diesmal nehme ich das eigentlich nicht an. Das Verschwinden unserer Mutter hat ihn schwer getroffen.«

Sam zog die Brauen hoch. »Wäre es möglich, dass unser jüngerer Bruder endlich beschließt, sich angemessen zu verhalten?«

»Nun, so weit würde ich nicht gehen.« Aber vielleicht machte er gerade den ersten kleinen Schritt dahin. Andererseits hatte der Kutscher ihn gefunden, wie er volltrunken zusammengerollt an der Hintertür schlief. Simon seufzte. »Ich für meinen Teil habe den Eindruck, dass meine Möglichkeiten erschöpft sind. Ich habe einen Mann angeheuert, um weiterzuermitteln, und er ist ebenfalls mit leeren Händen wiedergekommen.«

»Sie kann sich doch nicht in Luft aufgelöst haben.«

»Irgendwo muss sie sein«, pflichtete Simon bei. »Aber deshalb bin ich nicht hier. Ich möchte über etwas anderes mit dir sprechen. Ich brauche deinen Rat.«

»Nur zu.«

Nun war es so weit. Er wappnete sich, um seinem Bruder zu berichten, was sich zwischen ihm und Stanley abgespielt hatte, und holte tief Luft. »Man will mich zu einer Heirat zwingen.«

Sam zog die Brauen hoch. »Es sähe dir nicht ähnlich, wenn du dich zwingen ließest, Trent. Wer ist es?«

»Unser Nachbar, Baron Stanley.«

»Ah.« Sam kniff die Lippen zusammen. »Ich konnte den Mann noch nie leiden.«

»Ich auch nicht. So wenig wie unsere Eltern.« Jetzt wusste er, warum. Keiner wohnte so nah bei Ironwood Park wie die Stanleys, aber zu freundschaftlichen Beziehungen war es nie gekommen.

»Richtig«, sagte Sam. Er kniff die Augen zusammen. »Mit wem will er dich verkuppeln?«

»Mit seiner Tochter.«

»Ich glaube nicht, dass ich das Mädchen mal gesehen habe.«

»Das wundert mich nicht. Sie haben Georgina sehr abgeschirmt.« Er warf seinem Bruder einen düsteren Blick zu. »Sie wurde dazu erzogen, Herzogin zu werden.«

Sam beugte sich ein wenig nach vorn und kniff die Augen noch mehr zusammen. »Warum? Was hat Stanley gegen dich in der Hand, dass er glaubt, er könnte dich zu etwas zwingen?«

Simon rieb sich die Stirn. Da bahnten sich Kopfschmerzen an. »Er droht mit der Aufdeckung von Familiengeheimnissen. Wenn ich seine Tochter nicht heirate, wird er sie aller Welt erzählen.«

»Familiengeheimnisse? Ich dachte, die Quelle dafür sei ausgetrocknet. Und die unrühmlichen Taten unserer Eltern waren ohnehin jahrelang in aller Munde.«

»Diese nicht.« Simon sah Sam in die Augen. »Von diesen haben nicht einmal wir beide gewusst.«

Sam spürte wohl, wie schlimm die Lage war – vielleicht an Simons Ton oder seinem Gesichtsausdruck. Er machte sich auf die Enthüllung gefasst und legte die Hände flach auf den Schreibtisch. »Was ist es?«

Es gab keine andere Möglichkeit, als alles offenzulegen. »Er hat mir eröffnet, dass unsere Brüder unehelich gezeugt wurden. Luke sei in Wirklichkeit sein Sohn, den er mit unserer Mutter habe, und Theo und Mark entstammten dem Verhältnis unseres Vaters mit einer gewissen Fiona Atwood. Er behauptet, das beweisen zu können. Und er behauptet, dass auch Esme unehelich ist, wofür er allerdings keine Beweise hat, wie er einräumt.«

Sam schaute ihn eine Weile ganz still an. Dann sagte er: »Das ist doch lächerlich.«

»Ganz recht. Das dachte ich auch. Doch er hat mir genau erzählt, wie es sich zugetragen hat. Zum Teil war es unerträglich, sich die Details anzuhören. Er bot an, mir das Schriftstück zu zeigen, seinen Beweis. Er hat ein Papier unterzeichnet, in dem er verspricht, auf Luke für alle Zeit zu verzichten. Und er hat zugesagt, mich zu Fiona Atwood zu bringen, damit ich sie selbst befragen kann.«

»Dokumente kann man fälschen«, meinte Sam. »Frauen kann man bezahlen, damit sie lügen.«

»Ich weiß.« Simon hatte das Gefühl zu ersticken, als er Sam das eine mitteilte, was ihn selbst letztlich überzeugt hatte und was ihn vor Entsetzen starr werden ließ, nachdem Stanley seinen Salon verlassen hatte. »Aber er sieht aus wie er. Luke sieht aus wie Stanley. Sein Gesicht, die Augen ...«

Ihm wurde übel, als hätte er etwas Fauliges schlucken müssen.

Sam zog die Mundwinkel nach unten. »Du glaubst ihm also?«

»Ja. Ja, das tue ich«, antwortete er mit heiserer Stimme, und es schmerzte ihn im Hals, das laut zuzugeben.

Sam stieß einen lautlosen Pfiff aus. »Also gut«, sagte er ruhig. »Was willst du nun tun?«

»Genau da brauche ich deinen Rat.«

»Zuallererst: Wie stehst du zu einer Heirat? Und wie stehst du zu der Dame?«

»Ich hatte mir vorgenommen, im Laufe des Jahres eine passende Braut zu finden.« Das wusste Sam bereits, denn Simon hatte kurz nach Neujahr mit ihm darüber gesprochen. »Aber selbst wenn nicht ...« Er zögerte. »Georgina Stanley würde ich mir dafür nicht aussuchen.«

Sam war ein scharfsinniger Mann und schloss sofort auf einen Fauxpas seines Bruders. »Du hast schon eine andere?«

»Nein«, sagte Simon rasch. Dann stockte er, weil das nicht ganz der Wahrheit entsprach. Er fuhr sich durch die Haare. Der leidgeprüfte Burton würde einen schweren Seufzer ausstoßen, wenn er Simons derangierte Frisur später sähe, er würde es allerdings überleben. »Vielleicht. Nicht zum Heiraten, aber ...«

»Ich verstehe«, sagte Sam, doch das tat er nicht, dessen war sich Simon ziemlich sicher. Er verstand nicht einmal selbst, wieso seine Gefühle für Sarah seine Brautschau störten.

»Darauf kommen wir später zu sprechen«, sagte Sam. »Du hättest dir also Georgina Stanley nicht ausgesucht. Warum nicht?«

»Sie ist ein schönes Mädchen. Sehr sittsam. Ich dachte bislang, sie würde eine sehr gute Herzogin abgeben, nur eben nicht für mich. Sie hat etwas an sich, das nicht zu mir passt. Ich kann mit ihr tanzen, mich angeregt mit ihr unterhalten, sogar einen angenehmen Abend mit ihr verbringen. Aber sie heiraten? Nein.«

»Das ist verständlich. Manche Menschen kommen blendend miteinander aus, zum Heiraten reicht es allerdings nicht.«

Simon dachte an Sarah. Bei niemandem sonst konnte er seine öffentliche Person hinter sich lassen.

»Ich würde nicht behaupten, ich käme blendend mit

Miss Stanley aus. Es ist eher … nun, sie ist angenehm. Mehr nicht.«

»Und du hast nicht den Wunsch, sie zu heiraten.«

»Überhaupt nicht.«

Sam blickte ihn noch aufmerksamer an. »Nun denn, was bist du für unsere Geschwister bereit zu opfern, Trent? Wie weit willst du gehen, um ihre Stellung und ihren Ruf zu wahren?«

Simon blickte seinen Bruder ruhig an. »Du kennst mich«, antwortete er. »Du weißt, wie weit ich gehen würde.«

Er hatte sich, seine Geschwister und den Namen seiner Familie immer vor Verleumdungen geschützt. Nachdem seine Eltern sich ein Kartenhaus erbaut und dann furios zum Einsturz gebracht hatten, um die Reste mit schwungvoller Geste anzuzünden, hatte er von dem Moment an, da er den Titel mit zehn Jahren erbte, es langsam wiederaufgebaut, das Fundament und jede Mauer mit Ernst und Anstand verstärkt.

»Ja, ich weiß es«, sagte Sam. »Aber zuerst musst du dich vergewissern, ob der Beweis stichhaltig ist. Prüfe die Rechtmäßigkeit des Dokuments, das er zu haben behauptet. Lass es von unserem Anwalt untersuchen.«

Plötzlich fiel Simon etwas ein. »Hat Prentiss damals schon für unsere Eltern gearbeitet?«

»Meines Wissens ja.«

»Nun, da haben wir's.« Simon ließ sich tiefer in den Sessel sinken. »Prentiss hat das Schriftstück wahrscheinlich beglaubigt. Er würde mich nicht anlügen. Ich kann ihm den angeblichen Beweis also vorlegen, und er kann ein für alle Mal klären, ob es gefälscht ist.« Prentiss war ein vertrauenswürdiger Mann, dessen Dienste er übernommen hatte, als er Herzog von Trent geworden war.

»Und diese Frau? Fiona Atwood?«

»Ich werde sie aufsuchen«, sagte Simon, aber allein der Gedanke schnürte ihm die Kehle zu.

»Ich werde dich begleiten, wenn du möchtest.«

»Ja.« Simon senkte den Kopf und holte mühsam Luft. Erneut wurde ihm übel. »Ist es sehr schlimm, Sam? Als Bastard zu leben?«

Es folgte ein längeres Schweigen.

»Simon«, sagte Sam dann. So hatte er ihn seit vielen Jahren nicht angesprochen, und ihm wurde noch mulmiger. »Ich bin mir nicht sicher, ob Luke die Kraft hätte, dieses Stigma zu tragen. Diese Neuigkeit könnte ihn endgültig in den Abgrund reißen.«

»Ich weiß.«

»Er ist unser Bruder.«

»Ja.«

»Und Mark und Theo ... Sie hätten von heute auf morgen keine Zukunft mehr.«

Simon nickte, brachte es aber noch immer nicht fertig, seinen Bruder anzusehen. Er würde sich Stanleys Behauptungen bestätigen lassen – das mulmige Gefühl in seinen Eingeweiden sagte ihm schon jetzt, dass sie der Wahrheit entsprachen – und dann Georgina einen Heiratsantrag machen.

Und dabei würde er Sarah Osborne das Herz brechen.

Und sich selbst unglücklich machen.

»Du hast es geschafft«, brachte er krächzend hervor und griff nach dem letzten Strohhalm, der ihn vielleicht noch retten könnte. »Du hast alle Erwartungen übertroffen, führst ein erfolgreiches Leben.«

Sam schüttelte langsam den Kopf. »Der Preis ist zu hoch«, sagte er. »Viel zu hoch. Und was kann ich dafür vorweisen?« Er deutete auf sein schäbiges Arbeitszimmer. »Wirklich nicht viel.«

Und Simon musste es einsehen. Sam hatte Augenblicke des Glücks und der Erfüllung gekannt, aber das war ihm wieder genommen worden. Und was hatte er jetzt? Eine kleine Wohnung in London und einen gefährlichen Geheimauftrag nach dem anderen. Keine Frau, die daheim auf ihn wartete. Wenige Freunde außerhalb der Familie.

»Und denk an Esme«, fuhr Sam ruhig fort. »Wir wissen beide, welche Schwierigkeiten sie hat, wie über sie geredet wird. Nur dank deines Einflusses behält sie einen tadellosen Ruf. Aber selbst dein Einfluss könnte sie nicht mehr schützen. Unsere Schwester würde aus der Gesellschaft ausgestoßen, wenn auch nur die leiseste Vermutung aufkäme, sie könnte ein uneheliches Kind sein. Dazu darfst du es nicht kommen lassen.«

Simon hob den Kopf und schaute seinen Bruder düster an. »Ich weiß.«

»Das tust du, das ist mir klar. Wenn dir etwas einfällt, wie du der Heirat entgehen kannst, ohne dass Stanley sein Gift verspritzt ...«

»Kann ich nicht.« Simon hatte darüber nachgedacht, sich wirklich den Kopf zerbrochen. Doch Stanley würde sich durch nichts davon abbringen lassen. Schließlich verfolgte er den Plan schon seit Jahren – seit der Geburt seiner Tochter. Einen Plan, der so lange zu seiner Ausführung brauchte, gab man nicht so leicht auf.

Sam lächelte halbherzig. »Wenigstens ist sie nicht unangenehm.«

Das war ein schwacher Versuch, ihn aufzumuntern. Und er wirkte nicht.

»Ah. Ich sehe schon, woran es liegt. Wer ist die andere Dame, Trent?«

Simon schaute weg.

»Kenne ich sie?«

Er war nicht bereit, Sarah zu verraten. Auf gar keinen Fall.

Sam seufzte. »Und du bist kein Mann, der eine Affäre beibehält, wenn er mit einer anderen verheiratet ist.«

»Dann wäre ich wie unsere Eltern«, bestätigte Simon bitter. »Das will ich nicht.«

»Ich weiß.«

Eine Weile saßen sie schweigend da. Schließlich brummte Sam: »Bei Luke mag ich es vielleicht glauben, aber bei Theo und Mark? Mama hat sie großgezogen wie leibliche Kinder.«

»Ja. Welche Mutter zieht die Kinder einer Nebenbuhlerin groß, als wären es ihre eigenen?«

Sam zögerte, dann zuckte er die Achseln. »Unsere.«

»Richtig.«

Niemand war wie ihre Mutter. Und sie hatte einige Entscheidungen gefällt, die niemand, nicht Simon, nicht sein Vater oder einer seiner Geschwister, verstanden hatte. Sie war ein Mensch, der sich gesellschaftlichen Erwartungen aktiv widersetzte. Die freundlicheren unter den Klatschmäulern nannten die Herzogin von Trent »vollkommen einmalig«, und niemand in ihrer Familie hatte dem je widersprochen.

Im Grunde genommen entsprach es ihrem Charakter, ihrer Nebenbuhlerin die Söhne wegzunehmen und als ihre eigenen großzuziehen. Hatte sie nicht bei Sarah etwas Ähnliches getan? Hätte Sarahs Vater nicht auf dem Anwesen gelebt, hätte seine Mutter sie sogar offiziell zu ihrer Tochter erklärt.

Simon blickte auf. »Wenn es sich als wahr erweist, soll ich es ihnen dann sagen? Theo und Mark? Luke? Und Esme?«

»Wenn du an ihrer Stelle wärst, würdest du es dann wissen wollen?«, fragte Sam.

»Ja.« Simon war sich seiner Antwort sofort sicher.

»Aber du bist nicht Luke. Du bist nicht wie Esme. Und Theo und Mark …«

Simon verzog den Mund. »Luke wird es mir gar nicht glauben.«

»Und wenn doch?«

Er begegnete dem Blick seines Bruders. »Dann würde er es nicht gut aufnehmen. Aber er verdient es, die Wahrheit zu erfahren.«

»Ich denke nicht, dass du es ihm sagen solltest«, entgegnete Sam ruhig.

Simon war anderer Ansicht – er selbst würde es wissen wollen. Jeder hatte das Recht zu erfahren, woher er stammte, selbst wenn die Wahrheit schwer zu ertragen war. Doch er war bereit, das fürs Erste auf sich beruhen zu lassen. Theo und Mark waren mit anderen Dingen befasst, und Luke – nun, wann er den wiedersehen würde, wusste der Himmel. Zuerst wollte er Beweise sehen, sich vergewissern, und dann würde er darüber nachdenken, wie er diese Seite des Problems am besten anging.

»Wir werden später darüber sprechen«, sagte er müde und stand auf, um zu gehen.

Jetzt hatte er erst mal anderes zu erledigen: Stanleys Behauptung nachprüfen, Georgina Stanley einen Heiratsantrag machen.

Es Sarah sagen.

14

Sarah lag nackt neben Simon im Bett, die Arme um ihn geschlungen, befriedigt und schläfrig vom Liebesspiel, aber noch wach.

Irgendetwas lag im Argen, das spürte sie genau. Schon seit einer Woche. Sie hatte versucht, es zu ignorieren, nachdem er ihr gesagt hatte, er wolle nicht darüber sprechen. Doch jedes Mal, wenn er seitdem zu ihr gekommen war, hatte es im Raum gestanden. Etwas Dunkles, das seine Schultern niederdrückte. Eine Last, die sich auch auf sie legte und ihr in der Seele wehtat.

»Simon«, sie zog den Kopf zurück, um ihn anzusehen, »du musst es mir sagen. Was ist letzte Woche passiert? Etwas belastet dich doch.«

Er blickte sie an, dann seufzte er. »Ich habe versucht, es hinter mir zu lassen, wenn ich zu dir komme. Offenbar ist mir das nicht gelungen.«

»Nicht so ganz.« Bei ihrem Zusammensein hatte er nie geistesabwesend gewirkt, sondern war ausschließlich auf sie konzentriert gewesen. »Denn ich spüre, dass eine schwarze Wolke über dir hängt, und sie wird jeden Tag bedrohlicher.«

»Ich hatte mir vorgenommen, es dir heute Abend zu sagen.« Er drehte sich um und schwang die Beine aus dem Bett, dann schaute er über die Schulter zu ihr. »Ich würde gern so tun, als existierte sie nicht, aber du musst es erfahren.«

Mit wachsendem Schrecken sah sie ihn an, doch er wich

ihrem Blick aus und wandte sich ab. »Zieh dich an. Es ist besser, wenn wir dabei bekleidet sind.«

Ihr Herz wurde immer schwerer, aber sie gehorchte, schlüpfte in ihr Nachthemd, und obwohl es warm genug war, zog sie auch noch ihren Morgenmantel darüber und bedeckte sich sorgfältig, bevor sie den Gürtel zuband.

Als sie fertig war, trug auch er seine Hose und das lange weiße Hemd, das nur halb zugeknöpft war, sodass er fast aussah wie ein Pirat, gefährlich anziehend mit seinen zerzausten hellbraunen Haaren und den scharfen grünen Augen.

Er zog einen Stuhl ans Bett, setzte sich selbst auf die Bettkante und deutete auf den Stuhl. »Setz dich.«

Das tat sie und schaute ihn ganz unruhig und beklommen an.

Einen Moment lang starrte er sie an und raffte unbewusst die zerwühlte Bettdecke in die Fäuste. Dann sagte er: »Wir haben beide gewusst, dass es so kommen würde. Ich hatte nur gehofft, es möge nicht so bald passieren.«

Verständnislos schaute sie ihn an. Er meinte doch gewiss nicht sie beide. Ihre Liaison hatte gerade erst begonnen.

»Ab jetzt werde ich nicht mehr zu dir kommen können. Was zwischen uns ist, muss enden. Es ist vorbei.«

»Nein«, hauchte sie, ehe sie es verhindern konnte. Schmerz brandete in ihr auf, und sie schloss die Augen und ballte die Hände zu Fäusten, damit es sie nicht umwarf.

Sie verstand es meisterhaft, die Welt über ihre Gefühle für Simon hinwegzutäuschen. Das würde sie weiterhin tun müssen, jetzt erst recht.

Und plötzlich fiel ihr auf … schon vor ihrer Liaison hatte sie ihn geliebt. Nun aber, nachdem er in ihr Bett gekommen war, erkannte sie erst das wahre Ausmaß ihrer Liebe. Für sie drehte sich alles nur um ihn.

»Ich bedaure das«, sagte er leise.

Sie öffnete die Augen und sah ihn an. Sein Blick war starr, und er ballte noch immer die Fäuste. Er wollte das Ende ihrer Liebesbeziehung auch nicht.

»Warum?«, fragte sie mit heiserer Stimme.

»Es sind Umstände eingetreten, auf die ich keinen Einfluss habe und die mich zwingen zu heiraten.«

Heftig blinzelnd ging sie im Geiste die verschiedenen Szenarien durch, von denen keines zu Simon passen wollte. Sie schüttelte den Kopf. »Wie …? Hast du sie kompromittiert?«

»Nein!«, stieß er gepresst hervor. »Sarah …« Er stand auf, kniete sich vor sie und sah voller Aufrichtigkeit zu ihr auf. »Außer dir habe ich keine Frau gehabt, schon lange nicht mehr. Das ist es nicht. Es gibt andere zwingende Gründe – keiner hat mit ihr oder mit mir oder einer vorherigen Beziehung zwischen uns zu tun, sondern es geht um den Ruf meiner Familie und die Zukunft meiner Geschwister.«

Nicht imstande, sich einen Reim darauf zu machen, schüttelte sie den Kopf. Das Herzogtum war doch nicht in finanziellen Nöten – oder doch? Nein, das konnte nicht sein. Und wieso musste er um der Zukunft seiner Geschwister willen heiraten? Hatte Luke eine Dame entehrt und Simon bot sich ihr an seiner Stelle an, um es wiedergutzumachen?

Es sähe Luke ähnlich, einen so fatalen Fehler zu begehen. Und es sähe Simon ähnlich, alles zu tun, um seinen Bruder vor den Folgen zu bewahren … und den Familiennamen zu schützen.

Ihre Augen füllten sich mit Tränen, und sie gab sich alle Mühe, sie wegzublinzeln.

Er schob die Hände an ihren Oberschenkeln hinauf und

drückte die Stirn an ihre Knie. »Bitte ... sieh mich nicht so an«, bat er mit schwankender Stimme.

»Wie denn?«

»Als ginge die Welt unter.«

Aber so ist es, dachte sie.

»Wir wussten es«, sagte er. »Ich habe dich gewarnt, habe versucht, darauf gefasst zu sein ...«

Sie schnitt ihm leise das Wort ab. »Wer ist es?«

Er schien ein wenig gegen sie zu sinken. »Georgina Stanley.« Mit sichtlicher Anstrengung richtete er sich ein Stück auf und blickte auf Knien zu ihr auf.

»Oh.«

Die schöne, sittsame Miss Georgina Stanley. Genau die Art Dame, die Sarah sich immer als Braut für Simon vorgestellt hatte. Bis vor Kurzem. Bis er angefangen hatte, nachts in ihr Zimmer zu kommen, und sie zu der Fantasie verleitet hatte, seine Frau könnte einmal eher so sein wie ... sie selbst.

Seine Lippen waren ungewohnt blass. »Ich will das nicht. Ich will sie nicht. Ich will ...« Er stockte, dann schüttelte er den Kopf. »Es spielt keine Rolle, was ich will«, sagte er leise. »Es ist, wie es ist.«

»Wann wirst du die Verlobung arrangieren?« Es war erstaunlich, wie glatt und klar ihre Stimme klang. Dass ihr der brennende Schmerz, dieser Stich ins Herz, gar nicht anzuhören war. Wie konnte sie damit überhaupt noch atmen?

Er konnte noch nicht verlobt sein. Simon war kein Mann, der nach einem Heiratsantrag noch zu einer anderen Frau ging.

»Morgen.«

Ein kleiner Schmerzensschrei entfuhr ihr, sie konnte es gar nicht verhindern.

Darauf zog er sie von ihrem Stuhl auf seinen Schoß und nahm sie in die Arme.

Nicht weinen. Nicht weinen. Ich darf vor ihm nicht weinen, denn ich wusste ja, was passieren würde. Ich habe es ganz genau gewusst.

Dies war also das letzte Mal, dass er sie so halten würde. Das tat weh. Mehr als sie sich vorgestellt hatte.

Er hielt ihren Kopf an seine Brust gedrückt und schmiegte das Gesicht an ihre Haare.

»Ich muss das tun. Für meine Familie«, raunte er heiser. »Bitte, versteh das.«

Sie verstand das, zumindest, wenn sie es vernünftig betrachtete.

Doch davon abgesehen lag nun ein trauriges, einsames Leben vor ihr.

Und schließlich küsste er sie. Überall. Mit verzweifelter Leidenschaft, fahrigen Bewegungen, als wollte er sie überall zugleich berühren. Noch ein letztes Mal.

Das verstand sie vollkommen. Denn sie küsste ihn auch und berührte ihn ebenso ungeschickt. Überall. Sie strich über sein Kinn, die Bartstoppeln, an seiner Brust hinab, dann unter sein Hemd und wieder hinauf bis zum Herzen, verweilte dort einige Augenblicke, um das heftige Pochen an den Fingerspitzen zu spüren. Seine Finger näherten sich dem Saum ihrer Röcke, während sie ihm um die Taille fasste.

Jetzt rannen ihr die Tränen die Wangen hinab, und als er sie auf den Teppich legte, beugte er sich über sie und küsste sie weg. Und endlich drängte er in sie hinein, dass ihr vor Erregung die Luft wegblieb.

Das Zittern begann in ihrer Brust und breitete sich von dort aus. Sie konnte es nicht unterdrücken. Ihre Haut war so empfindlich wie noch nie, ihr Herz offen und ungeschützt.

Simon bedeckte sie mit wilden Küssen, dabei schob er die Arme unter sie und drückte seinen Unterleib an sie. Seine Unterarme und Knie trugen sein Gewicht. Er war schwer und warm, aber er zitterte mit ihr, seine Brust hob und senkte sich unter heftigen Atemzügen, die er bei jedem tiefen Stoß in ihren Körper machte.

Sie war verloren, wirbelte in einem Abgrund von Schmerz, Verlangen und Ekstase. Sie erbebte immer heftiger, und dann zog sich ihr Schoß stark zusammen, und sie schrie auf und wölbte sich ihm entgegen, den Forderungen ihres Körpers gnadenlos ausgeliefert.

Er stöhnte, und irgendwo in der Tiefe hörte sie seine Worte, als sein Samen in sie strömte.

»Sarah. Sarah, dich liebe ich. Nur dich.«

Simon betrat den Salon der Stanleys. Der Baron und seine Frau erhoben sich aus ihren rosa Sesseln, ebenso Georgina. Höflich erwiderte er jede Begrüßung.

Der Raum war rosa tapeziert, und ein rosa Teppich bedeckte den Boden. Sogar das Feuer leuchtete rosarot, eine aufdringliche Spiegelung der Farben ringsum.

»Ihnen auch, Euer Gnaden«, sprudelte Lady Stanley hervor. »Und es ist wahrhaftig ein guter Nachmittag.«

Für sie zweifellos.

Seit er Sarah gestern Abend gesagt hatte, er müsse ihre Liaison beenden, fühlte er sich wie lebendig gehäutet und als ob er langsam verblutete. Die Situation kam ihm unwirklich vor, wie ein Albtraum, aus dem er sich wünschte zu erwachen. Und er wünschte sich, in Sarahs Bett zu erwachen. Dann würde er sich zu ihr umdrehen, sie an sich drücken, sich mit ihrem süßen Geruch trösten, ihrem lieblichen Körper …

»Euer Gnaden.« Miss Stanley vollführte einen sehr sittsamen Knicks.

Er nahm ihre Hand und drückte sie. »Miss Stanley, ich freue mich sehr, Sie anzutreffen.«

Er hatte natürlich gewusst, dass sie da sein würde. Stanley und er hatten das gestern alles geplant, als der Baron zu ihm gekommen war, um zu hören, wie Simon sich entschieden hatte. Simon hatte in der vergangenen Woche viele seiner Pflichten vernachlässigt, um Stanleys Beweis zu prüfen. Als Erstes war er mit Sam zusammen nach Croyden geritten, um Fiona Atwood aufzuspüren. Sie fanden sie in einem üblen Loch. In der Wohnung stank es nach billigem Gin. Obwohl die Herzogin laut Stanley einen hohen Preis gezahlt hatte, um Theo und Mark zu kaufen und sicherzustellen, dass Fiona Atwood in London nie wieder gesehen würde, schien die Frau das ganze Geld verspielt und versoffen zu haben.

Und dennoch ... trotz des Alkoholgeruchs, den die dicke schnaufende Frau ausdünstete, erzählte sie ihm ihre Geschichte: Sie habe ihre lieben Jungen nicht hergeben wollen, doch die Herzogin habe ihr keine andere Wahl gelassen. Simon sah die Ähnlichkeit mit seinen Brüdern, sie war unverkennbar. Die braunen Augen und die Haare – die bei dieser Frau allerdings ungepflegt herabhingen –, aber es waren trotzdem die gleichen hellbraunen Locken.

Auch Sam sah es. Am Ende glaubten sie ihr, dass sie Theos und Marks Mutter war.

Am nächsten Tag fand er unter den Papieren seiner Eltern eine Abschrift der Vereinbarung, die Stanley bezüglich Luke unterzeichnet hatte, und brachte sie zu Prentiss. Nachdem der Anwalt ihm versichert hatte, es sei sein innigster Wunsch, nichts von alldem möge je geschehen sein, bestätigte er die Echtheit des Dokuments.

Lukas Hawkins war der illegitime Sohn Baron Stanleys und der Herzogin von Trent. Auch jetzt noch lag das Simon wie ein Stein im Magen.

Lady Stanley deutete auf den Tisch. »Hier steht heißer Tee. Und eine Pfirsichmarmelade, die ganz köstlich ist. Georgina, Liebes, bist du so gut und schenkst seiner Gnaden den Tee ein?«

»Natürlich, Mama«, sagte die junge Dame geziert. Sie stellte sich an das Teegeschirr – das gleiche, mit dem Sarah daheim den Tee servierte.

Simon stand wie angewurzelt da, denn in Gedanken sah er Sarah vor sich, ihren geschmeidigen weißen Körper, ihre langen Glieder, wie sie den Kopf zurückwarf in ihrer Ekstase, wie ihre Hände über seinen Körper wanderten, ihr strahlendes Lächeln und die schönen graublauen Augen, die ihm so sehr unter die Haut gingen. Er dachte an ihren frischen, sonnigen Geschmack, den lieblichen Geruch ihres …

»Nehmen Sie Platz, Euer Gnaden.«

Stanley zog die Brauen hoch. »Ich würde Ihnen ja gern etwas Stärkeres anbieten, Trent. Einen Schluck Sherry vielleicht? Ich selbst würde Brandy vorziehen, aber ich weiß, wie sehr Sie die geistigen Getränke verachten, die ich auf meine Weise beschaffe.«

Simon gab keine Antwort.

»Unsinn.« Lady Stanley warf ihrem Mann einen ungehaltenen Blick zu. »Aber schau doch, Georgina schenkt bereits Tee ein.«

Miss Stanley widmete sich still ihrer Aufgabe. Stanley schoss seiner Frau einen Blick zu, der nicht von Zuneigung sprach. Simon überraschte das ein bisschen, andererseits hatte er seine Nachbarn noch nie miteinander kommunizieren sehen, obwohl er einige Male bei ihnen eingeladen gewesen war, wie etwa zu dem Abendessen im vergangenen Monat. Aber wie konnte ihn das überraschen? Stanley hatte ihm gegenüber zugegeben, dass er sich mit dem Herzog eine Mätresse geteilt hatte. Und Fiona Atwood war vielleicht nicht mal die einzige gewesen. Simons Magenschmerzen verschlimmerten sich, und er fragte sich, ob er den Tee überhaupt hinunterbringen würde.

»Tee genügt, vielen Dank«, sagte er schroff und begegnete Stanleys blauen Augen. Lukes Augen.

Der Baron nickte knapp. »Nun denn, Charlotte. Ich habe mich um einige Briefe zu kümmern, und ich glaube, du hast etwas mit der Haushälterin zu besprechen. Wollen wir die beiden jungen Leute allein lassen?«

Simon hatte Mühe, nicht das Gesicht zu verziehen. Die Situation war so künstlich, fast war es zum Lachen. Er warf einen Blick zu Miss Stanley. Die schaute ihre Eltern mit großen Augen an, sie wirkte regelrecht erschrocken. Nicht zum ersten Mal fragte sich Simon, wie viel sie über den Plan ihres Vaters wusste.

Der Baron und seine Frau verließen eilig den Salon. Danach herrschte Schweigen. Schließlich reichte Georgina ihm den Tee und schaute ihn an. Sie hatte die gleichen Augen wie ihr Vater ... und wie Luke. Ihr Blick war wenigstens nicht so abgeklärt, sondern wesentlich offener.

»Danke«, sagte er und trank einen Schluck.

»Wahrhaftig, ich weiß nicht, was in sie gefahren ist.« Sie deutete zur Tür. »Sie neigen gewöhnlich nicht dazu, mich mit Gästen allein zu lassen.«

Simon überlegte, ob er ihrem unschuldigen Benehmen Glauben schenken durfte. Dann beschloss er, es zu tun. Wenn er seiner künftigen Gattin von Beginn an misstraute, verhieß das keine glückliche Ehe.

Glückliche Ehe. Welch ein Witz, dachte er bitter.

»Sie wissen, weshalb ich gekommen bin«, erwiderte er leise. »Ich denke, darum haben sie sich so hastig zurückgezogen.«

»So? Aber warum sind Sie denn gekommen, Euer Gnaden?«

Verflucht. Er wollte das nicht.

Um sein Zögern zu überspielen, trank er noch einen Schluck Tee. Dann stellte er die Tasse ab und schaute Georgina an. Er war kein Feigling. Heute nicht.

»Miss Stanley, Sie haben mich mit Ihrer Gesellschaft beehrt, die mir bei vielen Festen dieser Saison Vergnügen bereitet hat.«

Sie legte die Hände in den Schoß. »Ich genieße auch Ihre Gesellschaft sehr, Euer Gnaden, in jedem Augenblick.«

»Das freut mich.«

Er musterte sie. Sie trug ein hellblaues Seidenkleid, das ihre Augenfarbe betonte. Eine weiße Schärpe war um die hohe Taille gebunden, und eine weiße Blumenranke war am Saum aufgestickt. Überraschenderweise trug sie weder Handschuhe noch Schmuck, aber dadurch sah sie noch jünger aus – vielleicht war das beabsichtigt, um ihre Erscheinung für ihn ansprechender zu machen.

Ihre Haare waren hochgesteckt und zeigten viele Blondtöne, und einige Locken rahmten ihr Gesicht. Ihre Lippen waren kräftig rosa und gewölbt. Es schien, als wäre sie permanent leicht errötet, und ein dunkler Rand um ihre Augen betonte deren Größe und Form. Ihre Wimpern und Brauen waren ein wenig dunkler als ihre Haare, ihre Haut abgesehen von dem rosa Hauch auf den Wangen hell wie Porzellan.

Sie sah aus wie eine errötende Braut. Wie eine künftige

Herzogin aussehen sollte. Niemand würde ihre Schönheit bestreiten.

Aber das nützte ihm nichts.

»Sie wären eine ausgezeichnete Herzogin von Trent«, sagte er leise, ohne den Blick abzuwenden. Das war die Wahrheit. Ihr Ruf war makellos. Sie war eine umworbene junge Dame, die musisch begabt war, dazu erzogen, ein großes Haus zu führen, und die aus einer begüterten, einflussreichen Familie stammte.

Eine ausgezeichnete Herzogin von Trent.

Sie hielt inne, öffnete die rosa Lippen ein wenig, sagte aber nichts.

Also blieb es allein ihm überlassen.

»Ihr Vater hat seine Erlaubnis bereits gegeben«, fuhr er fort. »Und nun bitte ich um Ihre. Miss Georgina Stanley, wollen Sie meine Frau werden?«

Einen Moment lang rührte sie sich überhaupt nicht. Dann bewegte sich ihr langer schlanker Hals, als sie schluckte und schließlich nickte. »Ja, Euer Gnaden.« Ihre Stimme klang tiefer als sonst und nicht ganz glatt. Nun glaubte Simon wirklich, dass Georgina in den Plan nicht eingeweiht war, der zu seinem Heiratsantrag geführt hatte.

Er rang sich ein Lächeln ab, weil eine Frau, die gerade einen Heiratsantrag angenommen hatte, zumindest das verdiente. Er stand auf, ging zu ihr, dann reichte er ihr die Hand und half ihr auf. Sie war nicht so groß wie Sarah, auch nicht so robust. Er schaute in ihr zartes Gesicht und schloss die Finger um ihre.

Sie sah zu ihm auf und blinzelte mit ihren schwarz umrandeten blauen Augen, die heller waren als Sarahs, aber im Vergleich zu diesen glasig und durchscheinend wirkten.

In dieser Woche hatte er in mehreren Nächten in Sarahs

Augen geblickt und war in der komplexen Tiefe ihrer Seele versunken.

Gott steh mir bei, dachte er. Er hatte soeben einer anderen einen Heiratsantrag gemacht. Er sollte nicht mehr an Sarah denken. Trotzdem sah er ihr Bild vor sich, ihr Gesicht schob sich vor Georginas.

Um es abzuschütteln, hob er ihre Hand an seine Lippen, drehte sie um und küsste sie in die Handfläche.

»Miss Stanley, Sie machen mich zum glücklichsten Mann der Welt«, log er.

»Georgina«, flüsterte sie. »Sie müssen mich Georgina nennen, da wir nun verlobt sind, Euer Gnaden.«

Mit rosigen Wangen und leuchtenden Augen schaute sie zu ihm hoch, und ihm war klar, was sie von ihm erwartete.

»Georgina«, bestätigte er. »Und Sie nennen mich von nun an ... Trent.«

Nicht Simon. Keine außer Sarah sollte ihn so nennen. Sie war die Einzige, der er das erlaubte.

Er schüttelte sich. Nein, nicht einmal sie würde ihn jetzt noch so anreden. Das Recht dazu hatte er ihr vorige Nacht genommen.

»Nun gut ... Trent.«

Sie blickte ihn an und neigte den Kopf zurück. Oje, sie wollte einen Kuss.

Er trat einen Schritt zurück, ließ ihre Hand aber nicht los. Er konnte sie nicht küssen. Nicht jetzt. Noch nicht.

Er verzog die Lippen zu einem Lächeln. »Nun ja, wollen wir zu Ihren Eltern gehen und ihnen die freudige Nachricht überbringen?«

Kurz wirkte sie bestürzt, dann glätteten sich ihre Züge. Er drückte leicht ihre Hand, um sie ein wenig aufzumuntern.

»Oh ja«, sagte sie strahlend. »Tun wir das.«

Sie verließen den aufdringlich rosafarbenen Salon und machten sich auf die Suche nach Lord und Lady Stanley. Simon straffte die Schultern und stellte sich seinem Schicksal, aber insgeheim fühlte er sich, als ginge er dem Schafott entgegen.

Und im Grunde fühlte er sich schon wie tot.

Sarah hatte sich zusammengerissen. Sie hatte sich einige Zeit genommen – mehr als sie für nötig gehalten hätte – und sich ihrem Schmerz hingegeben. Am Morgen war sie sehr spät aufgestanden und hatte sich mit Kopfschmerzen entschuldigt, und als sie im Speisezimmer saßen und eine Mahlzeit einnahmen, die man schon als Mittagessen hätte bezeichnen können, bat sie Esme, die für den Nachmittag geplanten Besuche abzusagen. Diese erklärte sich einverstanden, runzelte aber besorgt die Stirn.

»Was hast du?«, fragte sie Sarah. Und dann zog sie die Brauen hoch. »Ist es der Kutscher? Johnston? Hat er sich Freiheiten herausgenommen …?«

»Ach, du meine Güte, nein, Esme«, erwiderte sie und spießte ein Stück Hering auf die Gabel. »Robert Johnston? Wie kommst du denn nur darauf?«

»Er hat eine Schwäche für dich.« Esmes hellbraune Augen leuchteten über ihrer Tasse heißer Schokolade.

Sarah schüttelte den Kopf. Seit sie in London waren, hatte sie kaum mit dem Mann gesprochen, außer wenn es die Höflichkeit gebot, weil er Esme und sie irgendwohin fuhr. »Das glaube ich nicht.«

»Oh, aber so ist es.« So überzeugt hatte Esme sich den ganzen Sommer nicht geäußert. »Hast du bemerkt, wie er dich ansah, als er dir gestern in die Kutsche half, nachdem wir Mrs. Templeton besucht hatten?«

Sarah rieb sich die Schläfe. Sie hatte wirklich Kopfschmerzen, nicht nur Liebeskummer. »Nein, das ist mir nicht aufgefallen«, antwortete sie ruhig. »Wie hat er mich denn angesehen?«

»Du liebe Zeit, Sarah! Bist du denn völlig blind? Er ist restlos vernarrt in dich.«

»Das muss ein Irrtum sein.« Sarah blickte zu den beiden Dienern, die reglos an der Tür standen. Keiner sah sie an, doch sie wusste, sie waren mit Johnston befreundet. Die Diener des Herzogs von Trent verhielten sich stets äußerst diskret, aber was soeben gesprochen wurde, betraf einen der ihren. Dieser würde es wortgetreu erfahren.

Esme beugte sich verschwörerisch nach vorn und grinste sie schalkhaft an. »Weißt du, Sarah, dein Benehmen war in jüngster Zeit recht seltsam. Ich fange an zu glauben, dass zwischen dir und Mr. Johnston etwas ist.« Sie biss mit vielsagendem Blick in ihren Toast, kaute, schluckte, trank von ihrer Schokolade und grinste wieder. »Sag, was du willst, Sarah, aber ich glaube, du bist verliebt.«

»Mylady!« Sarah riss die Augen auf und schaute zu den Dienern, eine deutliche Warnung, doch Esme lachte nur und zeigte keinerlei Reue.

»Ihr seid beide entzückend. Und wenn es einer kleinen Ermutigung bedarf, damit etwas passiert, dann sei es so.«

Sarah starrte sie nur an. Esme würde nie erfahren, wie recht sie damit hatte ... und wie sehr sie sich gleichzeitig irrte. Sie hielt Johnston für den fraglichen Mann – mit dem Sarah kaum je ein Wort wechselte. Ihr käme gar nicht in den Sinn, es könnte ihr Bruder sein, der Sarahs angeblich seltsames Verhalten verursacht hatte.

Esme käme auch nie auf die Idee, Simon könnte Sarah lieben, weil Herzöge nun einmal nicht die Tochter ihres Gärtners liebten. Aber ihre Kutscher taten es. Eine Gärtnerstochter und ein Kutscher – diese Verbindung konnte Esme verstehen.

Sie bedachte Esme mit einem schwachen Lächeln. Danke, Esme, dass du mich an meinen gesellschaftlichen Stand erinnert hast.

Nach dem Frühstück begaben sie sich in den Salon, wo Esme an ihrer Geschichte weiterschreiben wollte. Sarah versuchte zu lesen, aber die Buchstaben verschwammen ihr vor den Augen, und so legte sie das Buch beiseite. Sie nahm das Körbchen mit den Strümpfen zur Hand, die sie für die Blindenschule strickte, und machte sich an die Arbeit. Auch die Maschen verschwammen ihr vor den Augen, und sie strickte Fehler hinein, was ihr selten passierte, doch sie schaute angestrengt auf ihre Nadeln und fuhr fort.

»Sarah?«

»Hm?«

»Ich ... mache Fortschritte, meinst du nicht?«

Sarah blickte stirnrunzelnd auf. Esme hielt sich ihr Notizbuch an die Brust gedrückt. »Fortschritte?«

»Ich meine, im Vergleich zur vorigen Saison. Ich komme mit den Leuten besser zurecht.«

Sarahs Züge wurden weich. »Aber ja. Du machst es jeden Tag besser, seit wir in London sind.«

Esme seufzte erleichtert auf. Nach kurzem Schweigen sagte sie: »Ich gebe mir solche Mühe.«

»Ich weiß.«

»Es ist nur ... seit Mama fort ist, empfinde ich es als meine Pflicht, ihren Platz einzunehmen. Und du kanntest sie ja. Sie war so überschwänglich. Bei jedem. Niemand konnte sie einschüchtern.«

Sarah fragte sich, seit wann sie von der Herzogin in der Vergangenheit sprachen.

»Das stimmt. Und wirklich, Esme, du machst das sehr gut. Nicht nur bei Höflichkeitsbesuchen oder auf Bällen, sondern auch was die Wohltätigkeit deiner Mutter betrifft. Sie wäre sehr stolz auf dich.«

»Meinst du?«

»Das weiß ich sogar. Und ich weiß, dein Bruder ist auch stolz auf dich.«

Esmes Miene hellte sich auf. »Ist er das?«

»Ja«, bekräftigte Sarah. Sie hatte mit ihm ausführlich über Esmes Fortschritte gesprochen, und er war darin mit ihr einer Meinung.

Esme winkte ab. »Oh, das kannst du doch gar nicht wissen. Wann sprichst du schon mal mit Trent? Er ist nie zu Hause, und wenn wir mit ihm einer Einladung folgen, spricht er kaum mit uns.«

Sarah blickte auf die Socke, an der sie strickte, und zuckte die Achseln. »Jedes Mal, wenn er dich anschaut, sehe ich, wie stolz er ist«, hielt sie ihr entgegen.

Es klopfte an der Tür, und Tremaine trat ein. »Mylady, Lady Stanley und ihre Tochter lassen fragen, ob Sie heute Besuch empfangen.«

Sarah erstarrte. Ihr Herz klopfte so wild, es war ein Wunder, dass Tremaine es nicht bis zur Tür hören konnte.

»Natürlich.« Esme fühlte sich durch das Gespräch mit Sarah offenbar ermutigt. »Bitte, bringen Sie sie herein.«

Tremaine verbeugte sich, und als sich die Tür hinter ihm schloss, holte Esme bestürzt Luft und wandte sich Sarah mit großen Augen zu. »Oh, Sarah, es tut mir so leid. Ich habe ganz vergessen, dass du Kopfschmerzen hast.«

Sarah starrte auf ihre Stricknadeln. »Mach dir keine Gedanken.« Sie versuchte, unbeschwert zu klingen, aber das misslang.

Georgina Stanley würde die nächste Herzogin von Trent werden, die Herrin von Ironwood Park. Sarah würde sich daran gewöhnen müssen. Sie hatte nur nicht erwartet, dass sie ihr schon so bald begegnen würde.

Sarahs schwache Worte hatten Esme nicht im Mindesten überzeugt. Sie zog die Brauen zusammen. »Vielleicht solltest du nach oben gehen und dich hinlegen. Ich kann die Stanleys auch allein empfangen. Denke ich.«

Das war eine ausgezeichnete Idee.

»Ja, das wird das Beste sein«, brachte Sarah kraftlos hervor. Sie schob Strumpf, Garn und Nadeln vom Schoß, ohne sich zu bemühen, alles im Korb zu verstauen, und stand mit wackligen Beinen auf. Im selben Moment ging jedoch die Tür auf, und Miss Stanley platzte herein. Sie musste wirklich durch den Flur gerannt sein.

Sie eilte auf Esme zu und klatschte in die Hände.

»Lady Esme«, sagte sie atemlos, »wir werden Schwestern!«

Esme zog verständnislos die Brauen hoch. »Schwestern? Was …«

Lady Stanley betrat den Salon, schnaufend, aber bester Laune. »Georgina hat soeben den Heiratsantrag Ihres Bruders angenommen«, erklärte sie.

»Des Herzogs von Trent«, sagte Miss Stanley, nur für den Fall, dass Esme vergessen hatte, mit wem sie verwandt war.

»Ah … oh!« Die schaute in ihrer Verblüffung zu Sarah.

Sarah reagierte nicht dementsprechend. Sie war zu sehr damit beschäftigt, Haltung zu wahren und sich nichts anmerken zu lassen.

Langsam stand Esme auf. Miss Stanley warf die Arme um sie. »Schwestern!«, wiederholte sie. »Ich bin so glücklich! Wir waren immer so gute Freundinnen, und nun auch noch Schwestern!«

Esme warf Sarah erneut einen Blick zu, und diesmal wirkte sie fassungslos. Sarah konnte ihr daraus keinen Vorwurf machen. Esme hatte Miss Stanley nie als gute Freundin betrachtet, wenn überhaupt.

»Äh … nun. Ich gratuliere«, sagte Esme unbeholfen.

Lady Stanley trat auf sie zu und umarmte sie, nachdem ihre Tochter endlich von ihr abgelassen hatte. »Sie dürfen mich Mama nennen, meine Liebe«, tat sie kund.

Esme erstarrte in der Umarmung. Sarah sah es deutlich.

Nicht so Georgina. »Und mich müssen Sie Georgina nennen.«

Esme löste sich von der Baronin. »Oh. Nun. Also gut.« Sie bot ihnen nicht an, sie mit dem Vornamen anzusprechen.

»Wie schön«, sagte Sarah zu den Damen. Sie gab sich Mühe, nicht allzu steif zu klingen. »Welch wunderbare Neuigkeit.« Sie deutete auf das Sofa. »Bitte nehmen Sie doch Platz. Soll ich Tee bringen lassen?«

»Danke, Miss Osborne. Ja, Tee wäre großartig, genau das Richtige«, sagte Lady Stanley.

Mit steifen Bewegungen machte Sarah sich daran, für den Tee zu sorgen. Als sie zu ihrem Platz zurückkehrte, sagte Lady Stanley gerade: »Im Herbst soll die Hochzeit sein. Je eher, desto besser, meine ich, und in Cotswolds ist eine Hochzeit im Herbst immer so hübsch.«

»Und das Beste daran ist, dass wir bis dahin auf Ironwood Park wohnen«, sagte Miss Stanley.

»Tatsächlich?«, fragte Esme.

Miss Stanley zuckte die Achseln. »Ja. Es gibt keinen Grund,

in London zu bleiben, nachdem ich nun verlobt bin. Außerdem ist dort die Luft so schlecht, und Mama meint, die Landluft wird meinen Teint zweifellos verbessern.«

Sarah fand, sie habe bereits einen makellosen Teint. Wie sollte der noch zu verbessern sein?

»Warum wohnen Sie denn nicht im Hause Ihres Vaters?«, fragte Esme.

Miss Stanley rümpfte die Nase. »Wir hatten geplant, mindestens bis August in London zu bleiben, denn auf Hartledge werden sämtliche Wände neu tapeziert und gestrichen.«

»Ach«, sagte Esme.

Lady Stanley wedelte sich vor dem Gesicht. »Farbe und Tapeten verderben einem die gute Landluft. Das Haus wird wohl frühestens im Dezember wieder bewohnbar sein, denke ich.«

»Also hat Trent Sie eingeladen, bei uns zu wohnen?«

»In der Tat, das hat er getan. Wir werden beide den ganzen Sommer über hier sein«, sagte Lady Stanley. »Er hat zugesagt, so viel wie möglich dort zu sein, bis im Parlament die Sitzungspause beginnt, und dann wird er auch nach Ironwood Park kommen. Auf Dauer.« Sie schlug die Hände zusammen und beugte sich vor. »Er sagte mir, er werde Sie nächste Woche heimschicken, damit Sie bei uns sein und Georgina helfen können, sich in ihrem neuen Heim zurechtzufinden. Ist das nicht wunderbar?«

Miss Stanley klatschte nun ihrerseits in die Hände. »Oh, Esme«, sagte sie und verzichtete ohne deren Erlaubnis darauf, sie Lady zu nennen. »Es wird absolut wundervoll – ich darf mich persönlich mit der Umgebung vertraut machen, bevor ich den Haushalt übernehme.«

Das klang in Sarahs Ohren gar nicht gut.

Andererseits war ihr immer klar gewesen, seit sie nach

Ironwood Park gezogen war, dass dies eines Tages unvermeidlich sein würde. Dass Simon eines Tages heiraten und die Herzogin, die sie fast wie ihr eigenes Kind behandelt hatte, abgelöst würde.

»Nun. Natürlich«, sagte Esme. Sie versuchte, der Höflichkeit Genüge zu tun, war aber zu sehr aus der Fassung gebracht, um überzeugend zu klingen.

»Sagen Sie mir nicht, Sie wollen in London bleiben«, erwiderte Lady Stanley. »Schließlich ist allgemein bekannt, dass Sie … sich hier unbehaglich fühlen.« Sie beugte sich vor, um Esme das Knie zu tätscheln. »Wir bedauern wirklich sehr, wie viel über Ihre Unbeholfenheit geredet wird. Gewiss wird es eine ungeheure Erleichterung für Sie sein, von alldem wegzukommen.«

Esme erbleichte, und Sarah verabscheute die Baronin dafür.

Miss Stanley nickte lebhaft. »Auf Ironwood Park werden Sie sich zweifellos wohler fühlen.«

»Das will ich meinen«, pflichtete Esme leise bei. Und Sarah sah wohl, dass das zarte Selbstvertrauen, das Esme in den vergangenen Wochen erlangt hatte, gerade zerschmettert worden war.

Der Tee kam, und die Damen tranken und plauderten noch eine Viertelstunde über Belanglosigkeiten, ehe sie hastig aufbrachen. Angeblich wollten sie noch mehreren Leuten einen Besuch abstatten und viele Briefe schreiben, um die freudige Nachricht zu verbreiten. Sie versprachen, Esme wieder zu besuchen, bevor sie von London abreisten.

Nachdem sie gegangen waren, saßen Esme und Sarah ein Weilchen sprachlos da. Esme schien sich langsam zu fassen, während Sarah darüber nachdachte, wodurch Simon gezwungen sein könnte, Georgina Stanley zu heiraten. Ihre

Vermutung, Luke könnte eine Dame kompromittiert haben, erschien ihr bei der Baroness nicht plausibel.

Schließlich schaute Esme zu Sarah, und ihre Blicke trafen sich. Esme schürzte die Lippen. »Nun ja«, meinte sie, »ich hätte Miss Stanley für meinen Bruder nicht ausgesucht, aber das habe wohl auch nicht ich zu entscheiden.«

So wenig wie ich, dachte Sarah.

»Und sie ist sehr schön und hat vollendete Manieren. Sie ist genau, was Mama erwartet hätte.« Esme zuckte die Achseln. »Herrje, die Damen hatten wohl recht, was mich und London betrifft. Ich bin froh, wenn wir früher zurückreisen, ehe ich noch einen wahren Fauxpas begehe wie im vorigen Jahr und meinen Bruder wieder in Verlegenheit bringe.« Ein trauriges Lächeln zeigte sich auf ihrem Gesicht, und sie ließ die Schultern hängen. Ob vor Erleichterung oder vor Resignation, hätte Sarah nicht zu sagen vermocht.

»Wir fahren nach Hause, Sarah, und um ehrlich zu sein, ich würde mich nicht beklagen, wenn ich London nie wieder betreten müsste.«

15

Das Parlament hatte seine Sitzungsperiode dieses Jahr später als sonst beendet, darum kehrte Simon erst in der ersten Augustwoche nach Ironwood Park zurück und brauchte so schnell nicht mehr nach London zu reisen.

Bis November bliebe er auf dem Land, also noch einen Monat nach seiner Hochzeit, wenn die Parlamentssitzungen beginnen würden. Er wusste nicht, ob seine Frau dann mit ihm nach London fahren würde. Viele Damen zogen es vor, die meiste Zeit des Jahres auf ihrem Landsitz zu verbringen, und sollte das Georginas Wahl sein, würde er sich nicht beklagen.

Allem Anschein nach war Georgina, als er zu Hause ankam, entzückt gewesen, ihn zu sehen. Sarah dagegen, die ihn sonst immer als Erste begrüßt hatte, war nirgends zu finden gewesen.

Zweifellos war das besser so. Trotzdem bekümmerte ihn ihre Abwesenheit. Ohne sie kam ihm Ironwood Park nicht mehr wie sein Zuhause vor.

Sam hatte ihn heimbegleitet – nach seinem letzten Auftrag hatte er einen Monat Urlaub bekommen. Mark hatte nach seiner Fahrt zum See die Suche nach ihrer Mutter von Ironwood Park aus fortgesetzt, sodass er bereits da war. Auch Theo war schon seit einigen Wochen zu Hause, da die Vorlesungszeit in Cambridge in der ersten Juliwoche endete.

Am Abend seiner Heimkehr saß Simon nach dem Essen im

Salon, umgeben von seiner Familie und den Stanleys. Es hätte ein angenehmes Beisammensein werden können, hätten ihm nicht drei Menschen gefehlt. Zuallererst Luke. Seit der Nacht, da sie beide Binnie gefunden hatten und dann verschiedene Wege gegangen waren, hatte keiner mehr etwas von Luke gehört, doch Simon hatte seinen Ermittler beauftragt, auch ihn im Auge zu behalten. Der Mann hatte inzwischen berichtet, Luke sei in London und erkundige sich, wenn er einmal nüchtern sei, nach dem Verbleib ihrer Mutter, verbringe aber mehr Zeit denn je mit seinen Ausschweifungen.

Zweitens vermisste Simon seine Mutter. Seit vier Monaten war sie nun schon spurlos verschwunden, und im Stillen fand er sich allmählich damit ab, sie nie mehr wiederzusehen. Er wusste, seine Geschwister dachten ebenso und akzeptierten die Tatsache voller Trauer.

Und drittens fehlte ihm Sarah. Auf Ironwood Park war sie beim Essen freilich nie dabei gewesen, als Esmes Gesellschafterin hatte sie allerdings in London an den Mahlzeiten teilgenommen. Jetzt war ihm ihre Abwesenheit deutlich bewusst.

Nachdem der Portwein nun endlich eine gewisse Lockerung in den vom stundenlangen Ritt verspannten Schultern herbeiführte, wandte er sich an seine Schwester, die gerade mit Mark über einen Scherz lachte, und fragte beiläufig: »Wo ist Miss Osborne?«

Esme verstummte abrupt. Nach einem kurzen Blick zu Georgina, die neben ihm auf dem pflaumenblauen Sofa saß, antwortete sie: »Ich nehme an, sie ist bei ihrem Vater im Gärtnerhaus.«

»Ein ganz außergewöhnliches Mädchen«, bemerkte Lady Stanley und nippte an ihrer Teetasse. »Als Georgina und ich entdeckten, dass Esmes Gesellschafterin bloß ein Hausmädchen ist, waren wir doch beeindruckt. Ein Hausmädchen – kann man sich so etwas vorstellen? Eine so hohe Stellung für ein Mädchen von so niedriger Geburt.«

Simon blickte sie an und gab sich keine Mühe, seine Verärgerung zu verbergen.

»Wir fanden es sehr klug von Ihnen, Trent, sie zur Gesellschafterin zu befördern, da Esme uns unmissverständlich zu verstehen gab, es habe zu der Zeit keine vernünftige Alternative gegeben. Aber nun, da wir zu Hause sind, ist das weder angemessen noch notwendig. Das habe ich der jungen Frau auch gesagt. Sie ist sich über den vorübergehenden Charakter ihrer Beförderung im Klaren gewesen und verstand die Notwendigkeit, ihre vorige Stellung im Haushalt wieder einzunehmen.«

Als Reaktion darauf spielte sich vieles in Simon ab – von Überraschung bis hin zu aufwühlendem Zorn –, und daher konnte er für einen Moment nichts erwidern. Er nahm sich Zeit, um sich zu fassen, und zwang sich zu einem Schluck Portwein, der aber nicht so recht die Kehle hinunterwollte.

»Ich verstehe«, sagte er knapp und war sich der aufmerksamen Blicke seiner Geschwister voll bewusst. Keiner von ihnen ahnte, wie viel er für Sarah empfand, sie wussten allerdings, dass er sie gern hatte, genau wie seine Familie.

Nun beobachteten sie, wie er reagierte.

Lady Stanley besaß in diesem Hause keine Autorität. Wie konnte sie es wagen, sich in Personalfragen einzumischen?

Zwar fiele die Dienerschaft bald in Georginas Verantwortungsbereich, aber noch war es nicht so weit.

Bitterkeit stieg in ihm auf, scharf und mächtig, doch er wollte seiner zukünftigen Schwiegermutter nicht im Beisein anderer widersprechen. Es war noch nie seine Art gewesen, eine Szene zu machen, und er würde heute Abend nicht damit anfangen.

»Georgina und ich leisten Esme nun Gesellschaft, da braucht sie niemand anderen«, schloss die Baronin mit großer Selbstgefälligkeit.

»Natürlich nicht«, sagte Georgina zu Esme gewandt. Es klang herzlich, allerdings auch ein wenig herablassend. Simon drehte den Kopf, um sie anzusehen, doch sie strahlte Esme an, und außer Zuneigung konnte er in ihrer Miene nichts entdecken. Vielleicht hatte er sich geirrt. Vielleicht glaubte er, solche unangenehmen Nuancen zu erkennen, weil sein Instinkt ihm riet, weder Lady Stanley noch seiner künftigen Gattin zu vertrauen. Immerhin hatte Georgina nichts Ungehöriges getan. Im Gegensatz zu ihrer Mutter.

»Vermutlich nicht«, sagte Esme friedlich, mied aber Georginas Blick. Stattdessen schaute sie Simon an und schenkte ihm ein leichtes Lächeln. Bildete er sich erneut etwas ein? Denn ihm kam dieses Lächeln traurig vor. Bedauernd. Es schien zu sagen, dass sie lieber Sarah als die beiden Stanleys als Gesellschafterin wollte.

»Wussten Sie, dass wir mit Miss Osborne zusammen aufgewachsen sind?«, fragte Mark an Georgina und die Baronin gewandt.

»Oh ja, Esme hat es erzählt«, sagte Georgina.

»Wieder ein Beispiel dafür, wie exzentrisch Ihre Mutter war.« Lady Stanley lachte. Sie hatte ein schrilles Lachen, das Simon bisher nicht aufgefallen war, ihm jetzt jedoch gehörig an den Nerven zerrte. »Die Gärtnerstochter erzogen in der Kinderstube eines der höchsten Häuser Englands mit den Kindern eines Herzogs. Das stelle man sich einmal vor!«

Mark schüttelte den Kopf. »Oh, aber Sie irren sich, Verehrteste.«

»So?«

»Tatsächlich hat niemand von uns im Kinderzimmer gespielt. Das ist ein dunkler, staubiger Raum. Unsere Mutter hat uns die meiste Zeit bei sich behalten.«

»Wirklich?«

»Das ist wahr«, warf Theo ein. »Wo immer sie sich aufhielt, da waren auch wir. Und unsere Mutter konnte das Kinderzimmer gar nicht leiden.«

Mark grinste Simon an. »Weißt du noch, wie wir alle unter ihren Röcken hervorschossen und Mr. Beardsley und seine Frau zu Tode erschreckt haben?«

Auch Sam nickte dazu. Er stand, seiner Gewohnheit folgend, beim Kamin, und Simon fragte sich, ob ihn wohl je einer zum Sitzen zwingen könnte. »Ich erinnere mich genau. Sie kamen, um der Herzogin ihre Aufwartung zu machen, und glaubten, sie wären mit ihr allein ...«

»Und plötzlich – zack, zack, zack, zack, zack –, alle fünf kamen wir unter Mamas Röcken hervor wie die Springteufel«, sagte Theo.

Sam runzelte die Stirn. »Wie willst du dich daran erinnern? Du kannst doch höchstens drei gewesen sein.«

Theos Grinsen ließ nicht nach. »Solche Momente prägen sich ein. Wir haben uns den Bauch gehalten vor Lachen, weil Mr. und Mrs. Beardsley so sprachlos waren ...«

»Mama lachte Tränen«, sagte Mark.

Simon bemerkte, dass Sam ihn schmunzelnd ansah. Als die beiden Ältesten hatten sie den Tag wohl noch am deutlichsten im Gedächtnis, ebenso die vielen ähnlich verbrachten Tage, wo sie bei anderen für Verwirrung, Überraschung oder gar Bestürzung gesorgt hatten. Obwohl sie gerade gemeinsam in Erinnerungen schwelgten, konnte Simon sich auf die Unterhaltung nicht so recht einlassen.

Sarah war wieder Hausmädchen. Nun würde sie nicht mehr in den Genuss schöner Seidenkleider und Londoner Ballsäle kommen.

Das passte ihm nicht. Nein, es passte ihm nicht nur nicht, es machte ihn geradezu wütend.

Er war froh, als Mark der Unterhaltung eine andere Richtung gab. Anderenfalls hätte er Sarah womöglich in ihre vorige Stellung zurückversetzt.

Das sollte er ohnehin tun, denn es war verteufelt anmaßend von Lady Stanley, zu glauben, sie könnte über seinen Haushalt gebieten. Und über Sarah zu bestimmen, war völlig inakzeptabel.

Lady Stanley lächelte und lachte mit seinen Brüdern. »Ach, ich wünschte, Ihre liebe Mama wäre jetzt hier und könnte sich mit uns darüber amüsieren. Es ist zu schade, dass sie verschwunden ist, meine ich. Wirklich zu schade.«

Darauf wurden alle ernst. Schließlich hob Mark sein Glas und sagte: »Da kann ich nur beipflichten.«

Einen Moment lang schwiegen sie. Dann wandte sich Georgina an Simon und erklärte gut gelaunt: »Nun, ich habe mein Kinderzimmer geliebt. Ich werde mich bemühen, aus dem hiesigen einen schönen Raum für meine Kinder zu machen. Die Tage darin waren für mich als kleines Mädchen die glücklichsten, und ich bin der Ansicht, dass Kinder sich in einem Zimmer, das sie als das ihre ansehen, am sichersten, glücklichsten und behaglichsten fühlen.«

Das weckte bei Simon eine Vorstellung, die er bislang vermieden hatte. Georgina würde die Mutter seiner Kinder sein. Eines Tages würden seine und ihre Kinder auf Ironwood Park herumtollen.

Oder vielleicht würden sie gerade das nicht tun. Vielleicht würden sie in das Dachzimmer verwiesen, von dem seine

Mutter immer gesagt hatte, es sei ein garstiger Ort, an dem es spuke. Wie oft hatte sie erzählt, wenn man in dem Kinderzimmer schlafe, höre man die Kinder, die darin gestorben seien, nach ihrer Mutter schreien. Darum hatte sie ihnen erlaubt, bei ihr im Schlafzimmer zu übernachten, bis sie alle alt genug wurden, ein eigenes Zimmer zu bewohnen.

Es spielte keine Rolle. Ihre Mutter war in der Tat exzentrisch gewesen und hatte ihnen gern absonderliche Geschichten erzählt, bei denen sie sich abends zusammendrängten. In dem Dachzimmer spukte es nicht. Es war für seinen Zweck überaus geeignet, und wenn Georgina es umgestalten wollte, würde man die Kinder dort bestens verwahren können. Ihre Kinder.

Er trank seinen Portwein aus, brachte eine passende Bemerkung zustande und ließ die Konversation dann an sich vorbeilaufen. Dabei fühlte er sich immer schwerer, so als schwämme er aus Leibeskräften, um sich über Wasser zu halten, aber die Felsbrocken an seinen Füßen zögen ihn unweigerlich hinab.

Er war noch nie einer Verantwortung ausgewichen. Er würde sich über Wasser halten, ganz gleich, was es kostete.

»Ich will dich in die Position der Gesellschafterin zurückversetzen.«

Sarah stand in der Tür des Gärtnerhäuschens und wandte sich kurz zu dem halbdunklen Zimmer um. »Ich gehe nur für ein paar Augenblicke nach draußen, Papa.«

Ihr Vater, der gerade gefrühstückt hatte, gab ein unwirsches »Meinetwegen« von sich. Sarah trat auf den kleinen Treppenabsatz und zog die Tür hinter sich zu.

Simon sah in seiner Reitkleidung glänzend aus. Die hohen

Stiefel waren auf Hochglanz poliert, dazu trug er eine hellbraune Reithose und einen dunklen Wollrock, der wie angegossen saß und seine breiten Schultern und die schmale Taille unterstrich. In der Nacht hatte es geregnet, daher glänzten hinter ihm die nassen Birkenblätter in der Sonne, und die Hecken und Sträucher schimmerten in ihren verschiedenen Grüntönen. Sarah straffte die Schultern und sah ihm in die Augen. »Guten Morgen, Euer Gnaden. Willkommen daheim.«

»Du warst nicht da, um mich wie sonst zu begrüßen.« Das klang ein wenig vorwurfsvoll.

»Das tut mir leid. Ich war mit einer Aufgabe beschäftigt, die mir Lady Stanley aufgetragen hatte.« Die Baronin hatte den Steinsaal zu ihrem Lieblingsplatz erkoren. Wenigstens eine Stunde verbrachte sie jeden Nachmittag darin und sonnte sich in seiner kalten Pracht. Als sie gestern auf einer der Marmorbänke saß, waren ihr an der Laokoonstatue einige Flecke aufgefallen, und sie hatte Sarah angewiesen, sie zu schrubben, bis der Marmor wieder einen gleichmäßigen Ton annahm.

Marmor hatte niemals einen einheitlichen Ton, aber Sarah hatte ihr Bestes getan und die Spalten zwischen den gemeißelten Leibern Laokoons, seiner Söhne und der Schlange gesäubert, bis ihr alles wehtat.

Simon schnaubte. Neben ihm schüttelte sein Pferd den Kopf und wieherte leise, und er zog sanft an den Zügeln, die er in seiner dunkel behandschuhten Hand behalten hatte, und beruhigte das Tier.

»Sarah ...«

Sie schaute an sich hinab, die Hände vor dem Schoß verschränkt. Sie trug eines der alten Musselinkleider, die sie nach London mitgenommen, aber nicht mehr getragen hatte, nachdem die neuen von der Modistin gekommen waren.

Heute würde sie wahrscheinlich wieder zu anstrengenden Reinigungsarbeiten herangezogen, und selbst wenn nicht, würde sie die Londoner Kleider wohl nie wieder tragen wollen. Außerdem gäbe es wohl auch keinen Anlass dafür.

Simon setzte die Reitkappe ab und hielt sie an der Seite. »Ich möchte, dass du Esmes Gesellschafterin bist.«

»Ist das Lady Esmes Wunsch?«, fragte sie ruhig.

»Dessen bin ich mir sicher.«

Sarah wollte das ebenfalls gern. Aber das war nun nicht mehr möglich. Sie war keine Närrin. Als Esmes Gesellschafterin wäre sie ständig mit der Baronin und ihrer Tochter zusammen. Lady Stanley würde es sehr gegen den Strich gehen, wenn Sarah wieder eine Stellung bekleidete, die eindeutig zu hoch für sie war, und es Sarah übel nehmen, weil sie sich über ihre Entscheidung hinwegsetzte. Und Sarah hielt es kaum in einem Raum mit Miss Stanley aus, ohne dass ihr schlecht wurde.

Außerdem würde sie als Esmes Gesellschafterin auch Simon häufiger sehen. Sie war sich nicht sicher, ob sie es ertragen könnte, mehr Zeit als absolut nötig in seiner Gegenwart zu verbringen. Und wenn sie ihn noch dazu mit Miss Stanley zusammen sehen müsste …

Nun, sie war immer stolz darauf gewesen, stark und belastbar zu sein. Aber vielleicht war es damit doch nicht so weit her.

Als sie Simon jetzt anblickte, erinnerte sie sich an den Ausdruck seiner Augen, wenn er sie nach ihrem Liebesspiel anschaute, und an seine Lippen, mit denen er sie liebkost hatte. Darum schüttelte sie den Kopf.

»Nein.« Sie sagte es leise, aber bestimmt. Es war endgültig.

Verblüfft blinzelnd blickte er sie an. Sie war selbst überrascht. Es war das erste Mal, dass sie ihm etwas verwehrte.

Sie schüttelte den Kopf. »Ich kann nicht. Das wäre nicht angemessen.«

An seinem Kiefer zuckte ein Muskel, doch er behielt einen ruhigen Ton bei. »Ich halte es dagegen nicht für angemessen, dass du hier stehst, in diesem Kleid, und dich wie ein Dienstmädchen benimmst.«

»Ich bin ein Dienstmädchen, Euer Gnaden.«

Er blickte auf seine Hände und Zügel, und seine Schultern unter dem feinen Wollstoff wirkten angespannt.

Sie wusste nicht, was in ihm vorging, und wünschte, er würde es ihr sagen. Schon bevor sie beide zusammengekommen waren, hatte er ihr seine Gedanken immer unbefangen mitgeteilt.

Sie hatte jedoch kein Recht, seine wahren Gedanken zu kennen. Das hatte sie noch nie gehabt. Ihr war immer klar gewesen, dass seine Freundschaft ein Geschenk war, das ihr eines Tages wieder genommen werden konnte. Männer in seiner Position durften mit Frauen wie ihr keine freundschaftliche Beziehung pflegen.

Er hob den Kopf. »Vielleicht ist es so am besten«, sagte er kaum hörbar und stellte sich ihrem Blick.

Oh, das war es. Ganz gewiss. Doch sie nickte nur.

»Sarah?« Ihr Vater rief sie von drinnen, und sie schaute kurz über die Schulter.

»Ich muss wieder ins Haus, Euer Gnaden.«

»Ja, natürlich. Wir sehen uns später.«

»Ah ... ja.« Vielleicht. Hoffentlich nicht. Sie fühlte sich jetzt schon völlig aufgewühlt, als tobte ein Sturm in ihr. Das würde sie kaum lange verbergen können.

»Dann wünsche ich einen guten Tag, Sarah.«

Sie knickste. »Guten Tag, Euer Gnaden.«

Und damit drehte sie sich um und ging ins Haus. Aber als

sie Wasser aufsetzte, um ihrem Vater noch eine Kanne Tee zu kochen, beobachtete sie durch die Vorhänge, wie er einen Pfad entlangritt, der in den Wald führte. Innerlich weinte sie, ihr gebrochenes Herz klopfte heftig und schmerzte, eine frisch aufgerissene Wunde, doch nach außen hin lächelte sie gut gelaunt und plauderte mit ihrem Vater über seinen Vorschlag, in der Nähe des Baches eine Weißdornhecke zu pflanzen.

Zwei Tage später bat Simon seine Verlobte, mit ihm in der Dämmerung spazieren zu gehen.

Zwischenzeitlich hatte er Sarah einige Male gesehen. Obwohl sie sein Angebot, Esme wieder Gesellschaft zu leisten, abgelehnt hatte, versah sie ihre Pflichten mit der ihr eigenen Fröhlichkeit. Offensichtlich verkraftete sie ihre Trennung weitaus besser als er. Sie zu sehen beruhigte ihn jedoch. Das gab ihm die Kraft, weiterhin seine Pflicht zu tun.

Es herrschte eine schöne Abendstimmung. Am Himmel standen lockere Wolken, und die Sonne überzog ihn bei ihrem Weg zum Horizont mit eindrucksvollen Streifen in Rosa und Purpur. Er führte Georgina zu der Bank am Bach. Unterwegs erklärte er ihr die Anlage der Gärten und des weiteren Geländes, die von dem berühmten Capability Brown zur Zeit seines Großvaters erdacht und nunmehr von Mr. Osborne gepflegt wurden.

»Mr. Brown wollte den Garten ganz abschaffen«, erzählte Simon, als sie an einer Reihe gelber Rosen entlangspazierten, »aber meine Großmutter wollte davon nichts hören. Sie liebte ihre Rosen und Frühlingsblumen zu sehr. Daher gingen sie einen Kompromiss ein.«

»Ein sehr hübscher Kompromiss«, sagte Georgina. Er hielt

ihr das Gartentor auf, und sie traten auf den Weg, der in die ferneren Bereiche des Anwesens führte. Dort verloren sich die geometrischen Strukturen des großmütterlichen Gartens und wurden von einer weitläufigen Anordnung von Rasen und Bäumen, die für Brown so charakteristisch war, abgelöst.

Von dem Weg aus war in der Ferne der Wald zu sehen. »Brown legte auch gerne Gewässer an, und auf Ironwood Park fand er eine natürliche Quelle vor«, erzählte Simon, als der Weg zum Bachufer schwenkte und die Brombeerhecke sich öffnete und einen schönen Blick bot. Ein Weilchen standen sie da und schauten in das klare Wasser, das über glatte Steine floss.

»Ich denke, Mr. Brown fand hier alles sehr idyllisch.«

Simon schaute sie an. »Sie finden es hier idyllisch?«, fragte er ernst nach. Schließlich würde sie den Rest ihres Lebens auf Ironwood Park zubringen.

»Ja, gewiss. Es ist ein prächtiges Anwesen, wie es einem Herzog zukommt.«

»Manche empfinden es zuweilen als abweisend.« Seine Mutter hatte das unaufhörlich beklagt, sich aber größte Mühe gegeben, einige wenige Räume im Haus nach ihrem persönlichen Geschmack zu verändern. Viele hatte sie unberührt gelassen, aus Respekt gegenüber dem, was Ironwood Park darstellte – ein Zeugnis der Größe und Macht Englands und seiner Aristokratie. Die Marmorhalle mit der beunruhigenden Laokoonstatue war ein Beispiel dafür.

»Oh, ich finde es gar nicht abweisend«, versicherte Georgina. »Die meisten Räume sind äußerst elegant und müssen so bleiben. Der Sitz eines Herzogs sollte seinen Reichtum und seine hohe Stellung zeigen. Einige Räume müssen modernisiert werden, doch dafür ist noch viel Zeit, und das ist eine

Aufgabe, die ich sehr gern übernehme, da ich weiß, wie beschäftigt Sie sind.«

Simon kehrte dem Bach den Rücken zu, um zu seinem leicht erhöht liegenden Haus zu blicken. Es war erhaben, wirkte mit seinem gotischen Gesims und den Kuppeln sogar düster. Aber er war dort geboren worden. Das war sein Zuhause und das der künftigen Familiengenerationen. Allein deswegen liebte er Ironwood Park.

Er wandte sich wieder seiner Braut zu, und sie schenkte ihm ein keusches Lächeln. Er bot ihr den Arm, sie legte ihre kleine Hand in seine Ellenbeuge, und so spazierten sie weiter den Weg entlang, der dem natürlichen Verlauf des Baches folgte.

Nach einigen Minuten führte er ein Stück bergab. Simon blieb mit Bedacht der Bank fern, wo er so viele Stunden mit Sarah verbracht hatte. Er hegte keinen Wunsch, seine Erinnerungen an die Gespräche mit ihr aufzufrischen, während er eine andere Frau am Arm führte. Das wäre beiden gegenüber ungerecht.

Ein Stückchen von der Bank entfernt beschrieb der Bach eine scharfe Biegung, und von dort aus war das Haus nicht mehr zu sehen. Dort machte Simon abermals Halt.

Er wandte sich Georgina zu, und sie hob das Gesicht und schaute ihn unschuldig an. Langsam strich er an ihren Armen hinab und nahm ihre behandschuhten Hände in seine. »Sie sind sehr schön, Georgina«, sagte er. Er hatte ihr bisher lediglich eine zerstreute Aufmerksamkeit entgegengebracht, die noch dazu vorgetäuscht war, und während er sich Mühe gegeben hatte, nicht unfreundlich zu sein, fürchtete er, sie könnte sein gespaltenes Verhältnis zu ihr gespürt haben.

»Danke«, hauchte sie und nahm das Kompliment mit einem leichten Lächeln entgegen.

Darauf beugte er den Kopf und küsste sie.

Innerlich wehrte er sich gegen die Nähe, aber er versteifte seine Haltung und konzentrierte sich auf seine Lippenbewegungen.

Georgina überraschte ihn. Er hatte sie in jeder Hinsicht für unschuldig gehalten, erwartet, sie würde erstarren, wie es sittsame junge Damen tun sollten.

Stattdessen keuchte sie leise, schlang die Arme um ihn, und innerhalb eines Augenblicks wurden ihre Lippen nachgiebig, ganz warm und gefügig.

Verdammt.

Das wollte er nicht. *Sie* wollte er nicht.

Tief in seinem Innern setzte ein heftiges Zittern ein, das ihm unmissverständlich klarmachte, dass er einen Verrat beging, an allem, was ihm je etwas bedeutet hatte.

Aber das stimmte doch gar nicht. Er beging gar keinen Verrat, sondern schützte, was ihm wichtig war.

Außer Sarah. Sie schützte er nicht. Und sie war ihm verflucht noch mal sehr wichtig.

Hinter ihnen knackte ein Zweig, sodass sie beide zusammenfuhren. Simon drehte es den Magen um, und kalter Schweiß trat ihm auf die Stirn.

Über Georginas Schulter hinweg sah er in Richtung der Bank eine flinke Bewegung.

Es war Sarah, die nun zum Wald hinrannte. Er erkannte sie sofort an ihren Haaren, die in der Abendsonne glänzten wie poliertes Ebenholz, und an ihrer Körperhaltung, mit der sie über Baumwurzeln und Steine sprang.

Sarah hatte soeben mit angehört, wie er Georgina ein Kompliment machte. Sie hatte gesehen, wie sie sich küssten. Es drängte ihn, ihr nachzueilen, sie in die Arme zu nehmen und zu beteuern, dass er bei Georgina alles vortäuschte.

»Was war das?«, fragte Georgina atemlos. Er bemerkte, dass sie noch immer die Arme um ihn gelegt hatte.

Er schaute zu ihr hinab. Ihre Wangen waren errötet, ihre Lippen glänzten vom Küssen, und er zuckte die Achseln, während Schuldgefühle und Bedauern in ihm aufwallten.

»Ein Reh. Sicher haben wir es beim Äsen gestört. Es hat uns entdeckt und ist geflohen. Es ist schon gar nicht mehr zu sehen.« Sanft löste er sich aus ihren Armen und legte ihre Hand in seine Ellenbeuge. »Kommen Sie, kehren wir zum Haus zurück.«

16

Sarah wartete in Miss Stanleys Ankleidezimmer. Deren Zofe litt offenbar häufig unter Kopfschmerzen und hatte sich, weil sie diesmal besonders stark waren, ins Bett gelegt. So würde nun Sarah die Baroness für das Dinner ankleiden.

Auf die Aufgabe freute sie sich keineswegs. Sie hatte sich bemüht, den Stanleys aus dem Weg zu gehen, seit die Baronin ihr die Stellung als Esmes Gesellschafterin genommen hatte.

Am vorigen Abend hatte sie etwas freie Zeit gehabt und war zur Bank am Bach gegangen, um nachzudenken. Sie wünschte, sie hätte das nicht getan. Nachdem sie dort auf Simon und seine Verlobte getroffen war, war ihr einiges klar geworden – vor allem, wie sehr es ihr zusetzen würde, die Heirat zwischen Simon und Georgina Stanley mit anzusehen.

Die Minuten verstrichen, ohne dass die Dame erschien. Sarah beschäftigte sich derweil mit Aufräumen, brachte Ordnung in die diversen Unterkleider und Accessoires, die im Zimmer verstreut lagen. Miss Stanley war es an diesem Morgen wohl schwergefallen zu entscheiden, was sie tragen wollte. Das Zimmer sah aus, als wäre ein Sturm hindurchgefahren. Sie hatte vieles anprobiert, bevor ihre Wahl auf das hübsche, grün gestreifte Musselinkleid fiel. In dem hatte Sarah sie am Nachmittag gesehen, als Johnston ihr, der Baronin und Esme in die Kutsche half, vermutlich zu einer Fahrt ins Dorf.

Sie stand hinter der Tür zur Kleidermangel, wo sie eines

der Abendkleider glättete, als sie die Stimmen Georginas und ihrer Mutter hörte, die das angrenzende Schlafzimmer betraten. Sie sprachen leise miteinander, und Sarah hielt mit der Hand an dem gelben Seidenkleid inne und neigte neugierig den Kopf. In solch ernstem Ton hatte sie die beiden noch nie reden hören.

Als die Tür ins Schloss gefallen war und die Damen weiter ins Zimmer traten, konnte sie das Gesprochene allmählich verstehen.

»Mama, das ist viel zu gefährlich.«

»Dein Papa ist anderer Meinung.«

»Oh, er ist vollkommen blind«, erwiderte Georgina wegwerfend. »Ist dir bewusst, wie nah Bordesley Green ist? Es liegt keine zehn Meilen entfernt! Um Himmels willen, ich könnte zu Fuß dorthin gehen.«

Bordesley Green? Was war das? Sarah versuchte, sich darauf zu besinnen, woher sie den Namen kannte.

»Es liegt ganz abgeschieden. Kaum jemand kennt es. Und Bertram hat noch dazu einen anderen Familiennamen. Nichts kann ihn mit uns in Verbindung bringen. Niemand würde auf die Idee verfallen.«

Miss Stanley schnaubte undamenhaft. »Smith. Ach ja, ich erinnere mich.«

»Also, Georgina«, sagte Lady Stanley beschwichtigend. »Es wird nicht herauskommen. Du weißt, wie wichtig das deinem Vater ist, und mir ebenfalls. Wir halten ihn schon so lange vor der Öffentlichkeit verborgen. Nach all der Zeit können wir doch sicher sein.«

»Ich wünschte nur, er befände sich weiter weg.« Miss Stanleys Tonfall wurde unwirsch – was Sarah von ihr bislang nicht kannte. »Meinetwegen in Abessinien.«

»Ach Gott«, erwiderte die Baronin, die die Bemerkung

ernst nahm, »ich bezweifle, dass dein Vater ihn dorthin schicken würde, und ob man in Abessinien solche Häuser für Menschen wie Bertram hat, ist fraglich. Aber ich werde es ihm vorschlagen.«

»Warum besteht Papa überhaupt darauf, ihn so nah bei uns zu lassen? Es wird mir unerträglich peinlich sein, wenn ihn jemand findet.« Jetzt jammerte sie. »Ich würde glattweg sterben.«

»Das würde uns alle in größte Verlegenheit bringen, gewiss«, sagte Lady Stanley. »Ich werde das mit deinem Vater besprechen, aber er wird unsere Sorge sicherlich zerstreuen können. Wie auch immer, du kennst deinen Vater. Er möchte Bertram im Auge behalten und will ihn darum in der Nähe wissen. Aber nun müssen wir uns umkleiden«, fügte sie gut gelaunt hinzu. »Wo ist dieses elende Hausmädchen? Ich hatte ihm befohlen, heraufzukommen.«

Sarah verhielt sich sehr still. Hinter der Tür der Kleidermangel war sie auf den ersten Blick nicht zu sehen, aber wenn jemand ins Ankleidezimmer käme ... Rasch wog sie ihre Möglichkeiten ab und beschloss, sich nicht zu mucksen und lieber zu beten, die Damen mögen wieder fortgehen.

Sie hob das Gesicht zur Decke und kniff die Augen zu. *Lieber Gott, mach, dass ...*

Miss Stanley seufzte. »Ich habe nicht die leiseste Ahnung, und ich weiß noch nicht einmal, was ich anziehen soll.«

»Nimm das gelbe«, riet Lady Stanley geistesabwesend, dann sagte sie: »Vielleicht ist sie bei Esme.«

Bitte, lass sie weggehen, flehte Sarah.

»Da ist sie immer«, stöhnte Miss Stanley.

Möglichst weit weg, dachte Sarah, und ein Teufelchen flüsterte in ihrem Kopf: Vielleicht würde es ihnen in Abessinien ganz vortrefflich gehen.

»Ausgerechnet jetzt. Ich hatte gehofft, sie nie wieder sehen zu müssen«, erklärte Miss Stanley, »nachdem sie ganz offensichtlich vergessen hat, wo sie hingehört. Aber Esme möchte sie ständig bei sich haben und bittet sie um lauter Dinge.«

Ja, das war wahr. Esme bat sie immerzu um Kleinigkeiten, etwa den Tee bestellen und einschenken oder das Feuer schüren, nur um sie bei sich zu haben. Es ließ sich nicht bezweifeln – Sarah hatte mehr Zeit mit Esme verbracht als jemand sonst, und demzufolge war Esme unbefangener.

»Sie hat die arme Esme eindeutig verzaubert«, meinte Lady Stanley in tadelndem Ton.

»Ich kann das nicht verstehen. Ich habe mir bei Esme solche Mühe gegeben, obwohl sie das langweiligste Geschöpf ist, dem ich je begegnet bin. Hast du schon mal gesehen, wie sie ihre dummen kleinen Geschichten schreibt?«

Sarah schloss die Augen und sah Miss Stanley im Geiste erschaudern. Sie musste die Lippen zusammenkneifen, um einen Unmutslaut zur Verteidigung der Schriftstellerin zu unterdrücken.

»Solche Dinge brauchen eben Zeit«, besänftigte die Baronin. »Aber eines rate ich dir, Georgina: Bei ihr musst du immer wachsam sein. Ich habe das untrügliche Gefühl, sie könnte sich jeden Augenblick gegen dich wenden.«

»Wie kommst du darauf?« Miss Stanley wirkte überrascht.

»Diese Hawkins – die sind nicht ganz richtig im Kopf. Nun ja, lass mich das korrigieren. Der Herzog hat sein Bestes getan, um die Ehrbarkeit seines Namens einigermaßen wiederherzustellen. Er ist ein ganz akzeptabler Gentleman, der weiß, was sich gehört. Aber die Geschwister …« Sie gab ein missbilligendes Geräusch von sich. »Die haben durchaus etwas vom Irrsinn ihrer Eltern geerbt, denke ich.«

»Ihr Vater war irrsinnig?«, fragte Miss Stanley. »Von ihrer

Mutter weiß ich es bestimmt. Denn welche Mutter würde eine Gärtnerstochter in die Familie aufnehmen, du meine Güte? Aber der Vater auch?«

»Ja«, bestätigte die Baronin sehr ernst. »Als ich in deinem Alter war, wurde ich stets ermahnt, mich von diesem Mann fernzuhalten. Sein Ruf und sein Benehmen wurden mir als Beispiel der Verkommenheit vor Augen geführt und sollten allen gesitteten jungen Damen eine Warnung sein.«

»Aber er war ein Herzog«, hielt Miss Stanley dagegen, als ob das jede Ungehörigkeit verzeihlich machte.

»Das war er wohl.« Die Baronin seufzte. »Ich gebe zu, es ist selten der Fall, Georgina, aber hin und wieder reicht der Titel nicht mehr aus, um den guten Namen wiederherzustellen.«

Ihre Tochter schien darüber nachzudenken. »Und meinst du, Esme ist auch irrsinnig?«

»Gut möglich.«

Sarah schickte ein Stoßgebet zum Himmel. *Lieber Gott, Abessinien ist wohl wirklich der beste Platz für die beiden.*

Lady Stanley fuhr fort: »Sie ist jung und unerfahren, und vielleicht ist der Irrsinn noch nicht ganz ausgebrochen. Das müssen wir ausnutzen, solange es geht. Wir müssen alles tun, um uns bei ihr einzuschmeicheln.«

»Ehrlich gesagt, ich wüsste nicht, warum«, widersprach Georgina. »Sie ist bloß Trents Schwester und scheint ihm nicht einmal besonders nahezustehen. Sie hat keinen Einfluss auf ihn.«

»Weil sie nicht mit ihm spricht. Sie spricht überhaupt kaum mit jemandem. Aber was, wenn sie doch einmal Einfluss auf ihn nimmt?«

Miss Stanley zögerte. »Nun, in dem Fall könnte er durchaus auf sie hören.«

»Das will ich wohl meinen. Also streng dich an und werde ihre Busenfreundin, Georgina. Wenigstens bis du verheiratet bist. Danach bist du eine Herzogin und kannst tun, was dir beliebt.«

»Ja, Mama. Ach, ich kann den Oktober kaum erwarten«, sagte Lady Stanley sehnsüchtig.

»Er wird kommen, ganz gewiss. Bis dahin müssen wir uns aber bei diesen eigentümlichen Leuten von unserer besten Seite zeigen.«

»Es stimmt, Trent sticht unter ihnen als der Schicklichste hervor«, meinte Miss Stanley.

»Und ihn wirst du heiraten. Du hast großes Glück, Georgina. Wirklich großes Glück.«

»Ja.« Sie stieß einen seligen Seufzer aus. »Ich bin das glücklichste Mädchen der Welt.«

»Du siehst also ein, dass wir Trent keinen Grund geben dürfen, es sich anders zu überlegen.«

»Oh, das wird er nicht tun. Er würde mich niemals sitzen lassen. Dafür ist er viel zu anständig.«

Die Baronin lachte leise, während es Sarah den Magen umdrehte. »Wahrscheinlich hast du recht. Dennoch gibt es keinen Grund, ihn zu verärgern.«

»Ich weiß. Und das möchte ich auch ganz gewiss nicht tun. Er ist freundlich und großzügig.«

Es folgte ein kurzes Schweigen. Dann sagte die Baronin wehmütig: »Ach, meine Liebe, ich beneide dich um die gute Partie. Ich bin so stolz, weil du die Aufmerksamkeit eines Herzogs fesseln konntest – obwohl ich schon immer wusste, dass du großen Erfolg haben würdest. Als ich ein junges Mädchen war, habe ich immer davon geträumt, so eine blendende Verbindung einzugehen.«

»Und hast Papa geheiratet.«

Miss Stanley klang, als wäre das eine großartige Sache, ihre Mutter jedoch gab einen verächtlichen Laut von sich. »Dein Papa ist kein Herzog.«

»Das stimmt.« Miss Stanley lachte, und Sarah drehte es erneut den Magen um. Denn das Lachen klang nicht glücklich, sondern triumphierend, als wäre Simon eine Eroberung, um die sie mit ganz England gekämpft hatte.

Leider hatte sie damit nicht mal unrecht. Sarah hatte zwar viele Jahre abgeschieden auf Ironwood Park gelebt, aber während der Zeit in London hatte sie beobachten können, wie die Damen sich Simon gegenüber benahmen. Diese Monate hatten unmissverständlich gezeigt, dass er für alle ledigen jungen Damen der größte Fang war.

»Nun lass uns zu Esme gehen. Wenn das Mädchen bei ihr ist, werde ich ihr einen gehörigen Rüffel erteilen, weil sie ungehorsam war.«

Sie verließen das Zimmer und schlossen die Tür hinter sich.

Sarah ließ sich gegen die Kleidermangel sinken, schloss erleichtert die Augen und dankte dem Herrn.

Dann kehrte sie ins Ankleidezimmer zurück und stand nachdenklich da. Nachdem sie das Gespräch belauscht hatte, war jede Hoffnung, sie könnte die beiden Damen je leiden mögen, endgültig zerstoben. Esmes Geschichten hatten sie als dumm bezeichnet und behauptet, die Hawkins neigten zum Wahnsinn.

Die beiden Damen waren schlichtweg schrecklich.

Ganz bewusst dachte sie noch einmal an den Beginn der Unterhaltung. Bordesley Green ... wo hatte sie davon gehört? Was für ein Haus war das? Sie nahm sich vor, Mrs. Hope danach zu fragen.

Und wer war Bertram Smith, dessen Nachname erfunden

war? Warum wünschte sich Georgina, er wäre in Abessinien?

Vielleicht hatte er Georgina in irgendeiner Weise kompromittiert, und die Stanleys hatten ihn bezahlt, damit er aus der Öffentlichkeit verschwände ... und so war er nach Bordesley Green gegangen, und Georgina fürchtete, das sei zu nah und Simon könnte entdecken, dass sie nicht so unschuldig war, wie sie sich gab ...

Du meine Güte, ihre Fantasie ging mit ihr durch. Sie musste rasch mit Mrs. Hope sprechen, ehe sie noch eine ganze Geschichte erfände, die für alle Beteiligten glücklich endete – bei der Georgina Stanley und Bertram Smith nach Abessinien durchbrannten.

Sie räumte weiter auf, und als die Tür zum Schlafzimmer nebenan erneut geöffnet wurde, eilte sie, den Arm voller Kleidungsstücke, aus dem kleinen Raum und schlug einen unschuldigen, heiteren Ton an. »Oh Miss Stanley, ich wurde heraufgeschickt, damit ich Ihnen beim Ankleiden helfe.«

Die Angesprochene runzelte die Stirn. »Wo sind Sie gewesen?«

»Nun, ich habe auf Sie gewartet. Ihre Frau Mutter hatte mich angewiesen, heraufzukommen und auf Sie zu warten, und das habe ich getan ... sobald ich die kurze Besorgung für Mrs. Hope erledigt hatte. Inzwischen habe ich schon mal Ihr Ankleidezimmer aufgeräumt.« Zum Beweis deutete sie auf das Bündel Unterwäsche, das sie über dem Arm trug.

Miss Stanley schnaubte verärgert und schritt an ihr vorbei ins Ankleidezimmer, um die Tür zur Kleidermangel aufzureißen. »Mama, sagt, ich soll das gelbe anziehen.«

»Eine ausgezeichnete Wahl, Miss«, sagte Sarah ruhig. Das hatte sie eigens zur Seite gelegt, bevor die Damen zum ersten Mal ins Schlafzimmer gekommen waren.

Wieder ein Schnauben seitens der Baroness.

Die stellte sich nun in die Zimmermitte und streckte die Arme zur Seite. Sarah nahm das als Hinweis, sie auszukleiden.

Wortlos machte sie sich an die Arbeit und berührte die Baroness dabei so wenig wie möglich. Sie zog ihr das grün gestreifte Musselinkleid aus, dann zwei Unterröcke, das Mieder und zuletzt das Hemd. Daraufhin ging sie an eine der Schubladen und zog ein sauberes Hemd aus Seide hervor, das sie demonstrativ hochhielt.

»Nein, nicht dieses.«

»Welches ist Ihnen lieber, Miss?«

»Natürlich das andere seidene, das mit dem Spitzensaum.«

Sarah suchte danach, während Miss Stanley ihr zusah, aber das Hemd war nicht zu finden. Schließlich sah Sarah auf. »Wissen Sie, wann Sie es zuletzt getragen haben?«

»Nein, natürlich nicht. Ich achte nie auf derlei Dinge.«

»Vielleicht ist es unten in der Wäsche. Soll ich eben nachsehen gehen?«

»Um Himmels willen, nein! Wir sind ja bereits spät dran, das wissen Sie, wegen Ihrer dummen Besorgung für die Haushälterin.« Miss Stanley stieß einen Seufzer der Empörung aus. »Also gut, das schlichte soll jetzt genügen. Aber meine Missy hätte es bestimmt gefunden.«

Missy war die Zofe, die sich am Nachmittag ins Bett gelegt hatte. Plötzlich war ganz klar, warum Missy häufig an Kopfschmerzen litt.

Sarah kleidete die Baroness fertig an und ließ dabei zwei Wutausbrüche über sich ergehen – einen, als sie das kurze Mieder »zu fest« schnürte. Sie schnürte schon ihr Leben lang Mieder zu und wusste genau, wie stark sie an den Bändern zu ziehen hatte. Doch Sarah erwiderte nichts und lockerte sie, bis Miss Stanley widerwillig zustimmte. Und den anderen, als das Kleid an die Reihe kam. Es hatte einen winzigen Schmutzfleck am Ärmel – vielleicht war es nur Staub.

»Oh nein!«, rief Miss Stanley. »Mein Kleid ist ruiniert.«

Sarah versuchte gewissenhaft, den Fleck auszubürsten, und meinte, es sei ihr gelungen, doch Miss Stanley zeigte entrüstet mit dem Finger auf die Stelle, und ihre Augen schwammen bereits in Tränen.

»Was wird Trent von mir denken, wenn ich zum Dinner komme wie eine Vogelscheuche?«, jammerte sie, und Sarah war gezwungen, die sehr beschäftigte Mrs. Hope zu Hilfe zu rufen.

Aber schließlich war die Aufgabe erledigt. Der ruinöse Fleck war entfernt, und nun war es Zeit, die Frisur zu richten.

Sarah wollte diese glänzenden goldblonden Locken gar nicht anfassen. Das widerstrebte ihr zutiefst.

Darum zögerte sie, als Miss Stanley sich an den Frisiertisch setzte und erwartungsvoll zu ihr in den Spiegel schaute. Sarah senkte die Stimme. »Miss, ich muss gestehen, Frisuren sind nicht meine Stärke.«

Die Baroness stutzte, dann kniff sie die Augen zusammen und schüttelte den Kopf.

»Natürlich, das überrascht mich nicht. Was ist denn Ihre Stärke, wenn ich fragen darf? Was haben Sie im Kinderzimmer gelernt? Verzeihung, nicht im Kinderzimmer, sondern wo immer die Gouvernante der Familie sie unterrichtet hat, als Sie unter den Fittichen der Herzogin herumtollten. Französisch? Zeichnen? Klavierspielen? Und welchen Nutzen hat das für ein Hausmädchen?«

Sarah wusste nicht, was sie darauf antworten sollte. Das stimmt, sie hatte Französisch gelernt – beherrschte es sogar gut – und Zeichnen – was sie passabel konnte, solange sie kein Porträt anfertigen sollte. Was die Musik anging, so hatte Miss Farnshaw aufgegeben, sowie Sarah ihren ersten Ton gesungen hatte, und hatte sie als unmusikalisch bezeichnet. Aber Mrs. Hope hatte ihr auch sehr viel beigebracht, und Sarah war stolz auf ihre haushälterischen Fähigkeiten.

Darum gab sie keine Antwort und neigte nur sanftmütig den Kopf.

Und dann, obwohl Sarah glaubte, es könnte sie nicht noch schwerer treffen, stieß Georgina Stanley ihr den Dolch mitten ins Herz.

»Ein Dienstmädchen, das nicht frisieren kann, wirklich, das ist unerträglich«, sagte sie giftig. »Wenn ich Herzogin bin, werde ich eine solch lächerliche Leistung von meinem Personal nicht dulden.« Damit drehte sie sich auf dem Stuhl herum, und eine ekelhaft falsche Lieblichkeit löste den giftigen Ton ab. »Das ist in zwei Monaten, Sarah Osborne. Ich hoffe doch, Sie sehen sich bereits nach einer neuen Stellung um, denn dann werden Sie Ironwood Park für immer verlassen.«

Sarah lag im Bett und starrte an die Decke. Der Schlaf wollte sich nicht einstellen – schon seit ihrer letzten Nacht mit Simon in London konnte sie schlecht einschlafen.

Ihre Zukunft war ungewiss. Und ... düster.

Sie war ein fröhlicher, glücklicher Mensch, schon ihr ganzes Leben. Immer sah sie in einer Situation oder an einem Menschen das Angenehme.

Jetzt stand sie davor, alles zu verlieren, was ihr lieb und teuer war. Simon und seine Familie, Ironwood Park und alle, die dort lebten ... auch ihren Vater.

Während der vergangenen sechzehn Jahre war das ihre Welt

gewesen. Und nun drohte Georgina Stanley, ihr das wegzunehmen.

Die Decke war dunkel, die Details vom schwarzen Samt der Nacht verhüllt, dennoch schaute sie unentwegt hinauf.

Es gab keinen Ausweg aus dieser Klemme, das wurde ihr jetzt klar. Kein Mittel, um den Verlust zu verhindern. Es gab nur eins: sich mit erhobenem Haupt der Wirklichkeit stellen.

Das würde sie tun, wenn schon sonst nichts.

Ganz entschieden.

Sie hätte wissen müssen, was käme. Stattdessen war sie so töricht gewesen zu glauben, sie könnte für immer auf Ironwood Park bleiben. Aber angesichts ihrer Gefühle für Simon war das unmöglich. Es wäre sogar am besten, wenn sie ginge. Sie würde auch anderswo eine gute Stellung finden. Jeder der Hawkins würde ihr ein gutes Empfehlungsschreiben mitgeben, ebenso Mrs. Hope.

Im Gegensatz zu anderen, die sich in einer ähnlichen Situation befanden, standen ihr Möglichkeiten offen. Wahrscheinlich würde sie überall im Königreich eine Anstellung bekommen, vielleicht sogar bei einer britischen Familie in Indien oder auf den Westindischen Inseln.

Sie schloss die Augen und stellte sich vor, wie sie auf einem eleganten Schiff von England fortsegelte.

Sie erschrak, denn an ihrem Fenster rüttelte etwas.

Es rüttelte noch einmal, und sie atmete tief durch. Es gab nichts zu fürchten. Um Himmels willen, sie war immer gern im Dunkeln durch Ironwood Park spaziert.

Sie schlüpfte aus dem Bett und ging ans Fenster, griff in den Vorhangspalt, um hinauszusehen, und wich erschrocken keuchend vor einer dunklen Gestalt zurück. Heftig blinzelnd schaute sie genauer hin.

Es war Simon, der da draußen stand.

Einen Moment lang starrte sie ihn bestürzt an. Es sah ihm nicht ähnlich, so spät in der Nacht herumzuschleichen. Bisher hatte er, wann immer er mit ihr sprechen wollte, umstandslos an die Tür geklopft oder war bei Tag an sie herangetreten. Oder hatte sie an der Bank am Bach gesucht.

Hastig öffnete sie das Fenster. »Euer Gnaden, was gibt es?«, fragte sie besorgt, und dann fiel ihr die Nacht in London ein, wo sie seinen Bruder an der Hintertür gefunden hatten. »Ist etwas passiert? Mit Lord Lukas? Mit Ihrer Mutter?«

Sein angespannter Gesichtsausdruck wurde weicher. »Nichts ist passiert«, sagte er und zog dann die Brauen zusammen. »Nun, jedenfalls nichts dergleichen. Ich muss Sie aber sprechen.«

Zögernd wich sie einen Schritt zurück.

»Bitte«, sagte er leise. »Es ist nichts Ungehöriges.«

»Natürlich. Geben Sie mir einen Moment, damit ich mir etwas überziehen kann. Ich komme gleich zur Tür.«

»Ja. Danke.« Er trat vom Fenster weg.

Hastig warf sie sich ihren Mantel über und versuchte, nicht herumzurätseln, was er von ihr wollen könnte. Als sie aus der Tür in die kühle Nachtluft trat, wartete er dort auf sie. Sie zog sie hinter sich zu und schaute ihn erwartungsvoll an. »Nun, Euer Gnaden?«, fragte sie leise.

Er bot ihr seinen Arm. »Gehen wir ein Stück spazieren.«

Nach einem vielsagenden Blick auf seinen Arm sah sie ihn an. Sie wollte ihn nicht anfassen. Das wäre nur schmerzlich für sie.

Mit bedauernder Miene ließ er den Arm sinken. »Also gut.«

Er ging los und schlug den Weg zum Bach ein, sie hielt sich neben ihm. Sie blieben nicht stehen und sprachen kein Wort, bis sie zu ihrer Bank gelangten. Dort stellte er sich ans Ufer, anstatt sich zu setzen. »Ich habe hier nach Ihnen gesucht, aber Sie waren nicht da«, sagte er. »Mir fiel auf, wie seltsam es war, dass Sie jedes Mal, wenn ich mit Ihnen reden wollte, hier zu finden waren.«

»Manchmal ahnte ich, wann Sie kommen würden«, murmelte sie. Sie hatte es ihm angesehen, wenn sie sich im Haus begegnet waren oder sie ihm Tee serviert hatte.

»Aber nicht heute Nacht«, schloss er.

Sie schüttelte den Kopf. »Ich fand, es sei wohl das Beste, wenn ich nie wieder herkomme.«

Er verschränkte die Arme und schaute, ein wenig von ihr weggewandt, über das Wasser. »Immer überlegen wir, was wohl das Beste wäre. Aber wenn wir uns nun dabei irren? Was, wenn ich mich falsch entscheide? Wenn ich dies durch eine Linse betrachte, die alles verzerrt?«

»Was meinen Sie?«

»Ich weiß nicht.« Er ließ die Hände sinken und wandte sich ihr zu. »Ich bin gekommen, um mich bei Ihnen zu entschuldigen.«

Sie blickte ihn abwartend an.

»Gestern Abend, das hätten Sie nicht sehen sollen.«

Sie sah weg. »Ein Anblick immerhin, an den ich mich gewöhnen sollte.«

Selbst jetzt noch gab ihr die Erinnerung daran einen heftigen Stich, wie er Georgina Stanley schön genannt und sie leidenschaftlich geküsst hatte. Den ganzen Tag hatte sie versucht, das Bild aus ihrem Gedächtnis zu löschen. Natürlich ohne Erfolg.

»Ich bedaure das, Sarah.«

Sie schwieg.

»Ich muss das tun. Ich muss sie heiraten.« Dabei klang er unglücklich.

»Warum?«, flüsterte sie. »Sie haben mir keinen Grund genannt.«

»Ich bin mir nicht sicher, ob Ihnen das helfen würde.«

»Es würde mir helfen zu verstehen. Das wenigstens sind Sie mir schuldig.« Ihre Augen brannten von aufsteigenden Tränen. »Sie lieben sie nicht, oder doch?«

Ihr Herz pochte heftig, während sie auf seine Antwort wartete.

»Nein.« Das kam mit großer Bestimmtheit, ein Wort, an dem sie sich festhalten konnte.

»Warum dann?«

»Kommen Sie, setzen wir uns.«

Wie an so vielen Abenden zuvor setzten sie sich nebeneinander.

Und er erzählte ihr, dass Stanley zu ihm gekommen war und behauptet hatte, Lukes Vater zu sein, und Theo und Mark seien die Söhne einer Londonerin, die die Mätresse des alten Herzogs und des Barons gewesen sei. Er gab sogar Stanleys Vermutung wieder, auch Esme sei ein illegitimes Kind. Er berichtete, wie er die Behauptungen nachgeprüft und dass sie sich als wahr erwiesen hätten.

Bei jedem seiner Worte war ihr, als würde ihr ein Stück aus der Seele gerissen, bis er zu Ende gesprochen hatte und nur noch eine leere Hülle übrig war.

»Wenn ich Miss Stanley nicht heirate«, sagte er schließlich, »wird meine Familie in den Schmutz gezogen. Meine Geschwister werden um ihre Zukunft gebracht.«

Er vertraute ihr diese niederschmetternden Neuigkeiten an. Das war ihr höchst bewusst. Desgleichen die Tatsache, dass die Stanleys ein hinterhältiger, grausamer, manipulativer Haufen waren.

Schweigend saßen sie da, und die Augenblicke reihten sich

zu Minuten. Es war still, nur der Bach murmelte vor sich hin.

Schließlich sah sie ihn an. »Können Sie denn mit Miss Stanley glücklich werden, Euer Gnaden?«

»Nicht so glücklich wie mit dir.« Seine Antwort kam spontan. Aber dann schüttelte er sich. »Eines Tages kann ich sie vielleicht ... lieben.« Beim letzten Wort verzog er den Mund, als schluckte er etwas Bitteres.

»Und mit ihr glücklich sein?«

»Vielleicht.« Aber er klang zweifelnd. Er seufzte. »Sie scheint mir doch eine schickliche junge Dame zu sein. Es ist durch nichts erwiesen, dass sie von dem verachtenswerten Plan ihres Vaters etwas weiß.«

Nach allem, was Sarah inzwischen von Miss Stanley gehört hatte, mochte man das bezweifeln. Doch wie könnte sie Simon das sagen? Sie hatte selbst keinen Beweis dafür. Sie hatte nur die Gereiztheit und üble Laune einer Baroness gesehen.

Stattdessen sollte sie ihm sagen, sie hoffe, er werde bei Miss Stanley sein Glück finden. Schließlich war ihr sein Glück wichtiger als alles andere. Aber sie war auch auf sich selbst bedacht. Sie brachte es nicht über sich, den beiden Glück zu wünschen. Dazu konnte sie sich nicht überwinden.

»Verstehst du es jetzt, Sarah?«

»Ja.« Das tat sie. Simon war ein zu guter Mensch, als dass er seine Familie dem Ruin aussetzte. Sie versuchte, ihn anzulächeln. »Ich hatte schon ein oder zwei Vermutungen angestellt, warum Sie diesen Weg wählen. Sie waren falsch.« Sie schüttelte den Kopf. »Die Wahrheit ist nun viel erschütternder. Die arme Esme. Und Ihre armen Brüder, vor allem Luke.«

Er seufzte schwer. »Ich kann das alles noch gar nicht richtig glauben. Wenn ich den Beweis nicht mit eigenen Augen gesehen hätte ...« Er schaute sie an, und die Sanftheit, die sie im Bett an ihm gesehen hatte, trat nun in seine grünen Augen. »Was hattest du vermutet?«

»Dass Sie durch eine schlechte Geldanlage ruiniert wären und ins Schuldgefängnis müssten, wenn Sie nicht sofort eine Dame mit beträchtlicher Mitgift heiraten.«

»Ich? Eine schlechte Geldanlage?«

»Wie Sie sehen, hatte ich Mühe, mir die Sache zu erklären.« Ein Lächeln zuckte in ihren Mundwinkeln. »Ich dachte auch, Luke könnte Miss Stanley verführt und ihr Vater sie in flagranti erwischt haben, worauf er sein Blut forderte und Sie zur Wiedergutmachung die Heirat anboten.«

»Nun, das kommt der Wahrheit schon ein bisschen näher.«

»Aber nur ein bisschen.«

Ein Weilchen saßen sie in kameradschaftlichem Schweigen beisammen, bis Simon fast unhörbar leise sagte: »Ich möchte dich wieder lieben, Sarah.«

Sie versteifte sich. Mit großer Überwindung drehte sie sich zu ihm hin und sah ihm in die Augen. »Aber das wirst du nicht tun.«

»Ich kann nicht.«

Sie wusste es ja. Schließlich liebte sie ihn auch wegen seiner Loyalität. Und würde ihn deswegen immer lieben.

Sie erhob sich von der Bank. »Bringen Sie mich nach Hause, Euer Gnaden.«

»Natürlich.«

Seite an Seite gingen sie schweigend bis zum Gärtnerhaus.

17

Sarah saß aufrecht im Bett. Gestern hatte sie Mrs. Hope nicht auf Bordesley Green ansprechen können, aber als sie eben aus ihrem unruhigen Nachtschlaf erwachte, erinnerte sie sich und wusste nun wieder, was Bordesley Green war.

Ihre Decke war bis zur Hüfte hinabgerutscht, und sie trug ihr dünnstes Nachthemd, aber es war kein kalter Morgen. Durch die Vorhänge drang das erste Tageslicht herein und tauchte ihr Zimmer in schemenhaftes Grau. Alles war still. Selbst die Vögel hatten ihren Morgengesang noch nicht angestimmt.

Bordesley Green war ein Irrenhaus. James, der Diener der Herzogin, der mit ihr zusammen verschwunden war, hatte seine dort lebende Mutter unterstützt.

Sarah hatte nie mit ihm darüber gesprochen, ihn jedoch einmal mit Binnie darüber reden hören, wobei sie nur ein paar Worte aufgeschnappt hatte. Daraus hatte sie schließen können, dass er jeden Monat Geld nach Bordesley Green für die Pflege seiner Mutter schickte, die allerdings vergessen hatte, wer sie war … und wer ihr Sohn war. An jenem Tag hatte er freigehabt und war im Begriff gewesen, zu einem Besuch bei ihr aufzubrechen.

»Dorthin fährst du also jeden Monat!«, rief Binnie damals aus, als ob nun ein großes Rätsel gelöst sei.

»Ja. Und auch wenn sie sich nicht an mich erinnern kann … sie ist doch mein Fleisch und Blut«, sagte er darauf ernst.

Sarah kleidete sich hastig an, frühstückte ebenso schnell, und nachdem sie ihrem Vater eine Nachricht hingelegt hatte, eilte sie zu den Ställen.

Wie erwartet war Johnston schon auf den Beinen. Sie fand ihn in einem Stall, wo er eine der Stuten für einen Morgenritt sattelte.

»Robert?«

Ein wenig erschrocken fuhr er herum, aber als er sie sah, lächelte er breit und entspannte sich sichtlich. »Sarah! Guten Morgen. Was tun Sie hier so früh?«

Sie sah sich um, ob auch niemand sie belauschte – der Stalljunge konnte sie gewiss nicht hören, denn er war am anderen Ende der Boxenreihe mit Ausmisten beschäftigt und summte noch dazu.

»Ich möchte Sie um einen Gefallen bitten«, sagte sie und schlüpfte zu ihm in die Box. »Um einen recht großen, fürchte ich.«

»Für Sie tue ich doch alles, Sarah«, erwiderte Johnston herzlich.

»Heute ist Donnerstag, mein freier Tag. Und Ihrer auch, soviel ich weiß?«

»So ist es.«

»Haben Sie schon etwas Wichtiges vor?«

»Ich wollte nur ein bisschen ausreiten.« Er deutete mit dem Daumen auf die halb gesattelte Stute.

»Wären Sie vielleicht bereit«, sie holte tief Luft, »mich nach Bordesley Green zu fahren?«

»Aber mit Vergnügen.«

»Leider weiß ich gar nicht so genau, wo Bordesley Green ist, aber Mrs. Hope könnte es wissen, und«, sie schaute verlegen, »ich fürchte, es sind an die zehn Meilen bis dort.«

»Natürlich. Ich werde den alten Phaeton anspannen.«

Sie war erleichtert. Der Kutscher hatte schon eingewilligt, und das ohne auch nur eine Frage zu stellen. Er wandte sich dem Pferd wieder zu, um ihm den Sattel abzunehmen, und ging sodann zu dem Phaeton, während Sarah zum Haus lief, um den Weg nach Bordesley Green zu erfragen. Obwohl Mrs. Hope sie misstrauisch ansah, beschrieb sie ihr, wie man dorthin gelangte. Als Sarah aus der Küche, wo sie ein Lunchpaket für unterwegs besorgt hatte, zum Stall zurückkehrte, war Johnston abfahrbereit.

»Ich danke Ihnen«, sagte sie gefühlvoll, sobald sie vom Haus wegfuhren. »Das ist für mich sehr wichtig. Dass Sie Ihren freien Tag opfern, um mir zu helfen, dafür kann ich Ihnen gar nicht genug danken.«

»Das tue ich doch gern.«

Die Fahrt dauerte zwei Stunden. Währenddessen hielt sie ein Gespräch in Gang, denn es würde ihn hoffentlich von weiteren Fragen nach dem Grund ihres Ausflugs abhalten, wenn sie mit ihm über alltägliche Dinge wie das Wetter oder die Pferdezucht auf Ironwood Park plauderte.

Als sie schließlich an dem Tor ankamen, hinter dem die Anstalt lag, war die Sonne durch die grauen Wolken gebrochen, die den Morgen über Regen angedroht hatten.

Sie hatte Johnston in knappen Worten erklärt, warum sie die Anstalt aufsuchte, beschränkte sich auf die Tatsache, dass es der Suche nach der Herzogin diente, und nun blickte er sie von der Seite an. Sie sagte nichts, sondern nahm das vor ihnen liegende Gelände in Augenschein.

Er hielt vor dem hohen Eisenzaun an. Während Sarah die Zügel hielt, stieg Johnston aus und ging zum Tor. »Es ist nicht abgeschlossen«, stellte er fest, »aber ich nehme an, dass man Pferd und Wagen davor stehen lassen soll.«

»Also gut.«

Er kam zurück, nahm ihr die Zügel ab und ließ sie vom Phaeton steigen. Sarah ging zum Tor und schaute durch das Gitter. Eine Viertelmeile entfernt stand ein einzelnes Gebäude, drei Stockwerke hoch, mit dunkler gotischer Fassade inmitten eines weiten grünen Rasens. Draußen war keine Menschenseele zu sehen. Das Haus lag still da und wirkte unter den Regenwolken ein wenig unheimlich.

Entschlossen trat sie durch das Tor und ging den langen geraden Weg entlang, der auf die Haustür zuführte. Nach einigen Schritten bemerkte sie, dass Johnston an ihre Seite geeilt kam.

Sie blieb stehen. »Bitte verzeihen Sie, Robert, es wäre mir lieber, Sie würden draußen auf mich warten.«

Zweifelnd schaute er zu dem stillen dunklen Gebäude. »Sarah, ich ...«

»Keine Sorge, ich komme zurecht. Ich muss nur kurz mit jemandem sprechen. Es wird keine halbe Stunde dauern.«

Es widerstrebte ihm sichtlich, sie allein gehen zu lassen, doch dann nickte er. »Also gut, ich bleibe am Tor. Aber wenn Sie in einer Stunde nicht wieder da sind, komme ich Sie suchen.«

»Danke.« Gerührt drückte sie ihm den Arm.

Inzwischen war die Luft drückend und feucht geworden, und Sarah schaute zum Himmel auf. Sicher würde es bald anfangen zu regnen. Sie hoffte, Johnston würde nicht nass werden, solange er auf sie wartete.

Sie gelangte an die hohe, schwere Holztür. Noch immer war nichts zu hören und niemand zu sehen. Da ihr nichts anderes übrig blieb, klopfte sie.

Nach ein paar Augenblicken öffnete ihr eine dunkelhäutige, ganz in Schwarz gekleidete Frau mit einem strengen Haarknoten im Nacken. »Wie kann ich dir helfen?«

»Guten Morgen«, grüßte Sarah mit dem strahlendsten Lächeln, das sie aufbieten konnte. »Ich bin hier, um einen Ihrer Bewohner zu besuchen.«

»Um welchen Patienten handelt es sich?« Ihre ernste Redeweise und strenge Aufmachung gaben sie als Quäkerin zu erkennen.

»Bertram Smith«, antwortete Sarah, ohne zu zögern. Und dann tat sie etwas für sie Ungewöhnliches: Sie log. »Er ist mein Cousin.«

Die Frau zog die Brauen hoch. »Freund Bertram bekommt selten Besuch.«

Sarah nickte. »Ich habe ihn seit Jahren nicht gesehen. Ich komme von London, wissen Sie, und hatte nie die Gelegenheit, nach Worcester zu reisen.« Da die Frau schwieg, fügte sie dem eine weitere Lüge hinzu. »Als wir noch Kinder waren, haben wir oft miteinander gespielt. Das ist nun sehr lange her.«

Sie hoffte, die Frau würde sich nicht bei Bertram Smith erkundigen, ob das alles wahr sei.

»Dein Name?«

»Sarah Stanley.« Die Frau schien den Namen zu kennen. Interessant. Also wusste sie von einer gewissen Verbindung zwischen Bertram und der Familie des Barons.

»Ich bin Hannah Mills, die Hausmutter. Es freut mich, dich kennenzulernen. Ich fürchte aber, heute ist kein Besuchstag. Am zweiten Freitag im Monat – also morgen – erlauben wir Besuch von Verwandten. Den Tag vor solchen Begegnungen sollen die Idioten in ruhiger, ernster Stimmung zubringen können, damit sie in geeigneter Verfassung sind, um ihre Lieben zu empfangen.«

»Aber ich bin nur auf der Durchreise ...«

Die Hausmutter hob die Hand, und mit einem leichten

Lächeln fuhr sie fort: »Da Freund Bertram aber so selten Besuch bekommt, wird es ihm guttun, eine Freundin aus seiner Kindheit zu sehen. Ich werde mein Bestes tun. Bitte folge mir.«

Sarah ging hinter ihr her in einen dämmrigen, stillen Korridor und eine Treppe hinauf. Sie begegneten nur einem Menschen, einer jungen Frau, die genauso gekleidet war wie Mrs. Mills und ein Tablett mit schmutzigem Geschirr trug.

»Guten Tag, Hannah«, sagte sie zur Hausmutter.

»Guten Tag, Prudence«, erwiderte Mrs. Mills mit der gleichen herben Höflichkeit.

Prudence nickte Sarah zu und ging weiter. Sarah folgte Mrs. Mills zu einem kahlen, weiß getünchten Empfangsraum, in dem einige Stühle standen. Ein großer Kamin aus Ziegelsteinen befand sich an der Wand gegenüber einer Reihe hoher gotischer Fenster. In der Tür blieb die Hausmutter stehen und bedeutete Sarah, hineinzugehen. »Bitte, setz dich. Ich werde mich erkundigen, ob Freund Bertram heute Morgen in der Verfassung ist, eine Verwandte zu empfangen.«

»Vielen Dank.« Nachdem Mrs. Mills gegangen war, wählte Sarah einen Stuhl am Fenster, von dem sie die Tür im Auge behalten und sofort sehen konnte, wenn die Hausmutter mit Bertram zurückkam.

Falls sie mit ihm zurückkam. Das war wohl noch fraglich.

Aber Sarah hoffte. Unruhig saß sie da und kaute auf der Unterlippe. Mit Idioten hatten sie bisher kaum zu tun gehabt und wusste nicht, was sie erwartete. Ihr Plan war nur so weit gegangen, sich in Bordesley Green Einlass zu verschaffen und die Erlaubnis zu erlangen, Bertram zu sehen. Da sie bislang nur vermuten konnte, wer er war und warum Georgina Stanley ihn geheim halten wollte, hatte sie sich das weitere Vorgehen nicht zurechtlegen können.

Die Tür ging auf, und Mrs. Mills kam herein, gefolgt von einem großen Mann, der das Gesicht eines Kindes hatte.

Sarah sah zu ihm auf, erhob sich langsam von ihrem Stuhl und blickte mit klopfendem Herzen in sein Gesicht, denn er sah Georgina Stanley verblüffend ähnlich.

Er war eine plumpe, teigig anmutende Version der Baroness.

Sowie er Sarah sah, grinste er. Ihm fehlten zwei Zähne. »Heute ist mein Geburtstag! Ich hab Besuch!«, verkündete er stark lispelnd.

»Komm herein, Freund Bertram«, sagte Mrs. Mills in geduldigem Ton, und er gehorchte. Neugierig schaute er umher, und seine kornblumenblauen Augen leuchteten.

Sein weißer Kittel sah frisch gestärkt aus, und er hatte ihn am Morgen vermutlich frisch angezogen, sich aber inzwischen mit etwas – Haferbrei vielleicht – bekleckert.

Er wirkte sonderbar, sein Blick leicht abwesend, ein bisschen wie betrunken, und sein Gesicht war sehr rund, die Ohren und die Zähne zu klein, die Augen mandelförmig und zu nah beieinander.

Mrs. Mills schaute Sarah achselzuckend an. »Immer wenn ihn etwas angenehm überrascht, denkt er, es sei sein Geburtstag. Natürlich feiern wir hier keine Geburtstage, aber als er noch ein Knabe war, muss das für ihn ein besonderer Tag gewesen sein, den er nicht vergessen hat.«

Sarah nickte. Sie schluckte ihre Angst hinunter. Wäre Bertram gefährlich, hätte die Hausmutter sicherlich Vorkehrungen getroffen. Und überhaupt wäre Angst jetzt nur hinderlich.

Also trat sie auf ihn zu. »Bertram, wie schön, dass ich dich wiedersehe.«

Er blieb stehen und rührte sich nicht, betrachtete sie jedoch mit freundlicher Neugier. Seine Augen hatten dieselbe Farbe wie Miss Stanleys, aber von der Heimtücke, die Sarah zuletzt bei ihr bemerkt hatte, war darin nichts zu entdecken.

»Du?«

»Ich bin Sarah«, sagte sie ruhig.

»Ich mag Cousinen«, erklärte Bertram. Mrs. Mills musste ihm gesagt haben, eine Cousine sei zu Besuch gekommen. Und dann plapperte er die folgenden Worte so schnell, dass Sarah nicht folgen konnte. Dabei lispelte er nicht nur, sondern verschluckte auch Silben. Er sagte etwas über Väter, die ein böses Gesicht machten, und über Brüder und Schwestern. Dann verstummte er abrupt und runzelte die Stirn, als wüsste er nicht mehr, was er sagen wollte.

Mrs. Mills tätschelte seinen Arm. »Freund Bertram ist für viele Verwandte unserer Patienten so etwas wie ein Schoßkind geworden.«

»So?« Mehr wusste Sarah dazu nicht zu sagen.

»Ja, in der Tat. Wohl wegen seiner bescheidenen, heiteren Art. Ihn muss man selten unter Aufsicht stellen, er beklagt sich nicht und schreit auch nie, und es scheint, als wäre sein einziges Bestreben das einfachste und zugleich wichtigste der Menschen: glücklich zu sein.«

»Oh«, sagte Sarah ziemlich überrascht. Bertram grinste sie an und zeigte seine kleinen lückenhaften Zähne.

»Ich habe Geburtstag! Cousine Sarah! Ich bin ja so glücklich, glücklich!«, rief er aus und klatschte in die Hände.

»Und wie alt bist du heute geworden?«, fragte Sarah.

Die Frage schien ihn zu verwirren. Er blickte die Hausmutter hilfesuchend an.

»Nun, Freund Bertram, du bist vierundzwanzig. Weißt du nicht mehr?«

»Vier und zwanzig«, antwortete er Sarah stolz. »Vier und zwanzig, vier und zwanzig, vier und zwanzig«, sang er.

Und damit wurde alles klar erkennbar.

Im Salon auf Ironwood Park hatte Sarah eines Tages gehört, wie Miss Stanley zu Esme sagte, sie habe einen älteren Bruder gehabt, der aber mit neun Jahren gestorben sei, als sie selbst erst fünf war.

Bertram war also der »verstorbene« Bruder. Die Stanleys hatten ihn hierhergebracht, wo er nicht allzu weit vom Anwesen entfernt war und der Baron ein Auge auf ihn haben konnte. Für Miss Stanleys Geschmack wohnte er aber immer noch zu nah bei ihnen. Ihr wäre es lieber, wenn ihr Bruder, für den sie sich schämte, nach Abessinien geschickt würde.

Dies war für die Stanleys noch skandalträchtiger, da Georginas jüngerer Bruder und Erbe des Barons erst neunzehn Jahre alt war und in Cambridge studierte.

Bertram war nämlich der eigentliche Erbe. Die Stanleys machten der Welt etwas vor, indem sie behaupteten, der erste Sohn sei gestorben, während er in Wahrheit lebte, und zwar mitten in England.

Sarah holte tief Luft und rang sich ein Lächeln ab. »Ich freue mich so sehr, dich wiederzusehen, Bertram.«

»Vier und zwanzig!«

»Deine Familie ... vermisst dich.«

Sein Grinsen verschwand augenblicklich. »Ich mag keine Papas und Mamas und Schwestern.«

Sarah blickte Mrs. Mills an. »Haben sie ihn besucht?«, fragte sie leise.

Diese schüttelte den Kopf und wurde ernst. »Schon viele Jahre nicht mehr.«

Sarah seufzte. »Erinnerst du dich an Mama und Papa?«, fragte sie Bertram.

Gespannt hielt sie den Atem an, während er aufsah, als hinge die Antwort unter der Decke und er müsse sie dort wegklauben. Dann blickte er sie an, verzog den Mund und beugte sich vor, so nah, dass sie seinen Geruch wahrnahm. Er roch nach grober Seife und Schweiß.

»Ich bin dick«, erklärte er und deutete mit dem Finger seinen Leibesumfang an. »Papa ist dünn. Papa hat blaue Augen wie ich.«

»Erinnerst du dich an deine Schwester Georgina?«

»Winziges Kind in Mamas Bauch. Dicker, dicker Bauch wie Bertrams, aber mit einem Kind darin, und sie ging weg, lange, lange, und plötzlich war Georgy da!« Er schüttelte heftig den Kopf. »Bertram darf Georgy nicht halten. Bertram tut Georgy vielleicht weh. Bertram darf nicht mit ihr spielen. Böser, böser Bertram.«

Seine Gesten wurden hektischer, seine Aussprache verschwommener, und Sarah warf Mrs. Mills einen hoffnungslosen Blick zu.

»Möchtest du zum Gemeinschaftssaal zurückkehren, Freund Bertram?«, fragte sie ihn.

»Cousine Sarah!«, rief er aus.

»Ich werde dich wieder besuchen«, versprach sie feierlich und nahm sich vor, das wirklich zu tun. Ganz gleich, wohin ihre neue Stellung sie verschlug.

»Also gehen wir in den Gemeinschaftssaal.« Mrs. Mills drehte ihn mit einer Hand an seinem Rücken herum und schob ihn zur Tür. Dabei schaute er über die Schulter zu Sarah.

»Cousine Sarah, Cousine Sarah hat schwarzes Haar.«

Da erst bemerkte sie die zwei Pfleger, die draußen auf dem Korridor gewartet hatten. Mrs. Mills übergab Bertram in ihre Obhut, und er ging mit ihnen und plapperte über Cousinen, Papas und Sarahs, bis er außer Hörweite war.

Sarah stand da und wünschte sich, ihr Herzklopfen ließe endlich nach. Die Hausmutter kam wieder zu ihr und schenkte ihr ein leichtes Lächeln. »Ich hätte dich warnen sollen, dass es ihn aufregt, wenn man von seiner Familie spricht. Er sieht so viele fremde Verwandte zu Besuch kommen. Ich denke, er sehnt sich nach den seinen.«

»Das tut mir leid«, sagte Sarah. »Ich wusste nicht ...«

»Sein Vater hat uns gebeten, Bertram nicht an seine Familie zu erinnern, damit er sie allmählich vergisst«, fuhr Mrs. Mills fort und betrachtete Sarah mit betrübter, aufmerksamer Miene.

»Was heißt das?«

»Wir sollen eine neue Familie für ihn erfinden, damit ihn niemand mit dem Baron in Verbindung bringen kann.« Jetzt blickte sie Sarah nachdenklich an. »Darum war ich reichlich überrascht, eine Cousine von ihm hier zu sehen. Ich hatte angenommen, die Stanleys hätten alle Familienbande gekappt.«

Sarah schaute sie groß an, dann nickte sie langsam. »Ich hätte es mir denken können. Mein ... Onkel und seine Frau sind stolze Menschen.«

»Zu stolz offenbar, um einen Idioten bei sich leben zu lassen.«

»Ganz recht. Aber er scheint glücklich zu sein. Sie haben ein gutes Heim für ihn ausgewählt.«

Mrs. Mills Lächeln war aufrichtig. »Danke, Freundin Sarah. Mein Mann und ich arbeiten in dem Glauben, dass wir alle, auch – und vielleicht gerade – die Idioten, Gottes Kinder sind und es verdienen, mit Liebe und Menschlichkeit behandelt zu werden.«

»Eine wahrhaft edle Überzeugung«, sagte Sarah ganz aufrichtig.

»Komm. Ich begleite dich hinaus.«

»Danke.«

Während die Hausmutter mit ihr den langen, stillen Korridor hinunterging, nahm Sarah ihren ganzen Mut zusammen und fragte auf der Treppe schließlich: »Ich kenne wohl noch einen von Ihren Bewohnern, Mrs. Mills.«

»Tatsächlich?« Die Hausmutter blickte über die Schulter zu ihr.

»Mrs. James. Sie ist die Mutter eines ... eines Bekannten.«

»Oh ja. Liza James.«

»Ist sie noch hier?«

»Ja«, antwortete Mrs. Mills knapp.

»Wäre es wohl möglich, dass ich auch mit ihr spreche?«

»Nein.« Sie hatten den Fuß der Treppe erreicht, und Mrs. Mills blieb stehen. »Du kannst Liza James nicht wirklich kennen, Freundin Sarah, denn sie ist einer unserer schwierigsten Insassen und braucht ständig Aufsicht.«

»Oh.« Sarah schluckte schwer. »Es tut mir leid, das zu hören. Sie haben recht – ich habe nie persönlich mit ihr Bekanntschaft geschlossen. Ich kenne nur ihren Sohn ...«

»Natürlich.« Mrs. Mills nickte. »Wir sind schon seit einiger Zeit der Ansicht, dass sie in einer Irrenanstalt nicht gut aufgehoben ist und in ein Heim gebracht werden sollte, das besser für sie geeignet ist, aber trotz ihres hoffnungslosen Zustands weigert sich Mr. James, sie zu verlegen, und besucht sie weiterhin jeden Monat. Er ist ein sehr treuer und hingebungsvoller Sohn.«

Sarah bekam erneut Herzklopfen. »Er kommt jeden Monat? Wann haben Sie ihn zuletzt gesehen?«

»Nun, beim vorigen Besuchstag. Pünktlich um zehn Uhr, wenn wir die Pforte öffnen, ist er da.«

Gütiger Himmel! James war vergangenen Monat hier gewesen? Sarahs Kehle war plötzlich wie ausgedörrt. »Und Sie erwarten ihn demnach morgen?«

»Oh ja. In den fünf Jahren, die seine Mutter bei uns lebt, hat er keinen Besuchstag ausgelassen.«

Sarah ging nun schneller den Korridor entlang. An der Haustür angekommen, dankte sie Mrs. Mills von Herzen und versprach, ihren »Cousin« bald wieder zu besuchen.

Sie eilte den Weg hinunter auf das Tor zu und musste an sich halten, um nicht die Röcke zu raffen und zu rennen. Die ersten Regentropfen fielen, doch sie nahm es kaum wahr.

Die Herzogin war nun schon seit vier Monaten verschollen, aber James war vorigen Monat noch gesehen worden. Das ließ vermuten, dass er über den Verbleib der Herzogin etwas wusste.

Sarah war es mit der Heimfahrt eilig. Sie musste Simon erzählen, was sie herausgefunden hatte.

Johnston stand an den Phaeton gelehnt und richtete sich auf, als er sie kommen sah. Atemlos hastete sie heran, und Augenblicke später waren sie wieder unterwegs. Er hatte das Verdeck hochgeklappt, bald wurde aus den vereinzelten Tropfen allerdings ein kräftiger Regenschauer. Das Verdeck konnte nur teilweise vor dem Regen schützen, und bis sie daheim anlangten, waren sie beide durchnässt.

Daheim, nein. Sie musste sich abgewöhnen, Ironwood Park als ihr Zuhause zu betrachten. Bei dem Gedanken verspürte sie ein Ziehen im Bauch. Ein Gefühl, das sie in den vergangenen ein, zwei Wochen oft erlebt hatte – ungefähr als hätte sie eine Woche lang nichts gegessen. Sie blickte auf den Lunchbeutel, den sie mitgenommen hatte. Nein, das war es nicht. Das seltsame Gefühl war immer wieder gekommen und gegangen, unabhängig davon, ob sie hungrig oder satt gewesen war.

Was also?

Sie dachte gründlich nach.

Und dann begriff sie. Ihre Regel. Die müsste jetzt kommen. Wie peinlich, wenn sie ausgerechnet unterwegs einsetzte, wo sie nichts …

Moment mal.

An welchem Tag war sie fällig? Ihr Atem ging schneller, während sie rechnete, und sie spürte, wie ihr das Blut aus dem Kopf wich, als sie die Antwort hatte.

Sie war überfällig. Gütiger Himmel, sie hatte letzten Monat schon keine bekommen. So viel war passiert, seit Simon sich verlobt hatte, da war es ihr nicht einmal aufgefallen.

Kraftlos sank sie gegen Johnston, richtete sich aber sogleich auf und nahm sich zusammen.

Oh Gott, oh Gott. Es war der achte August. Am elften Juni war sie zum letzten Mal mit Simon im Bett gewesen – das Datum würde sie nie vergessen.

Zwei Monate.

Johnston drehte den Kopf zu ihr. »Ist Ihnen nicht wohl?«

»Doch.« Klar und fest hatte sie klingen wollen, herausgekommen war ein zittriger Hauchlaut.

Johnston zog die Zügel an und wandte sich ihr besorgt zu. »Sarah, was haben Sie?«

Sie strich sich mit dem Handrücken über die Stirn und wischte die Nässe weg, die nicht vom Regen kam, wie sie wusste.

»Es ist nur … was ich heute herausgefunden habe.«

»Können Sie es mir erzählen?«

Nein, das konnte sie nicht. Sie konnte nicht sprechen, konnte nicht denken bei dem Rauschen und Pochen in ihrem Kopf, von dem ihr schwindlig und sie ganz schwach wurde.

Du bist im zweiten Monat schwanger, Sarah.

Von Simon.

18

Die Familie saß vor dem Dinner im Salon zusammen mit Lord Stanley, der am vorigen Abend von London zurückgekehrt war. Am Nachmittag waren Simon, Georgina und ihre Eltern zu einem Picknick am Ufer des Baches gewesen und hatten dann einen Ritt über das Anwesen unternommen, weil Simon ihnen die Besonderheiten und Grenzen seiner Ländereien zeigen wollte. Schließlich hatte es angefangen zu regnen, und sie waren heimgeeilt, aber trotzdem ordentlich nass geworden. Sie hatten gebadet, sich fürs Abendessen angekleidet und es sich nun auf den königsblauen Polstermöbeln im Salon zusammen mit Simons Geschwistern bequem gemacht.

Sie sprachen über die Hochzeit.

Simon wünschte, er wäre noch draußen und könnte durch den Regen reiten. Aber nein, er musste sich anhören, wie Georgina und ihre Mutter sich darüber ausließen, wen sie zum Hochzeitsfrühstück einzuladen gedachten.

»Ja, Lord Granger, aber gewiss«, antwortete er auf die Frage der Baronin. Er schlenderte zu einem Fenster, um in den Regen hinauszuschauen, der nun in dichten Schleiern fiel. Mark und Theo bedachten ihn mit dem gleichen mitfühlenden Blick, als er an ihnen vorbeiging.

Sie waren einander so ähnlich, hatten mehr Ähnlichkeit miteinander als mit seinen übrigen Geschwistern. Jetzt wusste er, warum. Sie waren vermutlich die einzigen beiden, die von demselben Elternpaar abstammten.

Und sie wussten es nicht. Es machte ihm zu schaffen, dass er sie nicht aufgeklärt hatte. Aber wie er das tun könnte, wollte ihm nicht einfallen.

Er seufzte, schob einen Vorhang beiseite und schaute in das graue Wetter.

Es war ein langer Tag gewesen. Wirklich ermüdend. Die Atmosphäre zwischen Stanley und ihm war schon seit dem Frühstück angespannt und drohte vollends zu kippen.

Simon verabscheute seine Lage von Tag zu Tag mehr. Obwohl er fest entschlossen war, die Zähne zusammenzubeißen und alles gleichmütig zu ertragen, überkam ihn, sobald er den selbstgefälligen, triumphierenden Gesichtsausdruck des Barons sah, der Drang, den Mann niederzuschlagen und ihm das höhnische Lächeln auszutreiben.

Und er sehnte sich verflucht noch mal nach Sarah. Ihm fehlte ihr Lächeln. Ihr Geruch und ihre weiche Haut, die feucht war, wenn sie sich geliebt hatten. Nur für zwei Wochen hatte er sie besessen. Aber die hatten sich ihm auf ewig eingeprägt, er spürte sie überall auf seiner Haut und fragte sich, ob er je aufhören könnte, sich nach mehr zu sehnen.

»Was halten Sie davon, Trent?«

Stanleys Stimme riss ihn aus seinem Tagtraum. Er wandte sich zu dem Mann um. »Wovon?«

»Georgina möchte bei der Hochzeit mal etwas anders machen. Anstatt einer Brautjungfer hätte sie gern zwölf«, antwortete die Baronin.

Zwölf Brautjungfern. Das würde das Spektakel des Jahrzehnts werden.

Er neigte vor Georgina den Kopf. »Selbstverständlich, was immer Sie wünschen.«

Georgina klatschte in die Hände. »Ich lasse sie alle in

schlichtem Weiß gehen, damit die Schönheit meines silbernen Kleides umso mehr strahlt.«

Simon fragte sich, ob sein Lächeln so gequält wirkte, wie er sich fühlte. »Ausgezeichnet.«

Die Tür sprang auf und schlug gegen die Wand. Simon riss den Kopf herum, und auf einem der Sofas keuchte jemand – vermutlich Esme – überrascht auf.

Auf der Schwelle stand Sarah triefend nass, die schwarzen Haare klebten ihr am Kopf, und ihre blauen Augen waren weit aufgerissen. Sie schaute suchend durch den Salon und fand ihn. »Euer Gnaden …«

Sie klang atemlos und sehr bewegt.

»Gütiger Himmel!«, rief Lady Stanley aus. »Was hat das zu bedeuten?«

Aus den Augenwinkeln sah Simon die Baronin aufstehen, aber konnte den Blick nicht von Sarah abwenden. Seine Brust schnürte sich zusammen. Sarah war in Gegenwart anderer immer beherrscht, nie exaltiert. Da musste etwas Schlimmes passiert sein.

»Sarah … was gibt es?«

»Euer Gnaden«, stieß sie hervor. »Ich muss … wir müssen …« Ihr Blick huschte durch den Salon. Sie zitterte. Sie fror, war durchnässt und furchtbar aufgeregt.

Er schritt auf sie zu. »Was ist los?«

»Ich … ich …« Sie schlang die Arme um sich, als könnte sie das Zittern unterbinden. »Ich muss Sie sprechen.«

»Ist es so dringend, dass Sie sich nicht einmal etwas Trockenes anziehen können?«, fragte Stanley hochnäsig.

»Sie tropfen den kostbaren Teppich voll, Mädchen«, fuhr die Baronin sie an.

Und wie von weit her hörte er Georgina sagen: »Was für eine Frechheit, derart hier hereinzuplatzen. Ist es zu glauben?«

Simon drehte sich zu seiner künftigen Frau um. »Miss Osborne ist ein geschätztes Mitglied meines Haushalts. Wenn sie mir etwas Wichtiges zu sagen hat, gebe ich ihr die Erlaubnis, das zu tun.«

»Trent, das ist höchst ungehörig«, sagte Lady Stanley. »Sie ist nur ein Hausmädchen und sollte nicht mit der Respektlosigkeit einer Wilden in den Salon stürmen. Wenn etwas Wichtiges passiert ist, muss sie zur Haushälterin gehen, die sich wiederum an Sie wenden kann, sofern sie es für bedeutend genug hält. Aber ich kann einer Dienerin nicht erlauben, sich solche Freiheiten herauszunehmen – und ich habe schon mehr als einmal erlebt, wie sie ihre Grenzen überschreitet.«

»Ich auch«, fügte Georgina steif hinzu.

Sarah stand in der Tür und sah so verloren und verletzlich aus, sie brauchte augenblicklich Unterstützung von ihm.

Zuallererst wandte er sich der Baronin zu. »Dies ist mein Haus, und ich behandle jeden, der hier wohnt, wie ich es für richtig halte, Baronin. Bilden Sie sich nicht ein, in meinem Haushalt besser Bescheid zu wissen als ich.«

»Natürlich möchte ich nicht ...«

Er ignorierte ihre Erwiderung. »Und Sie«, sagte er zu Georgina, »werden jeden auf Ironwood Park mit Achtung behandeln.«

Auch diesmal wartete er keine Reaktion ab, sondern sagte zu Stanley und seinen Brüdern: »Ich bitte mich jetzt zu entschuldigen, und ich weiß noch nicht, ob ich zum Dinner rechtzeitig erscheinen werde.«

Dann blickte er Esme an. »Lass Mrs. Hope warme Handtücher und Tee bereiten und in die Bibliothek bringen.«

Sie nickte und erhob sich.

Bildete er sich das ein oder sah er ihre Mundwinkel zucken? Aber jetzt war nicht der Augenblick, um die Mimik seiner Schwester zu ergründen. Er wandte sich Sarah wieder zu. »Ich bedaure das alles.«

»Nicht ... der Rede wert«, erwiderte sie zähneklappernd und verstummte.

»Rasch, Esme, sie ist völlig durchgefroren.«

Nachdem sie den Salon verlassen hatten, eilte Esme zur Küche und Mrs. Hopes Arbeitszimmer, Simon lenkte Sarah in die entgegengesetzte Richtung zur Bibliothek. Dabei zog er sich seinen Rock aus und legte ihn ihr um die zitternden Schultern, um sie wenigstens ein bisschen zu wärmen, bis die Handtücher und der Tee kämen. Burton würde entsetzt sein, weil sein Herr ausgerechnet den Frack ruinierte, aber das scherte Simon wenig.

Die Hand an ihrer Schulter führte er sie sogleich zu einem der rosa Samtsessel vor dem Kamin, dann schürte er das Feuer. Als das getan war, ging er vor Sarah in die Hocke und nahm ihre Hände, um sie warm zu reiben. Er schaute ihr ins Gesicht. Sie sah geradezu verstört aus.

»Was haben Sie, Sarah?«, fragte er ruhig. »Was ist passiert? Warum waren Sie draußen im Regen?«

»Ich ...« Sie wich seinem Blick aus und senkte den Kopf. »Ich habe etwas herausgefunden ... über die Stanleys und über die Herzogin ... und es gibt wohl noch mehr zu erfahren.« Jetzt hob sie den Kopf, schaute ihn aber nicht an. »Dadurch könnten wir vielleicht Ihre Mutter finden.«

Er erhob sich und zog den zweiten Sessel neben sie. »Erzählen Sie es mir.«

»Ich habe zufällig mit angehört, wie Lady Stanley und ihre Tochter über Bordesley Green sprachen.«

Er nahm wieder ihre kalten Hände und rieb sie. »Ja, ich habe von der Anstalt gehört. Sie liegt irgendwo bei Worcester.«

»Es ging um jemanden, der dort lebt, von dem aber niemand wissen soll.«

Simon versuchte weiter, Wärme in ihre Hände zu bringen, und rieb auch ihre Handgelenke und Unterarme.

»Darüber war ich verwundert und meinte, den Namen Bordesley Green schon einmal gehört zu haben. Heute früh ist mir eingefallen, wo. Wissen Sie, James, der ja auch verschwunden ist, hat seine Mutter dorthin in Pflege gegeben. Ich bin heute früh hingefahren, um mich zu erkundigen. Und so habe ich erfahren, dass er seine Mutter vorigen Monat besucht hat und auch morgen wieder erwartet wird. Es scheint, als wäre er sehr wohl noch am Leben, Euer Gnaden. Ich weiß nicht, wo er sich jetzt aufhält, aber morgen wird er in Bordesley Green sein. Er wird uns vielleicht alles sagen können, was wir wissen wollen. Wenn Sie ihn dort abfangen, werden Sie vielleicht bald wissen, was Ihrer Mutter zugestoßen ist.«

Einen Moment lang saß Simon still da und dachte darüber nach. Dann blickte er auf und fragte sanft: »Sie haben den weiten Weg allein dorthin gemacht?«

»Nun ja, Johnston hat mich kutschiert. Die Rückfahrt hat sehr lange gedauert durch den Regen und die schlammigen Straßen ...«

»Warum haben Sie es mir nicht vorher erzählt, Sarah? Sie hätten das nicht selbst auf sich zu nehmen brauchen.«

»Sie waren mit Miss Stanley beschäftigt«, wisperte sie.

Ihr Schmerz war ihr deutlich anzusehen. Er musste die Augen schließen, um selbst die Fassung wahren zu können.

»Und ... ich habe den Mann gesehen, den die Stanleys verborgen halten wollen.«

Simon riss die Augen auf und starrte sie an.

»Bertram Stanley. Den ältesten Sohn. Er ist am Leben.«

»Wie bitte?«

»Sie haben verbreitet, er sei verstorben, aber das ist nicht wahr. Er lebt in Bordesley Green.«

»Warum denn das?«

»Weil sie keinen Idioten als Erben haben wollen, Euer Gnaden. Wenn Bertram aus der Welt geschafft ist, kann Miss Stanleys jüngerer Bruder das Erbe antreten.«

»Grundgütiger«, murmelte Simon. »Die Selbstsucht und Verschlagenheit dieser Familie kennt keine Grenzen.«

Er schaute Sarah an, aber die blickte mit Tränen in den Augen ins Feuer.

Es klopfte an der Tür. Er zog die Hände weg und lehnte sich zurück. Ein Diener und ein Hausmädchen brachten die Handtücher und den Tee herein. Während das Dienstmädchen das Service auf den Tisch stellte, nahm Simon die Handtücher entgegen und wickelte Sarah darin ein. Sie hielt sich steif, den Rücken kerzengerade, und blickte zum Kamin, ganz offensichtlich um vor dem Personal nicht zu zeigen, wie aufgewühlt sie war.

»Das ist alles«, sagte Simon zu den beiden.

Die eilten hinaus, und Simon schenkte ein. In Sarahs Tee gab er ein wenig Zucker, weil er wusste, wie sie ihn gern trank, rührte um und reichte ihr die Tasse.

»Geht es Ihnen schon besser?«, fragte er.

»Ja«, sagte sie zitternd.

Das war gelogen, und er runzelte besorgt die Stirn. »Ich werde morgen nach Bordesley Green fahren.«

Sie nickte.

»Ich werde mit James sprechen und auch Bertram Stanley einen Besuch abstatten.«

»Ja.«

Er nahm wieder ihre Hand. Sie fühlte sich schon etwas wärmer an. »Ich werde mich um alles kümmern, Sarah. Was immer James über den Verbleib meiner Mutter weiß, ich werde es erfahren.«

Sie zog die Unterlippe zwischen die Zähne.

»Alles wird gut.«

Sarah schaute weg. Sie glaubte es ihm nicht.

»Was haben Sie? Was gibt es noch?«

Es dauerte ein Weilchen, bis sie antwortete. Schließlich drehte sie quälend langsam den Kopf zu ihm. »Nichts, Euer Gnaden. Gar nichts.«

»Es ist Sarah Osborne, nicht wahr?«

Simon blickte abrupt von seinem Glas auf und schaute seinen Bruder mit zusammengekniffenen Augen an. Er saß nachlässig in einem der Samtsessel in der dunklen Bibliothek. Das Feuer war längst heruntergebrannt und spendete keine Wärme mehr. Es war feuchtkalt, wie er jetzt erst bemerkte.

»Wovon redest du?«, fragte er Sam.

Seufzend machte Sam eine Ausnahme und setzte sich. Er nahm den Sessel, in dem Sarah vorher gesessen hatte. Wahrscheinlich war das Polster noch feucht, aber er sagte nichts dazu. Das war auch typisch für ihn – er beklagte sich nie. Einmal war er vom Kontinent mit einer Schusswunde in der Schulter heimgekehrt. Diese hatte angefangen zu eitern und Monate gebraucht, um zuzuheilen, doch er hatte sich mit keinem Wort darüber beklagt.

»Sarah Osborne«, wiederholte Sam. »Sie ist die andere Frau, deren Namen du mir nicht nennen wolltest, als du zu mir kamst und mir von Stanleys Erpressung erzähltest.«

Gütiger Himmel, war es so offensichtlich? Was werden dann die anderen denken?

Und plötzlich traf ihn eine Erkenntnis: Es war ihm gleichgültig. Vollkommen egal. Und wenn die ganze Welt wusste, was er für Sarah empfand.

Eine große Last hob sich von seinen Schultern, und er sah seinen Bruder mit starrer Miene an. »Ja.«

Sam neigte den Kopf zur Seite. In dem Zwielicht war sein Gesichtsausdruck kaum zu erkennen, aber seine dunklen Augen schimmerten.

»Trent«, sagte er ganz ruhig, »es sieht dir nicht ähnlich, mit Dienstmädchen anzubändeln.«

In Simon kochte die Wut hoch. Mit dem Glas in der Faust sprang er aus dem Sessel, dass ihm der Brandy über die Finger floss. »Pass auf, was du sagst, Sam.«

Sam blieb sitzen und schaute zu ihm hoch. »Warum? Ist es denn nicht so?«

»Nein!«, donnerte er. Das Glas ging ihm auf die Nerven, darum schritt er zum Schreibtisch und knallte es hin. Dann fuhr er zu seinem Bruder herum. »Ich bändle mit niemandem an. Und zum Teufel, wenn sie noch mal jemand als Dienstmädchen bezeichnet, schlage ich demjenigen die Zähne ein.«

»Was ist es denn genau, was du mit ihr tust?«

»Die Frage lautet wohl eher, was *du* gerade tust«, brummte Simon. »Du kommst herein und bezichtigst mich der Frivolität, obwohl du genau weißt, dass es ganz anders ist.«

Sam ließ nicht locker. »Wenn es kein Anbändeln ist, was dann? Erzähl mir nicht, du hast sie heiraten wollen, bevor diese Stanley-Geschichte losging.«

»Sie heiraten …?« Er schüttelte den Kopf, um auf klare Gedanken zu kommen, und starrte seinen Bruder an.

»Ich verstehe«, sagte Sam milde. »Auf die Idee bist du noch gar nicht gekommen. Natürlich nicht. Sie steht viel zu weit unter dir, als dass du etwas so Absurdes in Erwägung ziehen würdest.«

»Ich ...« Simon verstummte. Sam hatte recht. Daran hatte er noch gar nicht gedacht. Kein einziges Mal.

»Natürlich wäre sie keine akzeptable Gattin«, fuhr Sam fort. »Ihre Herkunft ist völlig unangemessen. Sie ist von einem Adelsgeschlecht weit entfernt. Und nur eine Adlige kann deine Gattin werden, nicht wahr, Trent? Nur eine, die für die Aufgabe erzogen wurde, die den passenden Stammbaum hat. Eine Frau wie Sarah Osborne könntest du niemals heiraten. Du musst dich wohl glücklich schätzen, weil dir Georgina Stanley in den Schoß gefallen ist.«

Nur am Rande nahm Simon wahr, dass Sam ihn übel beleidigt hatte, denn im Augenblick war er völlig von der Idee überwältigt, die ihm im Kopf herumschwirrte. *Sie heiraten. Sarah heiraten.*

Sie zu seiner Frau machen. Sein Leben mit ihr verbringen. Jeden Abend neben ihr einschlafen und am Morgen neben ihr aufwachen. Mit ihr Kinder haben. Mit ihr alt werden. Die Freiheit haben, seine Liebe öffentlich zu zeigen. Sie zu seiner Herzogin machen.

Diese Gedanken gaben ihm Halt, beruhigten ihn. Es war anders, als an die Heirat mit Georgina zu denken, wonach er immer ein wenig gereizt war und eine leichte Übelkeit empfand. Nein, der Gedanke, Sarah zu heiraten, war Balsam für seine Seele.

Sein Leben lang hatte er adliger Herkunft und Erbfolge enorme Wichtigkeit beigemessen, wie Sam nun sagte. Aber jetzt nicht mehr. Das kümmerte ihn nicht mehr im Geringsten. Ihm war klar geworden, dass es viel Wichtigeres gab, als von adligem Geblüt zu sein. Und nach allem, was er diesen Sommer erfahren hatte, war die Reinheit dieses Blutes sowieso höchst fragwürdig.

Sarah heiraten.

Aber das war unmöglich. Er war mit einer anderen verlobt.

Frustriert fuhr er sich durch die Haare und wandte sich ab. »Diese Unterhaltung ist irrelevant«, sagte er barsch. »Es ist zu spät für solche Überlegungen.«

»Richtig. Natürlich. Dann sag mir doch, Trent: Was tust du tatsächlich mit Sarah, wenn es kein Anbändeln ist?«

»Ich ...« Er stockte erneut und rieb sich die Schläfen. »Ich versuche das Richtige zu tun. Wozu du mir geraten hast. Ich werde Georgina Stanley heiraten, um meine Geschwister vor der Schande zu bewahren.«

»Aber was ist mit Sarah?«

Simon schluckte schwer. Gefühle, die er nicht zu benennen wagte, schwelten in ihm. Einige Sekunden verstrichen, bis er schließlich murmelte: »Ich tue ihr weh.«

Sich selbst auch. Ihnen beiden.

»Ich habe Sarah gern«, sagte Sam ruhig. »Wie wir alle.«

»Nicht die Stanleys.«

»Du weißt, von denen rede ich nicht. Ich meine uns Geschwister. Keiner von uns möchte zusehen, wie sie gekränkt wird.«

»So wenig wie ich, verflucht.«

Sams Augen funkelten im Dämmer. »Heißt das, sie bedeutet dir etwas? Du in deinem Aristokratenstolz bist bereit, dich so weit herabzulassen?«

Simon straffte die Schultern. »Die Gesellschaft mag sie als gering erachten, aber das ist sie nicht. Sie ist ... mir ebenbürtig. In jeder Hinsicht.«

Sam lehnte sich verblüfft zurück. Ein paar Augenblicke lang herrschte Schweigen.

Schließlich sagte er: »Wenn du ihr wehtust, Trent, musst du dem ein Ende machen.«

Simon stützte sich auf seinen Schreibtisch, die Hände flach auf die glatte Mahagoniplatte gelegt. »Und was schlägst du vor? Bitte lass mich an deiner Weisheit teilhaben, denn im Moment brauche ich nichts so sehr wie einen guten Rat.«

Langsam schüttelte Sam den Kopf. »Es gibt keine Lösung, durch die alle glücklich werden. Schlimmer für dich ist vielleicht, dass es in jedem Fall zu einem Skandal kommt, der unserer Mutter würdig wäre.«

Simon starrte auf seine Hände.

»Aber du musst das in Ordnung bringen, Trent.«

Langsam hob er den Kopf und stellte sich dem Blick seines Bruders. »Du hast recht.«

Am nächsten Tag, als Sarah beim Mittagessen saß, kam Johnston in die Küche. Sie grüßte und rang sich dabei ein Lächeln ab.

Den ganzen vergangenen Tag war es ihr schon schwergefallen, die Mundwinkel hochzuziehen. Seit sie erkannt hatte, dass sie in anderen Umständen war, lief sie mit düsterer Miene herum. Das war niemandem entgangen, aber ihr fiel nichts ein, wie sie sich aufheitern könnte.

Eine Schwangerschaft sollte eine Zeit der Vorfreude sein, aber sie empfand nur Angst. Ihr graute vor der Zeit danach. Denn es lag auf der Hand, dass Georgina Stanley sie entlassen würde. Gestern Morgen hatte Sarah noch geglaubt, ihr stünden andere Wege offen, sie könnte eine Anstellung in einem anderen Hause finden und würde mit ihrer Situation zurechtkommen, auch wenn sie Simon vermisste. Aber nun, da sie ein uneheliches Kind zur Welt bringen würde, waren ihre Hoffnungen im Wind zerstoben wie reife Löwenzahnsamen.

Sie hatte nicht die leiseste Ahnung, was sie tun könnte. Wohin sie gehen sollte. Wer sie jetzt noch nehmen würde.

Wie sie und das Kind überleben sollten.

Sie hatte überlegt, es Simon gestern zu sagen, nachdem sie ihm von Bordesley Green berichtet hatte, aber dann hatte sie es doch nicht über sich gebracht. Wer konnte schon wissen, was sein enormes Pflichtgefühl ihm eingeben würde?

Wenn er Georgina Stanley den Laufpass gäbe und Sarah heiratete, weil er das für anständig hielt, würde der anschließende Skandal ihn und seine Familie vernichten. Das durfte sie ihm nicht zumuten – keinem von ihnen.

Oder er würde gar nicht daran denken, sie zu heiraten, sondern die Ehe mit Miss Stanley eingehen, und sein Pflichtgefühl würde ihn womöglich bewegen, Sarah zu »behalten«, sie heimlich in einem Cottage fernab wohnen zu lassen mit einem Taschengeld für sie und das Kind.

Dieser Gedanke – er war ihr kurz nach dem Frühstück gekommen – hatte ihr solche Übelkeit bereitet, dass sie tatsächlich zum Abort gerannt war und das Frühstück wieder von sich gegeben hatte.

Danach hatte sie sich gegen die Tür sinken lassen und war eine ganze Weile dort allein geblieben, während sie sich mit diesem zusätzlichen Beweis ihrer Schwangerschaft abfand. Und dabei war ihr klar geworden, dass sie es nicht akzeptieren könnte, von Simon ausgehalten zu werden. Sie war zu stolz, um irgendwo als sein kompromittierendes Geheimnis im Verborgenen zu leben.

Nachdem ihre praktische Vernunft jedoch die Oberhand gewonnen hatte, gestand sie sich ein, dass dies ihre letzte Zuflucht sein mochte. Vor die Wahl gestellt, ob sie lieber sein Almosen annehmen oder ins Armenhaus gehen wollte, würde sie sich für Ersteres entscheiden.

Jetzt bekam sie ein gequältes Lächeln hin und wünschte Johnston einen guten Nachmittag.

»Ich hab gehofft, Sie hier zu finden«, sagte er.

Sie wischte sich die Hände ab und schob ihren Teller weg. »Und da bin ich. Was kann ich für Sie tun?«

Er sah um sich. Eines der Hausmädchen saß am Tisch und aß, zwei Küchenmädchen kneteten Teig, und die Köchin streckte den Kopf aus der Speisekammer und beobachtete ihn neugierig.

»Hätten Sie Zeit, mit mir spazieren zu gehen?«, fragte er Sarah.

Sie wollte nicht mit Johnston gehen, im Augenblick war sie jedoch zu durcheinander, um sich eine gute Ausrede einfallen zu lassen. »Eine halbe Stunde könnte ich erübrigen.«

Darauf strahlte er sie an. »Das freut mich.«

Es war ein schöner Sommertag, und sie brauchte keinen Mantel. Sie gingen den Gartenweg entlang, dann weiter über den Rasen und schlugen die Richtung zum Bach und zum Waldrand ein. Bei den Brombeersträuchern angelangt, bog Johnston dahinter ein, wo es zur Bank ging.

»Setzen wir uns ein Weilchen«, schlug er vor, sowie die Bank in Sicht kam.

Nach seinem erwartungsvollen Blick nahm sie steif darauf Platz. Er setzte sich neben sie.

»Mir hat unser gemeinsamer Tag gestern gefallen«, begann er.

Überrascht blickte sie ihn an. Sie hatte den ganzen Tag lang kaum auf ihn geachtet, so sehr war sie mit ihren eigenen Sorgen beschäftigt gewesen. »Es war sehr freundlich von Ihnen, mich so weit zu kutschieren.«

»Ich war froh, das für Sie tun zu können.« Er zögerte, dann senkte er die Stimme. »Ich würde alles für Sie tun, Sarah.«

Sarah bekam Herzklopfen, und ihr Magen geriet schon

wieder in Aufruhr und erinnerte sie an das winzige Leben, das in ihr wuchs. Sie fasste sich an den Bauch. Ihr Kind. Simons Kind.

Das Mittagessen rumorte in ihr. Wenn sie sich hier und jetzt übergäbe, wäre ihr das abgrundtief peinlich.

»Robert, ich …«

Er hob die Hand. »Bitte, lassen Sie mich ausreden.«

Sie schloss den Mund und verkniff sich die Bitte, er möge schweigen und sie wieder zum Haus begleiten.

Er drehte sich halb zu ihr herum. »Ich kann nicht aufhören, an Sie zu denken, Sarah.«

Sie musste sich eigens erinnern, weiter zu atmen, und schüttelte in stummer Abwehr den Kopf, flehte ihn mit Blicken an, zu schweigen, ehe er noch etwas sagte, was sie beide hinterher bedauerten.

Doch er schien ihr Flehen falsch zu deuten, denn er fuhr fort: »Sie sind schön. Sie sind freundlich, ehrlich und rein.«

»Nein …«, keuchte sie, aber erneut hob er die Hand und unterbrach sie.

»Kurz gesagt, Sie wären die richtige Lebensgefährtin für mich. Ich habe Ihren Vater schon um Ihre Hand gebeten, und er hat sein Einverständnis gegeben.« Er holte tief Luft. »Sarah Osborne, wollen Sie mich zum glücklichsten Mann der Welt machen? Wollen Sie mich heiraten?«

Sie setzte zu einer Antwort an, aber nun, da sie sprechen durfte, fehlten ihr die Worte. Stattdessen kämpfte sie gegen das teuflische Kichern, das in ihr aufstieg – *Rein? Du? Ein köstlicher Scherz!* –, und versuchte fieberhaft, sich einen angemessenen Satz zurechtzulegen.

Schließlich sagte sie leise und mit heiserer Stimme: »Sie kennen mich ja kaum.«

»Ich habe einen ganzen Tag in Ihrer Gesellschaft verbracht«, erwiderte er sofort, »und wir haben uns unzählige Male gesehen. Ich habe Sie in London beobachtet. Sie haben sich bewundernswert gehalten, angesichts der schwierigen Situation, in die der Herzog und seine Schwester Sie gebracht haben. Sie blieben unter allen Umständen gefasst, und Ihre Anmut, Ihre sanfte, mitfühlende Natur war immer zu erkennen.«

Mit großen Augen schaute sie ihn an und fragte sich, ob sie in einem sonderbaren Traum gefangen war. Seine Worte klangen so förmlich. Hatte er sie auswendig gelernt? Wieder schüttelte sie den Kopf. »Nein, Sie verstehen nicht.«

Sein Blick wurde ernst. »Doch, durchaus. Ich kenne Sie, Sarah. Ich weiß, Sie werden eine ausgezeichnete Ehefrau. Ihr Vater ist einverstanden.«

Sie rieb sich die Stirn und versuchte, das Bild loszuwerden, wie Johnston bei ihrem Vater um ihre Hand anhielt.

»Ach, Robert.« Sie kniff die Augen zu. Sosehr es ihr widerstrebte, ihn zu kränken, es musste sein. »Ich kann Sie nicht heiraten.«

»Natürlich können Sie.«

»Nein, wirklich nicht. Es geht nicht.«

Die ersten Falten der Besorgnis zeigten sich zwischen seinen Brauen. »Ich lasse Ihnen so viel Zeit, wie Sie möchten. Ich werde um Sie werben, wie es sich gehört. Ich will alles tun, was nötig ist, um …«

»Nein. Niemals … es wird nicht dazu kommen. Es tut mir so leid.«

»Wenn Sie noch eine Weile darüber nachdenken …«

»Nein, Robert.«

»Geben Sie mir die Möglichkeit, mich zu beweisen.«

»Nein«, wiederholte sie, während es ihr in der Seele wehtat. Wäre es nicht wunderbar, wenn sie sich in ihn verliebt hätte? Aber nein, sie hatte ihr Herz bereits verloren, an einen Mann, der für sie unerreichbar war.

Er schüttelte den Kopf. »Ich kann das Nein nicht akzeptieren. Ich sehe keinen Grund dafür.«

»Aber den gibt es. Ich liebe Sie nicht.«

»Ich werde mir Ihre Liebe noch verdienen. Diese kommt mit der Zeit.«

»Ich bedaure, nein.«

Stirnrunzelnd kniff er die Lippen zusammen. Als er erneut das Wort ergriff, klang er gar nicht mehr sanft. »Warum denn?« Er blickte sie durchdringend an. »Sagen Sie mir, warum.«

»Ich ... kann nicht. Es tut mir leid.«

So entsetzlich leid, Robert. Aber sie wusste, das würde sie vor seinem forschenden Blick nicht retten.

Sie drehte den Kopf weg und spürte, wie er sie weiter unnachgiebig ansah. Verzweifelt schaute sie auf ihre Hände, die sie unaufhörlich rang.

Schließlich fragte er leise: »Es ist der Herzog, stimmt's?«

Es traf sie wie ein Schlag, und abrupt drehte sie den Kopf zu ihm.

»Was?«, hauchte sie.

»Es ist der Herzog. Sie bilden sich ein, in ihn verliebt zu sein.«

Oh Herr im Himmel.

»Ich ...« Vehement schüttelte sie den Kopf und nahm sich zusammen, dann entgegnete sie ruhig, aber missbilligend: »Ich würde sagen, das geht Sie nichts an.«

»Und das reicht mir als Bestätigung«, erwiderte er ernst. Dann fügte er hinzu: »Sarah, selbst wenn Sie sich auf eine Liaison mit dem Herzog von Trent eingelassen haben, müssen Sie doch wissen, dass nichts dabei rauskommen kann.«

Das ging über ihre Kräfte. Sie konnte nicht hier sitzen und mit Robert Johnston über ihre Liebe zu Simon sprechen.

»Er wird Sie bestimmt nicht heiraten«, erklärte Johnston. »Er wird sein Heim nicht mit Ihnen teilen. Ich dagegen will mein Leben mit Ihnen verbringen, Sarah. Ihnen ein Zuhause geben und Kinder mit Ihnen haben.«

Sie stellte sich seinem Blick und spürte brennende Tränen aufsteigen. »Sie verstehen nicht, Robert. Es ist zu spät dafür.« Wenn auch nicht erst seit gestern. »Viel zu spät.«

Johnston begriff. Sie sah, wie es ihm langsam dämmerte.

»Verdammt«, flüsterte er. »Sie haben ihm alles gegeben, hab ich recht?«

Sie antwortete nicht.

»Ihre Liebe und Ihren Körper.«

Als sein Blick zu ihren Händen schweifte, die sie an ihren Bauch gelegt hatte, schloss sie die Augen.

»Sie tragen ein Kind unter dem Herzen? Sein Kind?«

Kraftlos krümmte sie sich zusammen und brach in Tränen aus.

19

Zur Überraschung aller war Luke irgendwann zwischen Mitternacht und dem Morgengrauen auf Ironwood Park angekommen. Als Simon und Sam sich zum Frühstück einfanden, saß er bereits da, trank Kaffee und plauderte mit Theo und Mark. Die Stanleys waren noch nicht auf, auch Esme nicht.

Luke wirkte nüchtern, hatte aber Augenringe. Nun berichtete er mürrisch, seine Suche nach ihrer Mutter habe nicht das geringste Ergebnis gebracht. Simon hatte das freilich schon von seinem Ermittler erfahren.

Luke gab zu dem nächtlichen Streit bei Hillingdon weder eine Entschuldigung noch eine Erklärung ab, und Simon war ihm dafür dankbar. Zurzeit hatte er genug auf seinen Schultern lasten und wollte nicht auch noch alten Groll ausräumen müssen. Er war gern bereit zu einem stillschweigenden Neubeginn.

Bei pochierten Eiern und Kaffee erzählte Simon seinen Brüdern, auf welche Weise Sarah erfahren hatte, dass James an diesem Tag in Bordesley Green sein würde. Wie erwartet bestanden sie darauf, ihn dorthin zu begleiten. Eine halbe Stunde später fuhren sie in der Familienkutsche nach Norden.

Tatsächlich hatte er diese Situation, wo sie durch die Stanleys nicht gestört werden konnten, nutzen wollen, um seinen Brüdern das Geheimnis anzuvertrauen, das ihn bedrückte. Er war froh, weil sie nun alle zusammen in der Kutsche saßen, und ganz besonders, weil Luke endlich gekommen war. Dass dieser als Einziger noch nichts wusste, hatte ihn ebenfalls belastet.

Während die Kutsche Richtung Bordesley Green rumpelte, erzählte er noch einmal alles von Anfang an. Wie der Baron zu ihm gekommen und die Heirat vorgeschlagen, wie er sich geweigert habe und Stanley sich mit gespieltem Bedauern »gezwungen sah«, ihm die Augen zu öffnen.

Er klärte Theo und Mark auf, dass sie einer Affäre zwischen ihrem Vater und Fiona Atwood entstammten, die zurzeit außerhalb von London lebte. Sie schauten ihn sprachlos an, als er berichtete, er sei mit Sam zu ihr gefahren und sie habe Stanleys Geschichte bestätigt.

Theo war sichtlich erschüttert. »Sieht … sieht sie aus wie wir?«

Seufzend wandte Simon den Blick ab. »Sie ist jetzt eine alte Frau, die eindeutig ein schweres Leben gehabt hat.«

»Auf ihrem Tisch stand eine fast leere Flasche Gin, und sie stank nach dem Zeug«, fügte Sam tonlos hinzu. »Sie war gelb im Gesicht und sah insgesamt ungesund aus.«

Theo blickte besorgt zu Mark, der noch gar nicht reagiert hatte.

Simon zog die Brauen zusammen. »Wenn man genau hinsieht, entdeckt man gemeinsame Züge.«

Theo starrte ihn an.

»Ihr seid trotzdem meine Brüder«, versicherte Simon. »Das wird sich durch nichts ändern.«

»Aber wir …« Theo holte tief Luft. »Wir sind … unehelich.« Er schaute entsetzt, als käme der Verlust des »Lord« vor dem Namen einer Amputation gleich.

Endlich rang auch Mark sich zu einer Äußerung durch. »Mama hat uns nie anders behandelt als leibliche Kinder, Trent.

Wie erklärst du dir das? Sie hätte uns doch meiden müssen, anstatt uns so viele Jahre an ihren Rockzipfeln zu dulden.«

»Sie ist eben trotzdem unsere Mutter. Sie hat euch aufgenommen und zu ihren Söhnen gemacht. Und wir müssen darüber hinwegsehen.«

Luke schnaubte. »Was soll das heißen?«

»Dass wir alle Mitglieder dieser Familie sind. Dass wir alle den Namen Hawkins tragen. Dass wir Brüder sind und bleiben, bis wir sterben.«

Luke richtete einen kühlen Blick auf Simon. »Das war noch nicht alles, stimmt's, Trent?«

Simon schoss Sam einen Blick zu, der neben Luke saß. Aber Simon war das Familienoberhaupt, und darum war es seine Pflicht, ein Familienmitglied über unangenehme Neuigkeiten in Kenntnis zu setzen. Erst recht über verstörende Neuigkeiten.

»Auch du wurdest außerehelich gezeugt, Luke«, sagte er leise. »Es tut mir leid.«

»Lass mich raten – ich bin der Sohn einer anderen Hure, die unser Vater aus einer Londoner Gosse gezogen hat.«

»Nein«, widersprach Sam.

»Du bist kein Sohn unseres Vaters, sondern entstammst einer Affäre zwischen unserer Mutter und Baron Stanley.«

Es war totenstill in der Kutsche, abgesehen vom Rumpeln und Ächzen der Räder und dem Hufschlag der Pferde. Die Bestürzung war groß. Simon beobachtete, wie Luke die Nachricht aufnahm. Seine Miene war starr, unergründlich, aber seine Augen – die dem Baron so ähnelten – schimmerten im Halbdunkel.

Schließlich leckte er sich über die Lippen, und als er sprach, klang seine Stimme rau, geradezu schartig. »Das soll hoffentlich ein Scherz sein.«

»Er scherzt nicht«, sagte Sam ruhig.

Darauf senkte Luke den Kopf und lachte. Es war das bitterste Lachen, das Simon je gehört hatte. »Mein Ziehvater war ein Scheißkerl, und mein leiblicher ist nun auch einer. Na, das passt ja zu mir, nicht wahr?« Er sah auf. »Ich wette, ihr wart nicht weiter überrascht, stimmt's?«

»Ganz im Gegenteil«, sagte Simon aufrichtig. »Und ich bin nach wie vor sprachlos.«

Luke lachte noch einmal genauso bitter. Simon blickte Sam an. »Willst du wegen Esme etwas sagen?«

Sam tat es ruhig und leise, und seine Brüder hörten zu. Dann erklärte Simon, dass der Baron ihn erpresste und wie Sarah von Bertram erfahren hatte.

Eine Stunde später, als sie den Weg zum Eingang des hohen gotischen Gebäudes entlanggingen, sahen Theo und Mark noch immer blass und mitgenommen aus und machten so unsichere Schritte, als würden sie umkippen, wenn ihnen nur jemand an die Schulter tippte. Es würde wohl einige Zeit dauern, bis sie die Neuigkeiten verkraftet hatten.

Luke dagegen wirkte wütend, aber auch zutiefst nachdenklich. Von den dreien war er eindeutig am wenigsten überrascht. Und als sie aus der Kutsche gestiegen waren, hatte er höhnisch bemerkt, dass er heute wohl auch noch einen Idioten als Bruder dazubekomme und er sich freue, Bertram Stanley kennenzulernen.

Schließlich saßen sie in einem spartanisch eingerichteten Empfangsraum und tranken Tee. Die Wände waren völlig schmucklos, und die Möblierung bestand aus zwei einfachen Tischen und ein paar Stühlen. Sobald der Hausherr, ein Quäker namens Mills, begriffen hatte, wer Simon war, hatte er sich überaus entgegenkommend verhalten. James sei bereits zu Besuch bei seiner Mutter, sagte er, und er lasse ihn sofort holen.

Kurz darauf kam James herein. Als er die fünf Brüder sah, die ihn gespannt anblickten, blieb er abrupt stehen und sperrte den Mund auf.

»Schließen Sie die Tür, James«, sagte Simon ruhig.

Mit zitternden Händen kam James der Forderung nach, dann drehte er sich wieder um. »Euer Gnaden, ich ... äh ... habe nicht erwartet, Sie hier zu treffen.«

»Das kann ich mir vorstellen«, sagte Luke trocken.

»Wir möchten Sie einiges fragen«, erklärte Simon.

Nervös blickte James von einem zum anderen, und sein Adamsapfel hüpfte einige Male.

»Verraten Sie uns, verdammt noch mal, wo unsere Mutter ist, wenn ich bitten darf.«

Die aufbrausenden Worte kamen von Mark, der sonst immer ein heiteres Gemüt bewies. Simon blickte ihn überrascht an. Wann hatte er Mark je fluchen hören? Mit finsterer Miene stand er jetzt sogar auf und straffte die Schultern.

Dabei war sie nicht einmal seine Mutter.

Aber im Herzen war sie es. Und obwohl er wütend sein musste, weil sie ihn ein Leben lang belogen hatte, liebte er sie. Das sah Simon ganz deutlich.

»Äh.« James schluckte erneut. »Ich ... äh ... weiß es nicht.«

»Sie sind in derselben Nacht verschwunden wie sie«, sagte Simon. »Sie sind nicht zu uns gekommen, um uns zu informieren. Stattdessen haben Sie sich sogar verborgen gehalten, und das trotz der Tatsache, dass wir seit fast vier Monaten nach Ihnen suchen.«

»Vielleicht haben Sie sie umgebracht«, sagte Luke, und er klang listig und durchtrieben. »Vielleicht waren Sie es, der ihren Schmuck gestohlen hat, und dann haben Sie auch noch Binnie ermordet. Das ist ein recht feiner Mantel, den Sie da tragen, James.«

»Nein!« James schnappte nach Luft. »Sie hat mich ausgezahlt …«

Sam hatte in einer Ecke gestanden, aber nun trat er vor.

»Hören Sie auf mit dem Unsinn«, befahl er und richtete einen argwöhnischen Blick auf James. »Erzählen Sie uns alles. Angefangen bei der Nacht, als Sie drei verschwanden. Lassen Sie kein Detail aus. Wir müssen erfahren, warum Sie Ironwood Park verlassen haben, was passiert ist und wo sich die Herzogin jetzt befindet.«

James schüttelte den Kopf. »Das kann ich Ihnen nicht …«

Sam hob die Hand und schnitt dem Mann das Wort ab. Schließlich deutete er auf einen freien Stuhl. »Setzen Sie sich da hin und reden Sie gefälligst.«

»Also gut.« James setzte sich und rang die Hände. »Äh, also …« Kurz blickte er reihum in die Gesichter, dann in seinen Schoß. Er räusperte sich. »Ihre Gnaden stand im Begriff, zu Bett zu gehen, als ein fremder Mann vor dem Witwenhaus ankam. Ich war mir nicht sicher, ob er ein Gentleman war oder nur so tat als ob. Er wollte um jeden Preis mit der Herzogin sprechen. Sie willigte ein, ihn oben im Salon zu empfangen.«

»Wie hieß er?«

»Er hat sich als Mr. Morton vorgestellt. Roger Morton.« James seufzte schwer. »Nach einer Weile stritten sie sich. Die Herzogin wurde sehr wütend. Binnie und ich gingen nachsehen, was los war, aber sie schickte uns hinaus. Wir wussten nicht, was wir tun sollten. Als sie endlich nach unten kam, hieß es, wir würden abreisen, und es würde eine lange Reise werden. Binnie und ich packten in Windeseile, und gegen zwei Uhr früh verließen wir das Haus.

Wir fuhren die ganze Nacht und den nächsten Tag nach Westen, bis nach Wales. Ihre Gnaden und Mr. Morton sprachen kaum ein Wort. Ehrlich gesagt ...«, er warf einen ängstlichen Blick zu Simon, »wirkte die Herzogin resigniert und besorgt, schien aber auch Herrin der Lage zu sein. Sie gab Mr. Morton Anweisungen, und er gehorchte. Ich verstand das alles nicht.

Wir gelangten nach Cardiff, wo die Herzogin Unterkunft in einem Haus fand. Wir blieben dort fast einen Monat, dann holte sie uns eines Abends in ihr Zimmer. Binnie gab sie einen Beutel mit Schmuck als Lohn und mir ebenfalls. Wir dürften niemals nach Ironwood Park zurückkehren, uns bei keinem der Familie je wieder zeigen, sagte sie. Sie nahm uns das Versprechen ab, uns bei niemandem, der mit den Hawkins in Verbindung stünde, zu erkennen zu geben.«

»Großer Gott«, murmelte Simon.

»Wir haben gehorcht, Euer Gnaden. Sie war unsere Herrin und hatte uns gut bezahlt. Wir reisten nach London, aber ...« Er blickte in den Schoß. »In der Kutsche zeigte Binnie den Schmuck herum, erzählte, sie werde ihn in London verkaufen, und dann eine vornehme, reiche Dame werden. Kurz vor London hielten wir an einer Poststation und übernachteten dort. Am nächsten Morgen war Binnie nicht mehr da.«

Er verstummte und rieb sich über die Oberschenkel. Seine Stirn glänzte von Schweiß.

»Was haben Sie darauf getan?«, wollte Sam wissen.

»Ich habe nach ihr gesucht, konnte sie aber nicht finden. Nachdem sie so viel angegeben hatte, dachte ich mir, dass ihr etwas Schlimmes passiert sein muss, und fürchtete, die Schurken hätten es auch noch auf mich abgesehen. Ich habe mich nicht getraut, nach London weiterzufahren. Darum habe ich die Kutsche nach Birmingham genommen. Dort habe ich den Schmuck verkauft.« Er schaute über die Schulter zur Tür. »Wenn ich schon nicht nach Ironwood Park zurückdurfte, so wollte ich doch in der Nähe meiner Mutter bleiben«, erklärte er verlegen.

Simon lehnte sich zurück und legte die Fingerspitzen aneinander. »Wo ist die Herzogin jetzt?«

»Vielleicht noch in Cardiff. Ich weiß es nicht. Sie und Morton ... nun ja, ich hatte den Eindruck, dass sie auf jemanden oder auf ein bestimmtes Ereignis warten. Aber auf wen oder was, kann ich nicht sagen. Binnie und ich sind nur unseren Pflichten nachgekommen. Uns wurde nichts weiter mitgeteilt.«

»Sie haben sie also bei diesem Morton zurückgelassen«, stellte Luke gefährlich leise fest. »Ohne Schutz und Hilfe.«

James warf einen nervösen Blick in dessen Richtung. »Sie hat uns befohlen zu gehen«, rechtfertigte er sich und brachte nur ein Flüstern zustande.

»Glauben Sie, Morton hegte üble Absichten gegen sie?«, fragte Sam.

»Ich ...« James schüttelte den Kopf. »Eigentlich nicht, Sir. Er fügte sich ihren Wünschen.«

»Könnte das eine ausgeklügelte Entführung gewesen sein?«, fragte Theo nachdenklich. »War dieser Morton vielleicht der Komplize eines Unbekannten?«

»Das kann ich nicht sagen. Ihre Gnaden benahm sich ... sonderbar. Ihre Laune schlug blitzschnell um. Eben noch zornig, plötzlich lächelnd. Binnie und ich wussten nicht mehr, was wir davon halten sollten.«

Die Brüder stellten ihm noch weitere Fragen, aber viel mehr war aus James nicht herauszukriegen. Am Ende ließen sie sich seine Birminghamer Adresse geben für den Fall, dass sie ihn noch einmal sprechen müssten, dann entließen sie ihn.

Als Mills Frau hereinkam und ihnen frischen Tee anbot,

stand Luke auf. »Ich sollte Bertram Stanley jetzt wohl einen Besuch abstatten, Madam.«

»Er meint Bertram Smith«, warf Simon ein. »Bitte verzeihen Sie den Fehler.«

»Natürlich.« Mrs. Mills lächelte unsicher. »Freund Bertram rechnet nicht mit Besuchern.«

»Es wird nur einen Moment dauern«, versprach Simon.

Sie schaute von einem zum anderen, die alle auf dem Sprung waren, ihr zu Bertram zu folgen, dann schüttelte sie entschieden den Kopf. Sie fragte nicht, warum sie ihn sehen wollten, sondern sagte: »Ich fürchte, so viele Besucher auf einmal zu empfangen wird ihn zu sehr aufregen. Einer von euch darf zu ihm, aber mehr nicht, und ich werde zugegen sein.«

Luke verschränkte die Arme. »Ich will zu ihm.« Er schoss Simon einen drohenden Blick zu, doch dieser erhob keine Einwände. Wenn Luke seinen neuen Halbbruder sehen wollte, würde er ihn nicht davon abhalten.

Während der Rückfahrt nach Ironwood Park erörterten die Brüder, was sie von James erfahren hatten. Dank Sarah hatten sie nun einen wichtigen Anhaltspunkt. Ihre Mutter war am Leben, zumindest war sie es bis Ende Mai gewesen, und sie war zuletzt in Wales gesehen worden.

»Ich werde nach Cardiff reisen«, kündigte Luke an.

Seit seinem Besuch bei Bertram war er still und nachdenklich. Von der Begegnung erzählte er seinen Brüdern nichts, außer dass der Mann in der Tat ein Stanley war, höchstwahrscheinlich Georginas älterer Bruder.

Auf Lukes Entschluss, sich nach Wales aufzumachen – eine Stunde lang hatte er nur geschwiegen –, nickte Simon nur.

Die restliche Fahrt verlief still. Es schien, als wäre alles gesagt, und Simon konnte nichts weiter tun, als seinen Brüdern Zeit zum Nachdenken zu lassen.

Und auch sich selbst.

In einem fort malte er sich eine Zukunft mit Sarah aus, und die Szenen wiederholten sich. Sarah in seinem Bett, Sarah lächelnd in seinen Armen, Sarah, die ihm nach langen Parlamentsdebatten einen behaglichen Abend bereitete.

Sarah mit zwei neugeborenen Söhnen im Arm, die sie bewundernd anschaute.

Nun, da Sam seiner Fantasie freien Lauf ließ, schwelgte er in den Bildern. Und dabei wurde ihm einiges klar. Sarah Osborne war die einzige Frau, die sein Herz berührte. Die er bewunderte. Die ihn körperlich, geistig und emotional fesselte.

Er liebte sie.

Und er wollte sie ganz.

Er stellte sich vor, wie er, zu Hause angekommen, die Verlobung mit Georgina löste. Irgendwie würde er Stanley überzeugen, die Familiengeheimnisse nicht auszuplaudern, und wenn diese unangenehme Aufgabe erledigt wäre, würde er den Baron mitsamt Gattin und Tochter aus dem Haus geleiten und in ihre Kutsche nach London setzen oder wohin sie sonst zu fahren wünschten.

Dann würde er, für immer von den Stanleys befreit, zu Sarah gehen.

Er lehnte sich in die Polsterbank, schloss die Augen und überlegte sich, was er zu ihr sagen würde.

Ich will dich für immer. Du sollst die Meine sein. Du bist mein Leben, Sarah. Ich brauche dich wie die Luft zum Atmen. Du bist meine Stütze. Heirate mich. Werde meine Herzogin.

Dabei hörte er im Hinterkopf jedoch eine andere, düster warnende Stimme: *Stanley ist ein sturer Hund. Stanley wird nicht zulassen, dass du die Verlobung löst. Stanley wird dich ruinieren.*

Schließlich machte er die Augen auf und sah seine Brüder an.

»Ich kann Georgina Stanley nicht heiraten. Ich werde eine Möglichkeit finden, die Verlobung zu lösen.«

Alle blickten ihn an, als wäre das nach diesem enthüllungsreichen Tag eine Neuigkeit zu viel.

»Ich kann das nicht tun«, wiederholte er.

»Wie willst du das bewerkstelligen?«, fragte Sam. »Willst du Bertram Stanley gegen sie verwenden?« Sam war wohl der Einzige, der noch imstande war zu reden.

Simon wollte sich auf Stanleys Niveau nicht herablassen und Erpressung nicht mit Erpressung bekämpfen. Aber immerhin war er das Oberhaupt der Familie ... Wie weit würde er gehen, um seine Geschwister vor Schande zu bewahren? War er bereit, dafür seine Grundsätze zu verraten?

Wahrscheinlich.

Ja.

»Ich weiß es nicht«, antwortete er leise. »Sollte ich?«

»Nein!«, brüllte Theo.

Alle drehten den Kopf.

»Tu das nicht, Trent. Erpressung ist gegen deine Natur. Du bist der aufrichtigste, ehrenwerteste Mensch, den ich kenne. Mir wäre lieber, alle wissen über mich Bescheid, als dass ich zusehen muss, wie du deine Grundsätze verleugnest.«

»Mir auch«, pflichtete Mark mit strenger Miene bei.

Luke schaute aus dem Fenster, um Simons Blick nicht zu begegnen. »Mir auch. Möchte nicht, dass deine reine Seele meinetwegen Flecke kriegt, Trent.«

»Mir wäre es nicht gleichgültig, wenn Stanley Gerüchte über uns verbreitet«, sagte Simon, »aber ich liebe Miss Stanley nicht und werde es nie tun. Darum kann ich sie nicht heiraten.«

»Dann tu es nicht«, sagte Luke, als wäre das so einfach.

»Es gibt eine andere«, gestand Simon leise. »Eine, die ich innig liebe. Wenn ich die Verlobung mit Miss Stanley gelöst habe, werde ich ihr einen Heiratsantrag machen.«

»Wirklich? Wer ist es?«, fragte Theo.

Simon sah ihn verwirrt die Stirn runzeln.

Er atmete einmal tief durch. Im Gegensatz zu Sam würden die anderen bestürzt oder ungläubig, zumindest aber überrascht reagieren. Auch Luke, der bislang glaubte, Simons Gefühle für Sarah seien nicht allzu tief.

Derlei Reaktionen würde er noch viele bekommen, von allen seinen Bekannten und von Leuten, die er nur flüchtig kannte. Er würde damit fertigwerden und gleich bei seinen Brüdern damit anfangen. Denn er hatte sich verändert. Er würde nicht mehr zögern, seine Liebe in die Welt hinauszuschreien. Jeder sollte davon erfahren.

»Sarah«, antwortete er mit fester Stimme. »Sarah Osborne.«

Die Konfrontation mit den Stanleys musste noch warten, denn am Abend gab es in der Nachbarschaft einen Ball, und an dem würde er teilnehmen. Eine Absage hätte nur Gerüchte ausgelöst. Er wollte nicht, dass über die Auflösung der Verlobung geklatscht wurde, bevor er diesen Schritt tatsächlich gemacht hatte.

Simon konnte nur einen Tanz mit Georgina ertragen, aber die übrigen Herren ließen sich nicht davon abhalten, sie auf die Tanzfläche zu führen. Mr. und Mrs. Beardsley, die Gastgeber, hatten auch mehrere Herren eingeladen, die Simon seit seiner Rückkehr aus London nicht mehr gesehen hatte, und alle wollten ein paar Worte mit ihm wechseln.

Der Herzog von Dunsberg war einer davon. Simon hatte sich ins Kartenzimmer zurückgezogen, um sich eine kurze Atempause zu gönnen, als Dunsberg mit einem Grinsen in seinem ziemlich gealterten Gesicht auf ihn zukam.

»Nun, Trent, gerade habe ich mit Ihrer hübschen Verlobten getanzt. Ich muss Ihnen gratulieren – sie ist ein ganz besonderer Fund, ein Diamant reinsten Wassers.« Nachdem er sich bei einem vorbeigehenden Diener ein Glas Brandy vom Tablett genommen hatte, setzte er sich in den Nachbarsessel und bedachte Simon mit einem wehmütigen Blick. »Da Sie sich nun in die Reihen unserer Geschlechtsgenossen eingliedern, die im Eheglück schwelgen, werde ich wohl der einzige noch ungebundene Herzog des Landes sein.«

Simon hatte nicht vor, Dunsberg über den Stand der Dinge aufzuklären. Doch er fühlte sich unruhig und gereizt. Ihm war, als ob Ameisen unter seiner Haut krabbelten. Dabei wünschte er sich weiß Gott, dem Mann reinen Wein einzuschenken. Er wollte die ganze Sache hinter sich bringen. Am liebsten sofort.

»Warum haben Sie nie geheiratet?«, fragte Simon stattdessen, um der Unterhaltung eine andere Richtung zu geben.

Dunsberg schaute in seinen Brandy. »Nun ja«, erneut ein wehmütiger Blick, »ich war auch mal wie Sie, auch wenn ich meinen Vater erst mit vierzig verloren habe. Aber die Damen wussten ganz genau, dass ich eines Tages Herzog sein würde, und mindestens zehn Jahre lang sind die Mütter der heiratsfähigen Damen jede Saison in voller Zahl aufmarschiert, um mich zu belagern.«

Er trank einen Schluck. »Aber damals wollte ich nicht heiraten. Das waren tolle Zeiten. Sie werden das zweifellos aus den Geschichten Ihrer Eltern kennen.«

Simon brummte zustimmend.

»Ich nehme an …« Dunsberg zog nachdenklich die Brauen zusammen. »Ich fand das alles ein bisschen degoutant. Als wäre ich kein Mensch, sondern mein Titel eine Beute, die es zu erjagen galt.«

»Ja.« Simon verstand das voll und ganz.

»Daher habe ich es um jeden Preis vermieden, mich zu binden. Irgendwann gaben sie auf.« Dunsberg lachte leise. »Jetzt mit neunundvierzig fühle ich mich endlich bereit für die Ehe … aber … « Er zuckte die Achseln. »Ich habe die richtige Frau wohl noch nicht gefunden.«

Simon hob das Glas. »Dann wünsche ich Ihnen viel Glück bei der Suche.«

Dunsberg lachte. »Ich sollte die Segel streichen, ich bin zu alt. Die Damen werden eher von den jungen, vor Energie strotzenden Männern angezogen. Sehen Sie mich an«, er deutete auf sein faltiges Gesicht, »ich bin ganz schön in die Jahre gekommen.«

»Sie sind noch immer ein Herzog.«

»Ganz recht. Aber noch mal ein so schönes Geschöpf zu finden, wie Sie es für sich ergattert haben … nun, ich bezweifle, dass ich so viel Glück haben werde.«

»Man kann nie wissen.«

Eine Weile plauderten sie noch miteinander, dann entschuldigte sich Simon und kehrte in den Ballsaal zurück.

Der Abend kam ihm endlos vor, er ertrug ihn jedoch, ohne dass jemand Verdacht schöpfte, es könnte etwas nicht in Ordnung sein. Erst kurz vor Morgengrauen kehrte er mit seinen Geschwistern heim. Müde, wie sie waren, gingen alle zu Bett, nur Simon nicht. Er lief in seinem Zimmer auf und ab und überlegte, ob er zum Gärtnerhaus gehen und Sarah alles sagen sollte.

Doch zuerst musste er die Verlobung lösen. Wenn er zu Sarah ging, wollte er ein freier Mann sein, ein Mann, der vor ihr niederknien und ihr ewige Liebe schwören durfte.

Morgen. Morgen würde es passieren.

20

Simon erwachte aus einem kurzen, unruhigen Schlaf und ließ Lord Stanley eine Nachricht überbringen, er möge ihn nach dem Frühstück in der Bibliothek aufsuchen. Dort saß Simon noch kurz vor Mittag und ging an seinem Schreibtisch die Bücher durch, als es an der Tür klopfte und ein noch reichlich müder Baron hereinkam.

Nachdem Simon ihn gebeten hatte, Platz zu nehmen, und ihm etwas zu trinken angeboten hatte, kam er gleich zur Sache.

»Ich werde Ihre Tochter nicht heiraten.«

Stanleys Blick wurde eiskalt. So starrte er Simon an, der ausdruckslos zurückschaute. Dieser hätte später nicht mehr sagen können, wie lange sie so dasaßen und sich schweigend anfeindeten.

Schließlich kam Bewegung in Stanleys Lippen. Als er sprach, waren seine Worte mild, sein Ton ruhig. »Sind Sie sicher, dass Sie das wollen, Trent? Sind Sie bereit, die Folgen dieser Entscheidung zu tragen?«

»Die einzige Folge sollte eine erhöhte Zufriedenheit der Beteiligten sein, Stanley. Nämlich meine und die Ihrer Tochter.«

»Georginas Zufriedenheit hängt allein an der Heirat mit Ihnen.«

»Das ist Unsinn. Sie empfindet gar nichts für mich.«

Stanley zog die Brauen hoch. »Machen Sie mir doch nicht

weis, Sie hätten einen Hang zu diesem romantischen Mist, wenn es um Ihre künftige Frau geht, Trent. Sie wissen, vielleicht sogar besser als ich, dass in unseren Kreisen bei der Wahl der Braut wichtigere Faktoren als Liebe ausschlaggebend sind. Wir müssen an das Herzogtum denken.«

Und ob. Fast hätte Simon gelächelt. Dieses Herzogtum würde er nur mit Sarah an seiner Seite führen, und sie würde ihre Aufgabe mit Anmut und unerschütterlicher Ruhe erfüllen.

»Ich bin zu dem Schluss gekommen, dass hinsichtlich des Glücks und Wohlergehens derer, die von mir abhängen, Georgina nicht die richtige Wahl ist.«

Stanleys Miene wurde noch saurer. »Sie sind wohl geistig umnachtet. Natürlich ist Georgina die richtige Wahl. Ich habe sie genau für diese Aufgabe erzogen.«

Simon neigte sich vor und stützte die Unterarme auf die Papiere auf seinem Schreibtisch. »Das ist es ja gerade. Sie wurde erzogen, um die Gattin eines hohen Adligen zu werden. Aber nicht, um meine Gattin zu werden. Zu meinem Titel gehören auch meine Familie, ihr Ruf und alle Überspanntheiten, die untrennbar damit verbunden sind.«

Der Baron zuckte die Achseln. »Georgina kann den Ruf Ihrer Familie nur verbessern.«

Simon lächelte schief. »Das interessiert mich nicht. Wissen Sie, ich habe die meiste Zeit meines Lebens damit zugebracht, den Namen meiner Familie reinzuwaschen. Und wissen Sie was? Ich habe genug davon. Meine Familie ist ganz gewiss sonderbar. Wir haben mit mehr als genug Schwierigkeiten zu kämpfen gehabt. Aber meine Familie bleibt meine Familie, und wenn jemand sie ablehnt oder sie verurteilen möchte, dann kann er sich gern von uns fernhalten. Ich wäre sogar dankbar dafür.«

»Wollen Sie damit andeuten ...?«

»Ich will gar nichts andeuten. Ich will zum Ausdruck bringen, dass ich es absolut leid bin, wenn Leute uns Verstöße gegen den guten Ton oder andere Fehltritte vorwerfen. Das steht mir bis oben. Von jetzt an werde ich mich nicht mehr bemühen, vermeintliche Fauxpas meiner Verwandten auszubügeln. Wer meine Eltern oder Geschwister verdammen will, dem sage ich von jetzt an nur noch eins: Gehen Sie zum Teufel!«

»Werden Sie das auch sagen, wenn die Wahrheit über Ihre Geschwister herauskommt?«

»Ich hoffe, Sie werden – als Mann von Ehre – erkennen, wie klug meine Entscheidung ist, von der Heirat Abstand zu nehmen, und werden dementsprechend von einer Enthüllung absehen. Die hat keinen Sinn. Außer Sie haben Freude daran, das Leben unschuldiger Menschen zu ruinieren.«

»Wir hatten eine Abmachung, Trent.«

»Eigentlich nicht. Ich würde eher von Erpressung sprechen. Eine Zeit lang habe ich mich erpressen lassen, aber damit ist jetzt Schluss.«

Stanley neigte den Kopf, trank seinen Brandy aus, knallte das Glas auf den Tisch und erhob sich. »Sie werden Ihre Entscheidung noch bereuen. Denken Sie an meine Worte, Sie werden es bereuen.«

Damit stürmte er hinaus und schlug die Tür hinter sich zu, dass die Fensterscheiben in der Bibliothek klirrten. Ein paar Augenblicke lang blieb Simon noch sitzen, um sich zu sammeln, dann ging er Georgina suchen. Er fand sie draußen im Wiesengelände zusammen mit ihrer Mutter, Esme und seinen vier Brüdern, die offenbar Mitleid mit ihm gehabt und die Damen zu einem schönen Tag im Freien animiert hatten. Diener hatten diverse Schießscheiben aufgestellt, und man übte sich im Bogenschießen.

Als er sich näherte, ließ Georgina gerade einen Pfeil von der Sehne, dann spähte sie zur Zielscheibe und quiekte. »Oh! Diesmal habe ich wohl getroffen.«

Mark grinste sie an. »Das scheint mir auch so.«

Als sie Simon sah, eilte sie ihm entgegen. Sie trug ein weißes Musselinkleid mit kornblumenblauen Bändern daran, die zu ihren Augen passten. Unter dem breitrandigen Hut glänzten ihre blonden Locken, und ihre Wangen hatten eine gesunde Farbe.

Sie war eine makellose englische Rose. Jedenfalls äußerlich. Wie es innen in ihr aussah, wusste er nicht so recht. Er hatte noch nichts von ihr gesehen, außer was sie ihn sehen lassen wollte.

»Oh, Trent! Wo sind Sie gewesen? Wir haben hier viel Spaß!«

»Es sieht ganz so aus«, erwiderte er und ließ den Blick über die Szene schweifen. Theo half gerade der Baronin, den Bogen zu spannen. Esme trug ihren Bogen um die Schulter geschlungen und wählte von dem langen Tisch einen der bereitgelegten Pfeile. Sogar Luke hatte sich bequemt, mitzugehen, hielt sich aber beim Bogenschießen zurück und stand im Schatten einer Maulbeerfeige, ein spöttisches Schmunzeln im Gesicht, während er das Treiben beobachtete und an einem Glas trank, das scheinbar Limonade enthielt.

Er fing Simons Blick auf und nickte ihm zu, aber sein zynischer Gesichtsausdruck änderte sich nicht.

Simon wandte sich Georgina wieder zu. »Wollen Sie ein Stück mit mir gehen?«

»Oh ... natürlich.« Sie warf einen bedauernden Blick zu dem langen Tisch, wo Esme sich mit Theo über die verschiedenen Pfeile unterhielt. »Mama«, rief sie, »Trent und ich machen einen Spaziergang. Wir werden ...« Sie sah ihn fragend an.

»Bald.«

»Bald zurück sein«, rief sie.

»Oh, lass dir nur Zeit«, gurrte Lady Stanley und winkte.

Nachdem er Georgina seinen Arm geboten hatte, kehrte er der Familie den Rücken zu und schlug den Weg zur Brücke ein, die über den Bach führte.

Sie waren längst außer Sichtweite der Bogenschützen, als sie auf die gebogene Brücke traten. In der Mitte blieb Simon stehen, legte die Hände aufs Geländer und schaute ins strömende Wasser. Georgina tat es ihm gleich.

Voraus standen zwei Trauerweiden rechts und links am Ufer, schräg über das Wasser geneigt. Ihre langen Zweige reichten ineinander, sodass sie aussahen wie zwei Liebende, die zärtliche Berührung suchten.

Er sah keine Notwendigkeit, zunächst über Belanglosigkeiten zu plaudern, sondern schlug einen ruhigen Ton an und kam sogleich zur Sache. »Georgina, ich halte es für das Beste, wenn wir die Verlobung lösen.«

Ihre rosa Lippen öffneten sich ein wenig, und sie blinzelte mehrere Male.

»Wie bitte?«, hauchte sie schließlich.

»Ich kann Sie nicht heiraten.«

»Aber ja, gewiss doch!«

»Ich bedaure, ich kann nicht.«

»Warum?«

Er gab sich Mühe, sanft zu klingen. »Ich liebe Sie nicht.«

»Oh.« Sie seufzte erleichtert, tätschelte seine Hand und wählte den gleichen sanften Ton wie er. »Das macht doch nichts, Trent. Ich liebe Sie auch nicht. Aber solch eine Kleinigkeit sollte unserer Heirat nicht im Wege stehen.«

Ihre Gleichmut verblüffte ihn, doch er fasste sich schnell

wieder. »Sie verstehen nicht. Ich möchte keine Ehe eingehen, wenn keine echte Zuneigung vorhanden ist.«

»Warum nicht?«

»Weil ich es eben nicht möchte, Georgina.«

»Wenn das so ist, warum haben Sie dann um meine Hand angehalten?«

Da zeigte es sich. Sie kannte den Grund wirklich nicht. Er zögerte mit der Antwort, dann entschied er sich für eine Halbwahrheit. »Ihr Vater hielt das für die passendste Partie. Er machte mir ein Angebot, das ich zu dem Zeitpunkt nicht ablehnen konnte. Aber jetzt ... hat sich die Lage geändert.«

Er dachte daran, wie wütend der Baron war. Sicher würde er nicht zögern, sein Gift zu verspritzen und die Hawkins bloßzustellen.

Simon schloss die Augen und sah seine Brüder vor sich. Sie hatten gefordert, er möge seine Grundsätze nicht verraten, um sie zu schützen.

Georgina hatte derweil über seine Worte nachgedacht und fragte nun: »Warum haben Sie es sich anders überlegt?«

Sie reagierte gar nicht so gefühlsbetont, wie er erwartet hatte. Ganz offensichtlich wusste er über ihren Charakter so gut wie nichts.

»Im Laufe der Wochen ist mir klar geworden, wie wichtig es für mich ist, jemanden an meiner Seite zu haben, den ich liebe.«

»Gibt es eine andere?« Sie schaute ihn prüfend an. »Eine Mätresse vielleicht? Mama hat mich gelehrt, sie meinem Mann niemals zu missgönnen. Sie selbst ist mit meinem Vater und seinen Mätressen jahrelang gut zurechtgekommen. Sie sagt, es sei besser, wenn er jemanden hat, um seine körperlichen Gelüste zu befriedigen, denn dann ist sie von unwillkommenen Avancen entlastet.«

Simon musste an sich halten, um nicht angewidert das Gesicht zu verziehen, denn er wollte sich das Geschlechtsleben des Barons nicht vorstellen. Er erinnerte sich noch gut, wie seine Eltern sich früher wegen der Nebenbuhler angeschrien hatten. Wann immer einer von der Untreue des anderen erfahren hatte, schlug das eine neue Wunde in ihrer Seele. Bis sein Vater starb, waren beide seelisch erschöpft. Simon hatte seine Eltern kaum anblicken können, ohne ihren inneren Schmerz zu fühlen.

Nach dem Tod des Herzogs hatte sich seine Mutter langsam davon erholt. Und ihre Kinder hatten dazu beigetragen, auch die Kinder der Mätresse. Jetzt wusste Simon, dass sie darum so »exzentrisch« gewesen war, ihre Kinder immer nah bei sich zu behalten.

»Nun«, sagte Georgina, »falls Sie sich entschließen, Ihre Mätresse nach unserer Heirat zu behalten, werde ich nicht verärgert sein.«

Verärgert sein? Meinte sie das wirklich ernst? Er zog die Brauen hoch und sah seine Mutter vor sich, wie sie damals schluchzte, mit den Fäusten auf seinen Vater einschlug. Dieser schlug sogar zurück, und am nächsten Tag lief sie dann mit einem blauen Auge herum.

»Georgina, Sie verstehen mich nicht. Wir werden nicht heiraten. Ich habe meine Entscheidung gefällt, und sie ist endgültig.« Da sie diesmal keine passende Erwiderung parat hatte, fügte er hinzu: »Es tut mir leid.«

Sie drehte sich zum Geländer und schaute aufs Wasser. Die Nachmittagssonne schien darauf und brachte die Wellen zum Funkeln.

»Ich meine, wir sollten es offiziell so darstellen, als hätten Sie die Verlobung gelöst. So lässt sich der Skandal klein halten.«

Sie lachte höhnisch. »Ich nehme an, mein Vater weiß bereits Bescheid?«

»Ich habe es ihm gesagt.«

»Und?«

Simon seufzte. »Nichts weiter. Er kann nichts anderes tun, als meine Entscheidung hinzunehmen, genau wie Sie.«

»Nein«, widersprach sie ruhig. Dann drehte sie sich vom Geländer weg und blickte zu ihm auf. »Nein. Ich werde das keineswegs hinnehmen.«

»Sie müssen.«

»Aber ich will Herzogin werden!«

»Ich bedaure, da kann ich nicht weiter behilflich sein.«

»Ich bin einem Herzog versprochen, und ich werde keinen Geringeren nehmen.«

»Dann ist es also wahr.« Simon hatte nichts anderes vermutet, aber es sie freiheraus sagen zu hören, traf ihn doch. »Es geht Ihnen nur um meinen Titel.«

Ihre Augen schienen eisige blaue Funken zu sprühen. »Sie sind ein Herzog.«

»Ich bin ein Mann.«

Sie schaute wütend, aber ihr Ton blieb vollkommen ruhig. »Das werden Sie mir nicht antun, Trent. Sie können nicht zuerst alles anbieten und mich dann einfach sitzen lassen, nur weil Ihnen plötzlich einfällt, dass Sie mich nicht lieben. Ich werde das nicht hinnehmen, das sage ich Ihnen!«

»Sie haben gar keine andere Wahl.«

Sie stampfte mit dem Fuß auf. »Ändern Sie Ihre Entscheidung. Ich bestehe darauf!«

»Nein, bedaure.«

Sie stieß einen wütenden Schrei aus. »Ich gehe zu meinem Vater. Er wird Sie schon dazu bringen, die Entscheidung zurückzunehmen.«

»Tun Sie das«, erwiderte er gelassen. »Das wird nichts ändern.«

»Dann wird er dafür sorgen, dass Sie es bereuen. Wir alle werden Sie leiden lassen!«

Er blickte sie unbewegt an. Mit Sarah an seiner Seite würde er den Zorn der Stanleys erdulden können.

Wieder stampfte Georgina mit dem Fuß auf. »Ich gebe Ihnen noch eine letzte Gelegenheit«, zischte sie, nunmehr mit stark geröteten Wangen.

»Mit Drohungen können Sie nichts ausrichten. Es bleibt dabei. Ich werde Sie nicht heiraten.«

Wutschnaubend stampfte sie mit dem Fuß auf und fauchte: »Gehen Sie zum Teufel, Trent!«, bevor sie sich umdrehte und davonstürmte.

Die Sonne stand hoch am Himmel und brannte auf den Wagen nieder, den Robert Johnston lenkte. Sarah saß neben ihm. Sie hielt den Kopf leicht nach vorn geneigt, damit die Krempe ihrer Haube Schatten auf ihr Gesicht warf.

Als Mrs. Hope sie gebeten hatte, nach Birmingham zu fahren und die neue Bettwäsche abzuholen, die sie vorigen Monat bestellt hatte, war Sarah sofort einverstanden gewesen. Denn es täte ihr sicherlich gut, einmal für kurze Zeit von Ironwood Park wegzukommen. Sie hatte nur nicht erwartet, dass Robert das Fahren übernahm, stattdessen aber geglaubt, eines der Hausmädchen werde sie begleiten. Mrs. Hope sagte jedoch, die seien alle wegen der Hausgäste beschäftigt und zwei hätten einen freien Tag, sodass sie knapp an Arbeitskräften sei.

So fand sie sich also ausgerechnet am Tag, nachdem sie seinen Heiratsantrag abgelehnt hatte, neben Robert auf dem

Kutschbock wieder, um eine Besorgung zu machen, die bis zum Abend dauern würde.

Den ganzen Vormittag über hatten sie sich angeschwiegen. Robert hielt die Zügel, und Sarah saß halb weggedreht und schaute über die vorbeigleitende Landschaft. Grüne, fruchtbare Felder. Winzige Dörfer. Holzhäuser. Rosa blühende Weidenröschen. Wiesen voller Klee und Vergissmeinnicht und blauem Schwingelgras. Ulmengehölze ... Maulbeerbäume ... Eichen. Sie konnte fast jede Pflanze, jeden Baum beim Namen nennen, dank ihrem Vater, und sie schlug die Zeit tot, indem sie sie im Stillen aufzählte und einordnete und sich die Merkmale jener einprägte, die sie nicht kannte, damit sie ihren Vater später nach dem Namen fragen konnte.

Auf diese Weise brauchte sie nicht daran zu denken, wie beschämend es für sie war, neben Robert zu sitzen, dem Menschen, dem sie heute am allerwenigsten hatte begegnen wollen.

Inzwischen war es kurz nach Mittag, und sie fuhren immer noch. Von Birmingham war noch nichts zu sehen, aber sie hatte von anderen Dienern gehört, die Fahrt dorthin dauere gut und gern einen halben Tag. Bei Sonnenaufgang waren sie aufgebrochen, also schon sieben Stunden unterwegs. Sieben endlose, peinliche Stunden.

Sie drehte den Kopf. »Sind wir bald da?«

»Äh ... noch nicht.« Er blickte sie nicht an, sondern schaute stur auf die Pferde.

Plötzlich überkam sie das Gefühl, dass etwas im Argen lag.

»Robert?«

»Hm?«

»Ist etwas nicht in Ordnung?« Sie folgte seinem Blick, der auf die vier Pferde geheftet war. Diese kamen ihr ganz tüchtig vor, allerdings kannte sie sich nicht gut damit aus. »Stimmt etwas nicht mit den Pferden?«

»Nein, Sarah. Mit denen ist alles in Ordnung.« Er bremste sie und ließ sie im Schritt gehen. Als sie dahintrotteten und der Hufschlag leiser war, sagte er, ohne Sarah anzusehen: »Ich muss mit Ihnen über etwas reden.«

Sie stöhnte im Stillen. Ihr wäre es fast lieber, er würde sie verabscheuen nach dem, was sie ihm gestern offenbart hatte. Sie wünschte, sein makelloses Bild von ihr wäre dabei vernichtet worden. Stattdessen hatte er sie sanft getröstet. Sein Ärger schien sich eher gegen Simon zu richten statt gegen sie.

Sie faltete die Hände im Schoß und nickte.

»Ich bin gestern zu Ihrem Vater gegangen.«

Sie erschrak. Gütiger Himmel. »Schon wieder?«

»Ja. Ich hab ihm alles gesagt.«

»Was?«, keuchte sie entsetzt. Nein. Oh nein. Ihr Vater ... Irgendwann musste er natürlich von ihrer Schwangerschaft erfahren, das war ihr klar gewesen, sie hatte nur nicht einschätzen können, wie er darauf reagieren würde. Sie hatte einen fertigen Plan im Kopf haben wollen, ehe sie es ihm sagte, damit sie seine Sorge ... und seinen Zorn besänftigen könnte.

Roberts Miene änderte sich nicht. »Ich hab ihm gesagt, dass Sie vom Herzog ein Kind erwarten.«

Ihr wurde schwer ums Herz und heiß. Nun wusste er es also. Heute Morgen war er nicht aufgestanden, um sie abfahren zu sehen. Auch gestern Abend hatte sie ihn nicht gesehen – sie hatte bis spät gearbeitet, und als sie heimkehrte, war er schon schlafen gegangen. Verabscheute er sie nun? War sie jetzt in seinen Augen eine Hure?

Vielleicht nachdem Robert ihr Verhältnis mit Simon entsprechend dargestellt hatte?

Langsam drehte sie sich auf der Bank und betrachtete ihn mit neuen Augen. Er hatte ihr Geheimnis verraten, ihrem Vater etwas erzählt, das zu enthüllen nur sie selbst das Recht hatte.

»Wie konnten Sie nur?«, flüsterte sie. Kopfschüttelnd wandte sie sich ab, die Hände im Schoß verkrampft. In ihren Augen brannten Tränen, aber sie sah sich nicht imstande, ihm zu sagen, wie sehr sie sich verraten fühlte.

»Das war zu Ihrem Besten, Sarah. Dachten Sie, Sie könnten es ewig vor ihm geheim halten? Besser früher als später, sage ich. So können wir Sie wenigstens schützen. Ihren Ruf retten.«

Törichte Männer. Sie hatte keinen Ruf zu retten.

»Wir haben lange geredet und uns schließlich für das entschieden, was das Beste ist«, fuhr er fort. »Das Beste für Sie.«

Sie fuhr herum und blickte ihn argwöhnisch an.

Er holte tief Luft. »Wir kamen überein, dass wir beide heiraten müssen. Sofort. Das ist das einzige Mittel.«

»Das einzige ... Mittel?«, wiederholte sie schwach.

»Ja. Damit Sie Ihre Stellung auf Ironwood Park behalten.«

Sie war sprachlos.

»Das ist auch die einzige Möglichkeit, damit das Kind nicht als Bastard aufwachsen muss – denn jeder wird glauben, es sei von mir«, erklärte er. »Und ich werde es nicht leugnen. Das tue ich für Sie, Sarah.«

»Oh Gott«, hauchte sie.

»Ihr Vater war dankbar, weil ich so viel für Sie opfere.«

Er sagte das, als erwartete er auch von ihr Dankbarkeit. Aber ihr schwirrte der Kopf – sie fühlte sich verraten und vollkommen verloren, hatte Angst vor der Zukunft. »Also ... entführen Sie mich?«

Er riss die Augen auf. »Natürlich nicht. Ich fahre mit Ihnen nach Schottland, damit wir sofort heiraten können. In England müssten wir kostbare Wochen verstreichen lassen, weil das Aufgebot so lange aushängen muss. In der Zeit würde man Ihnen schon ansehen, dass Sie schwanger sind, und man würde hinter vorgehaltener Hand über Sie tuscheln.«

Sie schwieg. Sie konnte kaum einen klaren Gedanken fassen.

»Ihr Vater meinte, unterwegs würden Sie zur Vernunft kommen und am Ende zustimmen.«

Ungläubig starrte sie ihn an. Diese wirre Gedankenfülle, die ihr in einem fort durch den Kopf rauschte, kündigte an, dass sie zur Vernunft kam?

»Mr. Osborne und ich haben stundenlang geredet. Glauben Sie mir, es ist die beste Lösung für Sie. Die einzige, durch die Sie eine Zukunft haben. Und das Kind. Sie möchten doch keinen Bastard großziehen müssen, oder?«

»Ich ...« Sie stockte. Noch immer brachte sie keinen Satz zustande. Sie starrte geradeaus ins Leere. Also fuhren sie ... gar nicht nach Birmingham. Das lag schon hinter ihnen. Sie waren auf dem Weg nach Schottland.

»Mrs. Hope?«, brachte sie hervor.

Darauf grinste Robert. »Ihr Vater und ich sind mit unserer Idee zu ihr gegangen. Keine Sorge, von dem Kind haben wir ihr nichts gesagt.«

Na, vielen Dank, dachte sie bitter.

»Sobald sie hörte, dass wir nach Schottland wollen, um sofort zu heiraten, glaubte sie, dass wir uns innig lieben, und war zu jeder Hilfe bereit.«

»Also ... hat sie mich angelogen.«

»So würde ich es nicht nennen.«

»Sie hat mich getäuscht.« Sogar Mrs. Hope hatte sie verraten.

»Sie hat uns geholfen«, korrigierte Robert ruhig. »Wissen Sie, alle haben meine Brautwerbung die ganze Zeit beobachtet.«

Sarah schloss die Augen. Jetzt fielen ihr die spitzen Bemerkungen anderer Hausmädchen ein, und das Grinsen der Diener, Esmes Vermutung … Das alles hatte sie kurzerhand beiseitegewischt.

Brautwerbung? Er hatte um sie geworben?

Sie schaute in die Ferne, wo sich die Straße der schottischen Grenze entgegenschlängelte. Rechts und links verlief eine hohe Mauer. Wie lange fuhren sie schon so eingezwängt?

Wenn ihr doch nur etwas einfiele, wie sie die Straße verlassen könnte. Aber nirgends gab es eine Abzweigung oder eine Kreuzung.

Vielleicht hatte Robert recht. Es gab keinen anderen Weg.

21

Simon hatte Sarah den ganzen Tag nicht gesehen, und nachdem Georgina wutschnaubend davongestürmt war, brannte er darauf, zu Sarah zu gehen. Ihr Vater würde wissen, wo sie zu finden war. Oder vielleicht Mrs. Hope.

Ein paar Augenblicke blieb er noch am Bach stehen, um seine Verblüffung über Georginas Verhalten abzuschütteln und sich für die Unannehmlichkeiten zu wappnen, die die Stanleys seiner Familie nun bereiten würden.

Abgesehen von ihrer Mutter war seine Familie vollzählig versammelt. Heute Abend würde er sie zusammenrufen – auch Sarah natürlich – und mit ihnen beraten, was dagegen zu tun war.

Aber zuerst ... Sarah. Er musste ihr sagen, wie er empfand. Das konnte nicht länger warten.

Er schlug den Weg zum Gärtnerhaus ein, brauchte aber nicht weit zu gehen, da sah er den unverwechselbaren Strohhut über einer Buchsbaumhecke hervorlugen. Er hatte Mr. Osborne immer gemocht. Der Mann war immer sehr stolz auf das äußere Erscheinungsbild von Ironwood Park und versah seine Pflichten mit Leidenschaft. Er arbeitete hart und traf gute Entscheidungen, und Simon respektierte ihn dafür. Er respektierte auch, wie nah er und seine Tochter sich standen. Kein einziges Mal hatte Sarah sich kritisch über ihn geäußert. Allem Anschein nach war er ein hingebungsvoller Vater. Weil er nur sie noch als Familie habe, hatte Sarah erzählt, und sie hing genauso sehr an ihm, aus demselben Grund.

Als Simon auf den Gärtner zueilte, hörte er ihn mit einem der Untergärtner erregt streiten, bei welchen Pflanzen Stallmist als Dünger taugte.

»Mr. Osborne«, grüßte er laut.

Osborne verstummte. Langsam drehte er den Kopf und blickte Simon an. Dann sprach er in gesenktem Ton mit dem Untergärtner. Dieser entfernte sich rasch nach einer knappen Verbeugung vor seinem Dienstherrn.

Dann erst drehte Osborne sich ganz herum. Er nickte flüchtig. »Euer Gnaden, wie kann ich Ihnen dienlich sein?« Die Worte waren höflich, sein Ton war es nicht. Und nachdem Simon immer geglaubt hatte, der Mann wüsste nichts von der Liaison seiner Tochter, überlegte er nun, ob er sich geirrt hatte.

»Ich suche Ihre Tochter«, sagte er. »Wissen Sie, wo ich sie finden kann?«

»Ja.«

Simon wartete auf nähere Ausführungen, aber der Gärtner stand nur da und blickte ihn aus dem Schatten seiner breiten Hutkrempe mit schmalen Augen an.

»Wo ist sie?«, fragte Simon.

»In Schottland.«

»In Schottland?« Er schüttelte verwirrt den Kopf. »Was soll das heißen?«

An Osbornes Kiefer zuckte ein Muskel. Als er antwortete, klang es, als müsse er sich zu jedem Wort zwingen.

»Sie fährt nach Schottland, um zu heiraten.«

»Heiraten? Wen?« Simon war fassungslos.

»Robert Johnston«, brachte Osborne zähneknirschend hervor.

Nein. Das war … Nein. Unmöglich.

Osborne kniff die Augen noch mehr zusammen und zeigte mit einem erdigen Finger auf Simons Brust. »Ich wäre Ihnen dankbar, wenn Sie mich nicht so ansehen würden, Euer Gnaden. So als wären Sie überrascht. Ihr Verhalten hat dazu geführt. Durch Sie ist meine Tochter gezwungen, das zu tun.«

»Was meinen Sie damit?«, stieß Simon mühsam hervor. Die Kehle war ihm plötzlich eng geworden.

Osborne schüttelte empört den Kopf. »Sie haben sie kompromittiert. Meine liebliche, unschuldige, schöne Sarah. Sie …« Er drehte den Kopf weg, dann blickte er ihn wieder an, und seine graublauen Augen schwammen in Tränen. »Schon gut.« Er sprach jetzt leiser, klang aber stark bewegt. »Ich verspreche Ihnen, wenn sie verheiratet ist, wird sie sich von Ihnen fernhalten. Und Sie erweisen ihr hoffentlich dieselbe Höflichkeit.«

Simons Verstand arbeitete schnell. Warum sollte Sarah das tun? Sie hatte ihm gesagt, sie habe kein Verlangen nach einer Ehe, und er war sich sicher, dass sie für Johnston nichts empfand. Durch welches Verhalten könnte er Sarah gezwungen haben, zu heiraten? Solange sie nicht …

Gütiger Himmel. Sarah erwartete ein Kind.

Sein Kind.

Aber warum hatte sie sich damit an ihren Vater gewandt? Und warum an Johnston? Warum war sie nicht zu ihm gekommen?

Diese Fragen mussten warten. Zuerst musste er … sie einholen. Die verfluchte Heirat verhindern.

Vielleicht war es bereits zu spät?

»Wann sind sie aufgebrochen?«, fragte er barsch.

»Heute früh.«

Simon nickte, dann trat er einen Schritt auf Osborne zu.

»Hören Sie mir genau zu, Mr. Osborne. Ich reite auf der Stelle los. Ich reite nach Schottland. Ich werde diese Heirat verhindern.«

Osborne setzte zu einer Erwiderung an, aber Simon schnitt ihm das Wort ab.

»Sie wird Johnston nicht heiraten«, fast spuckte er bei dem Namen, »denn sie wird meine Frau werden.«

Vor Verblüffung fing Osborne an zu stottern. »Aber Sie sind mit einer anderen verlobt, Sie können nicht ...«

»Es gibt keine andere«, widersprach Simon. »Für mich hat es nie eine andere gegeben. Ich liebe sie ... und ich ... liebe ...« Das Kind. *Ihr* Kind. Er wurde von Rührung überwältigt und konnte nicht weitersprechen. Als er es dann doch tat, bekam er nur ein Flüstern heraus. »Sarah ist mein Ein und Alles.«

Damit drehte er sich auf dem Absatz um und rannte zum Stall, erfüllt von der Wahrheit seiner Worte.

Simon ritt, als wäre der Teufel hinter ihm her. Er ritt viele Stunden, hielt nur an, wenn er das Pferd wechseln musste und wenn er spät in der Nacht so müde war, dass er glaubte, gleich aus dem Sattel zu fallen.

Zwei Tage später, es war ein nebliger Morgen, ritt er nach Gretna Green hinein, ohne zu wissen, welche Situation er vorfände. Vielleicht waren Sarah und Johnston schon da, vielleicht auch noch nicht. Vielleicht waren sie aber längst verheiratet und schon auf dem Rückweg nach Ironwood Park. Er war ihrem Wagen unterwegs nicht begegnet. Allerdings hatte es kurze Zeitspannen gegeben, wo er nicht auf der Straße gewesen war, und auch die beiden waren gewiss nicht pausenlos gefahren. Es war gut möglich, dass er sie verfehlt hatte.

Aber er gab die Hoffnung noch nicht auf.

Er war so erschöpft von dem harten Ritt, dass er zu kaum einer Empfindung fähig war. Hoffnung war das Einzige, was er noch fühlte.

Er ritt zu dem berühmten Gasthaus, wo der Schmied sechs Jahre lang durchgebrannte Pärchen zu Eheleuten gemacht hatte. Im vergangenen Jahr war der Mann gestorben, und die Stellung des Pastors von Gretna Green war an seinen angeheirateten Enkel, einen Mr. Elliot, übergegangen, der die Zeremonie im Gasthaus abhielt, dem größten Haus des Dorfes. Es stand in einer ordentlichen Reihe alter Lehmhäuser und moderner Steinhäuser.

Als Simon aus dem Sattel stieg, erschien ein blässlicher junger Mann in der Tür. Nachdem Simon sein Pferd angebunden hatte, zog er den Hut und grüßte. »Sind Sie Mr. Elliot?«

»So ist es, Sir.«

»Haben Sie in den vergangenen vierundzwanzig Stunden Ehen geschlossen?«

Elliot musterte ihn kurz, dann antwortete er: »Nein, keine. Sehr zur Enttäuschung dieses jungen Burschen da.« Er deutete mit seinem spitzen Kinn zum Dorfanger hinüber. Simon schaute in die angezeigte Richtung und sah unter dem Baum eine dunkle Gestalt sitzen.

Mit großen Schritten näherte er sich. Die Haltung und die dunklen Haare sagten ihm, dass dies Johnston war.

Der Kutscher richtete sich auf, als er jemanden kommen sah, und machte ein verkniffenes Gesicht, sowie er ihn erkannte.

»Euer Gnaden«, sagte er leise. Dann schüttelte er den Kopf und blinzelte, als wäre Simon eine Erscheinung, die er damit zum Verschwinden bringen könnte. »Was tun Sie hier?«

Simon war nicht den weiten Weg geritten, um mit dem Kutscher zu plaudern. »Wo ist sie?«, fragte er sofort.

»Sarah?« Johnston blickte verwirrt. »Sie suchen nach Sarah?«

Simon hatte Mühe, ruhig zu bleiben, und ballte an den Seiten die Hände zu Fäusten. »Wo ist sie, Johnston?«

»Wieso kommen Sie hierher ... nach Gretna Green ... und fragen nach Sarah? Sie sind es doch, der ...« Johnston kniff ablehnend die Lippen zusammen.

Simon trat einen Schritt näher und schlug mit der Hutkrempe auf seinen Oberschenkel. »Ich muss mit ihr sprechen.«

Jetzt verzog Johnston höhnisch den Mund. »Warum? Damit Sie sie noch mehr ins Unglück treiben können? Damit Sie sie restlos zerstört ihrem Schicksal überlassen können?« Er schüttelte den Kopf und fügte bitter hinzu: »Nächstes Mal werde ich nicht zur Stelle sein, um sie aufzurichten.«

Erschüttert starrte Simon dem Mann ins Gesicht. Hatte er das getan? Sie restlos zerstört und ihrem Schicksal überlassen?

»Ich will es wiedergutmachen.«

»Wiedergutmachen? Wie soll das gehen, Euer Gnaden?« Unverhüllter Widerwille leuchtete aus Johnstons Blick. »Was wollen Sie tun? Sie in London in ein feines Stadthaus setzen als heimliche Mätresse, während Sie Ihre hochnäsige Gattin in der feinen Gesellschaft ausführen? Sarah ist zu gut dafür.« Aufgebracht stieß er einen Finger in die Luft. »Zu gut!«

Jetzt erst bemerkte Simon die halb leere Whiskeyflasche zwischen den Wurzeln des Baumes. Er sah Johnston an. »Sie sind betrunken.«

Dieser zuckte die Achseln.

Simon trat noch einen Schritt näher und sah den Kutscher forschend an. »Also ist sie nicht mit Ihnen durchgebrannt, nehme ich an.«

Johnston brummte mürrisch und sah weg.

Simon fuhr sich durch die Haare, die ohnehin schon wüst aussahen, da sie sowohl einen Kamm als auch Burtons penible Pflege entbehren mussten. »Warum hat sie sich geweigert, Sie zu heiraten?«

Johnston rieb sich die Stirn. »Sie hat mir vorgeworfen, ich hätte sie entführt und wüsste gar nicht, was sie wollte oder was sie fühlte. Sie ist heute Morgen in die Postkutsche gestiegen.«

»Wohin?«

»Nach England. Manchester.«

»Wann genau?«

»Um neun.«

Verflucht noch mal! Vor knapp einer Stunde war er der Postkutsche begegnet. Sarah hatte dringesessen.

Und er würde noch länger brauchen, um sie einzuholen.

Er setzte den Hut auf und ging zu seinem Pferd.

Johnston rief ihm nach: »Und im Übrigen kündige ich! Ich werde nie wieder einen Fuß auf Ihre Schwelle setzen – oder auf Ihren Kutschbock.«

Simon erwiderte nichts. Augenblicke später bog er auf die Straße nach England ein und spornte sein Pferd zum Galopp an.

Sarah starrte auf ihre Hände im Schoß. In der Kutsche saßen drei weitere Passagiere, ein älteres Ehepaar und ein junger Mann, der nach London wollte. Sie versuchten, mit ihr ein

Gespräch anzufangen, und während sie sich sonst gern für fremde Menschen interessierte, konnte sie sich heute nicht zum Plaudern überwinden.

Darum ließ sie die Unterhaltung an sich vorbeiziehen und schaute unter den fragenden Blicken der anderen in ihren Schoß. Diese verstanden sehr wohl, was es hieß, wenn eine einzelne junge Frau von Gretna Green mit der Postkutsche wegfuhr.

Robert war auf der Fahrt nach Norden freundlich zu ihr gewesen. Er hatte nicht versucht, sie anzufassen, hatte ihr Zeit gelassen, damit sie sich mit der Heirat abfände, wie er meinte.

Sie war die meiste Zeit still gewesen und hatte durchaus in sich hineingehorcht, ob sie nicht doch akzeptieren könnte, was zugegebenermaßen die beste Lösung für sie und das Kind wäre. Aber das konnte sie nicht.

Das war ihr vollends klar geworden, als Robert mit dem Pastor von Gretna Green über ihre Lage sprach. Sie durfte das weder sich selbst noch Robert antun. Er verdiente eine Frau, die ihn genauso sehr liebte wie er sie. Sosehr er sie auch heiraten wollte, sie wusste genau, sie würde ihn nie so lieben können, wie er es sich erhoffte. Allenfalls könnte sie ihn gernhaben – allerdings bezweifelte sie das, nachdem er sie an ihren Vater verraten hatte. Liebe war jedenfalls ausgeschlossen.

Er war gekränkt und verwirrt gewesen. Das Schicksal musste seine Hand im Spiel gehabt haben, denn genau im richtigen Moment traf die Postkutsche ein, und sie sprang hinein. Sie bezahlte die Fahrt aus dem Beutel, den Mrs. Hope ihr »für den Tuchladen in Birmingham« gegeben hatte. Als sie hineingriff, um die passenden Münzen herauszuholen, geriet ihr ein zusammengefalteter Zettel in die Finger.

Nachdem sie eine Weile gefahren waren, holte sie ihn heraus und faltete ihn auseinander. Es war ein Brief von Mrs. Hope.

Liebste Sarah!
Ich freue mich so sehr für Sie. Mr. Johnston ist ein netter Mann, und ich wünsche Ihnen beiden viele glückliche Jahre zusammen. Bitte nehmen Sie diesen Beutel als Hochzeitsgeschenk der Dienerschaft auf Ironwood Park, und ich bestehe darauf, dass Sie die nächste Woche freinehmen und ein wenig Zeit als Frischvermählte genießen.
Herzlichst
Ihre
Mildred Hope

Gerührt faltete sie das Briefchen wieder zusammen und steckte es in den Beutel. Sie würde das Geld zurückzahlen müssen, wenn sie heimkehrte.

Und das war ihr Plan. Nach Ironwood Park zurückkehren, um damit abzuschließen. Sobald Simon verheiratet war, würde sie dort nicht mehr willkommen sein, doch bis dahin wäre sie längst weg.

Zuvor aber würde sie Simon sagen, was sie vorhatte. Sie würde ihm sagen, dass er der Vater ihres Kindes war – nicht, um ihn zu beeinflussen oder ihm zu drohen, sondern weil er es verdiente, das zu wissen.

Unvermittelt hielt die Kutsche an. Sarah blickte überrascht auf. »Was ist los?«, fragte sie niemanden im Besonderen.

Mrs. Jones, außer ihr der einzige weibliche Passagier, rief aus: »Nein so was! Jetzt werden wir ganz sicher zu spät kommen!«

Der junge Mann – Sarah konnte sich an seinen Namen nicht erinnern – schob den Vorhang beiseite und spähte hinaus. Er neigte sich näher ans Fenster, dann drehte er sich mit aufgerissenen Augen zu den anderen um. »Ein Mann zu Pferde. Er sieht wild aus. Ich glaube, wir werden ausgeraubt!«

Mrs. Jones presste sich die Faust an den Mund. »Wegelagerer?«, quiekte sie.

Und dann rief jemand: »Sarah? Sarah Osborne?«

Die drei Passagiere blickten Sarah an. Sie schaute nacheinander in ihre Gesichter.

Großer Gott, was tat Robert denn da? Sie hatte ihn für vernünftiger gehalten. Aber jetzt machte er ihr eine Szene mitten auf der staubigen Landstraße?

Der Kutschenschlag wurde aufgerissen, und die Passagiere blickten in zwei wilde leuchtend grüne Augen in einem schmutzigen Gesicht.

Das war nicht Robert Johnston, sondern ein sehr schmutziger, sehr zerknitterter Herzog von Trent.

Suchend blickte er in die Kutsche, dann sah er sie.

»Sarah«, sagte er mit brechender Stimme und streckte ihr die Hand entgegen.

»Euer Gnaden. Was tun Sie hier?«

»Ich komme dich holen«, antwortete er schlicht.

Sie blinzelte und starrte und konnte kaum glauben, dass es nicht Robert, sondern Simon war. Doch er war es tatsächlich.

Was wollte er?

»Aber warum?«

Nach einem Blick auf die anderen Passagiere lächelte er sie reumütig an. »Komm für einen Moment zu mir heraus.«

Sie ließ sich von ihm aus der Kutsche heben und auf die staubige Straße stellen. Dann nahm er sie bei der Hand und ging mit ihr ein paar Schritte weit weg. Zur Rechten sah sie sein Pferd stehen. Es ließ den Kopf hängen und war von

Schaumflocken bedeckt. Simon hatte es wirklich eilig gehabt.

Besorgt sah sie zu ihm auf. »Ich verstehe nicht.« Welcher Notfall könnte ihn veranlasst haben, ihr von Ironwood Park bis an die schottische Grenze nachzujagen?

Sein Blick wurde weicher. Er nahm ihren Kopf in beide Hände und neigte ihn ein wenig nach hinten, damit sie ihm in die Augen sah.

»Du hast mir gefehlt«, flüsterte er.

Er war noch nie zärtlich gewesen, wenn andere zusehen konnten. Und ihr war klar, dass alle zusahen. Sie spürte geradezu die faszinierten Blicke von der Kutsche her.

»Was ... was hat das ...?«

Und da neigte er den Kopf und küsste sie.

Sie vergaß die Zuschauer. Sie vergaß, dass sie mitten auf der Straße standen. Sie vergaß, dass er eine andere heiraten würde.

In dem Moment gab es nur sie beide. Seine weichen Lippen liebkosten sie, zaghaft, tastend, mit köstlicher Zartheit.

Sie schlang die Arme um ihn und erwiderte den Kuss, ließ ihre ganze Liebe hineinströmen, all ihre geheimen Hoffnungen und Wünsche.

Er unterbrach den Kuss und lehnte die Stirn an ihre. So standen sie einige Augenblicke lang beisammen, hörten ihren leise keuchenden Atem und genossen, was sie sich schon zu viele Wochen versagt hatten.

Sie gehörten zusammen. Das fühlte sie.

Und dann brach die Wirklichkeit herein. Da schauten Leute zu. Leute, vor denen sie ihn »Euer Gnaden« genannt hatte. Sie standen auf einer Straße im äußersten Norden Englands.

Und ihr war nicht einmal klar, was Simon hier wollte. Es sah ihm gar nicht ähnlich, sich in der Öffentlichkeit so zu verhalten. Er war sich immer der lauschenden Ohren, der neugierigen Blicke, des drohenden Skandals bewusst.

Widerstrebend ließ sie ihn los.

»Ich verstehe das nicht«, flüsterte sie.

»Warum …« Er schaute auf ihren Bauch. »Warum hast du es mir nicht gesagt, Sarah?«

Sie machte sich steif.

»Nein.« Er strich ihr über die hängenden Arme. »Tu das nicht.«

»Wer …?«, krächzte sie.

»Niemand. Dein Vater hat es nicht ausgesprochen, aber ich konnte es aus dem schließen, was er mir vorwarf.«

Sie schloss die Augen.

»Warum hast du es mir nicht gesagt?«, fragte er noch einmal.

»Ich wollte dich nicht in eine unhaltbare Situation bringen«, antwortete sie matt. »Ich wollte dich nicht zwingen, Entscheidungen zu treffen, die dir schaden … oder deinem Ruf.«

Ein wenig unwirsch stieß er den Atem aus und nahm sie fester bei den Armen. »Du bist mir viel wichtiger als mein Ruf, verstehst du das?«

Niedergeschlagen schüttelte sie den Kopf.

»Sarah, ich liebe dich. So sehr.«

Sie schaute ihn an und versuchte zu begreifen. Sie hielt den Atem an – er wirkte offen, verletzlich und vollkommen aufrichtig.

»Ich liebe dich«, wiederholte er. Dann noch einmal lauter: »Ich liebe dich.«

Sie schnappte nach Luft, denn er sagte es so laut, dass alle an der Postkutsche es hören mussten. Ihr war, als gäbe es keine Luft mehr, sie konnte kaum Atem holen.

Es war still, und dann stieß sie das eine Wort aus, das sich an all den Gefühlen, die sich in ihrer Kehle stauten, vorbeiquetschen ließ. »Warum?«

Verständnislos sah er sie an, dann schüttelte er den Kopf, und ein leichtes reumütiges Lächeln zeigte sich in seinem Gesicht. Das Grübchen am Kinn kam zum Vorschein. »Warum ich dich liebe?«

»Ja ... warum?«

»Aus sehr vielen Gründen, und ich will mein Leben damit verbringen, sie dir zu erklären. Für den Anfang aber: Weil du freundlich, ehrlich und treu bist. Weil du in mir den Mann siehst, der ich wirklich bin. Weil du mich verstehst. Weil du mich liebst, nicht meinen Titel. Weil ich dir mein Herz ausschütten kann. Weil du die Frau bist, bei der ich jede Nacht liegen will, und weil du die Einzige bist, deren Gesicht ich jeden Morgen beim Aufwachen sehen will.«

Sie blinzelte Tränen weg. »Das geht nicht, Simon«, wisperte sie. »Du bist einer anderen versprochen.«

»Nein, ich habe die Verlobung gelöst.«

»Ach«, hauchte sie verblüfft. »Aber deine Familie, deine Brüder ... der Skandal ...«

»Meine Brüder verstehen mich. Sie haben meine Entscheidung unterstützt. Ich könnte Georgina Stanley niemals lieben, könnte nie mit ihr glücklich sein. Es gibt für mich nur eine Frau, die ich wirklich will. Dich.«

Sie fühlte sich hin- und hergerissen. »Geht es dir um das Kind?«

»Ich habe mit Georgina gebrochen, bevor ich von dem Kind wusste, Sarah.«

Sie atmete auf. Plötzlich gab es wieder Luft. Erleichterung durchströmte sie. Er war den weiten Weg nicht gekommen, um sie irgendwo abgeschieden wohnen zu lassen und ihre Schwangerschaft zu kaschieren.

»Ich habe endlich gelernt, auf mein Herz zu hören, Sarah. Wie du es mir in jener Nacht in London geraten hast. Das Kind hatte keinerlei Einfluss auf meine Entscheidung. Aber ich bin glücklich darüber. Du sollst die Mutter meiner Kinder sein.« Plötzlich holte er scharf Luft. »Mir ist gerade etwas aufgefallen. Mein Gott.«

»Was denn?«

Er schaute sie an und senkte die Stimme, damit die Leute an der Kutsche ihn nicht hören konnten. »Außer bei dir bin ich noch nie in einer Frau gekommen. Ich habe immer peinlich darauf geachtet, eine Empfängnis zu verhüten. Das hatte für mich immer Vorrang.« Er blinzelte heftig. »Ich dachte immer an Sam und was er als Kind auszuhalten hatte. Das wollte ich keinem Kind zumuten. Aber bei dir … ich wollte dich so sehr, wollte dir so nah sein, wie ein Mann einer Frau nur nah sein kann. Da ist mir diese Sorge nicht in den Sinn gekommen. Jetzt weiß ich, warum.«

Sie runzelte fragend die Stirn. »Warum?«

»Weil ich da schon wusste – im Herzen jedenfalls –, dass du die Meine bist. Das habe ich tief in mir gespürt. Es hat nur ein bisschen gedauert, bis mein Verstand es auch begriffen hat. Aber jetzt ist es mir vollkommen klar. Ich will mit dir mein Leben verbringen, dich zu meiner Ehefrau machen.«

»Zu deiner …« Ihre Stimme verebbte.

»Ja.« Und während er ihren Blick festhielt, sank er auf ein Knie und nahm ihre Hände. Die grünen Augen voller Hoffnung und Liebe sah er sie an. »Sarah Osborne, willst du mich heiraten?«

Die Momente reihten sich aneinander, nur langsam drang die Wahrheit zu ihr durch.

Simon liebte sie.

Er würde Miss Stanley nicht heiraten.

Er wollte sie, die Gärtnerstochter. Er wollte sie zur Frau.

»Ich liebe dich, Simon«, hauchte sie endlich. »So sehr.« Das hatte sie immer getan, seit dem Tag, da er sie aus dem Brombeerstrauch befreit hatte.

»Dann heirate mich, Sarah.«

Sie nickte. Und dann sagte sie mit kratziger Stimme: »Ja.«

Er erhob sich und schloss sie in die Arme, und als sie sich küssten, kamen Jubelrufe von der Postkutsche.

22

Simon und Sarah kehrten noch einmal um und ritten nach Schottland. Dort war von Robert Johnston keine Spur, aber ein ziemlich überraschter Mr. Elliot vermählte sie auf höchst zeitsparende Art.

Simon sprach ernst das Ehegelöbnis und lauschte, als Sarah das ihre mit ihrer lieblichen, ruhigen Stimme, die immer Balsam für seine Seele war, sprach. Die Seelenqual der vergangenen Wochen fiel von ihnen ab, als Elliot ihren Bund vor Gott vollzog.

Noch immer staubig und schmutzig, bezogen sie das beste Hochzeitszimmer des Gasthauses, wo sie badeten und zu Abend aßen, ein einfaches Mahl aus Hammeleintopf, Taubenpastete und frischem Brot.

Später zog Simon seiner Frau die Kleider aus und küsste ihren Bauch voller Staunen über das Leben, das in ihr wuchs. Dann liebten sie sich die ganze Nacht, bis sie erschöpft und zufrieden einschliefen.

Am nächsten Morgen beschaffte Simon ihnen eine Kutsche, mit der sie die Rückreise nach Ironwood Park antraten. Sie fuhren mit größter Geschwindigkeit, eingedenk der drohenden Schwierigkeiten mit dem Baron, aber Simon weigerte sich, deswegen aufs Übernachten zu verzichten. Vielmehr standen sie spät auf und frühstückten, hielten auch mittags einmal an, um in der lieblichen Landschaft ein Picknick einzunehmen. Abends stiegen sie in schönen Gasthäusern ab, wo Simon es auskostete, seine Frau zu baden, ihr beim Dinner die Häppchen in den Mund zu stecken und anschließend ihrem schönen Leib immer wieder zu huldigen.

Am vierten Nachmittag nach ihrer Heirat fuhren sie schließlich durch das hohe schmiedeeiserne Tor von Ironwood Park.

Er blickte Sarah von der Seite an, die stur geradeaus schaute. Rings um ihren Mund zeigte sich eine leise Anspannung.

Er nahm ihre Hand. »Hab keine Angst«, raunte er.

Sie lachte unsicher. »Ich versuche es.«

Er wusste, sie hegte hinsichtlich ihrer Rückkehr auf seine Ländereien viele Befürchtungen – angefangen bei der Frage, wie ihr Vater reagieren und wie das Personal ihren gesellschaftlichen Aufstieg aufnehmen würde. Er vermutete sogar, dass dies für Sarah schwieriger sein könnte als die erste Begegnung mit der vornehmen Gesellschaft, die unweigerlich anstand. Denn die Menschen auf Ironwood Park waren es, die für sie zählten, die sie liebte.

Die Kutsche bog in die kiesbestreute Auffahrt und hielt an. Er küsste sie sanft auf die Lippen, dann stieg er aus und bot ihr die Hand.

Sie strich sich den Rock ihres Kleides glatt – eines der schlichten, die sie oft getragen hatte, bevor Simon sie und Esme nach London mitgenommen hatte, und dann schaute sie ihn verzweiflungsvoll an.

»Sie werden mich verabscheuen, Simon. Sie werden glauben, ich hätte dich in die Enge getrieben.«

»Wenn sie das tun, haben sie deinen Respekt nicht verdient.«

»Ich weiß ... ich bin nur ...« Sie blickte an ihm vorbei zu der imposanten Hausfassade. »Mrs. Hope wartet vor der Tür«, stellte sie erschrocken fest.

»Ihr kannst du doch sicher am leichtesten gegenübertreten.«

»Esme ist auch da.«

Als er über die Schulter sah, kamen auch seine Brüder aus der Tür und stellten sich neben Esme und Mrs. Hope an die Vortreppe. Sogar Luke. Simon hatte geglaubt, er sei längst in Wales, um ihre Mutter zu suchen.

Sarahs Vater kam mit seinem Gärtnerhut aus dem Haus – in dem er höchst selten anzutreffen war – und machte ein entschieden unbehagliches Gesicht.

Und nach ihm reihte sich die Dienerschaft rechts neben Mrs. Hope auf, während Simons Familie und Mr. Osborne an ihrer linken Seite standen. Aller Augen waren auf sie beide gerichtet.

»Gütiger Himmel«, flüsterte Sarah ein wenig schrill.

Aber Simon grinste. Seine Brüder hatten das für ihn arrangiert. Sie hatten Mr. Osborne und das Personal darauf vorbereitet. Sarah würde weder bestürzte Gesichter noch peinliche Fragen zu ertragen haben.

Er nahm ihre Hand. »Unsere Leute haben sich versammelt, um uns zu begrüßen.«

Sie nickte und erlaubte ihm, ihr aus der Kutsche zu helfen. Sie gingen zwischen zwei der mächtigen Säulen hindurch und die Stufen hinauf, Simon hielt beruhigend ihre Hand und sein Grinsen wurde immer breiter. Das war die schönste Art, seine Herzogin dem Haushalt vorzustellen, wenn alle auf sie warteten und in ihren Mienen zu lesen war, was sie empfanden, Ehrfurcht beim jüngsten Stalljungen, strahlende Freude bei Mrs. Hope.

Als sie vor ihr standen, grüßte sie feierlich und knickste. »Willkommen daheim, Euer Gnaden.«

Simon nickte, dann sagte er mit lauter Stimme, damit alle es hörten: »Guten Tag, Mrs. Hope. Ich möchte Ihnen meine Frau vorstellen, Sarah Hawkins, die Herzogin von Trent.«

»Oh!«, rief Mrs. Hope leise aus. Sogleich wandte sie sich Sarah zu und knickste lächelnd. »Auch Ihnen ein herzliches Willkommen, Euer Gnaden.«

Sie gingen die Reihe entlang, und Simon sah jedem ins Gesicht, vom Butler und seinem Kammerdiener bis hin zum jüngsten Küchenmädchen, die alle ihre neue Herrin unter Verbeugungen und Knicksen begrüßten. Niemand wirkte überrascht oder verärgert, Sarah in dieser Stellung wiederzusehen.

Das Gespräch mit seinen Brüdern auf der Heimfahrt von Bordesley Green – er hatte ihnen erklärt, dass er die Grenze, die die Gesellschaft zwischen ihm und Sarah zog, auslöschen wollte – hatte nachhaltige Wirkung gezeigt. Seine Brüder hatten den gesamten Haushalt bestens eingestimmt.

Am Ende der Reihe machten Simon und Sarah kehrt, um ihre Familie zu begrüßen. Seine Brüder schlugen ihm auf die Schulter und gaben Sarah brüderliche Küsse. Mr. Osborne musste seine Tränen wegblinzeln, als er seine Tochter in eine raue Umarmung zog. Und dann langte Sarah bei Esme an.

Sarah hatte ihm gesagt, dass sie wegen seiner Schwester am meisten besorgt sei. Sie fürchtete, Esme werde nie verstehen, warum Simon nur jemanden wie sie geheiratet hatte.

Nun schaute Esme ihr lange in die Augen, dann kam ein leichtes Lächeln zum Vorschein. »Als Luke mir sagte, dass Trent hinter dir hergejagt ist, habe ich es zuerst nicht geglaubt. Ich dachte, du und Mr. Johnston … nun ja, ich musste eine Weile darüber nachdenken. Du und Trent – ihr habt es wirklich gut verborgen, Sarah, aber je mehr ich darüber nachdachte, desto mehr fiel mir ein, was darauf hindeutete. Schon wie ihr euch immer angesehen habt und euer Ton, wenn ihr miteinander spracht ...« Sie schüttelte reumütig den Kopf, aber gleich darauf lächelte sie ganz aufrichtig und flüsterte: »Ich sagte ja einmal zu dir, du seist wie eine Schwester für mich. Und jetzt bist du wirklich meine Schwester. Ich bin so glücklich darüber.«

»Ich habe mich immer nach einer Schwester wie dir gesehnt«, gestand Sarah. Und dann umarmten sie sich.

Esme schaute über Sarahs Schulter zu Simon. »Und dem Himmel sei Dank, dass du diese schreckliche Georgina Stanley nicht geheiratet hast! Sie ist die entsetzlichste Göre, die mir je über den Weg gelaufen ist!«

Das war nicht nur vollkommen wahr, sondern auch eine so ungewohnt herzhafte Äußerung von der stillen Esme, dass Simon und seine Brüder in schallendes Gelächter ausbrachen.

Nach und nach gingen alle ins Haus. Mrs. Hope scheuchte ihre Leute an die Arbeit und wies Simon und Sarah an, nach oben zu gehen, um den Staub der Reise abzuwaschen und sich zu einem späten Mittagsmahl einzufinden, das zwanglos im Salon serviert werden würde.

Im Schlafzimmer blieb Sarah erst einmal stehen und sah sich staunend um. Simon lachte. »Du machst ein Gesicht, als wärst du noch nie hier gewesen.«

»Ich war sogar schon viele Male hier«, sagte sie. »Um die Bettwäsche zu wechseln, die Vorhänge zu bügeln oder den Kaminsims abzustauben.«

»Das ist natürlich nicht dasselbe.«

»Ganz und gar nicht.«

»Du wirst es nun von einer anderen Warte aus kennenlernen. Aber wenn du ein bisschen bügeln möchtest, will ich dir das nicht missgönnen.«

Grinsend drehte sie sich zu ihm herum, doch ihre Unterhaltung wurde unterbrochen, da die Diener die Badewanne und Wasser hereintrugen, auch Sarahs Londoner Kleider wurden gebracht. Burton kam und schwenkte ein Paar frisch polierte Schuhe, die er ordentlich neben die Kleider stellte, die für Simon bereitgelegt waren.

Dann wandte sich der Kammerdiener an Simon. Seine braunen Augen wurden bei einem tiefen Seufzer ganz groß. »Ich habe auf ganzer Linie versagt, Euer Gnaden. Sehen Sie sich nur an! Ihre äußere Erscheinung als Herzog des Reiches obliegt meiner Verantwortung, und nun sehen Sie aus wie ein … als hätten Sie sich über eine Wiese gewälzt.« Mit dem Ausdruck größter Abscheu zupfte er einen Grashalm aus Simons Haaren und hielt ihn zwischen Daumen und Zeigefinger von sich.

Simon grinste Sarah an, und diese wandte errötend, aber lächelnd den Blick ab. Er hatte sich tatsächlich mit ihr auf einer Wiese gewälzt, nämlich als sie gegen Mittag zu einem Picknick angehalten hatten. Er hatte sie auf eine Decke gelegt und jede noch so kleine Stelle ihrer sonnenbeschienenen Haut geküsst. Er hatte sie mit Lippen und Zunge zur Ekstase gebracht, sie dann auf dem Rücken und auf den Knien genommen und sich von ihr reiten lassen, dass ihre schwarz glänzenden Locken um ihre Schultern fielen.

Mit Mühe wandte Simon seine Aufmerksamkeit dem peniblen Kammerdiener zu. »Burton«, sagte er im Ton der Vernunft, »ich komme von einer Reise.« Er deutete auf die dampfende Badewanne. »Und nehmen Sie bitte zur Kenntnis, dass ich meiner unziemlichen Erscheinung abhelfen will. Wenn Sie sich freundlicherweise entfernen wollten, könnte ich es in Angriff nehmen.«

Burton reckte die Nase. »Sehr wohl, Sir. Ich werde in einer halben Stunde wiederkommen, um Sie zu rasieren und anzukleiden.«

»Oh nein. Sie werden wiederkommen, wenn ich Sie rufe.« Dabei warf er Sarah einen verheißungsvollen Blick zu. »Und Sie können sicher sein, dass es länger als eine halbe Stunde dauern wird.«

»Ja, Sir.« Burton verbeugte sich steif, zuerst vor Simon, dann vor Sarah, und verschwand durch die Tür, die er ordentlich hinter sich zuschnappen ließ. Die übrigen Diener folgten ihm kurz darauf, und Simon sah sich endlich – endlich! – wieder allein mit seiner Frau. Diese schob sich eine dunkle Locke aus dem Gesicht und schaute sehnsüchtig zu der riesigen, mit Leinen ausgekleideten Kupferwanne.

Er bedachte sie mit einem frechen Grinsen. »Meine Wanne reicht für zwei.«

Nach einem abwägenden Blick erwiderte sie: »Ich fand sie immer übertrieben groß. Die Diener müssen so viel schleppen, um sie zu füllen.«

»Wie dem auch sei, eine große Wanne hat ihre Vorteile.« Damit begann er ihr Kleid aufzuknöpfen.

»Als da wären?«, fragte sie unschuldig.

Was ihre Neigungen im Schlafzimmer anging, hatte er recht behalten: Sie lernte schnell, und sie war eine feurige Geliebte.

»Sie bietet einem gewissen Herzog die Möglichkeit, mit seiner Frau gemeinsam zu baden.«

Die Ärmel rutschten von ihren Schultern, und er schob sie weiter an ihren Armen hinunter, bis das Kleid um ihre Füße fiel. Rasch folgten Unterrock, Mieder und Hemd, und schließlich stand sie nackt vor ihm, nackt bis auf die Strümpfe und Schuhe.

Er trat einen Schritt zurück und musterte sie: ihre langen Glieder, die kurvige Taille und die hohen Brüste zu betrachten, die genau in seine Hand passten. »Weißt du eigentlich, was für ein erotischer Anblick du bist?«, fragte er leise. »Eine wahre Schönheit.«

Röte stieg in ihre Wangen, als er sich vor sie kniete und die Bänder löste, die ihre Strümpfe hielten. Langsam rollte er die Strümpfe ihre schlanken Beine hinunter, strich mit den Fingerspitzen über ihre warme Haut und legte die Handflächen um ihre Waden.

Als der zweite Strumpf das Knie freigab, sah er sie: die kleine Narbe, die von dem Abenteuer im Brombeerstrauch zurückgeblieben war. Er drückte die Lippen darauf und dachte mit geschlossenen Augen an jenen Tag. Wie tapfer und süß war sie damals, obwohl sie überall blutende Kratzer hatte. Ihre großen blauen Augen hatten seinen Beschützerinstinkt am meisten angesprochen, sodass er sofort den Entschluss fasste, sie nach Hause mitzunehmen und verarzten zu lassen.

Langsam zog er den Kopf zurück und sah zu ihr auf. In ihren Augen war zu lesen, dass sie auch an jenen Tag gedacht hatte.

»Halte dich an meinen Schultern fest«, befahl er und hob ihr einen Fuß an, um den Schuh und den aufgerollten Strumpf auszuziehen. Er fühlte den sanften Druck ihrer Hände, während er mit dem zweiten Schuh und Strumpf genauso verfuhr.

Nun war sie nackt. Noch in der Hocke, blickte er auf. Sie schaute zu ihm herab, die blauen Augen voller Leidenschaft.

»Das ist unfair«, meinte sie kopfschüttelnd.

»Was denn?«

»Ich bin völlig nackt.«

»Oh ja, das sehe ich«, bestätigte er voll männlicher Befriedigung.

»Du dagegen bist völlig bekleidet.«

Er blickte an sich hinab. »So ist es.«

»Ich verlange, dass du dich ausziehst. Sofort.«

Er grinste. »Kaum verheiratet, schon fordernd, nicht wahr, meine kleine Frau?«

»Ich bin nicht fordernd«, widersprach sie, »ich trete nur für Gerechtigkeit ein.«

»Dann müssen wir diese himmelschreiende Ungerechtigkeit beseitigen«, raunte er.

Er erhob sich aus der Hocke, ließ sich aber Zeit dabei und küsste die Innenseiten ihrer Oberschenkel, ihren Venushügel, ihre Hüften und ihren Bauch, in dem ihr Kind wuchs. Dort verweilte er und stellte sich vor, wie sie den Säugling in den Armen hielt. Er wusste, sie war keine Georgina Stanley – er hatte das untrügliche Gefühl, dass sie ihre Kinder nicht in das Dachzimmer verbannen würde, wie es die meisten adligen Mütter zu tun pflegten. Sarah würde eine liebende und aufmerksame Mutter sein. Und mehr noch, Simon war sich absolut sicher, dass ihr die seelischen Nöte seiner Mutter erspart bleiben würden.

»Es gibt keine bessere Mutter für mein Kind als dich«, murmelte er an ihrem Bauch.

Dann stand er auf und entledigte sich rasch seiner Kleider. Sie sah ihm zu, voller Verlangen ... und voller Liebe.

Er stieg als Erster in das heiße Wasser, half ihr anschließend hinein, und nachdem er sie rücklings auf seinen Schoß gesetzt hatte, nahm er einen der weichen, mit Lavendelseife überzogenen Lappen – er wusste, dieser konnte ihrem eigenen süßen Geruch und Geschmack nichts anhaben – und wusch sie.

Besondere Sorgfalt widmete er dem Bereich zwischen ihren Beinen, berührte den kleinen Knopf über ihrem Eingang mit zarter, aber geübter Bewegung, da er wusste, wie wild er sie damit machte. Sie wand sich auf seinem Schoß und schlug Wellen. »Simon!«, hauchte sie.

Die Arme um ihre Hüften gelegt, benutzte er beide Hände. Eine, um sie mit dem Waschlappen zu streicheln, die andere, um ihre Lippen zu teilen und zwei Finger hineinzuschieben. Trotz des Wassers war ihre eigene Nässe deutlich zu fühlen.

Er machte sich weiter mit ihrem Körper vertraut – und würde es immer tun. Seine eigene Erregung lag an ihren Hintern gedrückt, hart und pochend vor Verlangen, sie auszufüllen, sie wieder zu nehmen.

Er strich über ihren äußeren Knopf, als er die Finger zwischen ihre Lippen schob und in sie hineingleiten ließ, um die Fingerspitzen an der Innenwand zu bewegen. Er tat es virtuos, bis sie vor Lust keuchte und glühte. Und dann kam sie, bog den Rücken durch und zog sich um seine Finger zusammen. Die Arme fest um sie gelegt, hielt er sie auf seinem Schoß und fühlte jedes Schaudern, jede Kontraktion, während sie ihre Erlösung hinausstöhnte.

Dann sank sie kraftlos gegen ihn, um unter dem Nachbeben ihres Orgasmus zu schaudern, und streichelte die Außenseiten seiner Oberschenkel. Als sie fertig war und sich an seiner Brust entspannte, murmelte er in ihr Haar: »Wir sind noch nicht fertig.«

Sie brummte nur wohlig.

Mit einem tiefen Lachen drehte er sie herum, hob sie an und rückte sie zurecht, bis sie rittlings auf seinen Oberschenkeln saß. Sie blickte hinab auf seine Erregung und schenkte ihm dann das sündhafteste Lächeln, das er je gesehen hatte. Irgendwo im Wasser fand sie den Lappen, der schon ihre Lust angefacht hatte, und sie nahm sich Zeit, um darauf eine dicke Schaumschicht zu erzeugen.

»Was hast du damit vor, Liebling?«, fragte er.

Sie antwortete nicht, sondern schlang den Lappen um die eine Hand und tauchte dann beide unter Wasser, um sein Glied zu ergreifen.

Er war schon so hart, so heiß. Staunend riss sie die Augen auf, denn er kam ihr unmöglich lang vor.

Und schließlich begann sie ihn zu streicheln.

Leise stöhnend lehnte er den Kopf gegen den Wannenrand. Hitze durchströmte ihn, ausgehend von ihren Händen durch den Rumpf bis in die Glieder. Er stieß ihr das Becken entgegen, eine unwillkürliche Bewegung seines Körpers, und dann zogen sich seine Eier zusammen, und er fühlte am Ende der Wirbelsäule den Druck entstehen, der ihm sagte, dass er kurz davorstand zu kommen.

Hastig stieß er ihre Hände weg. Sie schaute ihn mit großen Augen an, aber ehe sie etwas sagen konnte, hob er sie an und brachte sein Glied in Position. Er fand ihre Spalte und schob die Spitze hinein, genüsslich knurrend, weil sein empfindlichster Körperteil durch ihre heißen Falten strich, ein wahrhaft exquisites Vergnügen.

Daraufhin fasste er sie bei den Hüften und drückte sie nach unten.

Beide stießen ruckartig den Atem aus. Sie hielt inne. Er hielt inne. So blickten sie einander an.

Dann begann sie ihren Ritt. Nach vorn gebeugt, die Hände auf seine Schultern gestützt, hob und senkte sie sich mit langen, langsamen Zügen. Er hielt sie fest und lenkte sie, wobei er mit den Fingerspitzen den Ansatz ihrer Gesäßbacken massierte.

Nun schwappte das Wasser über den Wannenrand, aber Simon konnte sich nicht überwinden, einen Gedanken daran zu verschwenden. Denn Sarah beugte sich herab, um seinen Mund in Besitz zu nehmen. Ihre Lippen trafen seine zu einem

Kuss, der ihm den Atem raubte und die Welt um sie herum zum Verschwinden brachte. Es gab nur noch Sarah und das süße Gefühl, sie auf sich zu spüren, in ihr zu sein. Sie bescherte jedem Teil seines Körpers ein Ausmaß an Lust, von dem er nichts geahnt hatte, bevor sie in sein Leben trat.

Der Druck am Ende der Wirbelsäule baute sich erneut auf, diesmal noch viel mächtiger, und schwoll an, ein Ball aufgewühlter Lust und Liebe, entzündet von der Frau in seinen Armen, die ihn genauso sehr liebte wie er sie.

Als er kam, erlebte er die Ekstase nicht nur in jedem Körperteil, sondern in seiner ganzen Seele.

Sarah schlang die Arme um ihn, schmiegte die Wange an seine und hielt ihn fest an sich gedrückt. Beide zitterten.

»Ich liebe dich, Simon«, sagte sie, und ihr Atem kitzelte ihn am Ohr. »Ich liebe dich so sehr.«

Er barg das Gesicht in ihren Haaren und wollte sie nie wieder loslassen.

Zwei Stunden später gingen sie nach unten, Simon rasiert und dank Burton knitterfrei gekleidet und Sarah in einem ihrer Londoner Abendkleider, die Haare elegant frisiert von der Hand einer Zofe, die die ganze Zeit über geschwärmt hatte, wie wunderbar romantisch es doch sei, dass Sarah das Herz Seiner Gnaden erobert habe.

Sarah schaute ihn an und spürte seine Liebe. Es war unverkennbar – wenn man ihn nur ansah, begriff man, dass er sie liebte. Er zeigte es jedem, dass er ihr sein Herz geschenkt hatte. Entweder konnte er es nicht verbergen oder er wollte es nicht. Jedenfalls machte sie das stark, gab ihr Zuversicht und … das Gefühl, mit ihm eins zu sein. Sie hatte Simon immer gewollt, aber ihre Liebe weggeschoben, in einen verborgenen Winkel ihres Herzens, und hatte sich verboten, davon zu träumen, eines Tages seine Frau zu werden.

»Komm für einen Moment mit in die Bibliothek«, bat er, und sie folgte ihm in den dämmrigen Raum.

Er ging zum Schreibtisch, schloss ihn auf und zog etwas aus der Schublade, bevor er sich wieder aufrichtete. »Gib mir deine linke Hand.«

Sie streckte sie aus und sah zu, wie er ihr den Ring seiner Mutter an den Finger steckte.

»Aber der gehört deiner Mutter ...« Er legte den Zeigefinger an ihre Lippen, um ihren Einwand zu unterbinden.

»Dieser Ring gehört der Herzogin von Trent. Zuerst meiner Großmutter, dann meiner Mutter und nun dir. Wo immer sie jetzt ist, ich weiß genau, sie würde wollen, dass du ihn bekommst.«

Er zog ihre Hand an seine Lippen und drückte einen sanften Kuss auf den Ring. Dann ließ er sie los, und sie spürte das Gewicht des diamantenbesetzten Goldes.

»Ich werde ihn tragen, bis wir sie gefunden haben«, sagte sie, »und wenn sie ihn zurückhaben möchte ...«

»Möchte sie nicht.« Lächelnd nahm Simon ihre Hand. »Gehen wir zum Dinner.«

Sie betraten den Salon, und Sarahs Herz lief über, als sie ihre Familie sah. Sie hatte sich immer insgeheim dazugezählt, aber nun war es offiziell. Sie waren dem Gesetz nach ihre Familie. Und jeden von ihnen betete sie an.

Simon nahm zwei Teller und ging zur Anrichte, wo sie auf verschiedene Speisen zeigte und er die Teller füllte. Dann gesellten sie sich zu den anderen und setzten sich auf das seidenbezogene Sofa, dasselbe, auf dem die Herzogin ihr damals befahl, Platz zu nehmen, obwohl sie schmutzig war und blutete. Dies war der Raum, wo sie den Hawkins zum ersten

Mal begegnet war. Und wo sie erfahren hatte, wer der Junge war, der sie aus dem Brombeerstrauch befreit hatte.

Lächelnd nahm sie ihren Teller entgegen, und sie aßen ein Weilchen in zufriedenem Schweigen.

Es war Sam, der schließlich die Unterhaltung begann. »Die Stanleys sind fort.«

Simon nickte. »Wie ich es erwartet habe.«

»Ah, aber ich wette, du hast nicht erwartet, dass sie auf diese Weise gehen«, bemerkte Luke leise lachend. Er hob sein Weinglas und trank einen kräftigen Schluck.

»Was heißt das?«, fragte Simon.

Die Brüder wechselten einen Blick, und Sarah bekam Herzklopfen. Langsam legte sie die Gabel hin.

»Also, wer möchte ihm die Neuigkeit eröffnen?«, fragte Luke in die Runde blickend. Als niemand antwortete, sagte er: »Ich soll? Meinetwegen.« Achselzuckend wandte er sich Simon wieder zu. »An dem Tag, als du nach Schottland durchgebrannt bist, tat das auch Miss Stanley, und zwar mit dem Herzog von Dunsberg.«

Sarah schnappte verblüfft nach Luft.

»Ja, ganz recht«, fuhr Luke fort. »Offenbar war sie ganz erpicht darauf, Herzogin zu werden, da spielte es keine Rolle, welchem sie sich an den Hals wirft. Sie nahm einfach den Ersten, der ihr über den Weg lief. Dunsberg kam an dem Nachmittag, um dir einen Besuch abzustatten, Trent. Da war das ganze Haus noch in gehörigem Aufruhr, und ich nehme an, sie hat ihm ihr Herz ausgeschüttet.«

»Was haben ihre Eltern getan, als sie es entdeckten?«, fragte Simon.

»Überhaupt nichts«, antwortete Mark bestens gelaunt.

»Sie wollten, dass ihre Tochter Herzogin wird, und hatten keinen Grund mehr zur Beschwerde«, sagte Luke.

»Aber ihr Plan ist doch nicht aufgegangen«, warf Sarah ein.

»Und der Skandal war auch nicht nach ihrem Geschmack«, fügte Simon hinzu.

»Aber nach Georginas«, meinte Esme, und alle drehten sich zu ihr hin, weil es ganz neu war, dass sie sich in großer Runde äußerte. »Sie wird begeistert sein. Stellt euch nur mal vor – sitzen gelassen vom Herzog von Trent, um in die Arme des Herzogs von Dunsberg zu sinken. Das verschafft ihr all die Aufmerksamkeit, die sie zum Leben braucht.«

»Hoffentlich weiß Dunsberg, worauf er sich da einlässt«, sagte Simon kopfschüttelnd.

Luke winkte ab. »Oh, ich kenne ihn. Er weiß mit Frauen umzugehen. Sogar mit so unerträglichen wie Miss Stanley.«

»Ich habe sie an dem Abend zusammen gesehen«, sagte Mark. »Er schien von ihr ganz angetan zu sein.«

Simon sah seinen Bruder nachdenklich an. »Das war schon so, als sie noch mit mir verlobt war. Aber ich glaube nicht, dass sie einander gut kennen.«

Luke zuckte die Achseln. »Ist das wichtig? Er ist ein Herzog. Sie wollte nichts weiter als Herzogin sein.«

»Und was Dunsberg angeht«, sagte Sam, »wie könnte ein neunundvierzigjähriger Mann die Täuschung einer zwanzigjährigen Schönheit durchschauen, die ihm ihre unsterbliche Liebe gesteht?«

Mark schoss Sarah ein strahlendes Lächeln zu. »Nun, soll er sie haben, sage ich. Und ich bin heilfroh, dass Sarah meine Schwägerin ist.«

»Als ich klein war, habe ich dich immer als meine Schwester betrachtet«, sagte Theo. »Und ich muss gestehen, es ging mir immer ein bisschen gegen den Strich, dich als Hausmädchen zu sehen. Oder auch als Esmes Gesellschafterin.

Aber jetzt«, er zuckte die Achseln, »bist du da, wo du hingehörst.«

Sie schenkte ihm ein herzliches Lächeln. »Ich danke dir, Theo. Ich gebe zu, ich war besorgt, was eure Reaktionen angeht, aber jetzt«, sie holte tief Luft und versuchte, ihre Rührung im Zaum zu halten, »jetzt bin ich froh, dass ihr mich akzeptiert habt.«

»Was mich betrifft«, sagte Luke, »so hat mein Bruder zum ersten Mal seit Langem Vernunft bewiesen.«

»Findest du?«, fragte Simon.

»Natürlich.«

Simon strich mit dem Daumen über den Rand seines Weinglases. »Leider bleibt es dabei, dass Stanley eure Herkunft enthüllen will, Luke.« Er schaute zu Esme, weil ihm einfiel, dass sie vielleicht noch gar nicht darüber im Bilde war. »Haben sie es dir gesagt?«

Sie nickte ernst. »An dem Abend, als du fortgeritten bist.«

»Gut. Tatsache ist, wir müssen alle zu einer Entscheidung kommen, wie wir mit den Auswirkungen fertigwerden wollen, wenn Stanley seine Drohung wahrgemacht hat.«

Sam, der am Kamin stand, trat ein paar Schritte auf ihn zu und hielt ihm zwei Briefe hin. »Die sind in deiner Abwesenheit gekommen, Trent.«

»Da sind sicherlich viele ...«

»Aber die wirst du lesen wollen«, unterbrach ihn Sam, »am besten sofort.«

Mit fragendem Blick nahm er die Briefe, las den ersten und reichte ihn sodann an Sarah weiter.

Trent,
ich verlasse dieses elende Haus und heirate nun doch den Herzog, der mich verdient.

Wenn Sie oder ein anderes Mitglied Ihrer Familie je die Existenz des Idioten Bertram Smiths erwähnen und mit meiner Familie in Zusammenhang bringen, werde ich den Zorn des Herzogtums Dunsberg über Ihr Haupt bringen. Lassen Sie sich das gesagt sein, Trent: Legen Sie sich nicht mit mir an.

Leben Sie wohl, und mögen wir einander niemals wiedersehen!
Georgina Stanley, künftige Herzogin von Dunsberg

»Du meine Güte«, flüsterte Sarah. »Aber woher weiß Miss Stanley, dass wir von Bertram wissen?«

Simon blickte seine Brüder an, die alle wegsahen außer Luke, der ihn gemein angrinste. »Ob sich da jemand verplappert hat?«

»Luke«, sagte Simon warnend.

»Was denn? Die schöne Georgina ist immerhin meine Halbschwester. Ich habe sie nur gefragt, was sie von unserem ältesten Bruder hält. Als sie mich verwirrt ansah, klärte ich sie auf, dass ich unseren lieben Bruder Bertram Stanley meinte, den Idioten, der in Bordesley Green lebt.«

»Gütiger Himmel. Du hast ihr sogar verraten, dass du ihr Halbbruder bist?«

Luke kicherte. »Das war ein toller Spaß, wirklich. Zu sehen, wie viele Grüntöne ihr Gesicht durchläuft, bevor sie schreiend zu ihrem Papa rennt.«

»Wir nehmen an, der zweite Brief ist das Ergebnis dieser Unterhaltung«, sagte Sam.

Simon brach den Brief auf, las ihn und gab ihn ebenfalls an Sarah weiter.

Trent,

wir haben es nicht Ihnen zu verdanken, dass meine Wünsche bezüglich meiner Tochter in Erfüllung gegangen sind und ich nun stolz und glücklich bin. Der von ihr erwählte Herzog besitzt zwar weder Ihre Jugend noch Ihre körperliche Gesundheit, dafür aber ein Maß an Reife und Vernunft, das Sie meiner Ansicht nach nie erlangen werden.

Was die Unannehmlichkeit betrifft, über die wir unter diversen Umständen gesprochen haben, so habe ich meine Meinung geändert. Ich halte es für das Beste, die Öffentlichkeit über die Herkunft gewisser Leute im Unklaren zu lassen.

Darum wird das Geheimnis bei mir sicher sein. Aber seien Sie gewiss – das gilt nur so lange, wie Sie das Geheimnis der Identität eines gewissen B. S. wahren, der bei Worcester wohnt. Sollten Sie irgendwann seine wahre Identität aufdecken, werde ich nicht zögern, auch Ihr Geheimnis zu lüften.

Ich nehme an, wir sind uns in dieser Sache einig, aber falls Sie Fragen zu unserer Übereinkunft haben, ich werde noch genau einen Monat in London bleiben, danach reise ich nach Hampshire auf den Landsitz Dunsbergs, wo meine Tochter ihre Hochzeit feiern wird. Sie können mich in London kontaktieren, und ich schlage vor, sich in Hampshire nicht blicken zu lassen, denn da werden Sie höchst unwillkommen sein.

Sarah blickte von dem Brief auf, als Simon sagte: »Sie denken, wir haben den Spieß umgedreht und drohen jetzt ihnen.«

»Aber das tun wir nicht!«, rief Theo aus.

»Nein.« Luke zuckte die Achseln. »Aber wozu es ablehnen? Damit Stanley in ganz England ausplaudern kann, dass er mein Vater ist? Nein danke.« Er machte ein saures Gesicht.

»Luke hat recht«, meinte Sam. »Wir tun, was wir ohnehin

vorhatten, das heißt, wir halten den Mund über Bertram Stanley, und der Baron wird ebenfalls den Mund halten.«

»Das ist eine vernünftige Lösung.« Simon blickte seine drei jüngeren Brüder nacheinander eindringlich an. »Aber das heißt nicht, dass das Geheimnis sicher ist. Zu viele Leute wissen davon.«

Theo seufzte. »Mit anderen Worten, es kann jederzeit ans Licht kommen, dass wir von niedriger Geburt sind.«

Luke warf seinem jüngsten Bruder einen bösen Blick zu. »Das nehme ich als Beleidigung, Theo. Ich bin nicht von niedriger Geburt.« Und nach einem lässigen Achselzucken: »Bloß ein Bastard.«

Theo rollte mit den Augen.

»Aber was bin ich?«, fragte Esme leise.

Alle drehten den Kopf zu ihr.

»Die Frage kann nur unsere Mutter beantworten«, sagte Simon.

»Und wo die ist, wissen wir noch immer nicht«, seufzte Sarah.

»Aber wir haben eine Spur«, sagte Luke. »Ich habe einen Namen und einen Ort. Ich werde sie nach Hause holen, damit sie uns endlich einmal aufklärt.« Luke schaute Sarah an, und sie sah in seinen harten blauen Augen einen Hauch Freundlichkeit. »Ich wollte wissen, ob du sicher und geborgen bist, bevor ich abreise.«

»Oh, das bin ich.«

Nach einem schmunzelnden Blick wandte er sich Simon wieder zu. »Es freut mich, dass du das Richtige getan hast, aber nun muss ich aufbrechen. Ich fahre nach Cardiff. Morgen früh, wenn du aufstehst, werde ich schon weg sein.«

»Brauchst du noch etwas?«, fragte Simon.

Luke zog die Brauen hoch. »Von dir, Euer Gnaden?«,

fragte er sarkastisch. »Von deinen unerschöpflichen Mitteln? Nun, vielen Dank, aber nein. Ich ziehe es vor, diese eine Sache allein zu bewältigen.«

Einen Moment lang betrachtete Simon ihn schweigend. Ebenso die anderen. Schließlich nickte er. »Also gut. Dann bleibt mir wohl nichts anderes übrig, als zu hoffen, dass du bald zurückkehrst und unsere Mutter mitbringst.«

»Darauf trinke ich.« Sam hob sein Glas. Und alle tranken auf eine schnelle Heimkehr der beiden.

Sarah erwachte und sah Simon an dem hohen Fenster stehen, das auf die Auffahrt vor dem Haus hinausging. Die schweren Samtvorhänge waren ein Stückchen aufgezogen, und das sanfte Licht der Morgendämmerung drang ins Zimmer.

Eine Minute lang beobachtete sie ihn. Er wirkte beeindruckend. Aber schließlich war er ein mächtiger Mann.

Einer, der fast jede Frau in England hätte haben können. Und er hatte sich für sie entschieden. Sie fragte sich, wann sie wohl aufhören würde, darüber zu staunen. Wahrscheinlich nie.

Sie stand auf, warf sich den Morgenmantel über und ging zu ihm. Er schob sie vor sich und drückte sich von hinten an sie.

Sicher und geborgen. Jetzt in Simons Armen wurde ihr bewusst, dass sie sich in ihrem ganzen Leben noch nicht so sicher gefühlt hatte. Ein berauschendes Gefühl.

Es war leicht zu erraten, wonach er Ausschau hielt. Sie blickte nach unten in die Auffahrt. Gerade hatte Luke seine Satteltaschen zugeschnallt, und nun stieg er in den Sattel.

Schweigend sahen sie zu, wie Luke das Pferd die Straße hinunterlenkte, die von Ironwood Park wegführte.

Dann flüsterte sie: »Er wird sie finden.«

»Meinst du?« Simon klang nachdenklich.

»Ja.«

Aber sie klang selbst nicht so zuversichtlich, wie sie es gern gehabt hätte, und hörte Simons schweren Seufzer hinter sich.

»Ich nehme Grindlows Dienste erneut in Anspruch. Habe ihn gebeten, Luke zu folgen. Er soll auch gegen diesen Morton ermitteln, mit dem Mutter von Ironwood Park weggefahren ist.«

»Was glaubst du, was Luke davon halten wird?«, fragte sie.

»Wahrscheinlich wird er furchtbar wütend sein. Aber es ist nicht meine Aufgabe, Lukes Selbstbezogenheit zu befriedigen. Ich will meine Mutter finden, und dazu werde ich alle nötigen Mittel ergreifen.«

Das konnte Sarah verstehen. »Ich hoffe dennoch, dass Luke derjenige ist, der sie findet.«

»Ich auch.«

»Es scheint ihm besser zu gehen. Zumindest besser als in London.«

»Ja.« Simon seufzte. »Aber manchmal ist das schwer zu sagen. Man fragt sich: Trinkt er noch immer so viel? Spielt er noch? Wissen kann man es nicht.«

»Ich glaube nicht, dass er derzeit trinkt oder spielt. Zumindest nicht in dem Ausmaß wie früher.«

»Ich wünschte, er wäre hiergeblieben. Hier gibt es weniger, das ihn vom rechten Weg abbringt, als in London.«

»Und trotzdem beschwert er sich immer, hier sei es langweilig.« Das würde sie nie verstehen.

»Das stimmt.«

Sie schauten Luke nach, der gerade in die Biegung ritt, wo

rechts und links die Ulmen standen, und schließlich verschwand er durch das schmiedeeiserne Tor. Als sie ihn nicht mehr sehen konnten, standen sie noch ein Weilchen schweigend am Fenster.

»Lass uns wieder ins Bett gehen«, sagte Simon.

Das tat sie gern. Unter der warmen Decke liebte Simon sie langsam und genüsslich. Er küsste und berührte sie, als wäre sie das Kostbarste auf der Welt. Dessen würde sie niemals müde werden.

Er brachte sie zum Höhepunkt und kam dann selbst. Sie dösten ein und schliefen, bis die Sonne durch die offenen Vorhänge aufs Bett schien.

Sarah drehte sich zu Simon herum, der auf der Seite lag und sie betrachtete. Er schob ihr eine Locke aus dem Gesicht und klemmte sie hinters Ohr.

»Unser gemeinsames Leben beginnt heute, Liebste«, sagte er leise. Er legte eine Hand auf ihren Bauch, wo ihr Kindchen wuchs. Auf Ironwood Park wusste noch niemand davon außer Sarahs Vater. Sie hatten beschlossen, es noch eine Zeit lang für sich zu behalten. Erst in ein paar Wochen würden sie es dem Haushalt mitteilen.

Nun war sie tatsächlich Simons Frau, wie wunderbar! Sie würden eine Familie haben, ein gemeinsames Leben. Sie lächelte. »Der erste Tag eines neuen Lebens. Von dem ich kaum zu träumen gewagt habe.«

»Ich auch nicht«, gestand Simon, »aber ich werde Gott jeden Tag dafür danken.«

Sie standen auf und wuschen sich, bevor sie gemeinsam nach unten gingen. Der erste Tag ihres gemeinsamen Lebens war wunderbar, der erste von vielen.

Der Skandal erschütterte England wie erwartet, die Details verbreiteten sich hinter vorgehaltener Hand bis in die hintersten Winkel des Reiches. Aber es schien, als könnte niemand Sarah lange meiden. Bald war sie in der Gesellschaft akzeptiert, als wäre sie hineingeboren worden, und viele nannten sie die Liebesheirat des Jahrhunderts.

Und zeit seines Lebens konnte ihn, Simon Hawkins, den Herzog von Trent, nichts so glücklich machen, wie abends neben Sarah einzuschlafen und morgens neben ihr aufzuwachen und als Erstes ihr Gesicht zu sehen.

Aufregend romantische Romane, die den Alltag vergessen lassen – der sinnliche zweite Band der House-of-Trent-Trilogie

HOUSE OF TRENT
- DER SCHURKE
Roman
Aus dem amerikanischen
Englisch
ISBN 978-3-404-17499-7

Mit einem berüchtigten Schurken wie Lukas Hawkins würde sich Emma unter normalen Umständen nie abgeben. Doch sie hat keine andere Wahl. Beide suchen sie nach demselben Verbrecher, für beide ist es lebenswichtig, ihn zu finden. Notgedrungen lässt Emma sich also auf die Zusammenarbeit mit Lukas ein – und muss überrascht feststellen, dass hinter der Fassade des sorglosen Schwerenöters ein ehrenwerter, rauer Mann voller dunkler Geheimnisse lauert. Ein Mann, mit dem sie selbst geheimste Begierden teilen kann ...
Ausgezeichnet mit einem ROMANTIC TIMES AWARD

Bastei Lübbe